枣林春晖

刘东伟　著

中国言实出版社

图书在版编目（CIP）数据

枣林春晖 / 刘东伟著 . -- 北京：中国言实出版社，
2024. 6. -- ISBN 978-7-5171-4827-2

Ⅰ . I247.5

中国国家版本馆 CIP 数据核字第 20246TZ491 号

枣林春晖

责任编辑：郭江妮
责任校对：邱耿

出版发行：中国言实出版社
　　　地　　址：北京市朝阳区北苑路180号加利大厦5号楼105室
　　　邮　　编：100101
　　　编辑部：北京市海淀区花园北路35号院9号楼302室
　　　邮　　编：100083
　　　电　　话：010-64924853（总编室）　010-64924716（发行部）
　　　网　　址：www.zgyscbs.cn　电子邮箱：zgyscbs@263.net

经　　销：新华书店
印　　刷：济南精致印务有限公司
版　　次：2024年7月第1版　　2024年7月第1次印刷
规　　格：710毫米×1000毫米　1/16　18印张
字　　数：274千字

定　　价：68.00元
书　　号：ISBN 978-7-5171-4827-2

目　录

第一章　过门

　　花轿上了村头，天空中突然堆起一团团的乌云，黑压压地扣在黑妞的头顶。让这个年近九岁的女娃儿，突然想哭。

　　从这天开始，黑妞就要成为常哑巴的童养媳了。小小的她，尽管在出嫁前，母亲已经手把手的教她学了半月的家务活，可是，至今她还不懂什么是过门。母亲也没有细说，只是告诉她，有些事长大一些就明白了，现在要做的是，把常家人伺候好。

　　对于伺候人，黑妞可是有一些经验的。三年前，她的父亲刘邪蹦在三儿子降生后，就卧床不起了。从那之后，六岁的黑妞就天天在父亲面前端屎端尿，甚至要当起大夫的角色。

　　刘邪蹦是地主刘疤瘌家的长工，本是个老实巴交的农村汉子。说来也怪，自从三儿子落地后，刘邪蹦突然看啥都不顺眼了，而且像中了邪一样。他在刘疤瘌家干活时，动不动就把人家的粮囤给捅破，有时候还莫名其妙地来一句"操"！

　　即便刘疤瘌家大业大，也扛不住刘邪蹦这么糟蹋。尤其是他的话往往能煽动人心。那段时间，四个长工，七个短工，被刘邪蹦影响的，有三个满嘴里都是"操"。

　　如果不是同族同宗，刘邪蹦就折在了刘疤瘌的皮鞭之下了。就这样，他被打断了腿，老老实实地躺在家里的炕上了。

　　有时候，黑妞也问父亲，为什么对刘疤痫家的粮囤生那么大的火！刘邪蹦就气呼呼地说，什么刘疤痫家的粮囤？那里面都是俺的心血！俺起早贪黑，干了一年的活，汗珠子都滚在里面呢，你没看到那粮囤一圈的碱嘎巴吗？

　　黑妞还是不明白，就问，那里面的粮食不都是刘疤痫家的吗？刘邪蹦就生气了，差一点扶着炕跳起来，不住地大骂，他刘疤痫算个鸟！锄头没拿过，腰没弯过，凭什么几十囤的粮食都归了他！

　　那时候，黑妞不懂。只是觉得父亲有点傻，因为家里就那么小的院，给你几十囤粮食，你放得下吗？再说了，这些年不都是这样过来的吗？谁不说刘疤痫家日子好，家大业大，怎么人家的东西就是你的了呢？

　　当然，这念头很快就熄灭了。否则，她就别想吃饭了。一想到吃饭，黑妞就忍不住想起一件事来。

　　那一天，黑妞正换牙，两只瘦弱的小手，捧着硬邦邦的黑菜饼子，就是不敢下口。嘴里的小牙，已经有三颗被硌掉了。这时候，吱呀怪叫的门突然被人推开了，接着，一个诡异的人影像小偷一样窜进来，悄悄地关了门，又从门缝里朝外看了一眼，这才转过身。如果不是他马上摘掉了帽子，黑妞就拿菜饼子砸了出去。别看菜饼子是粮食做的，但硬得像石头，砸上一下，虽然不至于昏，但起个包也是有可能的。

　　借着跳动的柴油灯火苗，她看清了进来的人，不是父亲是谁？这时候，刘邪蹦的腿脚还是好的。刘邪蹦一探手，从破絮纷飞的棉袄里，掏出了一个馍馍。而且是雪白雪白的馍馍。黑妞从未这么近距离地端详过白面馍馍。白的像雪，圆的像月，甚至还冒着*丝丝*的热气。不过，热气里，还夹带着*一丝丝*的汗酸味。

　　之前，黑妞也只有从地主儿子刘流的手里，看到白面馍馍的样子。连它的滋味，也只有通过想象才能感觉到。有这么几年，黑妞喜欢冬天，因为冬天的晚上固然太冷，但一觉醒来，说不定就会下一场铺天盖地的雪，把黑妞家的屋顶上、院子里，全部撒上白白的雪。

　　这时候，黑妞就会很开心地冲进雪里，用两只发红的小手，捧着一团团的雪，把它们揉成自己想要的样子。也只有这时候，黑妞觉得自己比刘流还幸福。因为，她也拥有白面馍馍了。

只可惜，她的幸福实在太短。先是门前的雪被父亲扫走，接着是房顶上、院子里的雪被小车推走。然后是路边、村头、河湾里的雪，都在一点点地消失。

雪融化的日子，也是黑妞最痛苦的时候。有雪的日子里，她是充实的、喜悦的。没有了雪，她的肚子也开始瘪了。

那天，黑妞捧着父亲带回来的白面馍馍，她一口一口地吃着，吃得很香。她一边吃一边看着父亲。她第一次发现父亲笑起来很好看，他满口的黄牙也不那么讨厌了！

黑妞之所以对那天的事情记忆很深。因为那是她第一次吃到雪白的馍馍，散发着新鲜麦香的馍馍，对黑妞来说，无疑是一顿美味佳肴。她都不敢大口地吞下去，生怕一下子就吃没了。她稀罕地双手捧着，用牙齿咬上一小口，然后轻轻地含在嘴里，等到麦香彻底地散发在口腔里，这才慢慢地咽下。当然，也正是那天晚上，因为一个馍馍，父亲被刘疤瘌打了。

父亲刚回到家，外面就传来了疯狂的狗叫声。父亲似乎早就料到了什么，不断地催促黑妞快吃。黑妞只好加快速度。即便这样，一个馍馍吃了不到一半，门就被人踹开了。接着，她手中还剩下的半个馍馍，就进入了狗嘴里。随后，父亲就被那条她这辈子最憎恨的畜生拖了出去。

半夜里，黑妞从屋后的树下找到了遍体鳞伤的父亲。

……

父亲觊觎刘疤瘌家的粮囤不是一天两天了。

尤其是家里人口逐渐多了后，他开始满嘴牢骚，满嘴的"操"。有时候，他睡着觉都能跳起来，抓起一把菜刀，大骂："谁敢抢俺家的粮食，俺劈了他！"

九岁的黑妞，看不懂父亲。村里其他的长工，或者短工，哪一个不是天一亮就老老实实地扛着农具下地，腰一弯就是一天。直到毒辣的太阳，在滚烫的脊背上碾累了，这才拖着农具往回走。一进家，都瘫在炕上，翻个身都没力气。

刘邪蹦不一样，他一早起来，和其他人一样，扛着农具下地。可是一来到地里，他就开始踏着露出几个脚指头的布鞋，来来回回地丈量着。有时候，其他的长工就问他："刘邪蹦，你步量个啥？再不干活，让刘疤瘌看到，少不了吃鞭子！"刘邪蹦就瞪着眼睛说："你们懂个屁，俺在寻思，啥时候，咱们瓜分了刘疤瘌家的地！"

这话在当时来说，几乎比骂老天都犯忌。那边几个长工吓得离李邪蹦远远的，有人低声说："看吧，他蹦跶不了几天了！早晚出事！"

刘邪蹦真的没蹦跶几天就被刘疤瘌打断了腿！

从那之后，他就像一颗烂白菜，被地主家扔出了院子，再也没有了收入。可是一家好几口都张着嘴呢。有好心的人劝说刘邪蹦，让他去和刘疤瘌认个错，反正是同宗同族，不至于记仇。但是刘邪蹦人如其名，实在是邪得很。有人一劝他，他就脑袋拧到了脖子后面去。一大早，刘邪蹦起来后，就拄着拐杖站在大门口，看着那些长工短工的背影，不住地骂："你们就怂一辈子吧，有胆就和他干！"那些长工短工，生怕惹来横祸，飞也似的逃离了。大家都是有家有口的，你刘邪蹦不在乎妻小的生活，可俺们还在乎呢。

日子就这样被刘邪蹦给搞得吃了上一顿，没有了下一顿。眼看三个孩子饿得皮包着骨头，老三七岁了还扶着墙根走路，离开了支撑两条腿就立不住。如果借着光，能看到他薄薄的肚皮里裹着还没消化的野菜。

"这日子咋过啊！"黑妞娘天天坐在门口，唉声叹气的。有时候，她看到刘邪蹦不断地挖苦其他长工，就破口大骂："你倒是光棍了，可是女人孩子都跟着你受苦，你能呢？能生不能养，你邪蹦个屁！"

也就是在这种背景下，村里的王大婶看不下去了，就来和黑妞娘说："要不，把你女儿送人吧，这样下去，饿也要饿死了！"那时候，黑妞一天只吃一顿饭，还要帮着母亲忙些家务，有好几次，在泼洗衣水时，把自己都给泼了出去。最后这次，如果不是黑妞娘看到，黑妞就掉进湾里出不来了！

黑妞娘决定了，为了女儿的活路，就把她送出去吧。一开始，娘给黑妞找了几家亲戚，可是，黑妞家都是一些穷亲戚，谁也不愿收养她，有的生怕把她的小命葬送了，也有的生怕多一张嘴，和自己的亲骨肉抢吃的。

后来，还是王大婶又上门来了。这一次，她给黑妞找了一个上门当童养媳的户，大常村的，男人姓常！比黑妞大十岁，小的时候生病留下了后遗症，从此变成了哑巴。也正因此，哑巴还没有娶媳妇。任何一个母亲，都不忍心将亲生骨肉送人，哪怕家里再穷，除非到了活不下去的时候。

一开始，黑妞娘并不同意，后来，总算想通了。活着，总比饿死好。于是，王大婶又去做常哑巴家的工作。常哑巴是个实在孩子，没啥主见，一切都听他娘的。哑巴娘本来盼着这两年就抱孙子。听说黑妞才九岁，压根儿不同意。但后来一想，孩子一晃也就大了，等成年了再圆房吧。

于是，两支唢呐，一顶轿子，就把黑妞给抬到了大常村。

黑妞坐上轿子的那天，母亲站在村头，就像一棵老枣树，默默地眺望着远处。直到远处的轿子在眼前越来越小，她依然久久地伫立着。仿佛远处有一只手，抓住了她的心脏，然后越去越远。一瞬间，她整个胸腔里空空的，身体像被掏空了般，精神也恍惚了起来，接着，一种说不出的疼，从身体的每一个角落滋生出来。

第二章　孝道

　　婚礼是在哑巴娘的主持下进行的。其实也没多少人。哑巴家的条件，比一般的家庭要好些，但也只是比普通人家多两排房子，多十来亩地，多几袋子米面罢了。

　　常家祖上有几片地，虽然称不上地主，但每年两秋，只要人勤快点，吃的喝的穿的是够了。哑巴娘看到黑妞后，第一句话就是："这孩子，命真苦！"站在哑巴娘面前的黑妞，黑瘦黑瘦的，胳膊细得像冻干的鸡腿！"好了，你去里间睡吧！"说完，哑巴娘感叹了一句，"她还是个孩子啊！"

　　哑巴家有正房四间。外屋是一家人烧火吃饭的地方，外屋东侧有两间里屋，本来哑巴娘住里头，哑巴住外头。黑妞一来，哑巴娘就住在了外头，让黑妞住进了里头。至于哑巴，让娘给撵到外屋西侧的屋里去了。

　　正是冬季，晚上狂风呼啸，刀一般寒冷的空气，从窗户的缝隙中钻进来。像一个个心怀不轨的窃贼，在房间内四处流窜。

　　黑妞裹了裹身上的被子。被子很新，应该是哑巴娘刚为她做的。一把抓不透的棉絮，静静地裹在她的身上，让她觉得从未有过的安定、温暖、幸福。此时，外面的冰天雪地，对她来说，已经渐渐忘却了，心里揣着的，只是那么一小团的兴奋、忐忑。

　　燃烧着的火炉，看上去像一个憨直的壮汉，对屋外的狂风毫不在意。这让黑妞想起了自己的家。每到冬天的晚上，一家老老少少就挤在一个炕上。没办法，家里被子少，火头更少。一到下雪或者狂风怒吼的晚上，黑妞就会无法入睡，生怕一阵风把房子吹倒了。听着木门在狂风中发出嘎吱作响的声音，仿佛浑身在承受着它的压力。有时候，月光朦胧的晚上，黑妞也会偷偷地把脸露出被窝，静静地看着窗外。如果这时候有风，窗户仿佛被两只大手狠狠地抓着，猛烈地摇晃。于是，黑妞紧紧地裹着自己，生怕那两只丑恶恐怖的大手突然探进来，将她抓走，抓到陌生的地方去。因此，黑妞就多了一种病。她害怕夜晚，害怕冬天，害怕狂风怒吼的日子。有一段时间，黑妞常常躺在炕上，望着窗外发呆。直到刘邪蹦将屋顶、墙壁的缝隙堵好，黑妞的眼神才开始有了光泽。

就这样，黑妞成了常家的童养媳！九岁的黑妞有了第二个家。对于她来说，这个家远比第一个家温暖。本来，坐上轿子时，她还有些忐忑，不知道哑巴会是什么样的人。但相处下来，她发现，哑巴老实巴交的，对她很好，哑巴娘也像亲娘一样。这让她心里泛上一种说不出的情愫。如果不是村俗不允许，她甚至有种想法，想让爹娘和大哥小弟一起住进来。但那样肯定会被村里人说闲话的。

她不放心爹娘他们，尽管自己离开了家，可对于家里来说，只不过是少了微不足道的一点生活压力。尤其是那几年，父亲完全不像个庄稼人了！他失去了长工的收入，家里已呈现坐吃山空的局面。看着父亲一天天拖着腿，扛着锄头站在门口骂糊涂街，黑妞的心像裂开一样疼。她知道，父亲脑子出了问题，他对自己的出身开始质疑了，居然认为，贫农出身的他，应该和地主出身的刘疤癞命运一样。

这怎么可能呢？

别说全村人笑话父亲，就连黑妞也觉得不可能。人的命运不就是在一出生就注定了吗？作为贫农出身的父亲，你就该认命啊！你就该老老实实地给刘疤癞家做工才是。可是你偏偏像脑袋被驴踢了一样，你这不是犯傻吗？

当然，用刘邪蹦的话说，这叫革命！

黑妞不止一次无奈地摇头。她知道，父亲是从进了一趟北平城后，脑子就出了问题的。

那天的事，她记得清清楚楚。她和大哥小弟并排站在村口，等着那个熟悉的身影回来，等着从他打铁似的袄兜里掏出几块糖果！直到傍晚的时候，父亲终于摇摇晃晃地回来了，他一只手还拎着一个酒坛子！另一只手不住地向天高举着，嘴里说着一些让黑妞不懂的话语。

到现在，黑妞也只记住"革命"两个字！

革命？九岁的黑妞躺在被窝里。之前，她被寒冷和饥饿包围着，心里再也容不下任何想法。但此时，她难得静了下来。静静地想到了父亲，想到了他傻乎乎、醉醺醺喊出的那两个字。

"革命"是什么意思？难道革了刘疤瘌的命，就有饭吃了吗？可是，最终的下场呢？没有人愿意和父亲站在一起，甚至没有人懂得这两个字的意思。黑妞也不懂。

虽然不懂，但她知道，父亲的"革命"是失败的！他没有革掉刘疤瘌的命，还差一点搭上自己的命。在黑妞和村民眼里，父亲变成了一个傻子，一个拿鸡蛋碰石头的傻子。这也是黑妞娘不得不将女儿"嫁"人的原因，她怕时间久了，三个儿子的命都被刘邪蹦革没了。

黑妞倒不像母亲那样，认为父亲会害他们。但是待在家里，真的没有出路了。一开始一天三顿饭，后来改成了两顿，再后来干脆一顿了。反正家里没一个干活的，晚上一黑天就睡觉，一觉直到第二天的晌午，然后起来吃饭，过晌后蜷缩在南墙根底下晒晒太阳。天一黑又钻被窝了，什么饥饿啊、寒冷啊，睡梦中都忘了吧。有时候，黑妞和大哥小弟也会从睡梦中饿醒，只觉得肚子瘪瘪的，有种说不出的难受感，于是常常会软弱无力地喊着"饿"。甚至在睡梦中，三个孩子也会交替地喊着。每每这时候，母亲就会把孩子们拥在怀里，讲着一些听不太懂的故事。不过，每个故事中，都会出现一些雪白的馍馍，这让黑妞他们的眼睛在黑夜里闪着光，仿佛一颗颗的小星星。然后，不知不觉地，他们再次进入了梦乡，在梦里，时不时地就会捧起一个个冒着热气的白面馍馍。

这样的梦，无疑是美好的，直到第二天晌午，才会从梦乡回到现实。有时候，锅盖一揭开，看着里面干巴巴、少得可怜的几个菜窝头，黑妞真的下不去手。尽管，她比任何人都饿！

说来也怪，黑妞的身高在三兄弟中是最高的。母亲说，女孩子先长，十二三岁就定个头了，男孩子一般要到十二三岁才开始长呢。黑妞不懂这些，反正她很饿。每天都饿，满脑子只有一个饿的意识。所以，她常常第一个伸出手，抓住锅里的窝头，哪怕因此会换来母亲的一巴掌。

现在好了！再也不用和哥哥弟弟争抢菜窝头了！躺在哑巴娘给铺好的被子里，黑妞有些兴奋地睡不着。但很快，她又想起了家：我走了，家里的菜窝头够吃了吗？

天亮后，黑妞听到外屋里响起了动静，就爬了起来。她穿着大红面的棉袄，仿佛之前看到的新媳妇一样。黑妞一出来，就看到哑巴娘正在扫地。黑妞抓过了笤帚说，"娘，俺来吧。"

哑巴娘把扫帚递给黑妞，疼爱地看着她，突然拿起板柜上的木梳子，招呼说："妞，过来，娘给你梳梳头！等哑巴起来给你熬饭喝。"

依偎在哑巴娘的怀里，黑妞静静地享受着这一刻。哑巴娘的手很轻，轻得像春风轻轻地拂过，让黑妞感到很享受。她突然又想起了哥哥弟弟，想起了爹娘，不知道他们晌午有吃的吗？

过了一会儿，哑巴走了进来，看着黑妞嘿嘿地傻笑。哑巴娘说："儿子，去熬粥吧，箅子上多热几个馍！"哑巴点点头出去了。

很快，东屋里响起风箱的声音，甚至可以听到柴火噼里啪啦燃烧的声音，像极了刘疤瘌家过年时放的鞭炮！哑巴家有两口锅，北屋的外屋盘了一个灶，是为了冬天给土炕取暖用的。东屋的偏房里也盘了一个灶，过了冬，哑巴家就开始在偏房做饭。

哑巴做熟了饭，挑起一副担子去了外面，不多时，他便担了两桶水回来。一家三口开始吃饭。锅盖一揭开，就是一片热气扑面而来，接着是散发着麦香味的白面馍馍出现在眼前。那一瞬，黑妞以为自己产生了幻觉，仿佛做梦一样。直到哑巴娘拿了一个馍馍放在她的手里，她这才回过神来，知道一切是真的。看着手中的馍馍，她的泪水无声地淌了下来！

黑妞第一次看到馍馍时，还是在刘疤瘌家的门口。那天她去找父亲，看到刘疤瘌的儿子刘流，戴着瓜皮帽，穿着小太爷短袄，正在院子里踢毽子。他的一只手里就拿着一个白面馍馍。这就是馍馍吗？当时，黑妞看了足足一刻钟，直到刘邪蹦出来把她拉走。她还不住地回头看着刘流手里的馒馒。在那之前，她别说吃过馒馒，见也没见过。

回到家里，刘邪蹦就给黑妞做了个毽子。然后瞪了她一眼，扔给她一句气呼呼的话："瞧你那点出息，不眨眼地看着人家，不就是个毽子嘛，爹给你做！"

黑妞几乎脱口而出地说："谁要毽子啦，俺看的是……白面……馒馒！"虽然黑妞意识到不该"提出"这四个字，还是说了出来。她紧张地看着父亲，哪知道，父亲并没有打她，而是陷入了沉思中。不应该是暴力吗？黑妞记得清清楚楚的，每次只要自己一要吃的，父亲就发火！因为，对比其他东西来说，要吃的，和让父亲摘天上的星星没什么区别。

"你放心，爹会让你吃上白面馒馒的！"

刘邪蹦扔下这句话后就扛着锄头出去了，然后站在门口大声地喊着："狗日的，你等着，老子要革了你！"

……

"好了，快吃吧！"哑巴娘望着陷入沉思的黑妞，拍拍她的肩膀。黑妞慢慢地咬下一口。这一口含在嘴里，慢慢地咀嚼着，不知为什么，她哭出了声来。她抱着馒馒，将自己深埋在哑巴娘的怀里，耸动双肩哭得像个泪人。

这是幸福的泪水。

在坐着花轿赶往大常村的路上，她不知道咬着牙根了娘多少遍呢。现在才知道，娘做这个主，是给了她一条活路。可是，娘呢？爹呢？哥哥呢？弟弟呢？她突然抬起头，对哑巴娘说："娘，这个馒馒，我能留给弟弟吃吗？"

听到这话，哑巴娘愣住了。但随后，她点点头，拍打着黑妞瘦弱的脊背说："妞啊，以后，咱家有的，也就是你家有的，只是说实在的，家里白面也不多了，不过窝窝头管够！"哑巴家也不是天天吃白面馒馒。尽管地亩多，但每年收下的麦子，大部分换了生活用品，剩下的留在缸里，也只有过年过节才磨成白面。

那天，黑妞揣着两个馒馒回到了刘家。一进屋，就看到娘正在拍打着弟弟的脊背。弟弟趴在门槛上，脸憋得通红。一问才知道，原来弟弟吃菜窝头噎着了。而哥哥还在一边赌气呢。显然，弟弟糟蹋了粮食，而他一口吃的也没有，这让他很是恼火。于是，黑妞从包袱里掏出两个馍馍，哥哥弟弟一人一个。看着哥哥弟弟吃得蜜口香甜，黑妞这才想起了父亲。

"爹呢？"

娘叹息一声，朝炕上一指。等黑妞看到父亲，发现他的另一条腿也断了。原来，就在黑妞坐上轿子走后，刘邪蹦突然拎着铁锨去了刘疤瘌家，用他的话来说，黑妞去做童养媳，全是让刘疤瘌逼的。如果刘疤瘌肯把他家的粮囤打开，黑妞也不至于"嫁"出去！

摸着父亲那两条绑着夹板的腿，黑妞的泪下来了，"爹，以后，你别再去招惹刘疤瘌了！"刘邪蹦歪着脑袋，一百个不服气。"凭什么他家有白面馍馍吃，咱家里连菜团子都吃不饱？再说了，他家粮囤的麦子，都是俺们打下来的！"

说到这里，刘邪蹦不知道想到了什么，越说越来气，双手撑着炕就想下地，要不是黑妞娘死命地按着，估计那天，他就爬到刘疤瘌家去了。

回到大常村后，黑妞的眼前一直浮现着父亲的影子。之前，她总觉得父亲傻，父亲做得不对，但临出门前，父亲抓着她说的话，深深地刻在了她的脑海里。父亲说："妞啊，爹不认命啊，爹对不起你们仨儿啊！"

……

这是黑妞最后一次见到父亲。因为不久，父亲就去世了。村里人都说他是饿死的。黑妞娘说他是作贱自己死的。只有黑妞知道父亲的死因！她知道父亲不甘心就这样死去。所以，在父亲的坟头上烧纸时，她默默地念叨着："爹，你放心吧，黑妞一定不认命！"

其实，黑妞说这话，也只是想安慰一下父亲的亡灵，但她也没想到，这个念头，在她的心里扎下了根。

……

随着年龄的长大，黑妞渐渐地当起了哑巴家的主。哑巴娘也乐得把里里外外交给黑妞。但是要让村里人接受一个孩子，实在太难了。

这天，黑妞一早起来就去了邻居常老三家。常老三去年过年借了哑巴家五斤白面，说是今年用八斤粮食抵，哪知道一年过去了，他压根儿不提这件事。昨晚吃饭的时候，哑巴娘就把家里的事都交托好了。黑妞发现，其实家里的境况也是一年不如一年了。怪不得哑巴娘说，白面馍馍也只有逢年过节能吃上一顿。

常老三家是三间小土屋，屋顶矮得几乎伸手可触，两只燕子正在黢黑的梁上搭窝。黑妞进来时，常老三正抬头看着燕窝，手里拿着个木棍，气呼呼地捅着。一排七根的檩条，燕窝就搭在靠北墙的第一根上。"妈拉个巴子，老子捅了你三次，你搭了三次，你就不能在第二檩上搭窝？"

村里有个俗话，一檩穷二檩富，三檩搭窝铺，五檩家里是财主！所以，村里人都期望燕子能把窝搭在二檩，或者五檩上。

黑妞喜欢燕子。因为，燕子能够给她带去希望，燕来三月三，燕去九月九。

燕子走的时候，正是天气要冷的时候。黑妞家里兄弟多，最怕过冬天，一到了冬天，娘就愁一家人没衣服穿。暑天还好，就连黑妞有时候也光着脊梁，和哥哥弟弟一样，皮肤晒得黢黑黢黑的。但到了冬天，大地都冻裂了纹，人怎么受得了？有时候，娘揽着黑妞，就给她唱小燕子的童谣。黑妞早早地知道了燕子的习惯。燕子一走，冬天就到了。等春暖花开时，燕子又回来了！

黑妞不喜欢自己这个名字，她希望娘能叫她燕子。但娘没同意。娘说，不喜欢她飞到远方去！

常家离刘家只有几里地，虽然做了常家的童养媳，但总算没飞远。这也是迫不得已的。不过，看着常家人对女儿还不错，娘松了口气，就让黑妞好好地在常家过日子，千万不要惹事。

但那天，黑妞偏偏惹事了。

她是来常老三家要粮食的！但是，招呼了几声，常老三就像聋了一样，根本就不搭理她。但黑妞知道他是听得到的。

黑妞气呼呼地直奔常老三的偏房。这一下，常老三不能装了，他把目光从燕窝上收回来，手里拎着捅燕窝的棍子，紧跟着黑妞来到了偏房。还没等黑妞伸手去掀粮食瓮上的盖垫，常老三的棍子就落了下来，死死地压在盖垫上，浑浊的眼睛瞪着黑妞，那意思，如果黑妞胆敢继续，他就打断黑妞的手。

黑妞也生气了，她虽然小，但脾气不小。"常老三，欠债还钱这是天经地义，今天你说什么都要还粮食，不然，俺点了你家的房子！"

黑妞知道，她是个外来人，年龄又小，人家根本就不把自己看在眼里。所以，她不能！哑巴娘这么信任自己，哑巴又无法说话，其实这几年，哑巴家的地位已经开始下降了。如果自己镇不住，怕是以后少不了挨欺负！

常老三瞪大着眼睛，不住地冷笑："黑妞，你一个外来的丫头，口气倒不小啊，来来来，你要给俺看，俺就是不还你能怎么样！"

两个人的吵闹，惊动了不少村民。很快，院子里就围了几十口人，连哑巴和娘也来了。哑巴想上前帮助黑妞，被娘拉住了。哑巴娘想看看，黑妞怎么处理这件事。

"黑妞，怎么说，你也叫老三一声三叔，你这么闹有点犯上吧？"

"黑妞，你刚来几天，可不要把人得罪死啊！"

"难道一个院的关系还不如几斤白面值钱？黑妞，你这样做，会让院中的人寒心啊，以后谁还帮你家？"

……

村民七嘴八舌的，向情不向理。因为黑妞在村里人眼中，还是个没成年的孩子，所以，很多人偏向常老三。

黑妞扫了一眼那些村民，表情非常平静。从她的脸上，看不出惊慌和害怕，看不出懊悔和激愤。看到的，只有超过了她这个年龄的沉稳和冷静。黑妞突然一挥手。她瘦弱的胳膊，居然携带着一种不可名状的力量，一时间，那些议论声都停止了。村民们一个个看着黑妞。就连常老三都有些莫名地心慌了。

黑妞不紧不慢地说："他是俺三叔不假，但做人要诚实，答应的事就要兑现，否则，俺这个晚辈以后还怎么做人？要像这样的长辈学吗？让俺给常家人丢脸吗？"

黑妞的话说完，村民们都哑然了，大家无话可说。虽然常家村大多是穷苦人，但村风是朴实的。村民谁不是说话算数的老实人？如果再偏向常老三，不等于让孩子们学坏吗？这种错误可不能犯。很多刚刚说过话的人纷纷低下头，再也不想帮腔了。这还不算完，黑妞扫一眼大家的神态，接着说："如果晚辈不能犯上，连有理的事都不能争，那好啊，俺黑妞在常家村也算是大辈吧，在场的八成都是晚辈吧，来来来，你们一人孝敬俺八斤白面！"

黑妞的话太打脸了，直接让刚刚说话的人都臊得满脸通红。也不知是谁先开口了，冲着常老三说："老三，你这个混球，还不赶紧把黑妞的粮食还了？再不守信用，以后村里人都不帮你了！"事情到了这份上，常老三哪里还敢拖欠，赶紧将瓮里不多的麦子倒出来，还给了黑妞，而且比八斤还多了一点。

讨粮这件事，让黑妞彻底在常家村出了名。之后，村民再见到黑妞，没有一个敢怠慢的。

……

一晃黑妞就十八岁了，出落得亭亭玉立的，在前后几村里都算俊俏的女孩子。哑巴走在村里村外，不少村民看了他，是又羡慕又妒忌。哑巴也不傻，看得出大家的心情，就嘿嘿地笑。笑容中带出了自豪。

哑巴娘对黑妞越来越喜欢，这天，她把黑妞叫到身边说："妞啊，你也成年了，要不找个日子给你和哑巴圆房吧？"

说这话时，哑巴娘眼睛一眨不眨地凝视着黑妞。因为在她的心里，自己儿子是越来越配不上黑妞了。哑巴还是那个哑巴，可黑妞已经不再是那个黑妞了。村里人，一提起黑妞，谁不竖大拇指？

黑妞当然看得出哑巴娘的心思，她走上前，揽着哑巴娘的胳膊说："娘，这事您做主吧，您放心，要不是您们，俺早就饿死了，黑妞生是哑巴的人，死是常家的鬼！"

黑妞的话，让哑巴娘心里很踏实，同时也感叹儿子傻人有傻福。然而，就在哑巴娘张罗着准备给哑巴和黑妞圆房时，一件意想不到的事发生了！

朱竹回来了！

朱家是常家村的大户！往上推三代，都在北平做生意。据说，朱竹的爷爷过八十大寿时，好几个军阀头子都去捧场了。今年算起来，朱竹的爷爷也快八十八了，不知道为何带着全家老少回到了故里。但不管怎么说，人家这是衣锦还乡，所以一大早，当"朱家老爷子回来"的消息通过一群穿"开裆裤"的娃娃传遍全村时，村里能走路的几乎全去迎接了。黑妞也夹杂在了人群之中。如今的她，个头和一般的小伙子差不多。看着队伍最前面那十几个八九岁的孩子，黑妞依稀想到了自己来到常家村的一幕。

当年，黑妞可没人家朱老爷子的排场。她来的时候，就哑巴母子在村口等候。谁让她是童养媳呢？村里人也不待见哑巴家。人家朱家家大业大，娶几房媳妇纳个妾，都是应该的，你哑巴家充什么大瓣蒜！

朱老爷子荣归故里，有人自发地维持着秩序，有人早在路边的树上挂起了鞭炮。村长常老大穿着一件崭新的大褂，精神抖擞，红光满面。常老三紧跟在大哥的身边，腰像虾米一样弓着。

也不知是谁说了一句"来了"，所有人的目光都望向远处。果然，三辆马车远远地驶来。为首的是一辆带着篷子的车，大红的篷盖，在风中呼啦啦作响，让人联想到了迎风招展的旗帜。于是乎，很多人都精神起来，纷纷搓着手，准备上前恭迎。

篷子车后面，紧跟着两辆平板车，上面驮着满满的大箱子。

近了！近了！！近了！！！

许多村民激动起来，也有人紧张地捏着衣角。一些妇女甚至伸手撩了撩被风吹散的头发。

随着马车慢慢地停下，常老大几个大步就来到了车前，挽着雪白袖口的双手高高拱起："朱叔，可把您们盼回来了！"

篷盖下坐着六个人，一个八旬的老者，白白胖胖的，尽管一路风尘仆仆，依然精神矍铄。他就是朱家的朱老爷子了。在他的旁边，坐着两对中年男女，他们是朱老爷子的大儿子朱富寿夫妇，和二儿子朱富贵夫妇。这四个人，男人衣着鲜亮，女的穿金戴银，和村民们的气质格格不入。因为朱家的祖坟在，所以，两个儿子每年至少回来一趟，村里人多半见过。

剩下一个，剪着短短的小背头，二十来岁，穿着花格的白西服，系着一条蓝色的领带。他便是朱竹，朱富寿的儿子。

朱老爷子望着常老大，微笑着说："老大啊，一晃也快六十了吧？"

常老大诚惶诚恐的样子，"难得朱叔还记得侄子的年龄，是是，今年正六十！"说着，常老大就搀扶着朱老爷子下了车。那边，常老三早就跑了上来，搀住了朱老爷子的另一边。

"欢迎朱老爷子荣归故里！"随着一声打雷似的声音，只听鞭炮齐鸣，整个常家村热闹了起来。朱老爷子循着声音望去，在硝烟弥漫之中，看到一个铁塔似的汉子，忍不住问："这是谁家的孩子啊？"常老大忙说："他叫铁柱，村南朱集村的，俺外甥，住姥娘家！"

朱老爷子点点头，朝着村民们挥手致意。这时候，朱家两个媳妇下了车，纷纷从箱子里拿出一些瓜果分给孩子们。孩子们一阵疯抢，然后揣着糖瓜，喜气洋洋地跑开了。常老大推开拥堵的人群说："老爷子刚回来，先让他老人家回家休息吧。"

于是，人群让开一条路，朱老爷子一家朝着自家的方向走去。黑妞觉得欢迎仪式结束了，本想离开，就在这时候，一只手拍了拍她的肩膀。黑妞往后躲了躲，这才发现，拍打自己的正是朱富寿的儿子朱竹。朱竹看到黑妞后眼睛就是一亮，因为正值芳华年龄的黑妞，站在人群中，仿佛鹤立鸡群一般。尽管她没有刻意地梳妆打扮，依然是一道清丽素雅的风景。或许村里人早就习惯了，所以对于黑妞的美没有什么太大的触动。但在朱竹眼里那可是不一样了。

朱竹郁闷了一路，也和爷爷生了一肚子的气。虽然他从没回过故里，可从父母的口中没少听到故里的传说。对于这个贫穷落后的村子，他压根儿就不想回来。何况他在北平刚刚谈了一个女朋友，就这样分手，实在太伤心了。还好，这时候黑妞出现在他的眼前。于是，朱竹郁闷的心田终于多了一汪清泉，他觉得自己心情好多了。如果能够娶到这个皮肤微黑的姑娘，这次回归故里，还不算太沮丧吧。

看到黑妞在和自己保持距离，朱竹把一张整齐洁白的牙齿露出来，笑着说："我叫朱竹，你呢？"

黑妞没有回答他，而是匆匆地一转身，朝家里走去。

看着黑妞的背影，朱竹来到常老三的身边问："那姑娘叫什么名字？"常老三看看黑妞的背影，又看看朱竹的眼神，忙说："大少爷，她叫黑妞，你是不是看上她了？那可不行，她有男人了。"

　　听说黑妞有男人了，朱竹顿时一脸的失望，但他依然问了一句："他男人谁啊？"常老三目光在人群中扫着，刚好看到哑巴娘和儿子转身离去，于是朝哑巴一指说："就他啊，哑巴，黑妞是他的童养媳，应该快圆房了吧？"

　　听到这里，朱竹的眼里再次幻动着火花。此时此刻，在他的眼里，黑妞仿佛已经是自己的老婆了。

　　黑妞！还真是个有味道的名字！

第三章　圆房

黑妞已经回到了家里，她并不知道有人在惦记她。很快，哑巴和娘也回来了。哑巴娘一进院，就把院门拴上了，然后将黑妞拉到了一边，低声说，"俺有一种不好的念头，虽然说不准，可心里就是不踏实。"黑妞还是第一次看到哑巴娘神色这么沉重，就问："娘，出啥事了吗？"哑巴娘点点头："回来的路上，俺看到朱竹一直盯着你的背影，俺担心他对你有想法。"黑妞笑了，她觉得哑巴娘在开玩笑，就说："娘，你多想了，人家朱家是什么条件，俺又是什么条件？再说了，他稍微一打听，就知道俺是哑巴的女人！"虽然黑妞的话说得有道理，但哑巴娘还是不放心，"妞啊，听娘的，也别算日子了，就今晚，你们圆房吧，当然，如果你觉得委屈，就和娘说。"黑妞一听赶紧抓住哑巴娘的手，"娘，你怎么能这样说呢，俺本来就是哑巴的人，俺能有什么想法？"

听了黑妞的话，哑巴娘悬着的心算是落下了一半。于是，她把哑巴叫到了近前说："儿啊，从今天开始，妞就算你正式的媳妇了，你记住，如果哪天娘不在了，不许欺负妞，有你一口吃的，就有她的。"哑巴虽然不会说，但听得到，也懂娘这些话的意思，于是，他拼命地点头，拍打着自己的胸脯。那意思在说，自己是个男人，一定会保护好黑妞的。

就在哑巴娘算计着给儿子和黑妞圆房时，门外来人了。而且大门被人敲得咚咚地响。一股不好的念头瞬间泛上心头，黑妞看看哑巴娘。哑巴娘示意哑巴将黑妞拉到里屋去，然后，哑巴娘正了正衣服，打开了大门。

门一开，常老三进来了。在他的身后，还跟着两个村民。那俩村民一个瘦得像猴，村民都叫他猴子；另一个则长了一个大脑袋，村里人多称呼他冬瓜，都是平时和朱家来往的。朱老爷子一家在外做生意，猴子和冬瓜就负责打扫朱家的祖坟，几棵松树长得笔直笔直的，枝叶非常茂盛，坟地里一根杂草也没有。当然，每年两人也从朱家拿一些钱。不过这俩家伙好喝，朱家给的钱基本上换了酒。

看到常老三带着这俩人来，直觉告诉哑巴娘，这件事和朱家有关。果然，常老三开门见山地说："哑巴娘，黑妞呢？朱家大少爷看上她了，让她出来吧！"哑巴娘脸色一变。怕什么来什么，还真被她猜到了。咋办？灵机一动，哑巴娘就说："朱家大少爷看上黑妞，那是她的福分，俺和哑巴也觉得脸上有光，只是黑妞不在家，她和哑巴都走了。"没办法，哑巴娘只好撒谎！哪知道，彼此之间太熟悉了。常老三也不是个简单人，眼珠子盯着哑巴娘，已经猜了个八九不离十，嘴里不住地哼哼："哑巴娘，你要长点脑子，朱家可不是你能得罪的，乖乖地把黑妞交出来，要不然，有你的苦果子吃！"哑巴娘一听就怒了，气呼呼地骂道："老三，你好歹也算是常家人，怎么胳膊肘往外拐？"常老三嘴角一撇："少在这里套近乎，俺现在是朱家的人了！猴子、冬瓜，搜人！"

猴子和冬瓜推开哑巴娘冲入了院子。就在这时，黑妞和哑巴出来了，一个拎着铁锨，一个拎着菜刀，完全是一副拼命的样子。当然，这一切是黑妞的意思。

刚刚哑巴娘和常老三的对话，黑妞都听进了耳朵里。虽然朱家有钱有势，可是黑妞不图这个。她是个重情的人。"嫁"到哑巴家后，哑巴母子对她就像亲人一样，这让黑妞很感动。如果不是哑巴娘儿俩，别说黑妞早就饿死了，怕是她娘家娘，还有哥哥弟弟也活不到现在。所以，黑妞二话不说抓起一把菜刀，对哑巴说："记住，做人不能怂，谁欺负你，你就革谁的命！"

十八岁的黑妞，又一次想起了父亲的话。并且，对父亲的话又有了深层次的理解。之前，她还不太懂父亲，为什么父亲非要和刘疤瘌斗，非要扛着铁锨要革刘疤痫的"命"。现在她才知道，人活着有时候不得不反抗。一味地认命，将会活得很憋屈。

现在的黑妞，就想为自己活着！

看到黑妞和哑巴拿着家伙什，猴子和冬瓜都怂了。这俩家伙，原本就是想在朱大少爷那里买点好，顺便弄几个大洋花花，可是再有钱也得有命花啊。猴子、冬瓜，包括常老三，和朱家的交易，仅仅建立在金钱的基础上，还远远达不到卖命的地步。看到这里，常老三赶紧上前阻止，让猴子和冬瓜退后，然后好言相劝，希望黑妞和哑巴先把家伙什放下来，然后再好好商量。

哑巴拿眼望着黑妞，他见黑妞紧握着菜刀，根本就没有放下的意思，于是他把铁锨也高高地举了起来。

自从黑妞进了门，哑巴渐渐地就把她当成了主心骨。虽然自己大她十岁，可是黑妞的勇敢和智慧还是征服了他，让他甘愿听她的话。近十年来，黑妞和哑巴母子，已经融为了一家人。在哑巴眼里，黑妞就是他的亲人，除了母亲最亲最近的人。他决不允许任何人伤害黑妞，包括带走她。

从哑巴的眼神中，常老三看到了一种危险。于是，他赶紧带着猴子和冬瓜逃出了哑巴家。

人谁不想活着？谁不想好好地活着！别说哑巴一铁锨下来，八成给他们开了瓢，就是打断了胳膊腿，也不值得啊！

当然，常老三绝不会半途而废，来之前他已经拿了朱竹的好处。就这么撤了钱怎么办？退给朱大少爷吗？捏着兜里那块大洋，常老三气愤地一跺足。这件事如果不能给朱大少爷办妥，以后，他常老三就别想在常家村混了！想到这里，他突然停下脚步，转头望着猴子和冬瓜说："你们两个有什么办法？都说说吧。"

冬瓜挠着鼓鼓的后脑勺，嘿嘿地一笑说："三叔，您还不知道俺这两下吗，出力干活行，让俺想招儿一点都没有。"

相比冬瓜，猴子号称机灵鬼。这时候，他的本事显示出来了，不到一袋烟的工夫，他居然想出了三个主意，而且常老三觉得主意都不错。等一袋烟抽完，常老三吧嗒了一下嘴，将烟袋嘴往鞋底上磕了几下说："就第三个主意了，行动！"

　　当晚八点左右，黑妞整理了一下头发，抱着被褥推开了哑巴的门。屋里亮着一盏昏黄的柴油灯。灯光下，哑巴的脸有些潮红，他靠墙蹲在凳子上，傻兮兮地看着走进来的黑妞，然后一龇牙。黑妞略带羞涩地看他一眼，但很快就自然了。

　　虽然从未圆过房，但两人相处了近十年，早就熟悉了。黑妞来到炕前，将手里的被褥放在炕上。铺好了被子，黑妞扭头说："哑巴，歇着吧，明天俺和你一起去田里干活！"

　　哑巴下了凳子，点了点头。似乎想到什么，又连连摇头，双手比画着。黑妞看懂了，他的意思是，地里的活有他就行。黑妞有些感动，虽然这辈子嫁了个哑巴，可是哑巴却给了她一个幸福的家。

　　正当黑妞和哑巴想上炕休息时，窗棂上映出了一道道的火光。直觉告诉黑妞，外面着火了。于是，黑妞率先跑了出来。随后，哑巴也出来了，哇哇地比画着。哑巴虽然憨厚，但不傻。他是告诉黑妞，这火一定是人为的，而这个人，有可能就是常老三！

　　这时候，哑巴娘也出来了，看到大火后，哑巴娘顿时骂了出来："哪个挨千刀的，存心和俺过不去是吗？"

　　火把是有人从外面故意扔进院子来的。落地后点燃了靠墙的一排木柴。显然，扔火把的人对哑巴家的地形很熟，知道哑巴家柴火垛的位置。黑妞和哑巴娘用盆端着缸里的水，哑巴扛起水桶出了院子。水井就在离哑巴家不远的地方。哑巴大步流星，很快就来到了井边，哪知道他刚想打水，有人从背后给了他一棍子。于是，哑巴晕倒在了那人的怀里。

　　那人正是常老三。常老三一摆手，猴子和冬瓜从暗地里出来，将哑巴扛走了。

　　随后，村民已经来了不少人，在常老大的指挥下，铁柱等几个村民帮着黑妞和哑巴娘，总算泼灭了火。常老大松了口气，对哑巴娘说："你们怎么把自家的柴火垛点着了，太不小心了，幸亏这是木柴，如果点的是你家的房子，怕是三条人命都完了。"

　　哑巴娘气呼呼地说："村长说的是，看来，放火的人还算有点人情味，没下狠心啊，俺们一家子还得感谢他手下留情呢。"常老大也不傻，听出哑巴娘语气中的不满，就问："到底咋回事？"哑巴娘扫一眼站在常老大背后的常老三，哼了一声："还是让你家老三说吧！"

常老三故意装出生气的样子，上前几步说："哑巴娘，你这话是什么意思？难道你想诬赖俺不成？"哑巴娘气得真想给他一巴掌，但是，常老三的话说得也不错，她只是怀疑，也没有证据。

就在这时候，黑妞突然说："哑巴呢？哑巴怎么不见了！"

很快，有人告诉黑妞，在井边看到一个担子，没看清是不是哑巴家的。哑巴娘一听就跑了出去。来到井沿边，果然看到了自家的担子，还有两桶水。人呢？难道掉井里去了？一时间，哑巴娘眼前一黑，差一点栽到井里去，幸亏随后跟来的黑妞搀住了她。

黑妞一开始也以为人掉了下去，但细心的她认为，这一切一定是常老三做的。不过常老三再缺德，也不至于杀人。他还没坏到那个份上。再者，黑妞发现井沿上也不滑。按道理，哑巴是不可能滑下去的。就在黑妞想的时候，常老大已经招呼人拿来了竹竿、钩子什么的。但是捞了一顿，什么也没捞到。

直到天亮，哑巴娘还坐在井沿上，守着井沿不动地方。黑妞劝了好半天，她就是不肯走。哑巴娘早年丧夫，从三十几岁就拖着一个哑巴儿子过日子。她能够活到现在，哑巴就是她的精神支柱。哑巴要是有个好歹，她也不想活了。

哑巴娘一下子像是苍老了十岁，两眼呆滞无神。黑妞将哑巴娘拉了起来说"娘，这件事一定是三叔搞的，咱们在这里等没用，听俺的，去找常老三！只有他，才知道哑巴在哪里！"

黑妞的话说到了点子上。哑巴娘站起来了。她也知道，干等没用，既然怀疑常老三，就应该寻上门去。

黑妞是拎着一把菜刀找上门的。哑巴娘的手里拎着一把铁锨。两个女人气冲冲的样子，完全就像两个下了山的女土匪，瞪着血红的眼睛，咬牙切齿的样子，谁看了都禁不住一哆嗦。

此时的常老三，正在和猴子、冬瓜喝酒。酒是用那一块大洋换来了，顺便换了一个烧鸡、半斤牛肉。三个人想到黑妞会来，这也是他们计划的一部分。说白了，常来三就是想公开地拿哑巴做人质。

黑妞一进来，就把常老三面前的桌子踢了。看着一块钱换来的酒肉，就这么毁了，常老三抓着心口窝。心疼啊！不过很快，常老三想通了。那一块钱只是"定金"，只要黑妞成了朱大少爷的女人，后面还有四块大洋的赏金。五块大洋，整整五块！常老三认为自己这个媒人非常值钱。当然，拿人家的手短，吃人家的嘴短。想到这，常老三嘿嘿一笑说："黑妞、哑巴娘，你们是来找哑巴的吧，俺承认，人在俺的手中，不过，不答应俺的条件，人，你们是带不走的！"

常老三说着，豆粒大小的眼睛里泛上两团狡黠的光。

哑巴娘一举手中的铁锨，怒骂着说："常老三，快把俺儿子交出来，要不然，俺拍死你！"

黑妞拦住了哑巴娘。她不怕死，也不怕拼命，但问题是，这边两个人，对方三个人，拼了命能达到目的吗？显然，拼命不是理智的。黑妞紧握着菜刀，虽然她不想拼命，但如果被常老三逼到那份上，她依然会一刀劈下去。常老三其实也慌了，他还真怕眼前这两个女人拼命。

幸好，他早有了准备，退后几步就抄起了靠墙的铁锨。猴子嗖的一下，早就退到了比常老三还远的位置，手里多了一个锄头。只有冬瓜赤手空拳，还站在比常老三更近的位置，一副视死如归的样子。看了他一眼，黑妞心想，也不知道常老三给冬瓜说了什么，居然不怕死了。其实冬瓜不是不怕死，是刚刚被常老三许了一大顿愿，什么吃的喝的穿的，只要跟着常老三干，该有的都有。黑妞淡淡地看向常老三问："什么条件？"常老三也不拐弯抹角，直接说："只要你答应做朱大少爷的女人，俺马上放人！"

听了常老三的话，黑妞有一种想劈他一刀的冲动。虽然不至于劈死他，但让他躺一个月的想法还是有的。没等她开口，哑巴娘骂上了："常老三你这个浑蛋，你拿俺儿子要挟黑妞，俺和你拼了！"

说着，哑巴娘再度举起了铁锨。黑妞没有阻拦，因为她也想出刀了。但这时候，猴子撞开了里屋的门，露出了被绑在凳子上的哑巴，锄头放在了哑巴的头上，那意思只要你们一动手，他的锄头也落了下去。哑巴娘马上收了手，看着儿子，她急得不知道怎么做才好。哑巴无法说话，嘴巴被堵着，只能发出呜呜的声音。这时候，黑妞冷静了下来！

她突然将菜刀横在脖子下，对常老三说："三叔，你别逼俺，俺黑妞是一个说得出做得到的人，你马上放了哑巴，否则俺就自杀，俺绝不会做对不起哑巴的事！"

这一幕，是所有人都始料不及的，包括哑巴母子。哑巴娘赶紧摆着手，"妞，别冲动，快放下刀！"黑妞却异常坚决地说："俺说过，俺生是哑巴的人，死是常家的鬼！俺绝对不会败坏常家的门风！"

哑巴娘一听，气呼呼地骂着常老三："常老三，你听到没有，你也是常家人，这样的好媳妇你去哪里找？难道你非要把妞逼出个好歹来吗！"常老三脸色不断地变幻着，最终他叹息一声，朝猴子摆摆手，将哑巴放了。

他知道，自己再他娘的作，也是常家人啊！

第四章　朱竹

在那个年代里，乡下的日子，就像干涸的河床一样让人绝望。

又是一年春天。田野地头，一个个村民都耷拉着脑袋，望着正在返青的麦苗，他们无计可施。尽管到了麦秋，收下的麦子多半要抵了这债那债，但谁不盼着有一个好收成呢？

田野边，二十出头的黑妞正抱着孩子喂奶。田野里，那老实得像头黄牛一样的哑巴，正挥汗如雨地锄地。和其他村民不同，哑巴不会说话，所以，他不会发牢骚。当然，有黑妞在，日子就在。他从来不会怨天叹地的。对他来说，黑妞就是他最大的福分，比麦子大丰收还开心。

这几年，朱竹似乎放下了黑妞。当然，让朱竹放下黑妞的不是他的本心，而是朱老爷子！那晚大火的事，朱老爷子很快就知道了。因为那两天，大多数村民都轮流去朱家看望他。当然了，朱老爷子也知道，一些人是冲着他的回礼来的。虽然那些人来时也不会空手，有人提几个鸡蛋，有人带着半袋子粮食，也有人扛着一口锅来。总之，每个进门的人，朱老爷子都让他们开开心心地离开。要么抱着一匹布，要么赏几块大洋，要么将从北平带回来的稀奇古怪的玩意拿出几个来，让他们带走。总之，所有来过的人，没有不笑眯眯走的。这也让后来者越来越多，直到第二天晌午，来拜见的人才稀疏了下来。

朱老爷子其实是很有城府的人。别看他始终面带微笑，躺在太师椅上，一边喝茶，一边朝着进来的人点头，满脸随意的样子。其实他都记着呢，谁来或者没来，谁带了些什么，脑子里清清楚楚的。朱老爷子是从常老大的嘴里，得知哑巴家发生大火的事的。听常老大前前后后这么一说，朱老爷子意识到了什么，就问："你确定朱竹看上了黑妞？"常老大趴在朱老爷子的耳边，低声说："俺看八九不离十，俺家老三一准是拿了大少爷的好处。"朱老爷子哼哼了一声："这个孽障，刚回来就给我惹事！对了，我好像没看到哑巴家的人，一晚上没露面？"朱老爷子看了常老大一眼，也朝旁边的两个儿子和儿媳看一眼。朱富寿和朱富贵一直陪伴着父亲，忙碌了一晚上，清点礼品，发放回礼，总算清闲了下来。这时候听到父亲询问，于是都开动脑筋，回想着一个个的面孔，最后，两人纷纷摇头，表示没有看到。

朱老爷子朝常老大摆摆手，淡淡地说："你去把老三叫来！"

于是，常老大匆匆告辞出去。迎接仪式总算落幕了，自己也算松了口气。不过，老三这个浑蛋，居然没事找事，这不是给老子添堵吗！想到这里，常老大急匆匆来到常老三家。当时，常老三刚送走了哑巴家三口，躺下来正睡晌午觉呢，耳朵一紧，被常老大给拎了起来。常老三那是什么人？平日里依仗着大哥是村长，谁敢对他动手动脚的？睡梦中感觉有人侵犯自己，于是破口大骂。一边骂一边睁开眼，这一看，顿时把常老三给吓坏了。整个常家村，他最害怕的人就是老大，于是赶紧央求："大哥，俺不知道是您啊，您可别动手！"常老大一把抓住他的衣领，将他从炕上拽下来，怒不可遏地说，"你到底想做什么？你知不知道昨晚的事很严重！"

常老三自然知道昨晚的事不算小，但有朱大少爷撑腰，他可不在乎。常老三抓住常老大的手腕，慢慢地将他的手推在一边，"大哥，你说得没错，昨晚的事是俺做的，可俺是给朱大少爷做事，要俺说，您也勤往朱大少爷那里跑跑吧，好处少不了你的。"

常老大气得一扬手，巴掌差点落下去，愤愤地说："你个浑蛋，朱大少爷年轻胡来，你就跟着他闹啊？黑妞是咱常家的媳妇，你这么做太缺德了！还有，你知道朱老爷子的态度吗？朱老爷子很生气！"

对于常老大的警告，常老三是不在乎的。因为，朱家回来了，有朱大少爷撑腰，他常老三就能威风起来。老大算个屁啊！但是，常老三不在乎老大，不等于不在乎朱老爷子。听说这件事朱老爷子是反对的，顿时傻眼了。常老大看出老三蔫巴来了，淡淡地说："老爷子让你去一下。"常老三身子一软，坐倒在地上，抱着常老大的腿说："大哥，你得帮帮俺啊。"常老大一脚将常老三踢开，气愤地说："自己扒出来的窟窿，自己去填！"

常老三不知道自己是如何走进朱家的。总之，一路之上，他觉得自己那两条腿像是没有知觉一样。整个人六神无主，就这么来到了朱家。

朱家原本的宅基地很大，举家进京后房子空了下来，这些年损坏了不少。去年朱老爷子就意识到要回老家来，所以让朱富寿回来把房子修的修、翻盖的翻盖，现在看来，都像是新的。

两进的大院，东南向的大门，前面是朱富寿和朱富贵兄弟居住的地方，中间有一个畅通的门洞，进去后就到了第二个院子。一排五间的青砖瓦房，这就是朱老爷子的居所了。

正中的客厅里，朱老爷子端坐在太师椅上，左手挂着一根拐杖，右手捻着两颗圆球，淡淡地望着走进来的常老三。

昨天下车时，常老三搀扶过朱老爷子。所以，朱老爷子对他的印象很深。当然，朱老爷子依稀还记得他年轻时的模样。

常老三战战兢兢地走上来，耷拉着脑袋，两条胳膊垂在腿边，就这么老实巴交地站着，眼睛不时地偷看一眼朱老爷子。

时间仿佛静止了。朱老爷子没说话，所有人都不说话。

过了片刻，朱老爷子终于开口说："老三，我朱家就这么一个根，你想把他带坏了啊！"

听了朱老爷子的话，常老三双腿一软，扑通一下跪倒在地。朱老爷子的声音不大，但带着不可抗拒的威压，仿佛厚重的大山凌空压下。常老三从没感受过这般压力。他后悔了。没错，自己是想讨好朱大少爷，可忽略了朱老爷子的存在。看来，自己还嫩啊。想到这里，常老三脑袋几乎贴在了地上，不住地央求说："老爷子，俺错了。"朱老爷子默默地看着面前这个人，半晌才说："你错在哪儿了？"

常老三的脑袋，就像捣药的杵，在不停地撞击着地面，"俺不该背着您讨好大少爷，俺应该先向您请示的！"朱老爷子眉头微微一皱，摆摆手说："好了，别再磕了，再磕地板又得换了！"说着，朱老爷子厌烦地摆摆手。朱富寿上前拉起常老三说："老三，老爷子让你走了！"

常老三如获特赦，心头狂喜，不住地欠身鞠躬，倒退着离开了客厅。等他出了客厅，发现衣服都湿透了。

常老三走后，朱老爷子又把朱竹叫了进来。朱竹虽然是晚辈，可是在朱老爷子身边，从来都是那种满不在乎的样子。他当然知道爷爷为什么把他叫进来。但他心中认定了黑妞，不觉得自己做错了什么。朱老爷子望着这个让自己有些失望的孙子，淡淡地问："为什么不跪下？难道你觉得这件事做得对？"朱竹扭着脖子说："我已经二十了，找个女人怎么了？再说了，她只是童养媳，又没圆房！"朱竹以为，爷爷一定是生气自己找了个有男人的女人，所以才把黑妞没和哑巴圆房的事说了出来。但是，他哪知道朱老爷子心里想什么。朱老爷子恨恨地一拐杖敲在朱竹的屁股上，不住地骂着："你这个小王八蛋，书都读到脑瓜子后面去了，你知不知道你是朱家的期望？朱家是什么门庭，她黑妞又是什么出身，你难道不知道什么是门当户对吗？你找女人爷爷不反对，可你也不能太随便了！"

朱竹终于明白了，爷爷还是那套老思想。看着爷爷，他仿佛在看着一截老榆木疙瘩。半晌，朱竹忍不住说："爷爷，你老了，还在拿老一套的说辞来训我，我正因为读过书，才知道喜欢就是喜欢，什么门当户对，全他娘的是狗屁！"

面对朱竹的"强词夺理"，朱老爷子这次是真的生气了。他忽地一下从太师椅上站起来，劈头就是一拐杖砸了过去。幸亏朱富寿用胳膊一挡，不然的话，朱竹的脑袋上就要多一道疤痕了。

眼看着爷孙俩干起来，大夫人赶紧将儿子拖出去。其他人不停地劝说，朱老爷子这才消了气，他不住地拍打着茶几说："这个兔崽子知道什么，咱们朱家结亲，难道仅仅是为了门当户对吗，还要为了朱家的前程啊！"

朱富寿和朱富贵最明白父亲的想法了。因为，在回来之前，朱老爷子找他们兄弟俩商量过。当时，兄弟俩都不同意回归故里，因为朱家进京三十年，好容易打下了一片天地，这一回来，三十年的努力几乎白费了。

但朱老爷子高瞻远瞩，他看出时局的动荡，北平已经不是之前的北平了，成了各大势力竞争的地方，甚至连日本人的势力也渗透了。当时，朱老爷子对两个儿子说："咱们朱家之前和关外的客商来往，得罪过日本人，可如今，日本人在北平的势力越来越大，再不抽身，以后就要卷入一场是非了。"听完朱老爷子的话，朱富寿兄弟便马上懂了。现在，朱家人回到了故地，虽然在常家村算是大户人家，可是要想东山再起，还得找个倚靠。显然，朱老爷子是想利用联姻的方式，寻求一个依托。但这种长者的盘算，年轻气盛的朱竹，又怎么知道呢？

朱竹有自己的思想，他是个敢爱敢恨的人。被母亲拖出来后，他就离开了朱家，走向空旷的田野。望着远处的天际，朱竹振臂高呼，就像在北平大学里发着誓言一样，一定要为自由而活着！正当他嘹亮的声音穿越苍穹，落向四面的田野时，黑妞端着一盆衣服去了村头的湾边。

于是，朱竹快步跑到了黑妞的身后，大声说："黑妞，我喜欢你！"黑妞吓了一跳。这么大胆的表白，她从未遇到过，也未曾想到过。一时间，黑妞微黑的脸上，泛上了红晕。幸好周围没人，否则，黑妞真的是没脸见人了。虽然她比一般的女孩子直爽果敢一些，但毕竟也有着女孩子的矜持。平静了一下心态，黑妞对朱竹说："朱大少爷，对不起，俺有男人，请您不要再来骚扰俺！"

说着，黑妞开始低着头洗衣服，再也不理会朱竹。朱竹望着水中自己的倒影，小分头，吊带裤，打着领带，怎么看也是这个时代的弄潮儿。即便在北平，走在街上，也会引发一些女孩子的尖叫。怎么对你黑妞一点吸引力也没有？朱竹不死心，再次说："黑妞，我老师说过，旧的婚姻都是封建思想在作祟，无论男人还是女人，一切有志向的青年，要敢于向旧婚姻作斗争！"

朱竹的话很有力量，声音很大，但对黑妞来说，却丝毫作用也不起。他根本就不知道，黑妞是个感性的女孩子。她懂得感恩，知道自己能够活下来，完全是因为哑巴母子。所以，对她来说，她宁愿伤害自己，也不会伤害哑巴母子。尽管，站在她身后的人，是四村八乡万里挑一的大少爷，可是对她来说一点用也没有。

　　看到黑妞就像个石头一样，对自己毫无感情，甚至连看也不看自己一眼。朱竹失落了。他的自尊和自豪，在那一刻被碾得一无所有，仿佛整个人都被碾碎一般。

　　他没有对黑妞做什么，而是哇哇地大叫着，一头扑进了黑妞身后的地里，将领带扯了下来，将头发弄乱，将全身弄得脏兮兮的。然后，他再次跑到黑妞的身后，大声地说："黑妞，现在呢，你看看我，你是不是喜欢这样的我？"

　　黑妞淡淡地朝水中的影子看一眼，然后将盆里的脏水泼进了河里。顿时间，水里那清亮明澈的影子一片模糊。就在朱竹呆然愣住时，黑妞端着衣服离开了河边。随后，河边传来朱竹的叫声，仿佛是控诉老天的不公，又像是在向老天质问。

　　总之，那一天，整个常家村的人都知道了。朱竹为了黑妞把自己变得像傻子一样。

　　哑巴娘和哑巴也知道了。晚上，黑妞去西屋里睡觉了。哑巴娘母子坐在东屋里，两个人静默着不说话。板柜上的柴油灯在不死不活地燃烧着最后一点油。哑巴拿起一根烟袋，慢慢地点上。之前的他是不抽烟的。所以，当一口烟吸进肚子里，马上呛得他不住地咳嗽。哑巴娘将自己的烟袋拿过去，瞪了哑巴一眼。哑巴娘抽了一口烟说："你是啥意思？"

　　哑巴不住地摆手。他一脸惶恐地看着母亲，生怕母亲突然说出那句话来。哑巴娘瞥一眼儿子。如果说这个世上只剩下一个懂哑巴的人，那就是她。儿子的心思，她懂。她想询问儿子，如果黑妞被朱竹抢走怎么办？而哑巴的意思是，坚决不行。他不能没有黑妞。哑巴娘很无奈，她叹息着说："咱们常家虽然是大族，可是心不齐，尤其那个常老三，胳膊肘往外拐，常老大虽然是村长，看着中规中矩，可也没少往朱家跑，如果朱老爷子允了这门亲事，咱们挡不住！"哑巴的泪哗哗地流了下来，他紧紧地抓着母亲，似乎在说，娘，你一定要留下黑妞啊，俺不能没有她！就在这时，只听一个声音说："娘，哑巴，你们放心，别说朱老爷子，就是天王老子，也别想把咱们一家人分开！"

　　说话的自然就是黑妞了。黑妞没有睡着。她进屋后发现哑巴没跟过去，就猜到母子俩在为白天的事犯愁。接下来，哑巴娘的话她也听到了。她必须给哑巴母子一个定心丸。哑巴娘听了黑妞的话也感动了，抓住她的手说："妞啊，委屈你了，娘也舍不得你啊！"

黑妞和哑巴娘紧紧地拥抱着。她望着如豆粒一般，微弱的灯光。她当然知道，嫁入朱家，将换来衣食无忧的生活，可是她有做人的标准。她不能忘恩负义！虽然常家像这米粒般的灯光一样，但她相信，不久的将来，她一定能让它燃烧得更旺！

第五章　联姻

　　朱竹的事情并没有这么容易过去。之后，每隔一段时间，他总是会出现在黑妞的身边。有时候，甚至会当着哑巴的面，毫无忌惮地坦露自己的心声。当然，他从来不会用强。用他的话来说，黑妞是他的真爱。真爱不能亵渎！

　　每次朱竹一出现，哑巴就扛着铁锹，一副决生死的样子。黑妞见朱竹一个人来，担心哑巴和他打起来，就将他拉到身后。有时候，黑妞也说："放心吧，他抢不走俺。"有时候，黑妞干脆说："别理他，咱们忙咱们的。"

　　对于朱竹的话，十句有九句黑妞听若不闻。这让堂堂的朱家大少爷很没有面子。但这恰恰让朱竹对黑妞刮目相看。他觉得自己没看错她。她不是一个简单的女人。望着黑妞和哑巴，朱竹心里不是滋味。因为，在他看来，只有自己这样的男人，才配得上黑妞。一个不能说话的哑巴，他能给黑妞什么？他懂什么？他能陪着黑妞谈人生，谈理想吗？他甚至连起码的聊天都不能！黑妞啊，你为什么要这样委屈自己，难道我朱竹一点也不入你的眼吗？

　　有一段时间，朱竹甚至觉得黑妞是个仇富的女人。好啊，为了你，我可以放弃朱家的万贯家财！于是，朱竹就换了一身粗布衣服，然后跟在哑巴的身后干活。细皮嫩肉的他，哪里受得了这种面朝黄土背朝天的累。很快，朱竹就瘫倒在地上。

有朱竹的地方，经常有常老三。有常老三的地方，就有猴子和冬瓜。看到朱大少爷在黑妞面前吃瘪受苦，常老三恨得牙根疼。他不止一次地对朱竹说："朱大少爷，您发声话，只要您点了头，老子干死哑巴这个鳖孙！"听到常老三说出这种话，朱竹不但不开心，反而生气了："三叔，你想陷我朱竹不仁不义吗？我朱竹是喜欢黑妞，但我要堂堂正正地把她娶到家，要让她心甘情愿！你这样做，不但会让黑妞瞧不起我，也会让全村的村民戳我的脊梁骨！"

常老三当然只是说说，他怎么不知道这些利害。从朱老爷子那里回来，常老三就自我反省了一段日子。他总算明白了朱老爷子心思的三四成。在朱老爷子眼里，她黑妞算个屁！就是在他常老三眼里，黑妞……还算是个人物吧？常老三不能昧着良心。不得不说，黑妞自从来到常家村，渐渐地征服了村民的心。她的胆大心细，她的勤快孝道，以及和村民相处和谐愉快，让全村人刮目相看。不过，仅仅如此，她还远远配不上朱竹，因为出身不同。人家朱竹，那是进过高等学堂的大少爷，是接受过先进思想洗礼的年轻人。她黑妞呢？不过一个庄稼地里的女娃罢了！想通了这点，他便对自己撮合黑妞和朱竹有些后悔。这件事搞不好会让朱老爷子反感。

他记得有一天，朱老爷子再次找到他。那天常老三受宠若惊，屁颠屁颠地来到了朱家，这才理顺了接下来的路。那天，朱老爷子四平八稳地坐在客厅里，端着掐丝珐琅的茶杯，慢慢地抿了一口，对站在自己斜下方的常老三说："老三啊，我知道你这个人，虽然不钻庄稼地里的活，但人机灵、爱跑腿，你看这样好不好？反正你对我们家大少爷挺感兴趣的，以后你就替我盯着他点，别闹出什么不可挽回的事情来。"常老三心里忐忑不安，心说老爷子为啥敲打自己这句话，是不是自己跟大少爷太近了？还是他认为大少爷骚扰黑妞是自己挑唆的？想到这儿，他战战兢兢地说："老爷子，俺知道错了，俺以后离大少爷远一点！"朱老爷子摇摇头，放下杯子，对常老三说："挺机灵的人，你怎么没听明白我的意思呢！我不是让你远离大少爷，相反让你紧跟着他，别让他犯错误。"常老三听明白了，第一遍就明白了。只是他不太相信，听到这里赶紧说："老爷子，俺听明白了，可是还是有些糊涂，您不是反对他黏糊黑妞吗？"朱老爷子再次端起杯子，不紧不慢地吹着水面上漂的茶叶，慢慢地抿了一口，这才说："我老了，没几天活头了，等我死了，这个浑球该干什么不还是干什么？到时候没个人盯着他咋办？"

常老三马上懂了，但他不愧是脑瓜子反应灵敏，赶紧一阵子拍马屁说："老爷子壮实着呢，老爷子万寿无疆！"这话也就是客套客套。别说朱老爷子不相信，常老三自己也不信。不过，要说长命百岁还真有希望。看朱老爷子这个身子骨，再活个十来年没什么！到那时候，不就一百岁了？常老三也在盘算，眼下是跟着朱老爷子走的时候，真到了朱老爷子爬不动了，别说朱竹不听他的，连常老三怕是也指使不动。就在他眼珠子转动时，朱老爷子看出了他的心思，但也没生气，淡然一笑："老三啊，我知道你在想什么，不管怎么说，你是在为朱家跑腿，所以我不怪你，以后啊，你就给我看着大少爷就行，省得他老往黑妞那里跑。"常老三赶紧说："老爷子，大少爷长着两条腿，俺拉不住啊！"朱老爷子显然知道他说的是现实，沉默了半晌说："我也不指望你拖住他，大原则的错误别让他犯就行了，这孩子，终究是要娶县城范掌柜的女儿的！"

县城范掌柜，那可是乐陵县有名的财主。常老三也听说过，早年范掌柜也是穷苦人出身，和常老三有几分相似，吃不了乡下农活的苦，二十几年前，被他家老爷子一棍子打到了关外去。当然是离家出走了。那时候，范掌柜家没多少吃的，就守着几棵枣树过日子，也饿不着。但是，范掌柜跑的时候，一生气，把家里的干枣扛了一袋子。那袋子干枣差不多有五六十斤。范掌柜走走停停，饿了就吞一把，渴了就喝一口河水，就这么越跑越远，居然跑到关外去了。说来也怪，在关外的时候，范掌柜结交了一个关外的朋友。那人胃肠不好，经常拉肚子，而范掌柜呢，天天吃枣，吃得上了胃火不说，还有些便秘。范掌柜就送给朋友一些干枣，还告诉他烤着吃。就这么吃了两三次，那人的胃肠居然好了，再也不拉肚子了。于是两人这么一合计，那人在关外盘了一个门店，范掌柜回到了乐陵，开始往关外走货。就这么一来一回的，渐渐地范掌柜就发财了。

发了财后，范掌柜在县城买了一套房子，大张旗鼓地收购本地的干枣。这时候，范掌柜的父亲去世了。范掌柜回到老家，给老爷子隆重地修了一个墓地，烧纸的时候范掌柜感慨万分，如果不是老爷子当年嫌他懒，一棍子把他打到了关外去，也许他现在还和村里那些人一样，过着面朝黄土背朝天的日子呢。

那个年代，尽管村民们羡慕那些发财的大户，可是很少人去想他们是怎么发财的。那时候的人们比较单纯，都愿意守着自己的一亩三分地过日子，没地的就从地主家租上一两亩。像范掌柜这样的人，在他们眼里总有些叛经离道，通俗点讲就是不守本分。那时候，在村民们的眼里，只有那些勤快的庄稼人才是正经人。如果走在乡间地头上，看到谁家的麦田长势旺盛，谁家的地里收拾得干干净净的，谁家才是过日子的户。相反，你就是在外面发了再大的财，村民也认为你不务正业！

当然，也有例外的人。比如朱老爷子。朱老爷子是三十年前就去的北平。所以，他的思想境界早就和村民不一样了。每次回来，他很少和村民们谈论大城市生意场的事。不是不想说，是一说的时候，那些凑在自己身边的村民，就大眼瞪小眼，一脸懵圈的样子，甚至没几句话就有人打瞌睡了。所以，后来他就干脆不说了，甚至回来得渐渐少了。

这一次，如果不是觉察到北平的时局有点不对，朱老爷子还是不肯回来的。他曾对两个儿子说："等我老了，你们就把我的骨灰带回去，埋在祖地里。"显然，时局的发展有点出乎他的意料。作为八十八岁高龄的老人，走南闯北的生意人。他敏感地嗅到了什么信号，因此，他马上做出了全家迁回老家的决定。

虽然这对于稳定了三十年的生意来说，是一种较大的损失，但和生命相比，再多的钱财又有什么用？

在北平，朱老爷子也是贩卖小枣的。其实他早就知道范掌柜这个人了。范掌柜前些年来往关外，有时候专程去拜访过朱老爷子。而朱老爷子前些年回来，也进城见过范掌柜。朱老爷子知道范掌柜有一个女儿，早就打定了主意。如果这一次全家不迁回，朱老爷子也不急着考虑朱竹的事。或许，让朱竹接触一下北平的权贵，对他有更大的好处。但时局开始迷离，接下来肯定会动荡不安。而越大的城市相对越不安全。有了这样的想法后，朱老爷子就打消了给朱竹在北平联姻的念头。

　　从北平回来的路上，坐在马车里，朱老爷子就想了一路。回来做什么？这些年，朱家一直做着小枣生意，不可能再经营其他的行当，但是，整个乐陵小枣生意做得最大，甚至做到关外去的，也只有范掌柜的。如果自己继续小枣生意，难免会引起范掌柜的反感，这对于朱家稳定老家的根基没有好处。但如果联姻呢？一旦两家成了亲戚，生意上的事也就好说了。

　　但是这件事他并没有急于说出来，甚至连朱富寿和朱富贵都不知道。眼看着朱竹越闹越不像话，朱老爷子知道，是时候把这件事提上日程了。

　　这天，他就将两个儿子儿媳叫到了近前说："朱竹年纪也不小了，成天追在黑妞的身后不像话，我看还是给他娶个媳妇吧！"

　　朱老爷子的话在朱家一向有权威，别说这件事他说得有道理，即便是没有道理，也没人敢反驳。听了他的话后，儿子儿媳马上表示了同意。接着，朱老爷子就提到了范掌柜的女儿，并说自己要亲自去见见范掌柜。

　　第二天，朱老爷子就坐着马车来到了县城。县城中心有一家富平楼，对面就是范掌柜的铺子，范氏枣铺！一排五间，有三间是大堂，通着的，一进去就可以看到一袋子一袋子的干枣。有后门，过了院子还有一排房子，中间隔开了，一半是仓库，一半是范掌柜住的地方。朱老爷子一下车，正在柜台后打算盘的范掌柜就看到了，先是一愣神，马上绕了出来，笑脸相迎："朱老爷子，您是什么时候回来的？"朱老爷子笑笑："有段时间了，一直在收拾老家的房子，没顾得上进城！"范掌柜一听就问："两年了？合着您是不想回去了？"

　　说话间两人就来到大堂里首的房屋里。这里有两间算是范掌柜的会客厅，平时谈生意、接待客人用的。落了座，两人继续刚刚的话题。听到朱老爷子谈起北平的时局，范掌柜顿时一脸忧虑地说："不但您北平的生意受到了影响，我这里的生意也不看好了，您知道的，我的生意大半靠着关外，可前不久，我关外的一批货被小鬼子给吞了，只能认倒霉，狗日的小鬼子，越来越不讲理了，之前大不了压价，还能给点本钱，现在倒好，改明抢了！"说起关外的生意，范掌柜是一脸郁闷。这让朱老爷子更觉得自己迁回老家是明智之举。朱老爷子抿了一口茶，叹息着说："北平的大街上，日本人越来越多，而且越来越张扬，我看小鬼子是要进关了，生意不好做了。"范掌柜连连点头："老爷子，您回来得好啊！"

正说着，一个清秀的女孩走了进来。她就是范掌柜的女儿范思琪。刚从北平读书回来。看到朱老爷子，范思琪很客气地鞠鞠躬，问道："爹，这位老爷子是谁啊？"范掌柜马上说："思琪啊，还记得爹跟你说过在北平有一个同行吗？他就是朱老爷子。"范思琪一听，赶紧说："原来您就是朱老爷子！我在北平读书时，还想着去拜访您呢，一直没抽出时间来。"范思琪在北平，算是独身一人。所以，送她去读书时，范掌柜就提到了朱老爷子，还把地址给了女儿。朱老爷子有些遗憾地说："你看看，我在北平时，没能照顾到思琪，现在回来了，还希望你经常去村里玩，到时候我一定尽地主之谊！"客套了几句后，范思琪出去了。朱老爷子这才聊到了两个孩子的婚事上。范掌柜听说朱老爷子孙子也没定亲，就端着茶杯琢磨。朱老爷子以为范掌柜不同意，有些尴尬地问："是不是觉得我孙子和令嫒不般配啊？"范掌柜忙说："不不不，你家朱大少爷我是见过的，人才长相没的说，小伙子也很有思想，我刚刚是在揣摩思琪的态度，思琪这孩子长大了，她到底喜欢什么样的，我也拿不准呢。"朱老爷子当然知道，这种事不能强求，就让范掌柜考虑考虑，然后告辞回来了。

朱老爷子走后，范掌柜就把女儿叫到了面前，聊到了朱老爷子的来意。范思琪一听就不乐意地说："爹，都什么年代了，你们还替后辈做主婚姻？你知道我的理想吗？知道我的抱负吗？"范掌柜拿这个宝贝丫头也没辙。其实这两年，随着范思琪长大成人，范掌柜早就考虑她的婚姻了，可是范思琪越来越有主见，每次都拿类似的话堵他。像什么"婚姻大事父母做主"类的话，范掌柜早就说了不下几十遍了。他知道再说也没用，在女儿那里，父母替儿女做主婚姻根本就行不通！

范思琪虽然没经历过五四运动，但是她一进入大学，就接受了青年先进思想的洗涤。在北平大学，一直传播着五四运动的故事。当年青年学子们解放思想、呼吁自由的口号，几乎还响彻在北平的街头。这让范思琪那颗年轻的心跳动不已。所以，当父亲和她聊起婚姻大事时，她认为父亲的思想太过老化了，她绝不可能找一个思想不同的人结婚。不过，当她听到"朱竹"这个名字时，马上惊呼了起来，因为，朱竹是她的同学！

第六章　觉醒

　　没过几天，范思琪就来到了常家村。而且，很巧的是，她是在田野里见到的朱竹。同时，他也看到了朱竹追求的黑妞。范思琪很快就听说了朱竹的事，作为一个自诩有着新思想的她，仿佛发现新大陆一样，对这件事充满了好奇。当时，常老三也在。

　　常老三和猴子、冬瓜一直形影不离地跟着朱竹，活脱脱成了朱竹的跟班。朱竹也不赶他们走，既然愿意跟，那就跟着吧。不过，朱竹干活的时候，可不许他们帮忙，除非看到黑妞累了。或者天黑了，黑妞的前面还有大片的活没完事，朱竹就朝常老三一指。常老三多机灵，马上明白了，带着猴子和冬瓜就恢复了农民的身份。

　　自从跟在了朱竹身边，常老三、猴子、冬瓜三人早就厌烦了农活。可是朱竹的指示又不能违背，只好无奈地帮黑妞干活。当然，朱竹也不会闲着。他很想向黑妞证明，自己是完全可以适应农活的。只要她喜欢，自己愿意变成任何样子的人。但是，在黑妞眼里，朱竹始终像空气一样。当然，常老三和猴子没少给朱竹出主意，那些办法用了一个又一个，没有一次能够打动黑妞的。猴子甚至从家里翻出来一本《三十六计》，从头用到尾，就差美人计和走为上计了。

　　当范思琪出现时，朱竹正在让常老三拿出更好的办法。常老三头发都挠下来一大把，哪里还有什么好主意。就在这时，他看到范思琪和朱竹聊了起来。就这么一观察，他发现，两人居然是老同学。不过，范思琪好像对朱竹不感冒，朱竹对范思琪也没意思。但是接下来，常老三发现范思琪对黑妞产生了浓厚的兴趣。

于是，常老三觍着脸把朱竹追求黑妞的事说了一遍。他把朱竹描绘得就像一个为了爱情不顾一切的王子。而黑妞呢，他虽然没有刻意地编派，还是有意无意地融入了自己的观点，认为黑妞不管怎么说，也是被朱竹看中的人，不应该自甘堕落，和哑巴过一辈子。

听说了黑妞的故事后，站在女性的立场上，范思琪认为，自己有必要给黑妞做一下思想工作，于是，她将黑妞拉到河边坐下，然后认认真真、意味深长地说："黑妞同学，你我都是新时代的青年，我不知道你听说过五四运动没有，但我希望你明白一个道理，中国的女性被男权奴役了数千年，是时候追求幸福和自由了！"

尽管范思琪的话很缥缈，道理很深奥，但黑妞还是听出了大概。她朝范思琪笑笑说："虽然俺没听说过你口中的什么运动，但俺明白你说的道理，你说得没错，女人应该追求自己的幸福和自由，俺一直是这么做的啊，俺觉得，俺已经追求到了。"

黑妞说这些话时，还望着正在远处田野里干活的哑巴，脸上洋溢着幸福。她微黑的面额泛着红光，在阳光下熠熠生辉，眼神更加坚定无比。

范思琪有些惊呆了。她做梦都想不到，一个健全的女孩子，幸福的标准如此微小。她忍不住抓住黑妞的手大声说："不，你这不是幸福，是满足，你没有接触过更好的男孩子，所以，在你眼里，哑巴就是最好的，其实……"

范思琪的话还没说完，黑妞摇头笑着说："不，俺接触的人不少，就拿朱竹来说吧，他人长得帅，又是高才生，远比村里的男人懂文化，朱家还是四村八乡有名的富户，俺当然知道，如果比人才、比钱财、比身份、比地位，哑巴远远不如他，但是，俺和哑巴在一起就是一种幸福。俺知道，俺这么说，你是无法想象的，但俺只能告诉你，幸福不是自私，俺如果离开了哑巴，哑巴会很痛苦，那么俺也不会快乐！"

黑妞说这话时，哑巴已经走到了她的面前，刚好听到她这席话。哑巴笑了。哑巴只是不能用嘴巴表达而已，他的听力很好，甚至超过了普通人。或许是上帝为他关闭了一扇门的同时，又给他打开了另一扇窗吧。哑巴虽然老实巴交，但他能够从黑妞的眼神中看到她的心事。

他知道，黑妞说出的是真心话。因此，他非常感动。他慢慢地转头，望着范思琪。本来他对这个女孩没有什么好感，因为他听到她在一遍遍地劝说黑妞离开自己。但当黑妞说出这席话后，他连对范思琪的不满也淡化了。

范思琪很惊讶，这世上怎么有如此顽固不化的人。难道人不应该有着积极向上的追求吗？范思琪是一个固执的女孩。她决定动用自己的一切手段说服黑妞。

第二天，范思琪又来到了常家村。她来的时候，带来了一张画板，还有一些之前画过的作品。范思琪喜欢美术。在北平时，她几乎将北平最美的风景都画了下来。于是，趁着黑妞休息的时候，她展示着自己的那些画作。

果然，看完那些画作后，黑妞感慨地说："北平真的很美。"范思琪趁机说："外面的世界很大，我们不应该局限在眼前，新时代的女性，应该展望未来，大胆地追求幸福的生活！"哪知道黑妞笑笑说："谢谢你给俺带来如此美好的构想，有朝一日，俺一定带着哑巴去北平看看，甚至走遍全中国！"范思琪彻底无语了。她怎么也没想到，黑妞的幸福是和哑巴绑定在一起的。

范思琪放弃了！临走之前，她指着朱竹说："你不要再努力了，一切都是徒劳的，因为她和哑巴注定是分不开的！"

这天晚上，黑妞长夜无眠。她躺在炕上，望着窗外依稀可见的月亮，耳边不止一次地回想着范思琪的话。范思琪的话，虽然没有影响到她对哑巴的感情，却也深深地触动了她，让她开始觉醒。她的眼睛越来越亮，目光穿过了夜空，延伸到了无限的远处。范小姐说得没错，人要追求幸福。但俺的幸福是和家人一起幸福，俺要带着他们，为幸福和自由而活着。

……

十年后，常家村发生了一件大事。朱老爷子归西了。

朱老爷子归西的时候，正赶上国内时局有些紧张。"九·一八"事变爆发了，全国掀起了抗日大潮。当时，从乐陵走出去的将军宋哲元入驻了北平。听到这个消息后，朱老爷子很兴奋。毕竟宋将军是老家人，有他的庇护，北平的生意一定好做。因此，那段时间朱老爷子开始筹备重返北平。但是朱富寿和朱富贵不同意。毕竟朱老爷子年纪太大了。一百岁的人了，哪里还能舟车劳顿？再者说了，当时朱老爷子听力、视力、脚力都不好了。他去北平就是个念想。两个儿子知道，朱老爷子在北平打拼了三十年，不想丢失那块阵地。亏了范掌柜良言相劝。范掌柜说："老爷子，宋将军是咱老乡不假，可是他越去坐镇北平，越说明了一个问题，时局乱了，眼下日本人已经扯下了遮羞布，说不定哪天就会把大炮推到关内来，您说，咱们拼了一辈子图个啥？这样不挺好的嘛！"

当时，范思琪已经和朱竹成亲。范思琪和朱竹终于都对黑妞失望了，放弃了心中最美好的那份追求。

不过，正因为放下，他们也得到了什么。那就是经过一段日子的并肩共谋，渐渐地，他们发现彼此居然接受了对方。

朱范两家生意联合后，商铺在乐陵也算得上是一等一的。听了范掌柜的劝说，朱老爷子这才收了心，一身骨头总算是留在了老家。

朱老爷子活到了一百岁。一天不差，一天不多。

他是很满意地带着微笑闭上眼睛的。因为就在他死之前，他的重孙子三岁了。朱家也算是四世同堂了。

咽气前，朱老爷子突然比以往更清醒了。他摸着重孙子朱有财的脑袋说："有财啊，你三周岁生日时，老爷爷送了你一个算盘，长大了要好好打，一定要守住朱家的家业啊。"

三岁的朱有财自然不懂老爷爷这些话，但是他还是认认真真地点着头，把老爷爷的话记在了心里。

朱老爷子没有什么遗言，最后一眼是打量着自己的屋顶，然后什么也没说就闭上了眼睛。

到死，他认为当年做出迁回老家的举措是明智的。因为他死的时候，北平的时局已经紧张得像一张拉满的弓。

朱老爷子入土，朱家人没有一个哭的。对外来说，百岁老人入土那是喜丧。朱老爷子临死前也嘱咐朱富寿和朱富贵，以及朱竹他们，谁也不许哭。一高兴，朱家的气运还会持续往上升，或许一哭就要跌落几年了。

这也成了常家村的一件怪相。因为，朱家人不哭，村里哭的人却不少。常老大、常老三，以及猴子、冬瓜，哭得一把鼻涕一把泪的。

全村的壮劳力，抬着厚厚的楠木棺材，被这几个人一闹，三天的饭都白吃了。一个个肩膀上印着深深的红痕。尤其是常老三，三步一个头地祭拜，让抬棺的人都恨得牙痒痒。但是，谁也不能指责人家。朱家人更加不能阻止，这是人家常老三等人的"孝心"呢。

朱老爷子入土后，朱家的掌权人就变成了朱富寿。而朱富贵进城去了。

朱富寿在家主的位上待了没几天，目光便落在哑巴家的那几片耕地上。关外乱了，北平时局也开始紧张，如今的小枣生意不好做了。朱富寿祖上留下来的耕地太少了。这些年忙于生意，朱家并没有在土地上做文章。

经过几天的思虑，朱富寿发现最近的粮食市场很好。或许和时局有关吧，粮食一直在涨价。可是朱家加起来也就七十多亩地，对于朱富寿的胃口来说，这还不够。当然，他没有将手伸向其他的村民。那些村民，大多家里没有几分地，一年到头，种的庄稼够吃的就不错了。其他的地亩，都在几个地主和村长常老大、哑巴家里。朱富寿思来想去，几个地主他不想动，毕竟平时来往很密切，常老大是村长，也不便动。最后，他决定对哑巴家下手。

那天，哑巴和黑妞刚翻了一遍地，准备撒下麦种时，一只脚踏在了麦种袋子上。哑巴和黑妞慢慢地抬起头，看到了朱富寿那张阴沉的脸。哑巴朝黑妞望去。哑巴家有什么事，一般都由黑妞出面。黑妞淡淡地说："富寿叔，有事吗？"朱富寿点点头说："有，今年的麦子你们别种了，我安排人种吧。"黑妞一时没听明白，忙说，"不用，俺和哑巴忙几天，就种完了。"朱富寿摇摇头说："看来，我的话描述得不够清楚啊，黑妞，我的意思是，你这片地归朱家了。"黑妞心里就是一咯噔。她不明白，为什么朱富寿突然来打这片地的主意。她刚要开口，就被朱富寿阻住了。朱富寿摆摆手说："你不必说了，我查过村里的记录，你家这片地来历不对，根本就不属于祖上的地，所以，村里决定是要收回来的！"

黑妞算是看明白了。朱富寿这是欺负哑巴不会说话呢。除了哑巴，家里只有女人和孩子了。女人顶着过日子，从来都是被人瞧不起的。这让黑妞想起了范思琪的话。她眼圈一红，本想和朱富寿理论，又一想，俺和他犯不着话，这件事要听村长怎么说。想到这儿，黑妞带着哑巴去找常老大了。

朱富寿的一行一动，常老大是心里有数的。这几天，朱富寿一直在打土地的主意，他来找过常老大，问过一些土地的事。常老大看出来了，朱富寿是想走一条新路子啊。不过大多村民没有多少地，即便是土地多的，也是从几个地主家租种的，每年也是缴纳地租的。只有哑巴家，有着十来亩地，所以这些年日子过得也不算紧巴。虽然不宽松，却比一般的佃户要好得多。

当黑妞带着哑巴来到时，常老大已经猜出了两人的来历。黑妞直截了当地说："村长，俺想问问，俺家的地到底是不是俺家的？"常老大眉头微微一皱，笑着说："妞啊，瞧你这话说的，你家的地怎么不是你家的呢。"黑妞马上说："富寿叔刚刚说了，俺家的地要收回去！"常老大干咳了几声说："其实富寿兄弟说得也有道理，往上推几代，你家那片地还真是朱家的。"黑妞一听就急了，但是，她是嫁过来的女人，对于家里那片地的来历她也不清楚，于是望向了哑巴。哑巴摆着手，显然，他也不知道。黑妞想了想，就把哑巴娘叫了来。听说自家的地出了问题，哑巴娘就焦急地说："村长啊，好歹咱们是一族的，你不能把俺家往火坑里推吧。"常老大脸色就是一变，说道："哑巴娘，你怎么说话呢？什么叫把你们往火坑里推？你们家白种了这么多年的地，按道理是应该给朱家交地租的！这件事你也不清楚，是你公公的父亲在世时的事！"

这一推，就是几代人上去了。哑巴娘也是嫁过来的。她哪里知道哑巴家的事啊，往上推，老一辈的人都不在了，谁能做证？哑巴娘一咬牙，去找了常家族中年龄最大的常老爷子。哪知道常老爷子颤颤巍巍，半天说不出个所以然了。这件事，因为哑巴娘没有人证，也没有地契，只能吃哑巴亏了。

常老大将哑巴娘叫到一边，低声说："哑巴娘，你的年龄和俺差不多，咱们都是一大把年纪的人了，一定要能进能退，朱富寿这个人可不好惹啊。

再说了，朱家和范家联姻，在县城也是有势力的，别说占了你家的地，就是把哑巴杀了，你敢咋地？"

常老大有威胁哑巴娘的意思。哑巴娘当然听出来了。想想，朱家还真有这个本事。回到家里，哑巴娘把黑妞和哑巴叫到身边说："算了，胳膊扭不过大腿，咱们认了吧。"黑妞一听就说："娘，凭什么认，咱们家是拿不出那片地的证据来，可朱家就拿得出来吗？地给了朱家，咱们一家五口吃什么？"

这时候，黑妞已经生了两个儿子，都在长身体的时候。没有了那片地，黑妞不知道如何养活两个孩子。她想到了自己的娘家。当初如果不是地亩少，家里穷得一天只能吃一顿饭，甚至还吃不饱，母亲也不会让自己当常家的童养媳！

黑妞决定了，地决不能送给朱家！除非朱家能够拿出证据来，证明那块地是朱家的。哑巴娘自然无话可说。这些年，她习惯了让黑妞当家。但是，她也非常担心，黑妞这么和朱家顶下去，万一朱家报复怎么办？

朱家的报复还没来，常家的报复来了。常家是一个大家族，几乎占了整个村的大半户。就因为哑巴家的地，大家族在常老爷子的院子里召开了会议。开会的时候，常老爷子被常老大和常老三扶到了一个竹椅上，坐在正中的位置。不过，会议是常老大主持的。常老大将哑巴家地的事说了出来，他说："常家虽然人多，但也是讲道理的，咱们决不允许为了自身利益，损害家族的名声，俺问过老爷子，他说哑巴家那块地是朱家的，是人家的就退回去！"

黑妞站了起来，大声说："村长，你说是朱家的，朱家可有证据？"常老大脸色阴沉地说："朱家是没有证据，可你家就有吗？当时，朱家和常家要好，朱家没有留下租借的字据，那是人家朱家信任你们，你们倒好，到现在还想继续霸占吗？"

就在这时，常老三大声说："退地！"

于是，族中村民在一个个地响应着。一声声"退地"，仿佛一个个炮弹一样，把黑妞的内心炸得支离破碎！哑巴紧紧地抓住黑妞的胳膊。他看得出来，黑妞很愤怒。哑巴娘也看出来了。她赶紧护住黑妞，生怕她惹出什么事来。黑妞冷冷地望着常老大等人说："如果俺们不退呢？"常老大淡淡地说："那俺就把你们一家赶出常家村！"

赶出常家村，那不就一无所有了？对于当时的村民来说，背井离乡是最为痛苦不过的。黑妞双拳紧握，她真的想抗争，可是，没等她说话，这时候常老三发话了："赶出去就算了吗？这些年哑巴家白白地租种朱家的地可不行，咱们应该算算，让他们补偿，把租子交完！"

常老三的话几乎像一记重锤，砸在黑妞的头顶。黑妞怒了。她冷冷地望着常老三，大声地骂着："常老三，你这个朱家的走狗，来啊，你收一下试试，谁敢收，就尽管来，俺黑妞要租子没有，要命有一条！"

第七章　绝境

　　人，最怕的就是天灾人祸。有的人一生顺当，衣食无忧。虽然未必大富大贵，却能安度百年。其实，这就是一种幸福。有的人平步青云，高高在上，却起起落落，晚节不保。其实，这就是厄运。

　　对于厄运来说，有时候不但影响自己，也会影响后代。所以，没有人希望厄运当头。在天灾人祸中，古往今来，很多人惧怕天灾。但其实，很多时候，人祸的伤害性更大。

　　没多久，一场人为的祸端就降临在哑巴家。常老大让人搬走了哑巴家的粮食，甚至还堵住了大门，一家人坐吃山空，很快就饿得没有了气力。哑巴是个壮劳力，没有了饭吃，走路就像喝了半斤酒一样，脚底下没根。黑妞的脸也眼见瘦了下来。两个孩子有德、有义饿得天天哭。大儿子有德当时已经十二岁了，还算懂事，可是小儿子有义才四岁，饿急了，地上有什么，抓起来就往嘴里放。

　　那段日子，天格外的阴。一团团乌云堆积在常家村的上方，让哑巴一家人喘不过气来。哑巴娘、哑巴、黑妞，以及两个儿子，并排地坐在屋檐底下，一个个面色灰暗，仿佛头顶的天空一样。

　　偌大的院子，静得只剩下一家五口人。而在这之前，院子里生气勃勃，一只只小鸟经常从外面的树上飞过来，落在院墙上，然后灵活地转动小眼珠，寻找着地面上的麦粒，一发现目标便倏地一下扑下来，快乐地蹦着、啄着，然后一扑棱便又飞走了。但是现在，那些鸟儿已经转移了阵地，不知道跑去谁家了。

这天，哑巴娘对黑妞说："妞啊，这样下去不行啊，一家人还不活活地给饿死！"黑妞当然知道，这样的日子无法坚持下去了。但是，她一时也没有好的办法。毕竟，常老三带着猴子、冬瓜、铁柱在外面堵着呢。别说是她，就是哑巴出去了也会挨一顿打。常老三眼里只有钱，谁给钱就给谁出力！至于猴子，那小子是个滑头，肯定求不出什么好结果来。冬瓜和铁柱虽然性格憨直，可是他们听常老三的。

仿佛有一座大山堵在了门口，推不动、挪不开。一家人心口被堵得死死的，喘不过气来。哑巴娘每天长吁短叹地说："这是咱们家的命啊，和朱家斗，根本就斗不过。"依着哑巴娘，为了两个孩子，和一家人有条活路，就在地亩确认书上按手印了。可是黑妞咽不下这口气。她知道，这一次哑巴家认怂了，以后还少不了受欺负。因为没有了那十来亩地，哑巴家就变得和其他村民一样了。人，没有了优越感，谁会把你高看一眼？那些心理不平衡的人，还不趁机上前踩你一脚？所以，她不想忍让。

黑妞认真地想了一晚上，然后开门出去了。

黑妞是翻墙出去的，而且还带着一把菜刀。黑妞出去时，常老三和猴子、冬瓜、铁柱正在大门洞子里喝酒。猴子等三人已经完全成为常老三的"小弟"。不管什么决策，一切都听常老三的。谁让常老三的大哥是村长，他本人又是朱富寿眼前的红人呢。

朱富寿比他老子更加现实，手段也更直接。朱老爷子在世时，不论是待人接物，喜欢柔中带刚、刚中带柔，很多时候，他不会把事情摆在明面上，会让你自己揣摩。但朱富寿不同，凡事都会说得一清二楚。比方哑巴家的地，他就对常老三说了两个意见：要么交地，要么饿死。

常老三发现，朱富寿的性格比朱老爷子更讨他喜欢。伺候朱老爷子时，他战战兢兢的，有时候不知道自己做得对不对，因为朱老爷子经常不发表意见，让他自己揣摩。这就让人头疼了。所以，常老三给朱老爷子跑腿，有一种如履薄冰的感觉，随时都害怕自己把自己给玩死了。

自从朱老爷子归西后，常老三就抱上了朱富寿的大腿。一口一个"大哥"地叫着,天天早上六点左右就去朱富寿的门口蹲着了。朱富寿一开门,看到的不是天气的阴晴,而是常老三那张谄媚的脸。不过,朱富寿也不讨厌他。朱富寿乐得有人替自己跑跑腿,于是就把常老三当成了自己雇用的一个"腿子"。

围堵哑巴家的事也就顺理成章地落在了常老三的身上。这件事,常老大和常老三的意见不太一致。虽然常老大明面上是敬重朱家的。朱富寿的行为,他也不敢当面批评。但这不代表他常老大就认同了朱富寿。比如哑巴家那十来亩地,朱富寿想全部收了去。常老大的意见是给哑巴家留上小部分,哪怕只有一亩地。这件事,常老三是站在朱富寿的立场上的。常老三甚至编撰出一个梦到曾祖父的谎言来。说曾祖父显灵了,他亲口告诉常老三,哑巴家的地是朱家的。

常老大在这件事上,输给了常老三。朱富寿认同了常老三的话,当然,也不能说常老大的意见朱富寿没接受。起码朱富寿答应不追讨这些年哑巴家"租地"的事了。在这件事上,常老三认为自己比常老大更受朱家赏识了。甚至在和猴子、冬瓜、铁柱喝酒时,还夸下了海口,说用不了多久,他就能在朱家的支持下当上村长。后来,还是铁柱一句话,让他觉得自己飘了,连大哥的墙脚也想挖。

常老三这才意识到,自己喝多了。

黑妞就是在常老三拍着胸脯夸海口时,悄然离开的。她一个人偷偷地摸到了朱家大门外。原本黑妞是想找个机会拦住朱富寿,向他讨要个说法的,但是,等了一刻钟,并没有看到朱富寿从家里出来。黑妞也不敢随便闯进朱家。因为朱家养了几条大狗,每一条都像饿狼一样,让人一想就害怕。

黑妞躲在对面的墙角后,正在手足无措时,有财蹦蹦跶跶地出来了,手里还拿着一只鸡腿,吃得满嘴都是油。朱有财是朱竹和范思琪的儿子。今年刚四岁。生在朱家这种大家庭里,朱有财的身上有着有德、有义不具备的荣耀。小家伙穿着锦缎的衣服,外面罩着福字纹的马甲,头上戴着瓜皮帽。白白胖胖的脸,像羊脂一样细嫩。这让黑妞一下子想起了有德、有义。此时的有德、有义正在炕上被哑巴娘哄着睡觉呢。没办法,不困也得睡。不然两个孩子绕着院子转上几圈,就吵肚子饿了。

不知不觉，黑妞心里就生出一股怨气来。同样是孩子，为什么生在常家和生在朱家有这么大的不同？难道仅仅是父母的不同吗？黑妞突然又想起了父亲说过的话，手中的菜刀不由得紧了起来。

现在的她，总算懂了当年父亲要做的事。他说要革了刘疤瘌家的命，还不是为了黑妞兄弟姐妹能吃上白面馍馍吗？现在，她也要革了朱家的命，而目的，是为了让有德、有义能吃上白面馍馍。于是，黑妞就拎着菜刀出去了，然后一把将朱有财的脖子给勒住了。接下来，她发出一声杀猪般的叫声。

这声响仿佛晴天打了一声霹雳，震动了整个常家村。以至于之后至少一年内，常家村的人一听到打雷，都会联想到这一幕，甚至联想到黑妞又拎着菜刀挟持了朱有财。

很快，朱家的、常家的，几乎全村能走动的人都出现了。甚至连常老爷子都颤颤巍巍地挤在了人群中。哑巴和娘，以及有德、有义也出现了。因为常老三带着猴子等来到了现场，哑巴家的门禁就等于开放了。有财奶奶，也就是朱富寿的女人，站在队伍的最前面，不住地和黑妞商量："妞啊，你先把菜刀放下，有话好好说！"

朱富寿突然有些蒙了。平时雷厉风行的他，现在居然不知道说什么好了。而朱竹和范思琪没在家，两个人在县城帮着二叔二婶做生意呢。朱富贵夫妇没有生育，所以一直把朱竹当亲儿子看待。

人群中，最害怕的还是哑巴娘。哑巴娘不住地自言自语："完了完了，这下俺家全完了。"她知道黑妞的性子，那可是说做就做的主，这些年，她来到常家村，从不肯忍受任何委屈，谁家敢欺负到头上来，她一准会打回去。

"黑妞真是作死，竟然敢挟持朱家的孩子！"

"她这是不要命了！"

"看着吧，哑巴家完了，一家五口这次一个也活不了了！"

……

面对村民们的议论纷纷，黑妞毫无惧色。哑巴娘却害怕了："妞啊，咱先放了有财好不好？可别把事情闹大了，你得想一想有德、有义两个孩子啊！"哑巴娘在人群中不停地劝着。黑妞却毫不动容，她淡淡地说着："娘，人家都骑在咱头上拉屎啦，咱为什么不和他拼了？放了有财，咱们就有活命吗？横竖都是个死，干脆拉他做个垫背的！"

黑妞的话既是向哑巴娘说的，也是向朱富寿和全村人说的。她就是横下了心，借着这个机会，让全村人看看，她黑妞可不是好惹的。欺负她男人是个哑巴？欺负她是个女流之辈？俺不信手里的菜刀革不了你的命！

那时候的黑妞，认为革命就是"割"了人家的脖子。她还远远没有接受新的思想灌输，所以满脑子都是有仇报仇的念头。不过，也正是这种横竖不怕死的精神，震惊了全村的人。朱富寿这么强硬的人物，终于低下了头，"黑妞啊，我答应你，你家的地朱家不要了，你继续种，赶紧把有财放下，好不好？"

村民们你看看我、我看看你，很多人觉得不可思议，朱富寿怎么会向黑妞低头？关于哑巴家地亩的事，村民几乎都知道了。当然，大家都不傻，知道这是十足的侵占。说什么祖上曾是朱家的地！就是想找个理由，硬把地弄到手。但是，村民们没想到朱富寿会认怂。常老三甚至觉得自己听错了，赶紧上前说，"黑妞敢拎着刀挟持有财小少爷，该死，她全家都该死，俺这就把有德、有义两个王八羔子抓起来，不信她不放人！"

"好了，我的话你没听到吗？"朱富寿厌恶地看看常老三。对朱富寿来说，自己孙子的命，那可金贵着呢，她黑妞家别说只有五口人，就是五十口，自己也不跟她交换啊。对于黑妞这个人，他迁回常家村后，就渐渐了解了。知道她是个敢说敢干的人，这种人你把她逼急了，她什么事做不出来？正像她说的那样，你都让人家饿死了，人家还在乎你什么！

朱富寿突然明白了一个道理。拿捏一个人，就像弹簧一样，按着他可以，但不能按得太紧，否则，弹力会更大，吃亏的还是自己。

黑妞放下了刀。如果是朱老爷子说出这类的话，她还会怀疑一下。但朱富寿不同。他做事从不藏藏掖掖的，说话也从来没食言的时候。何况这话是当着全村老少说的！黑妞放下朱有财，看也不看众人一眼，进入了人群，抱起有义，对哑巴娘说："没事了娘，回家。"

那边有财手中的鸡腿还没啃完呢。他先是惊吓地扑到了奶奶的怀里，呜呜地哭了一会儿，很快就啃着剩下的半只鸡腿，去院子里玩了。人群开始散开，却传来常老爷子哎哟哎哟的声音。原来，村民们挤在一起，常老爷子虽然腿脚不好使，正好支棱在中间，甚至两只脚离开了地面，也没摔下去，心里还挺美呢。那感觉虽然不似腾云驾雾，却也有些飘飘然。谁知道村民说撤就撤，他一下子就瘫倒在地。

好在人群不是一下子撤去的，常老太爷慢慢地倒在地上，嘴里不住地骂着黑妞。他觉得这一切都怪黑妞。而他的骂声，黑妞当然是听不到了。

第八章　眼光

　　黑妞算是彻底在常家村出名了。接下来的日子里，她几乎成了常家村仅次于朱富寿的人物了。往往人们讨论起朱富寿时，总会把她相提并论。就连常老爷子咽气时，还在念念不忘地说起那天摔了一跤的事来。

　　经常有村民嚼舌头，尤其是常老三，说常老爷子的死和黑妞有关。如果不是黑妞那天挟持了有财，常老爷子也不会摔跤，如果不摔跤，常老爷子或许能成为朱老爷子第二，活到一百岁也说不定呢。这话传到了黑妞的耳朵里，黑妞就不乐意了，就指着常老三说："常老爷子是寿限到了，关俺什么事？俺要是真能掌控人的生死，早把你弄走了！"又说："那天要不是他挤在人群中看俺的热闹，能摔跤吗？"

　　常老三看到黑妞后就打怵了。连朱富寿都低头的女人，他可不敢惹。虽然黑妞叫他一声"三叔"，可他也知道，这些年，他这个"三叔"不称职，胳膊肘早就拐到朱家去了。

　　黑妞劈头盖脸地数落了常老三一顿。常老三心里不舒服，就去找朱富寿。只要朱富寿肯出面，完全可以让哑巴一家从常家村消失。但是，半路上，常老三被常老大拽回去了。常老大一直在关注着这个三弟，见他一次次地为难黑妞，觉得有损常家大院的声誉。"老三啊，好歹哑巴家也是咱们一个大院的，你说你这么做，村里人戳不戳脊梁骨？这些年你都快成朱家人了，你忘了自己姓常吗？"

常老三耷拉着脑袋，不服气地说："大哥，人家朱家对咱们哥俩儿都不孬吧？朱老爷子在着时，可是很扶持你这个村长的，你信不信人家朱富寿一句话，让你这个村长当不成？"常老大见自己的亲兄弟居然说出这种话来，气得一巴掌拍了过去，直接把常老三的脸扇肿了。从那之后，常老三和常老大有大半年不说一句话。离开常老大家，常老三就去了朱家，捂着脸在朱富寿的面前哭诉着。他不但数落哑巴一家，还不住地埋怨大哥。

朱富寿端着父亲遗留下来的掐丝珐琅杯子，慢慢地喝着茶，表情很平静地听着常老三的话。半晌，他才抬起眼皮，对常老三说："常老三，你这是想把我当枪使吗？你自己挖的坑自己填，我哪有闲工夫？"朱富寿的语气并不严厉，但常老三还是听得浑身像长了刺。显然，自己的目的被朱富寿看出来了。常老三就是想借助朱家报复大哥和哑巴家。但是，他心思虽多，朱富寿也不傻。朱富寿一直想利用常老三为自己办事，什么时候想过要为常老三办事？

何况，朱富寿也不想得罪常老大。如果常老大和常老三必须选择一个，朱富寿就是傻子也会选择常老大。毕竟，人家是村长，你常老三除了乱嚼舌根，背后使点小坏还会什么？另外，黑妞那里，他不想亲自动手。出了上次的事，朱富寿这口气咽不下。他知道，黑妞是"光脚不怕穿鞋的"。可他朱富寿怕啊。他可是一大家人口，幸福的日子还没过够呢，像黑妞这种不怕死的人，还是少招惹的好。

这几天，朱富寿一直在考虑一个人选，最终他还是选择了常老三。他认为常老三完全可以帮自己出这口气。谁想到，他还没把常老三当枪使，常老三的主意打到自己头上来了。这让朱富寿很生气。不过，他还不想放弃常老三这条枪，所以，他只是讽刺了一句，并没有带出生气的样子来。

常老三不傻，马上听懂了朱富寿话中的意思，扑通一下跪在了地上。"大哥，俺错了，俺收回刚才的话，您放心，老大那里俺虽然动不了，可黑妞俺还是有办法的！"撂下这句话，常老三就回去了。他知道，有了这句话，朱富寿对自己的不满就会减弱许多。只要自己为朱家出了恶气，朱富寿还会信任自己的。

常老三将猴子和冬瓜叫到了家里，然后拿出了这些年积攒的几块大洋，一人给了一块，然后说："黑妞骂了俺一个狗血喷头的事，你们知道了吧？现在你们一定要替俺出这口气！"

猴子和冬瓜也算常老三的铁杆跟班了。冬瓜掂量着大洋，嘿嘿地笑着"三叔客气了，您让俺干啥俺就干啥。"猴子捏着大洋，在耳边吹了一下，说道："三叔啊，黑妞可不好对付啊，弄不好会丢了小命的，您看这块大洋，是不是少了点？"

常老三剜了猴子一眼珠子，心里暗骂，但随后他还是又拿出两块大洋，一人加了一块，"今天，俺就要看到黑妞绝望的样子，你们记住，这件事不但是为俺做的，也是为朱家做的，事成之后，朱家的看赏俺一定分给你们。"

一只手里握着一块大洋，猴子马上凑在常老三的耳边，出了一个主意。常老三对于猴子的小聪明还是颇赞赏的。他的眼睛逐渐眯了起来，认为这个主意实在是妙极了。当然，常老三也多了一个心眼，他没有亲自出面。

朱家不出面，就是怕黑妞再次报复。常老三光棍一个人，他本来是不在乎的。但想想，为了避免半夜里黑妞拎着菜刀冲到家里来，还是做起了幕后。于是，猴子带着冬瓜前去执行任务了。

冬瓜的智商和猴子的相比，差得不是一星半点。来到黑妞家的大门外，猴子拿出了先前做好的风筝，然后在冬瓜的耳边低声说："这件事需要咱俩配合好，俺负责把人引出来，你负责抓人。"

冬瓜嘿嘿地一笑，点点头。他哪里知道猴子的心思。猴子也不傻。他虽然收了常老三的大洋，可也想过事后会不会被黑妞报复。心思一转，就有主意了。现在的他，完全像个事外人，即便是黑妞看到他，又怎会怀疑到他的头上？

这时候，黑妞正在院子里纳鞋底。哑巴娘在一边拣着麦子里的坷垃，准备让哑巴去磨坊里推点白面。很快，哑巴娘在大孙子有德的帮助下，将拣好的麦子装在袋子里，对屋里说："哑巴，别睡了，去推磨。"

哑巴的听力一直非常好，睡梦中听到母亲的喊声，就爬了起来，揉着眼睛走出北屋，扛起小半袋子麦子就走。哑巴走后没几分钟，正在玩耍的有义，突然看到院墙外飞起来的风筝。有义马上跑了出去。尽管这段时间，黑妞一直警告两个孩子，不许他们到处乱跑，甚至下达了禁令，不准走出大门。但是，有义是小孩子，关是关不住的。哪怕是黑妞和哑巴娘，也总有走神的时候。

当时，哑巴扛着麦子出去，忘记了关门，就给了有义溜出去的机会。有义和朱家的有财同岁，四岁的他，正是贪玩好奇的年龄，一跑到胡同里，就抬着头朝天上看着。

在有义的世界里，风筝是一个最让他感觉到无比神奇的存在。小小的他，每次看到风筝，总会渴望自己能够生出一对翅膀，然后飞向蓝天，飞到遥远的天际去。

天边到底有什么？他不知道，只想飞上去看看。当然，有时候他也会害怕，害怕突然会从天上掉下来，再也看不到奶奶和娘了。喜欢风筝的有义，不止一次扯着哑巴父亲的胳膊，缠着他为自己做风筝。可是哑巴的手太笨拙了，大半天也做不出来，最后气得将用树枝绑成的风筝架子折断了，连上面糊的纸，也扔进灶台里。

有义放过的第一个风筝还是黑妞给他做的。虽然看上去不够精致，但是遇到风势很好，也能飞得比树高一些。只是有义只玩了一次，风筝就挂在了树上。黑妞再能耐，也爬不了树。所以有义只好央求自己的哥哥。有德不喜欢这种动感十足的游戏。他经常一个人坐在一边，静静地想着什么，问一些连黑妞都奇怪的话题，比方朱老爷子为什么放着那么好的生意，从北平回来等等。

看上去，比有义大八岁的有德更加稳重得多，也让黑妞放心得多。所以，黑妞只要叮嘱一句，有德绝不会偷着往外跑。但有义就不一样了。有义的第一只风筝，已经被哑巴父亲弄烂了。所以当他看到一只风筝在墙外飞翔时，好奇心马上也像风筝一样飞翔了起来。

他偷偷地溜了出来，看到一个瘦瘦的背影，正牵着风筝朝村外去。顺着胡同往前走，就到了村外。有义并不认为村外有什么风险，相反，他觉得村外才是放风筝的好地方。村子里密不透风，再好的风筝也飞不高，只有村外空阔的地方，风筝才能自由地飞起来。有义渴望自由。这些天，他被黑妞关在家里，最多只能在院子里玩耍，实在是闷坏了。在他的心里，已经将母亲恨了无数遍了。

终于逃出了郁闷的家，有义感觉到自己的胸腔无比的通畅，深深地吸一口气，便尾随着风筝飞去的方向追去。他早就看出放风筝的人是猴子了。但他不敢大叫，生怕母亲听到后追出来，一巴掌落在他的屁股上。有义已经无法再承受母亲的巴掌了，为了警告他往外跑，每当有义有往外跑的苗头时，黑妞总会毫不客气地拍打他几下。这几天，有义连睡觉都是趴着睡，因为他的小屁股都被打肿了。

很快，猴子和有义一前一后地来到了村外。终于，有义可以放心大胆地叫了出来："猴子叔，等等俺，俺也要玩！"猴子笑眯眯地停了下来，朝着有义做了个将风筝线递给他的动作。这一刻，猴子成了有义心目中最好的人。除了奶奶、母亲、父亲和哥哥，猴子在他的内心里也有了一席之地。

他突然想起平时一家人议论的话。尽管他年纪小，还是有着不少记忆的。在他的记忆深处，母亲和奶奶将猴子当成了一个大坏蛋。很坏很坏的那种，仿佛睡觉前奶奶故事里的大灰狼。但现在的他，觉得奶奶和母亲对猴子叔的看法不太对。他觉得，猴子叔是个好人，大大的好人。

于是，有义欢快地朝猴子扑去。他的两只小手努力地伸张着，仿佛要拥抱整个天空一样。然而，当他即将扑到猴子的怀里，抓住那根象征着自由的绳索时，突然间，他的身子停下了，再也无法向前一步。不但如此，还迅速地向后倒退着。他看到一只大手，一只粗糙的裂着几道冻纹的黝黑大手，紧紧地将自己揽了过去。

很快，有义就看清了这只手的主人——冬瓜。一个有义平时不怎么讨厌的男人，现在却成了有义心目中最坏的人。"快放下我，你这个大坏蛋！"

有义的身子已经悬空了，离着地面足足有半米高，他的整个人都被冬瓜揽在了怀里。双臂被紧紧地束缚在冬瓜的胳膊内。他渴望飞翔，渴望像风筝一样飞起来。却没想到，第一次离开地面，是这样的痛苦和无助。

冬瓜嘿嘿地笑着说："有义，你别挣扎了，就你这小身板，老子轻轻一捏，就能捏断你的骨头！"这时候，猴子收起了风筝，从冬瓜的身边走了过去，然后低声说了一句："按照原计划行动，俺回家等你的好消息。"

冬瓜用闲着的一只手挠了挠后脑勺，算是理顺了之前猴子灌输给他的主意。计划里猴子的出场只有刚才那一幕，接下来，冬瓜就是整个事件的男主角了。当猴子将计划说出口时，冬瓜还是十分抗拒的。因为这些年他适应了当配角，无论是和常老三一起行动，还是和猴子出入成双，他都处在被动执行的位置上。但是这一次，常老三退居了幕后，猴子将重大的任务交给了他，同时告诉他，今天的冬瓜将成为整个计划最为关键的人物，也是最有分量的人物。

当猴子向冬瓜说出这些事时，他无比地感动。多少年了，他终于获得了认可。他的身份已经和猴子并驾齐驱，甚至猴子都甘拜下风了。冬瓜决定完美地完成这次计划，要让猴子和常老三好好看看，自己还是可以的。所以，当猴子若无其事，就像个路人一样离开时，冬瓜的腰板顿时挺了起来。他将别在腰后面的镰刀抽了出来，然后搁在有义的脖子上，朝哑巴家走去。

迈着坚定而又有力的步伐，冬瓜第一次觉得自己像一名战士。当他大步流星地出现在哑巴家时，果然把黑妞和哑巴娘给弄蒙了。她们甚至不知道有义是什么时候跑出去的。黑妞飞快地跑了过来，大声地叫着："冬瓜，你赶紧放下俺儿子！"冬瓜威胁着黑妞，"别动，要不然，你儿子的小命就没了。"

黑妞想一想，怎么现在的场景有点熟悉。很快，她想起自己曾经挟持过朱富寿的孙子有财。冬瓜这个憨货，他要做什么？为什么挟持有义？一时间，黑妞脑子里转过了无数的念头。哑巴娘走了上来。但是她六神无主，一时也不敢乱来，"冬瓜，你是个好孩子，快说，你为啥这样做，是谁让你来的？"

冬瓜瞪着眼睛说："没有人指使俺，是俺自己来的。"当然，这句台词，是猴子教给他的。冬瓜原封不动地说了出来，心里还在佩服猴子，居然可以猜到哑巴娘能问什么话。

黑妞经过了短暂的心态调整后，马上问道："冬瓜，你到底想干什么？你说出来，俺一定答应你！"于是，冬瓜就腾出了手，从兜里拿出一张准备好的纸。这张纸是常老三让人写的，然后给了猴子，猴子又给了冬瓜。

上面写的是黑妞自愿放弃地亩的内容。黑妞识不了几个字，就茫然地看着冬瓜。冬瓜告诉她，这是地亩转让书。听完冬瓜的话，黑妞脑子里一片空白。她挟持有财时，根本就没想朱富寿会如何见招拆招？现在，轮到她了，她求助地望着哑巴娘。哑巴娘心疼小孙子，只好说："妞啊，咱们给他按了手印吧！"

黑妞凝视着冬瓜，她不知道冬瓜为什么看中了自己家的地，还做出这种卑鄙的事来。但是，冬瓜根本就不给她思考的时间。"黑妞，俺倒数五个数，你要是再不答应，就别要这个小儿子了。"黑妞赶紧说："好好好，俺给你按手印。"冬瓜乐了。他无比地佩服猴子，因为"倒数五个数"这种惊险刺激带有威胁性质的言辞，也是猴子的主意。没想到，一个"倒数五个数"，就让敢和朱富寿较劲的黑妞认怂了。

就在冬瓜认为，自己的行动完美收官时，一个让他想象不到的举动发生了。黑妞突然抄起了墙角的铁锨，然后恶狠狠地望着冬瓜，说道："你下手吧，大不了俺不要儿子了，别忘了俺还有德，可是你今天休想活着离开。"

此时的黑妞，完全是一副拼命的样子。在冬瓜看来，你杀了她的儿子，她就会杀了你。可是冬瓜的目的不是杀人。他杀了有义有什么用？何况，他也不是好杀的人。冬瓜的本性和哑巴差不多，是个憨直的人。只是这些年跟在常老三的身边，渐渐地成了常老三的一把枪。和两块大洋来说，生命自然是无价的。冬瓜还想活着。因为到现在，他还没娶上媳妇呢。三十几岁的冬瓜蒙在了当场。一时间，黑妞的威压完全击垮了他的心理防线。

冬瓜手中的镰刀落在了地上，然后放开了有义，整个人一下子瘫倒地上，"黑妞，嫂子，你别杀俺，俺不想死啊。"不知为什么，在冬瓜眼中，黑妞成了一个杀神。他毫不怀疑，黑妞下一瞬就能把铁锨拍在他的头顶。什么大洋，什么酒菜，脑袋都没了，哪有命享受？冬瓜心思单纯，原没有猴子那般机灵，所以在这种情况下，选择了服软。黑妞气愤地喝着："滚！"

于是，冬瓜爬起来就跑，连镰刀和转让书都不敢要了。黑妞松了口气，扔下铁锨，也瘫坐在地上，紧紧地将有义揽在怀里。风一吹，她发现自己出了一身冷汗。刚刚她就是在赌，她猜测冬瓜不敢因为这件事和自己拼命。

所以她无计可施之下，决定铤而走险。没想到，她成功了，成功地吓走了冬瓜。哑巴娘可是吓得不轻，一刻钟后才渐渐地缓过神来。她不住地怨怪黑妞："妞啊，以后可不能这样了，你当时吓坏俺了，要是冬瓜手一欠，真把有义的脖子割了咋办？"黑妞连连地摇头说："娘，他不会的，俺算准了他不会这样做，冬瓜和哑巴一样，本性不坏，再说了，他也不会为了十亩地丢了性命，何况这件事一定不是冬瓜的主意，他再笨，也还不至于为了别人冒险。"哑巴娘也是个胆大心细的女人，她想通了这一点。其实只要稍微想想，就知道这件事和朱家有关。冬瓜和哑巴家的地八竿子打不着关系，他绝不敢随便来讨地。显然，他是为朱家讨的。

　　想通了这点，哑巴娘就赞赏地看着黑妞。黑妞的大胆和智慧，一直让哑巴娘佩服，也越来越觉得自己的儿子配不上她。但是，从黑妞的言行中，看不出她有一点嫌弃哑巴的样子。唉，真是个好媳妇啊。哑巴娘只能轻叹一声。等哑巴回来，哑巴娘再一次将儿子叫到身边，千叮咛万嘱咐，一旦自己没了，他一定要好好地照顾黑妞，不能让她受丁点儿的委屈。

第九章　黑妞的霸气

接下来的日子里，黑妞在常家村几乎就没受过什么委屈。哪怕是面对朱家时，她依然敢挺着胸脯走路。冬瓜挟持有义的事很快在村子里传开了。渐渐地，这件事背后的主谋——一浮出了水面。先是猴子，再就是常老三，然后就是朱富寿。无疑，这些人一层层地推动了挟持事件的发生，可以说，这些人捆在一起的力量是巨大的，却被黑妞轻而易举地解决了。

村里人更加佩服黑妞的霸气。她敢于用一命换一命的方式解决问题，这样的想法，村里人都想不到。从那之后，冬瓜、猴子、常老三，见到黑妞就躲着走，谁也不敢轻易地招惹她。这可是一个敢扛着铁锨跟你拼命的主，谁愿意日子不肃静呢？于是，村民的目光都落在朱家人的身上。在他们看来，常老三等人不敢招惹黑妞，那是因为他们没钱没势，谁也不敢拿黑妞怎么样，可朱富寿就不同了。朱家不但有钱，县里也有亲戚。只要一句话，说不定就下来一群人，直接把哑巴家给灭了。

奇怪的是，日子像流水一样平静地度过，哑巴家和朱家居然相安无事。朱家并没有找黑妞的麻烦。不但如此，朱富寿还一次次地警告常老三，从今之后不许再招惹黑妞。一开始，村民们还不理解，但渐渐地，他们懂了。还是那句话，光脚不怕穿鞋的。黑妞和哑巴怕什么？大不了和你朱家拼了，反正人家的命"不值钱"，而你朱家的命可"金贵"着呢。想通了这一点，村民就明白了朱富寿的心思。

　　村里的事，通过朱竹和范思琪，传到了范掌柜的耳朵里。有一次，范掌柜就对朱竹说："朱竹啊，要不要岳父找几个人去教训一下那个叫黑妞的女人？"范掌柜当时的生意，比对面的富平楼还红火。范掌柜各个层面上的关系都打点得很好，甚至周围的邻居，他都经常用大洋安抚下来。范掌柜算得上县城的一个名人。而且是人人"叫好"的名人。前几年，范掌柜仓库着了一把火，不但警察局的人出动了，周围的邻居都自发地来帮忙。

　　那次的大火损失虽然不小，但是范掌柜很欣慰。一场大火，让他看到了人情世故，看到了当日的付出，终于有了回报。所以，他有把握，只要自己一句话，警察局就能派人，将哑巴家的十亩地抢过来，送给朱家。

　　对于范老板的提议，朱竹不同意。虽然和范思琪结了婚，但黑妞在朱竹的心里还是有着一定的分量。他不想让黑妞受到任何伤害。这件事，朱竹就给压了下来。回到家里，朱富寿也征求朱竹的意见。朱竹就说："朱家要在常家村站得住脚，让村民们信服，就不能做出太离谱的事，以免影响了声誉，像黑妞这种人，还是别招惹的好，我岳父找人来打人家一顿，人家前脚走了，让村民戳脊梁骨的还不是咱朱家人吗？"

　　朱富寿觉得儿子说得有道理。真的因为十亩地把黑妞家全杀了吗？那太不仁道了，以后还怎么面对村民？如果不杀，像黑妞这种性格的人，早晚会报复朱家的。

　　黑妞的霸道，还体现在她的护犊子上。当时，在北平的宋哲元赶回老家，召集"娃娃兵"，交给了一位姓尚的武师在老家传授武艺。黑妞听说了这件事，于是将大儿子常有德送到了尚家的武馆。常有德是个胆小怕事的孩子，长得比较文静，平时最怵头的就是出门。被母亲拉着拽着，来到武馆的常有德，眼神里透露着怯意，看到七八个比自己大两三岁的年轻人正在练拳，吓得躲在母亲的背后。

　　黑妞熟知有德的性子，也正是因此，她才带着儿子前来报名。她知道，以大儿子的性格，长大了少不了被人欺负。尚家的院子不大，一进去就看到一个六十出头的老者坐在凳子上，身材魁伟，气宇昂扬，浑身上下透着精气神。这位就是尚家的武师——尚老爷子。黑妞上前通报了自己的姓名，希望把有德留下。尚老爷子打量着有德，半晌摇着头说："大妹子，不瞒你

61

说，你这个孩子天赋不怎么样，俺看练了也没多大出息，你可要有思想准备。"

尚老爷子年轻时走南闯北，见多识广，一眼就看出有德身上缺少一种韧劲，而这个劲，正是练武的必要基础。黑妞有些失望，但她还是把儿子留下了。不管怎么说，练几天总比不练强吧。

之后，有德就在尚老爷子的武馆待了下来。十几天后的晚上，黑妞正准备关门休息了，突然外面冲进一个人来，一下子扑进她的怀里，呜呜地哭着。黑妞借着灯光一看，这不是有德吗？黑妞发现有德的身上青一块紫一块的，显然是被人打了。不过她一开始没有发火，以为是有德不听话，被尚老爷子教训了。

在那个年代，老师打学生，是天经地义的事。但是，她接下来一问才知道，有德是被几个师兄打的。原来，听说有德的父亲是个哑巴后，师兄们私下里都排挤他。晚上有德和师兄们睡在一个大通铺上，却连被子都盖不到。如果尚老爷子看不到，有德甚至连饭都吃不饱。忍气吞声地过了这十几天，有德实在无法忍受了，便去尚老爷子那里告状。哪知道师兄们七言八语，都说他撒谎。尚老爷子见所有人都说有德的"坏话"，也没惩罚那些人。尚老爷子认为，让有德吃点苦，或许对他的韧劲有帮助。哪知道当晚，几个师兄把有德约了出去，狠狠地揍了他一顿。

黑妞知道了事情的经过后，连夜就带着儿子回到了武馆。有德的师兄们还在睡梦中，重温着暴打有德时的惬意场景呢，突然一个个地被拽了出来。然后，他们就看到一个类似母老虎的女人站在寝室里，身后还跟着低着头不敢言语的有德。于是，师兄们都知道这个女人是谁了。那个年代，如果哪个学生的父亲没出息，在学校里，这个学生八成是会被欺负的。但是，孩子们哪知道有德有一个霸道的母亲啊！

当时，他们都吓坏了。因为黑妞是扛着铁锨去的。站在寝室里，黑妞手里拎着铁锨，看样子随时都会拍下去。那些"师兄"，其实都是十七八岁的少年了，再加上练武，身体比一般的孩子要结实得多。但是从没遇到这等事的他们，还是蒙了。就在这时候，尚老爷子和一个穿着中山装的汉子出现了。那汉子留着小胡子，宽宽的脸庞，亮亮的眼神，看了一眼尚老爷子，说道："尚老，这女人是谁啊？够厉害的。"尚老爷子苦笑了一下，低声说着："将军，我打听过她，在村里可是出了名的霸道呢！"

原来，留着小胡子的汉子就是坐镇平津的宋哲元将军。由于时局动荡，宋将军准备在老家锻炼一支适合战场上冲锋厮杀的大刀队，于是将这件事拜托了老家的尚老爷子。这一次，他是恰逢回家，过来看看大刀队的锻炼效果。关于时局，宋将军和尚老爷子谈到了深夜，言语中不无忧虑。就在这时候，两人听到寝室里传来了声音，赶紧奔了过来，看到了这一幕。因为是秘密给宋将军培养人才，尚老爷子对每一个生员都暗中了解过。所以，黑妞的情况，他也是熟知的。本来想辞退有德，但想到黑妞的不易，就把有德留了下来，哪知道有德的几个师兄太不友好了，让有德受了气。

看到黑妞到来，尚老爷子赶紧拱手，赔了几句不是。黑妞却不依不饶，非要尚老爷子给个说法，不然就打断了那些少年的腿。宋将军见气氛有些紧张，就走了过去，拍拍黑妞的肩膀说道："大妹子，你看这样行不行，给宋某一个面子，他们将来都是俺的兵，你打断了他们的腿，谁跟着俺革命呢？"

看到汉子的气质，再通过他的言语，黑妞马上联想到一个人，"您是宋哲元宋将军？"宋将军点点头。黑妞赶紧握住了宋将军的手，连忙说道："要这么说，俺肚子里就没气了，您的兵如果不会打架，俺还不乐意呢。"

那天是黑妞第一次看到宋将军，也是最后一次看到宋将军。不知道为什么，自从见到宋将军之后，黑妞就像变了一个人。那天回到家里，她躺在炕上，望着黑漆漆的屋顶，在不停地想着一个问题，那就是革命。到底什么是革命？曾经，父亲去了一趟北平，回来后就天天嚷着要革命，现在，宋将军也提到了革命。从此，"革命"这个词汇就深深地烙在了黑妞的心里。

第十章　反抗

从那之后，黑妞觉得家里多了一个小"革命者"，那就是有德。之前她看有德时，总觉得他老实巴交的，长大了远远不如老二有义出息，但自从有德成了大刀队的预备兵后，黑妞再看有德的眼神都不一样了。

不过，黑妞有时候也很担心。她知道"预备兵"的概念，早晚是要上战场的。可是有德上了战场能保护自己吗？他会不会受伤，甚至……

黑妞不敢想象有德"牺牲"的画面。日子在提心吊胆中一天天度过着。就在这天晚上，黑妞刚要休息，有德突然跑了回来。他一冲进家门，就抓住了黑妞的手，两眼有些呆滞，满脸紧张的样子，大口大口地喘息。黑妞以为有德又出了什么事，忙下了炕，认认真真地打量着他。去了武馆将近两年，有德长高了许多，虽然黑了许多，却看上去结实了。没有看到一丝伤痕，黑妞松了口气，就说道："你这孩子，是不是路上看到了什么，快和娘说说。"

说话时，黑妞一边摸着儿子的头发。在乡下有一种说法，如果胆小的孩子遇到长虫，或者突然受到惊吓，只要将头发抚顺了，再安慰几句，一般情况下问题就不大了。否则，就要去请人"收魂"了。黑妞怀疑自己儿子被吓到了。

很快，有德总算气息平稳了，这才和母亲说了起来。原来，不是他途中被什么吓到了，而是武馆刚接到消息，他的一批师兄奇袭喜峰口，杀死了好几千的小鬼子。前几天，宋将军派人带走了预备队，没想到这么快就投入了战场。黑妞凝视着有德。儿子因为年龄太小没有成为其中的一员，或多或少，她感到了一种遗憾。

从那之后，时局的动荡越发严重。朱家和范家彻底停止了平津方向的生意往来。

一晃就到了1937年。这天，日军驻卢沟桥部队，借口一名士兵在宛平城失踪，要进入城内搜查。面对日军的挑衅，中国守军驻守宛平的二十九军副军长佟麟阁坚决将其拒之门外。遭到拒绝后，日军开始向永定河边的桥头阵地进攻，卢沟桥事变爆发！

当时，国民党第二十九军下辖第三十七师驻防北平城，师长冯治安；第三十八师驻防天津，师长张自忠；第一百三十二师驻防南苑，师长赵登禹。

时任代军长的佟麟阁曾说过这样的话："中日战争是不可避免的。日寇进犯，我军首当其冲。战死者光荣，偷生者耻辱；荣辱系于一人者轻，系于国家民族者重。国家多难，军人应当马革裹尸，一死报国！"

日军为了拿下华北，调集了十万兵马。卢沟桥事变爆发时，宋将军正在老家训练大刀队。抗日战争打响，宋将军带着刚刚集结的一百名青少战士，返回了北平。当时，南苑战事吃紧，北平告急，宋将军担心佟将军，让他率领军部撤回北平。但是，佟将军担心一百三十二师孤掌难鸣，甘愿留下与一百三十二师并肩作战。

1937年7月28日凌晨，日军发动了对南苑的总攻。佟将军边打边退，遭到了日军联队的伏击。7000名将士陷入了重围，一架战斗机上，探出了罪恶的机枪，扫中了佟将军，随后，佟将军带伤指挥，中弹殉国，年仅45岁。

黑妞是从有德的口中得知这一切的。当有德断断续续将二十九军英勇血战的事迹说出来后，黑妞的面前浮现了一个画面。那是用血肉筑起来的城墙。城墙内，是无数的国民，而城墙外，是张牙舞爪的日军。

当然，有德没去过战场，将这一切告诉有德的，是一个叫刘光明的年轻人。他是常家村正南的八里庄村人，算起来，比有德只大两岁，也是有德的师兄之一。刘光明是第二批大刀队的成员，也是卢沟桥事变爆发后，跟随宋将军去的北平，在国军撤退南下时受了伤，途经乐陵时留在了地方。说起前线的战事时，刘光明两眼放光。有德曾问他怕不怕？刘光明摇摇头说："打起仗来，就忘掉了怕，当时一股脑儿地只剩下杀敌，其他的念头完全没有了。"

刘光明出生在一个贫困的家庭，兄弟三人，他排行老三。大哥刘光汉，二哥刘光荣。因为上面有两个哥哥，所以刘光明从小就缺衣少食，经常饿着肚子。后来，也是偶尔的一个机会，听说宋将军在训练大刀队，就一咬牙离开了村子，一个人来到了县城的尚家武馆。浑身瘦得只剩下骨头的刘光明一出现，尚老爷子就不住地摇头。这孩子的体质根本就不适合练武，身体太虚弱了。

尚老爷子对刘光明说的第一句话就是："你不适合，回去吧！"练武需要一个好体格，尤其是给宋将军培养大刀队。尚老爷子知道，一般的体质，到了战场上根本受不了。被尚老爷子拒绝后，刘光明只好沮丧地往回走。哪知道才走出院子，他就一阵天旋地转，倒了下去。原来，已经有三顿没吃饭的他饿晕了。

等刘光明醒来时，首先看到的是，尚老爷子关切的眼神，接着是一碗热腾腾的面。吃下面后，刘光明恢复了一些体力，再次央求尚老爷子将他留下来。其实当时的刘光明，已经过了习武的最好年龄，骨骼已经定型了，不可能演练基本功，所以，尚老爷子只好传了他一些套路。没想到刘光明训练起来非常刻苦，进步也非常快。就这样，刘光明在尚老爷子这里练了一年，就跟着宋将军上了战场。

到了二十九军，刘光明等大刀队员又接受了部队教官的第二次训练。只是时间不长，二十九军就从北平撤了下来，一路南下，而刘光明也因伤离开了队伍。

两个月后，刘光明的腿伤好了，去常家村看望有德，顺便去找苏长红。

苏长红和刘光明都是八里庄村的，而且还是娃娃亲。在这之前，刘光明听说苏长红参加了革命的队伍，和一批伤员去了常家村，于是就想过来探望一下。

一进常家村，他就感觉到氛围有点不太对。各家各户的大门都紧紧地关着。刘光明来到了哑巴家，看到院子里多了几个十七八岁的青少年，他们的身上或多或少都带了伤，有德正帮着一个皮肤微黑的中年女子，和苏长红一起为伤员们处理伤势。

很快，刘光明从有德的口中得知，那个中年女子就是他的母亲黑妞。

卢沟桥事变后，中共中央通电全国，发出了"平津危急！华北危急！中华民族危急！只有全民族进行抗战，才是我们的出路！"的告国民书。天津津南工委迅速筹建抗日队伍，工委负责人马振华发出了"有人出人，有钱出钱，有粮出粮，有力出力，有枪出枪"的号召。一群热血群众组成了抗日武装，决定在华北平原展开抗日游击斗争。盐山、宁津、乐陵、庆云等县的党组织迅速行动起来，各地的抗日武装如雨后春笋般出现。

那天，正值旧县镇大集，津南工委在马振华等人的带领下，一群党员分赴街头，开始了抗日救亡演说，一张张印制着爱国豪情和顽强斗志的传单送到了每个百姓的手中。有一些年轻的学生慷慨激昂地向那些不识字的百姓宣读着，那一句句豪言壮语，掀起了全民抗战的热潮。此外，马振华还将周边一些声望较高的思想进步人士召集起来，在旧县镇共商抗日救国大略。

当天，一个十八九岁的女子穿梭在旧县镇街头，腋下夹着一摞宣传单。她梳着学生头，长长的刘海掩饰不住清秀的面庞。她就是苏长红。

苏长红从小就有一种背叛心理。她的爷爷在世时，和刘光明的爷爷是拜把子的兄弟。两人约定好了，等以后有了孩子，如果一男一女，就让他们结为夫妇。哪知道，成亲后，每人生了三个儿子。于是，两人继续约定，等有了孙子孙女，就让他们成为一家人。这一次，两人的儿子没让他们失望。刘光明和苏长红先后相差两年出生了。苏长红出生时，刘老爷子的身体已经不行了。他患了两年肺痨，一说话就咳嗽，尤其是冬天，嗓子像风箱一样，呼搭呼搭的。有时候，一口气上不来，能憋得脸通红，在原地直跺脚。有时候，一口气长得像汽笛声，能在嗓子里发出刺耳的尖鸣。

苏老爷子有了孙女后，马上来到了刘老爷子的病榻前，握着他的手说："老伙计，咱们的愿望可以实现了，俺大儿媳妇生了个丫头。"刘老爷子满脸通红，两只浑浊的眼里，闪烁着一颗颗的小星星。那天，他破天荒地呼吸顺畅，说话一点障碍也没有，而且还下了床。在苏老爷子的搀扶下，一对老伙计来到了村外的枣树下。当年，为了见证两人的兄弟情谊，结拜时，他们种下了两棵长红枣树。现在，望着郁郁葱葱的枣树，两人感慨万分。苏老爷子感觉到老伙计时日不多，就握着他的手说："你家几个孙子名字都很好，光明、光荣、光汉，听起来很大气，再帮俺小孙女起一个吧。"

刘老爷子凝视着长红枣树。当时，正是七月多的天气，树上结满了长红枣，一个个玲珑剔透、晶莹光润。乐陵小枣的品种特别多，很多叫法都是按照名字分类的，比如个头比一般小枣大得多的一种圆墩墩的枣儿，称为圆红，一种身材颀长的枣儿称为长红。当然，那时候，小枣只有通俗的叫法，圆红叫做婆枣，长红叫做躺枣。刘老爷子是全村有名的"老秀才"，能文绉绉地拽几句诗文。也正因此，苏老爷子才会让他给孙女起个名字。于是，刘老爷子毫不犹豫地一指树上的枣儿说："就叫长红吧，长大了一定是个秀气的孩子！"

一晃苏长红就长大了。果然，出落得亭亭玉立，在整个八里庄村，算得上数一数二的美女。

苏长红十八岁时，苏老爷子就想把他和刘光明的婚事给办了。早在苏长红过周岁生日时，刘老爷子就去世了。这些年，苏老爷子心里空落落的。他常常一个人来到村外，坐在那两棵躺枣树下，吧嗒吧嗒地抽烟。有时候一坐就是一天。他略显佝偻的脊背倚靠在一棵躺枣树下，然后凝视着对面的躺枣树，不知不觉间，浑浊的眼睛里湿润了。往事种种涌上心头，像一股股岁月的河流在记忆里流淌着。

"老伙计，孩子们都大了，你放心吧，俺会给他们操办婚事的，当年咱们的愿望就要实现了。"

苏老爷子回到家，就把十八岁的孙女苏长红叫到面前，然后认认真真地说："长红啊，你也不小了，该嫁人了，爷爷给你算个日子，今年就给你和光明完婚。"哪知道苏老爷子的话刚说完，苏长红就气呼呼地说："爷爷，俺说过多少遍了，俺不嫁光明哥！"苏老爷子一听就急了，差一点抡起粗糙的大手，一巴掌盖在孙女的脸上。这些年，他一直疼爱着苏长红，哪里舍得下手。可是听到孙女说出这种让他伤心的话来，那天他真的生气了。

"你告诉爷爷，你光明哥哪一点不好了？嗯！？"苏老爷子气得白胡子都抖擞了起来，指着苏长红的手不断地颤动。苏长红大声说："俺和光明哥从小一起长大，俺们是兄妹，兄妹怎么能成亲呢？"听完孙女的话，苏老爷子陷入了沉默中。是啊，两家三代友好，自从苏老爷子和刘老爷子年轻时拜了把子后，几十年来，两家一直走得很近。刘光明和苏长红从很小的时候就在一块儿玩耍，两个孩子都知道两家是世交，所以彼此互相关心，感情没得说。但是，苏长红觉得这份感情属于亲情，不属于爱情。

苏长红的思想境界是去年打开的。如果早一年爷爷给她操办婚事，她根本就不会反对。但是晚了一年，苏长红的心境变化很大。这一切和一个叫苏秋香的女孩子有关。苏秋香，苏老师的女儿。苏老师的父亲是晚清的一位秀才。年轻时他便在乐陵县城的端本女子学校教书。"九·一八"事变两年后，端本女子学校并入了县立一高。说起来，秋香家也算得上是书香门第了。苏秋香和苏长红不但是同乡，而且还是县立一高的同学。苏秋香去年去了北平大学，回来后就找到了苏长红。两个女孩子促膝交谈了一晚上。也就是从那天晚上开始，苏长红的思想境界有了质的飞跃。她记住了苏秋香说过的话："女人，要为自由而活着！"

那天之后，苏长红想了许多。她想到了自己的未来，想到了外面的世界，想到了刘光明。也就是这个时候，她突然发现自己很讨厌这门娃娃亲。

冬去春来。苏长红心中仿佛有一个新的窗户被推开了。她看到了外面五彩缤纷的花园，看到了一个崭新的世界。这是自由的世界。所以，为了追求心中的自由，她拒绝了爷爷。

苏老爷子被拒后整个人仿佛老了许多。他蹒跚着来到村外，坐在那两棵躺枣树下，从腰间抽出了旱烟袋，充满裂纹的手，慢慢地掏出旱烟袋里的烟丝，颤抖着手一点点地按在烟袋锅上，划燃了火镰，悠长地吸了一口，然后缓缓地吐了出去。接着，他将旱烟袋朝对面的树一举："来，老伙计，抽一口吧，关外的大烟叶，有劲！"

手静静地停在半空，仿佛对面真的有人吸了一口后，他才收回旱烟袋，然后叹息一声："老伙计，对不住了，俺老了，做不了孩子们的主了！"

抗日救国军成立后。马振华曾到过常家村，和杜步舟、苏秋香、苏长红等人召开了紧急会议。苏长红和苏秋香都是八里庄村人。两人有一年多没见面了，见了面自然有说不完的话题。晚上，苏秋香和苏长红住在了黑妞家，因为第二天还要继续讨论"救国会"和"救国军"的成立事宜。苏秋香了解了村里的情况，听说刘光明参加了宋将军的大刀队，也有些惊讶。她没想到，这个看上去有些普通的老乡居然进步这么快。

暗地里，她了解了刘光明和苏长红的婚约状况，得知苏长红拒绝了爷爷的安排，忍不住有些欣慰。她发现苏长红的觉悟提高了不少。苏秋香在北平大学读书时，就成了一名优秀的共产党员。然后带着一些热血青年，高举着"反对日本帝国主义"的旗帜，呼吁全社会团结起来，将小鬼子赶出中国。北平被日军攻陷后，苏秋香也秘密南下，来到老家配合马振华和杜步舟开展抗日工作。现在的苏秋香，已经成了一名素质过硬的党员干部，而苏长红还在成长中。苏秋香已经看到了她的成长，不过她还是说道："其实光明也是不错的，我觉得，你可以考虑一下爷爷的话。"苏长红连连地摇头："国难当头，俺没有心思考虑私人的事，什么时候把小鬼子赶出中国再说吧。"

第二天一早，苏长红就和一个叫"三娃子"的游击队员，跟随苏秋香去了旧县镇。当天，在旧县镇北广场隆重的集会上，苏秋香宣布"华北民众抗日救国会""华北民众抗日救国军"正式成立。大会号召广大劳苦大众和社会各阶层人士团结起来，枪口一致对外。

就在那个月，各地的抗日救亡组织和抗日武装如雨后春笋般出现。乐陵、宁津、庆云、盐山等地的党员干部，纷纷进入民间，宣传抗日，募集枪支，建立抗日武装。

第十一章　娃娃亲

　　刘光明伤好后来到常家村那天，不但见到了苏长红，还见到了苏秋香。苏秋香一看到刘光明，就劈头盖脸地数落了他一顿，让刘光明一头雾水。直到他看到苏长红不自在的脸，才知道苏秋香是在为她说话。刘光明正色说："秋香，你好像弄错了，俺可不是来找长红的，俺是来找大娘的。"

　　这段时间，马振华、杜步舟等人频繁地来常家村走动，已经逐渐将哑巴家当成了"联络处"。三娃子等人都亲切地称呼黑妞为"娘"。

　　苏秋香不便再出言讥讽，更不能将人家赶走了。刘光明这次来，真的是打探抗战形势的。因为外面有什么动静，黑妞这里是会先知道的。

　　当然，看到苏长红后，刘光明有些不自然。从记事起，他就知道这门婚约的存在。甚至家里人早就告诉他，苏长红是他未来的媳妇。可是现在看来，苏长红对他好像一点意思也没有。这让他心情有些不爽，仿佛干啃了半块窝头一样，心口有点噎得慌。

　　不过接下来，黑妞将最近的一件事告诉了他，让他更加犯堵了。就在几天前，日军占领了沧县城。国军二三三团在姚官屯一带和日军第十师团的大木旅团展开了厮杀。历经四个昼夜，二三三团在张辛庄又是一番激战后撤离了。哪知道天亮后，日军冲进了张辛庄，大肆杀戮，屠杀了无辜百姓138人，烧毁房屋130多处。随后，日军又像一群野兽一般，窜到了沧县的柳孟春村，杀害了许多百姓。

那几天，整个沧县的天都阴沉了下来，大地，河流，一片血红。一连几天的风，呜呜咽咽的，似乎在控诉着日军的这一罪行！

因为联络处的原因，黑妞的消息要比一般人灵通得多。而且，还肩负着传达消息的任务。

当然，在整个常家村，黑妞也是第一个解放思想的人。她很清楚联络处的意义。那天，当杜步舟悄然出现在她家后，她就感到了抗战时局的紧张。杜步舟握着她的手说："黑妞同志，我是访问了一些村民后，最终决定来找您的，我听说您一向胆大心细，考虑再三，我们想把你们家当成联络处。"

听完杜步舟的话，黑妞只是沉默了半晌，就爽快地答应了。随后，苏秋香和苏长红、三娃子，都来到了黑妞家。三娃子是来养伤的，他一来就得到了黑妞的照顾。看着比有德大不了几岁的三娃子，黑妞小心翼翼地为他处理了伤口，还每天亲自把省下来的饭端在他眼前，感动得三娃子直想哭。

三娃子的父母是在卢沟桥事变时被日军的炮火炸死的。随后，三娃子逃到了乐陵，被杜步舟收留，并送到了常家村养伤。黑妞知道三娃子的遭遇后，十分同情，像对待有德一样，没把三娃子当成外人。三娃子感动之余，就对黑妞说："俺能叫你娘吗？"黑妞愣了一下，当看到三娃子期待的眼神时，点点头说："好啊，只要喜欢，这里就是你的家。"于是，从那之后，三娃子就亲切地称呼黑妞"娘"。

刘光明是因为有德认识黑妞的。也是在哑巴家，刘光明知道了苏秋香和苏长红的任务。刘光明搬了一块砖，坐在地上，他望着远处的天空，慢慢地攥紧了拳头，半晌，他才说道："秋香、长红，你们放心吧，你们的家人交给俺，俺一定会保护好他们的。"说完，刘光明起身走了。他甚至没有回头看一眼苏长红。当然，他这样做完全是想给苏秋香透露一个信号，自己来常家村，不是看苏长红的。苏长红有些惆怅了。望着刘光明的背影，她很想和他聊些什么。毕竟两个人从小一起长大，亲如兄妹一般，因为自己的"绝情"，让两个人突然疏远了。苏秋香拍拍苏长红的肩膀，轻轻地叹息一声。她没有说话，因为此时，她也觉得自己有些武断了。或许，是自己看错了刘光明。但愿他真的能够顾全大局，不要纠缠苏长红。因为，苏长红需要不断地成长，她不想让刘光明拖了她的后腿。

刘光明去常家村的事，苏老爷子听说了。他拄着拐杖来到了村头上，直到傍晚的时候，才看到刘光明顺着小路从北走来。刘光明离很远就看到一个人影站在村口，很快他就认出了苏老爷子。刘光明赶紧上前，搀扶住老爷子。苏老爷子直截了当地问道："光明啊，见到长红了？你们都聊些什么了？"

刘光明凝视着苏老爷子的脸。在他的眼睛里，看到了一种殷切的期待。他知道苏老爷子的意思。"老爷子，俺们的事您就别管了，长红现在很忙，成亲的事还是等等再说吧。"

刘光明没有把苏长红的态度说出来，他担心苏老爷子会无法接受。毕竟，这个愿望一直埋在他的心上。他不想让苏老爷子添堵。当然，他这样说，等于是缓兵之计。苏老爷子也是个聪明人，虽然一大把年纪了，可是眼不花耳不聋，心思也不迟钝。

他缓缓地摇头，叹息着说："光明啊，你的话俺听出来了，是长红这个丫头变了，你没错，你还是原来的你，唉，俺对不住你爷爷啊！"说着，苏老爷子慢慢地抬起头，望着远处的那两棵躺枣树。

刘光明知道，苏老爷子又想起爷爷来了。随后，刘光明想将苏老爷子搀扶回家，但是他执意要去躺枣树下待一会儿。第二天，刘光明才知道，苏老爷子在躺枣树下待了一夜。

从那之后，苏老爷子就卧床了，人也开始糊涂了，闭着眼，嘴里一会儿嘟囔"长红"，一会儿嘟囔"光明"。长红娘没办法，就找到了光明，让他去把苏长红叫回来。

苏长红是三天后回到八里庄村的。当她听说爷爷病重后，心一下子就乱了。这几天，她一直忙着抗日救国的事，一有闲暇就和苏秋香学习党的一些政策，一颗心地扑在工作上，哪料到爷爷会卧床。刘光明去的时候，正遇到黑妞。他担心自己一露面，就引起苏秋香和苏长红的反感，于是把苏老爷子的事告诉了黑妞。

黑妞一听就把苏长红从苏秋香的身边拉了出来，然后正色地说："长红啊，你得和光明回家看看了。"当时，苏长红还固执呢，就说："俺还有重要的事要做呢。"黑妞拉着苏长红的手，轻轻地一叹，说道："你爷爷卧床了。"苏长红也是个孝顺的孩子，听到这里马上跑了出去。看着苏长红的背影，黑妞微微地摇摇头，她有一种直觉，这对"娃娃亲"，估计不是那么好"修成正果"的。

苏长红跟着刘光明急匆匆地回到家里，一眼就看到卧在炕上的爷爷，扑通一下就跪在了炕前。苏长红哽咽着说："爷爷，对不起，俺这几天太忙了！没有回来看您！"听到孙女的声音，几天没睡眼的苏老爷子，居然抬起了眼皮。他看到苏长红后，慢慢地伸出了粗糙的大手。苏长红把自己的手递了上去。苏老爷子拉住苏长红的手，又朝刘光明伸出手。刘光明只好将自己的手递上去。

于是，苏老爷子用尽最后一口气，将两只手重叠在一起。

这是苏老爷子最后做的一件事。他甚至连一句话都说不出来了，但是，刘光明和苏长红还是感觉到了力量。那是来自一个七旬老人的执念。虽然苏老爷子什么也没说，但是，这个动作代表着他的遗愿！

苏老爷子入土那天，日军攻占了德州。中共乐陵县委书记杜步舟，呼吁老百姓以"乡村自卫队"为名，组织起来保卫家乡。黄夹北街率先扯起了"华北民众抗日救国军"的大旗。

1937年10月上旬，日军由盐山南下入侵乐陵。杜步舟带领抗日武装进行了抵抗。那段时间，伤员们都去了哑巴家养伤。这些伤员大都是新兵，刚刚参加战斗的新兵，经验不足，受伤后便从西线转移到了东线。

黑妞看到这些孩子们都和有德差不多岁数，于是，每天就像母亲照顾儿子一样，细心地照顾着。

听说村里留了救国军的伤员，朱富寿倒背着手来到了哑巴家。一进院子，朱富寿就把黑妞叫到了一边："有德娘，你到底咋想的，家里藏了几个救国军的兵，你这不是给村里添乱吗！万一小鬼子找来了怎么办？"

当时，日军入侵乐陵后，就开始到处建设据点，万一消息走漏，整个常家村就危险了。黑妞望着朱富寿半晌没说话，她知道朱富寿是为了村民着想，也知道"窝藏"伤员的危险。但是，她瞥眼看看那些十七八岁的新兵，真的不忍心将他们送走。离开常家村，他们还将四处奔波，说不定会落在日本人的手里。想了一会儿，她对朱富寿说："你放心吧，要是日本人找来了，俺就说他们都是俺的儿子，俺不怕死，他们要抓，就把俺这个当娘的抓走算了！"

朱富寿知道拧不过黑妞，也只能回家祈祷去了，希望日军不要来村里"扫荡"，否则，朱家就完了。

朱富寿走后，几个新兵望着黑妞，都流露出感激的眼神。一个叫李二蛋的新兵突然说："俺们真的能叫你娘吗？"那个孩子，父母死在了抵抗日军的战斗中。关于他的家事，黑妞也是从其他新兵口中听到的，这也是她不忍送走孩子们的原因之一。看着李二蛋，黑妞眼圈也红了。个头比有德还小一圈的孩子，这么小就失去了父母，实在太可怜了。于是，黑妞走了过去，将李二蛋揽在了怀里，摸着他的头说："从现在开始，你就是俺的儿子，有德是你的哥哥！"

李二蛋感激地叫了声"娘"。就在这时，其他几个新兵纷纷说，"俺们也能叫你娘吗？"看着那些期待的眼神，和有些稚嫩的面孔，黑妞使劲地点着头。从这天开始，黑妞除了三娃子外，又多了几个儿子。而这一幕，被正巧赶来的刘光明看在了眼里。他第一次被一位女性感动，被一位母亲湿润了眼眶。

当晚，刘光明回到了村子，将苏汝贵、苏汝郝等几个要好的伙伴召集了起来。别看苏汝贵和苏汝郝与刘光明年纪差不多，可是辈分却差了不少，按照庄乡辈，两人得管刘光明叫"爷爷"。刘光明望着苏汝贵和苏汝郝说，"俺要当村长，要当自卫队长，你们是俺最好的朋友，从今天开始，你们跟着俺！"

八里庄村一直没有村长，村里的事，之前都是苏老爷子来处理的。苏老爷子去世了，村民们也没有主心骨。刘光明就带着苏汝贵和苏汝郝，围着村子转了一圈，算是把自己的身份通告了下去。

刘光明担任了村长和乡村护卫队队长两个职务，他这个村长，一直当到了新中国成立后，直到 1969 年去世，村长才换了人。而他的革命战友苏汝贵一直活到了 103 岁。直到去世前，苏汝贵每每回忆起来，还经常感慨地说:"光明三爷爷是俺的领路人,当年,俺入党他还是俺的介绍人呢。"说起苏汝贵当年入党,还有一个典故。据他自己说过,当时,身为村长的刘光明,在苏汝贵家的窗台下考察了两个月。

自乡村自卫队成立后,刘光明经常带着苏汝贵去常家村取经。别看三娃子、李二蛋几个人年纪小,可也是和小鬼子真刀真枪地干过的。所以,说起和小鬼子的作战来,他们每个人都有一套。不过听说刘光明曾在武馆待过,三娃子、李二蛋屁颠屁颠地跟在他的身后,非要学什么刀法。其实,刘光明的刀法也就一般,他也不隐瞒,直接告诉三娃子,如果从有义这么大开始练习,十年后一定有所成就,可他接触大刀时,已经过了岁数。刘光明说这些,是想让有义跟他学。十岁出头的有义,每天跟在黑妞的屁股后面,天天吵着叫"娘",这么大的人了,就不能自立一些?有时候,刘光明只要和有德坐在一起,就编派他这个没出息的弟弟。

由于身份特殊,所以,每次刘光明来,黑妞总会将他当成一个大人看待。这一天,杜步舟派人前来看望新兵伤员,将鬼子准备进村搜查救国军的情报告诉了三娃子、李二蛋等人。

三娃子、李二蛋等人属于杜步舟的救国军,一旦落入日军的手中,下场可想而知。三娃子就对黑妞说:"娘,俺们不能在常家村待下去了,要不然,会给您带来麻烦的。"这时候,三娃子等人的伤势还没痊愈。黑妞不放心,抓着三娃子和李二蛋的手说:"三娃子、二蛋,这里就是你们的家,你们去哪里?这世道的,哪里安全啊。"三娃子和李二蛋知道,黑妞说得有道理,当时,整个乐陵,日军建设了四十几个据点,到哪里都会有小鬼子盘查。但是,留下来,就会给这位热心善良的"娘"带来危险。三娃子等人正在苦思闷想时,黑妞突然说:"俺有主意了,咱们挖地道,小鬼子来了,你们就钻进地道里去。"

三娃子等人一听,都认为这个主意好。只要地道隐蔽,小鬼子即便进了村子,也不会发现他们。

不过,黑妞还是把事情想得太简单了,因为一家的地下修地道,一旦被发现,容易陷入绝地,只有家家户户的地道连通起来,才能够神出鬼没,迅速转移。所以,接下来,黑妞开始愁眉不展,她知道凭着自己,要想说服全村人实在太难了。最大的坎就是朱家，另外还有常老大和常老三。

但是，再大的困难也得克服，小鬼子不知道哪天就会进村。为了争取时间，当晚黑妞就带着三娃子、李二蛋来到了朱家。黑妞进去的时候，朱富寿正在煤油灯下喝茶。黑妞一进去就看中了朱家的煤油灯，干净、透明的玻璃，蓝汪汪的，依稀可以看到里面的灯盏和煤油。红色的火苗在铮明瓦亮的玻璃罩子中跳动着。

黑妞家晚上照明，点的是柴油灯。没有罩子的那种。一旦趴在灯下面干点什么针线活，一会儿鼻翼两边都会变成乌黑色的，连鼻孔里都是烟灰。

这还是黑妞家，如果换了一般的村民，甚至连柴油灯都点不起，个别起夜的，会点上那种松油的灯盏。大多数村民一黑天就钻被窝，天亮了再起来，节省了点灯熬油的过程。

看到黑妞的视线落在煤油灯上，朱富寿也是有些得意，就说："这东西在乡下可是少见的，即便是县城，也没有多少人家点得起。"

黑妞将目光从煤油灯上收回来，望着朱富寿说："你别太得意了，小鬼子一旦进了村，你家里的一切都是人家的了。"黑妞的话说完，朱富寿的脸色就变了。黑妞凝视着他的脸。她就是要让朱富寿感到恐惧，然后再提出修地道的事。

果然，朱富寿有些后怕地擦着额头的汗说："黑妞，你别在这里胡说八道，我朱富寿是良民，我只要托亲家帮我办几张良民证就好了，该担心的是你们！"黑妞知道，他指的是朱竹的岳父范掌柜。范掌柜是县里的商人，自然有些手段。黑妞淡淡地摇摇头："按照俺的分析，小鬼子最先抄的就是你们这些有钱人的家，至于俺们，人家怕是搜也懒得搜吧！"

黑妞这句话，击中了朱富寿的内心。他刚刚虽然提到了范掌柜，可也拿不准日本人会不会买账。即便是范掌柜，自己也说不清吧。朱富寿闭上了眼睛。他在推演着种种可能，但无论怎么推演，黑妞的话真的有一定道理。小鬼子又不是傻子，那些贫困的村民家里，有什么值得搜刮的？只有像朱富寿这样的人，才能刮出油水来。想到这里，朱富寿就堆着笑脸说："黑妞啊，我知道你有头脑，你说说，是不是想到了什么好主意？"听到这里，黑妞不再卖弄关子，直接说道："俺想在常家村的地下修一些地道，把这些地道连起来！最起码，要五户一连，每一个通道最少有三个出口。"

朱富寿听到"地道"俩字，两只眼睛马上亮了起来。关于地道的说法，他还是听说过的，因为小鬼子是从沧县、盐山那边过来的。而沧县和盐山的百姓，已经开始修挖地道了，而且听说效果还不错。朱富寿想了想，就答应了。

黑妞没想到事情会这么顺利，她还做好了三进朱家的准备呢。她哪里知道，朱富寿比她更怕小鬼子进村。朱家这些年积攒了不少好东西，如果修了地道，他完全可以将这些东西转移到地下去。等小鬼子走了，再搬上去也不迟。

黑妞从朱家出来，就去了常老大家里。常老大是村长，他的工作相对要容易一些。不过常老三那里，黑妞遇到了坎。常老三一听说要挖地道，马上说："不行，在俺家的正房下面挖地道，把房子挖塌了怎么办？你家再给俺盖一套吗？"黑妞就气呼呼地说："别人家的挖不塌，你家的凭什么会塌？挖地道时，小心些不就得了！"黑妞知道，如果地道不从正房的下面通过，容易被小鬼子发现。只有藏在正房下面，才更加隐蔽。挖的时候只要离地面一定的距离，再避开墙的主体框架，从正房的中间下面穿过，是影响不到房屋的。

这一点，黑妞已经在脑海中推演过多次了。她见常老三死活不同意，就气呼呼地说："三叔，今天俺把话撂在这里，如果小鬼子进了村，不许你进别人家的地道！"这样一说，常老三就吓坏了，全村人都进入了地道，唯有他一个人待在上面，不被小鬼子带走才怪。万般无奈，常老三只好答应了。

第十二章　娘

十几天后，一个小队的日军从附近的据点集结起来，开始了小规模的"扫荡"。而这一次，日军的行动从三间堂直奔常家村。当听说日伪军朝常家村的方向奔来时，朱家人吓坏了。朱富寿没进地道，因为地道还没修彻底，他怕不安全，套了一辆马车，带上家人和三个箱子进了县城。那三个箱子，都是朱家这些年积攒的金银珠宝，早早地收纳了起来。小鬼子一来，马上抬上了马车。朱富寿进城投奔女儿女婿去了，村民们却没出去。常老大把常老三、铁柱、猴子、冬瓜叫上，商量着对策。

常老大不但是村长，还兼着乡村自卫队的队长，听说鬼子朝这边来了，心里早慌了。连平时鬼主意蛮多的猴子，也抓耳挠腮，一时想不出好点子来。铁柱手里拎着一把铁锹，拍着胸脯说："和狗日的拼了。"常老大赶紧抓住铁柱的手说："铁柱啊，都啥时候了，你还冒潮气，你根本不知道小鬼子来干什么，你捅这个马蜂窝干吗？万一小鬼子被你惹急了，咱们全村老少可就倒霉了！"铁柱一听就不敢说话了。

常老大决定去找黑妞。这时候，他突然觉得，整个村里，最值得信赖的人居然是黑妞。常老三一听，嘴巴就撇到了耳根子上，不住地说："老大，那娘们儿有啥了不起的，俺们不去求她，你今天要是上了门，以后在她面前就抬不起头来了。"

常老大一巴掌打在常老三的脸上，说道："你这个浑球，都什么时候了，你心眼还这么小，从现在开始，你要好好地记住，咱们的共同敌人是小鬼子。"常老三从未见过大哥发这么大的火。显然，他是真的急了。常老三突然有了一种火烧眉毛的急迫感，再也不敢乱说话了。于是，一行人在常老大的带领下来到了黑妞家。

黑妞已经从三娃子的口中，得知了小鬼子要来的消息。她的第一反应是有人透露了消息，要不然，小鬼子为什么要来常家村？所以，此时的她非常焦急，因为地道只是挖通了部分，还远远谈不上安全。

这些天，和苏秋香等人相处，黑妞的脑袋里多了很多东西。她知道，当年父亲所说的"革命"，她现在已经懂了。不但关于革命的理解，还有国家、民族、人民、信仰，等等。可以说，是苏秋香影响了她。

看着那个比自己小二十岁的女孩子，黑妞由衷地佩服。人家脑子里揣着的东西太多了。很多道理，她还一知半解，用苏秋香的话来说，她还需要好好消化。但她已经深深地明白了一个道理，如果不把小鬼子赶出中国，老百姓是过不上好日子的。而要想把小鬼子赶走，就需要大家拧成一股绳。

也正是因为这个念头，常老大来后，黑妞一改之前和他"顶着干"的习惯。黑妞客客气气地给常老大等人搬来凳子，然后聆听着他们的发言。见常老大是来征求她的意见的，黑妞马上就表态了："村长，既然你信任俺，俺就说说想法，和小鬼子硬拼肯定是不行的，眼下最紧要的是让乡亲们躲起来。"

常老大的意思和黑妞差不多，他想了解的是地道的情况。"黑妞啊，地道里能藏多少人？"说这句话时，常老大有些自责，如果不是他和常老三等人，内心里还有些消极，地道怕是早就修完了。虽然朱家、常老大等人都点了头，但是，那只是同意，并不等于地道自己就能挖通了。

这些天，常老大带着常老三、铁柱、猴子、冬瓜，算是组成了一个小的乡村自卫队。他带着这些人对外说是加强训练，其实就是找地方聊天、抽烟。说白了就是偷懒。因为其他的乡亲，不管男女老少都在挖地道。

对于常老大等人的作派，黑妞心里明镜似的。但她顾全大局，并不想在外敌入侵时，内部再出现乱子。"村长，你带着乡亲们进地道吧，外面的事俺来处理！"

常老大马上一挥手，带着常老三等人钻入了地道。其他的乡亲也跟了下去。三娃子来到黑妞的面前说："娘，这样不行啊，大家都下了地道，外面没个照应的怎么行？"黑妞微微一笑："你下去吧，俺留在外面就行。"

听说黑妞要留在外面，哑巴不住地摆手。哑巴娘也说："妞啊，还是俺留下吧，你带着孩子们下去。"黑妞望着婆婆，自己从九岁上门当童养媳，一晃这么多年过去了，当年充满精气神的婆婆也白了头发，脸上也爬满了皱纹。握着婆婆的手，黑妞的鼻子一酸，说道："娘，你也老了！"哑巴娘拍打着黑妞的手说："瞧你说的，人哪有不老的，快和哑巴下地道吧。"黑妞连连地摇头："不行啊，您要是出点事，哑巴还不心疼死。"无论哑巴娘怎么劝，黑妞还是固执地要留在外面。没办法，三娃子只好和哑巴搀扶着哑巴娘下了地道。有德和有义也跳了下去。

常家村突然静了下来。天色也渐渐地暗了，远处的空中出现了一片片乌云，仿佛是一块块巨大的石头，压在村子上方。黑妞拿了把铁锹来到门外的路口上，一下下地平着路面。

远处，出现了一支队伍，为首的是个戴着鬼子帽的汉奸，披着灰色的上衣，敞着怀，露出洁白的衬衣。这家伙叫胡三，早年曾在关外的亲戚家住过，会说几句日本话，成了鬼子的翻译官。而常家村的消息，就是他透露给日军的。当然，他也拿不准，只是怀疑这里窝藏了救国军的伤员。

胡三一溜小跑地来到村里，远远地看到了路边的黑妞，手中的小撸子往黑妞的肩膀上一点："臭娘们儿，把你们村的人都叫出来，吉野太君要训话！"

黑妞慢慢地抬起头，看了一眼胡三，淡淡地说："村里人听说小鬼子来了，都吓跑了！"胡三一脚踹在黑妞的身上："他妈的，说谁小鬼子呢？"为首的日本小队长吉野，上下打量着黑妞，眼神中浮现出杀机。胡三觍着脸说道："太君，她说村里空了，人都吓跑了，皇军威武。"吉野突然一挥手，呼啦一下，几十个小鬼子三五一群，朝村里扑去。

不过很快，小鬼子一个个都回来了。别说羊啊鸡的，连个鸡蛋都没找到。小鬼子一个个在吉野面前汇报着。吉野脸色越来越难看。他望着黑妞，缓缓地拔出了指挥刀。他不相信，这么大的一个村子，人说跑就都跑了。

他觉得，村民一定是藏了起来！

不过，吉野的指挥刀拔到了一半，又收了回去。他突然堆起了笑脸，用蹩脚的中文对黑妞说："你的，不用怕，皇军是来建立大东亚共荣圈的，我们和你们，共存共荣！"

小鬼子的谎言，黑妞早就不信了。因为血淋淋的现实告诉她，这群侵略者就是狼。他们披着伪善的外衣，做着杀人放火的勾当。这些日子，关于日军的罪行是越来越多，苏秋香和苏长红来往于华北各地，早就把情报带了回来。

黑妞"呸"了一声，说道："你这只披着羊皮的狼，就不要在这里假惺惺了！"吉野脸色非常难看，但是，他还在控制着自己，不想破坏自己打造的人设。"请不要误会，我们是来解救你们劳苦大众的，请相信我！"

吉野的话，让黑妞笑了。这是她长这么大，听到的最可笑的谎言。入侵他人的国家，烧杀抢掠，却冠以解救人家劳苦大众的美名，见过不要脸的，还从没见过这么不要脸的。

"滚，俺们常家村不欢迎你！"黑妞端起一铁锹土，朝鬼子的队伍扬了过去。这一举动，激怒了前几排的十来个日本兵，那些人纷纷端起了枪。吉野赶紧摆摆手，示意那些兵不要轻举妄动。而就在这时候，几个人从院子里冲了出来。

这些人正是哑巴、有德、三娃子、李二蛋，还有一个叫田娃的救国军战士。大家藏在地道里，把外面的情况看得清清楚楚的。哑巴看到日本兵纷纷举起了枪，哪里还沉得住气，推开铁锅就跳了出来，藏在下面的哑巴、有德、三娃子、李二蛋、田娃都出来了。大家虽然赤手空拳，却抱定了和小鬼子拼命的架势。黑妞一看就吓坏了。她激怒吉野，就是想转移日本人的注意力，否则，现在的地道还不够完善，只要仔细搜查，还是能够发现蛛丝马迹的。

黑妞只好用眼神示意他们"孩子们，你们出来干吗，都给俺进屋去！"大家和黑妞朝夕相处，从她的眼神中，马上明白了她的意思。众人也觉得出来得唐突，可是又担心黑妞的安全。尤其是哑巴，他紧紧地抓着黑妞的手，虽然他不会说话，黑妞却能够读懂他的心。她知道，他想保护自己，哪怕是死，他也要和她死在一起。

黑妞拍拍哑巴的手，说道："听俺的，带着孩子们进院，快点！"哑巴从黑妞的眼睛里，看到了一丝焦急和固执，以及不可违抗的神色。他愧疚地点点头，回头带着三娃子、有德、李二蛋、田娃就要走。吉野却一挥手，十几个日本兵将他们包围了起来。吉野打量着哑巴等人，然后对黑妞道："你不是说村里人都跑了吗？他们是谁？"黑妞非常冷静，刚刚哑巴等人蹿出来后，她的确有过短暂的紧张，但很快就调整了心态。在这种形势下，越是紧张，越容易露出破绽。因此，黑妞平淡地说："他们都是俺的家人，俺一家人都没走！"听说这些人都是黑妞的家人，吉野有些不相信："你，必须给我说清楚，他们到底是什么人，否则，通通带走！"

黑妞丝毫没有害怕，他拉过哑巴说道："这是俺男人。"吉野看看哑巴，从两人的神态看，的确像是多年的夫妻。黑妞又拉过三娃子，说道："这是俺大儿子。"三娃子一愣。虽然，这段日子他一直叫黑妞娘，但也没想到，在这种危急关头，她第一个指认自己。接下来，黑妞指着李二蛋和田娃说："这个是俺二儿子和俺三儿子。"

最后，黑妞才拉过有德，说道："这个是俺四儿子！"

这一刻，有德差点就哭了。他做梦都想不到母亲会最后一个指认他，如果吉野这时候产生了怀疑，肯定第一个杀的人就是他。这不是把他往火坑里推吗？这一刻，有德的心里产生了一丝怨言，看着母亲，眼泪都下来了。"你这孩子，你虽然是老四，可娘待你比老大、老二、老三亲吧？"

黑妞担心小鬼子起疑，赶紧帮儿子掩饰着。

吉野真的起疑了，他来来回回地走动着。看这几个人，秀气的一定是面相随眼前的女人，而憨厚的一定是随她背后的男人。吉野突然来到有德的面前，用生硬的中国话说道："你的，叫一声娘我听听！"

黑妞松了口气，如果让三娃子等人中的任何一个叫娘，都有可能被小鬼子看出破绽，但她不担心有德。有德迟疑了一下，叫了一声"娘"。他的声音很顺畅，一点也不生硬，如果不是日久天长，绝不会叫得这么自然。

吉野眯起了眼睛，然后又望着其他人，半晌说道"你们藏在了什么地方，我的兵为什么没找到你们？"三娃子等人顿时有些慌张了。毕竟都是二十岁上下的孩子，哪里经历过这等场面。黑妞突然说道："今天孩子们修房顶了，刚刚他们都趴在房顶上，所以，你们的人没发现！"

吉野看看身后的人。的确，那些人到处寻找，柴火垛、门后面、缸里，甚至被卷内，都搜查了，就是没搜查房顶！

吉野的手握住了指挥刀，脸色阴沉地说，"为什么要躲？皇军就这么可怕吗？"黑妞马上说："太君，俺们从没见过你们，哪知道你们是好是坏？不过，俺们现在算是看出来了，心里也有数了。"

黑妞没有继续说下去，却有些戏谑地看着吉野。吉野微微一愣，然后凝视着黑妞说："你是我见过的最聪明的女人，我知道你想救他们的命，确切地说，你将了我一军，我如果杀了他们，就变成了食言，那我不杀你们，收队！"胡三一听就愣了："太君，您不是说来搜查救国军伤员的吗？"吉野一巴掌拍了过去："八嘎，皇军是来建设大东亚共荣圈的，共存共荣，你的明白？"胡三捂着脸蛋子，只好连连点头："明白，我的明白。"

黑妞摇摇头，叹道："真是条好狗！"胡三举起手枪对准了黑妞，"臭女人，老子……"他的话还没说完，脸上又挨了吉野一巴掌，吓得赶紧退了下去。吉野朝着胡三怒吼了一声，等他再转过身来时，脸上堆满了笑容，"大嫂，等你们的村民回来，还请您转告他们，不要怕皇军，皇军是大大的好人，拜托了。"说着，吉野居然朝着黑妞鞠了一躬。黑妞淡淡地道："俺记下了，你们是狼是羊，俺心里有数了！"

就这样，吉野带着他的小队离开了常家村。黑妞彻底松了一口气。而她今天智斗吉野的事，迅速传遍了整个村子。常老大默然地低着头，他突然发现，自己这个村长远远不如黑妞。当他再和黑妞面对时，居然连头都不敢抬了。常老三却毫不在意。他认为黑妞这种人，早晚一天会死在鬼子的手中。

第十三章　阴云密布

那段日子。整个华北平原都笼罩着阴云。太阳每天都在昏昏欲睡中，像总是抬不起精神的懒猫。正是冬季，狂风肆虐着大地，麦田被冻裂出一道道纹路。

还好，常家村的村民意识到地道的重要性，早早地把地道挖好了，否则，这鬼天气根本伸不出手来。那时候的冬季，是老百姓最闲散的时候。

一到了冬天，常老大就偎在南墙根底下，双手伸在棉袄袖子里，头上戴着朱老爷子当年送给他的毡帽。常老三、铁柱、猴子、冬瓜都在他的两边蹲着。

只要是天气好的时候，大家就会排成一排，在这里晒太阳。眼前就是穿过常家村的必经之路，从这里往远处看，一眼能看两三里。当然，村里谁家有个事，在这里也看得清清楚楚。尤其是两口子打架、婆媳吵嘴，以及爹娘打孩子的。

如果是之前，这几个人蹲成一排，最大的话题就是黑妞家。常老大是村长，他要保持着村长的身份，一般不随便参与意见。但不等于他不关心这个话题。每每常老三等人议论到激烈时，他便微眯着眼，略略地点点头，表示自己听到了他们的声音。常老大不发表意见。铁柱是住姥娘家的，再加上性格敦厚，基本上也是个听客。剩下的几个人，发言权握在了常老三的手里。常老三那张嘴，从黑妞当童养媳开始，能说到现在。说来也怪，这些年来，他们发现了一件事，那就是随着黑妞的话题年年展开，他们对黑妞的评价却逐渐改变。

黑妞九岁那年"嫁到"常家村时，常老三看着黑瘦黑瘦的黑妞，不住地摇头："你们看看，这就是穷人家的孩子，多可怜，要不是哑巴娘心善，这孩子怕是活不过今年冬天！"猴子和冬瓜就在一旁连连地点头，仿佛常老三就是大法官，一句话能判了黑妞的死刑一样。随着黑妞的长大，她里打外开，在村里渐渐地有了一些口碑。常老三的话题开始变了。尤其是黑妞长大后，变成亭亭玉立的大姑娘时。常老三有时候咬着后槽牙说："哑巴是哪辈子修来的福，怎么找到这么好的媳妇？虽然黑一点，可长得俊俏，嫁给哑巴真的可惜了。"

黑妞"嫁"到常家村时，常老三才三十来岁。说这话时，常老三已经是四十岁的人了。他看着哑巴妒忌得够呛，有时候也对常老大说："大哥，俺这辈子连个媳妇也没有，你怎么就没有哑巴娘的本事，给俺也找个童养媳呢？"常老大听到常老三这样的话，自然不能沉默了，眼珠子瞪圆了，朝着常老三一顿臭骂："你自己是什么德行不知道吗？就你？谁给你当童养媳，再说了，你养得起吗？"常老大虽然是村长，常老三的大哥，可是，他们兄弟早就分家过了。常老三有幸分到了三亩地。当时的三亩地，还亏了常家是个大族，换了一般的小户，三口人平均一亩地也就不错了，甚至有的小户要租种地主家的地。可是常老三身在福中不知福，好吃懒做的他，田野里的草总是比庄稼长得多。这种情况下，他基本上失去了"收养"童养媳的资本。何况哑巴人虽然不会讲话，可做人踏实、做事勤快，常老三怎么比？

就这样，常老三对哑巴的妒忌，持续了一段日子，直到朱家和黑妞发生了"纠葛"。说起纠葛，无非就是朱竹当年看中了黑妞，还有黑妞不给朱老爷子面子等等。这件事，让常老三对黑妞的看法一落千丈。那段日子，黑妞在常老三的眼里就是个傻子。"拿鸡蛋撞石头，这个女人是不是傻？"这是当时经常挂在常老三嘴边的话。

倚靠在南墙根底下，常老三再讨论起黑妞来，已经下意识地和她划清了界限。这种傻女人根本不配他常老三惦记。当然，现在的常老三，基本上接受了哑巴和黑妞是两口子的概念。作为一个族的长辈，他已经不再存什么念头了。有时候，看到黑妞和哑巴成双成对地出入。他便在后面重重地吐一口唾沫，送给两人一记响亮的"呸"字："真是蠢鹅配笨猪，不是一路人不进一家门啊。"

但是，让常老三想不到的是，在朱家和黑妞的这场没有硝烟的战争中，黑妞好像成了最后的胜利者。朱家居然认怂了，没有继续招惹黑妞。这一下，让常老三对黑妞的看法，又产生了变化，包括他自己和黑妞的几次博弈。他这才发现，自己一直低估了黑妞。原来，她是个不简单的女人。再后来，哑巴家成了救国军的联络点，连马振华、杜步舟这样的人物也经常来。尤其在修地道这件事上，朱富寿都答应了。这件事更加颠覆了常老三的认知。让他不由得一闲下来，眼前就浮现出黑妞这个人来。此时此刻，黑妞在他的心里，再也不是那个黑瘦的丫头了，而她基本上成了常家村的灵魂人物。他发现连常老大这个村长，有事也要去和黑妞商量。

有时候，一想到这里，他就后悔得嗑牙花子。为什么当初，大哥不把黑妞这个童养媳给自己呢？他活得居然不如一个哑巴！

一个阴云密布的日子里，常老三和猴子、冬瓜，依然坚守在路边的南墙根底下。而常老大和铁柱都不在。此时此刻，常老大带着他的外甥铁柱，正在黑妞家呢。多亏黑妞提议挖通了地道，不然无法想象后果。所以，作为感谢，常老大带着铁柱来到了黑妞家，送来了一些点心。

常老三其实也想去和黑妞道个歉。这些年他一直对黑妞不好，可是在大局上，人家黑妞对谁都一样。这份素养和情怀让常老三心生愧疚。他刚刚本想跟着常老大去的，可就是抹不开面。让他向黑妞低头，真的有些难为情。唉，常老三轻轻地拍了自己一巴掌，心道，常老三啊常老三，怪不得你当不上村长，你比老大差得就不是一星半点啊。

就在常老三自我谴责时，一行人走了过来。常老三一看认识，这不就是经常来的马振华吗，还有那个县委书记杜步舟，另外还有叫什么来着？对对对，苏秋香和苏长红……

看到几个人走来，常老三堆着一脸笑地站了起来。猴子和冬瓜一看，都站了起来。一阵寒暄后，常老三发现人家是去黑妞家开会的，心里突然生出了一股失落感。他常老三一个人守着四间屋，地方有的是，为啥不去他家开会？

杜步舟等人只是和常老三等人打了个招呼，就急匆匆地进入了黑妞家的院子。常老三心里纳闷啊，一看四个人的行动，就知道又发生事情了。那个年代，大凡溜墙根的人，要么是闲着蛋疼晒太阳的人，要么就是爱嚼舌头或满肚子好奇、爱打听事的人。常老三属于那种爱打听事的人。如果让他知道，哪里出了蹊跷的事，他非要搞个明白，要不然就别想睡好觉。于是，常老三双手揣在袖子里，一溜小跑地跟上了杜步舟等人，还不忘了猴子和冬瓜，嘴里说道："你两个傻啊，还不跟上俺。"

猴子屁颠屁颠地跟在了常老三的后面。这小子是个贼机灵，这些年认准了常老三，活脱脱的就是一个跟班的。他知道，自己和常老大犯相，而且常老大不要跟班的，所以，跟着常老三这个村长弟弟不吃亏。朱家回来后，他本寻思着换一个靠山。但是这小子有个缺点就是胆小，他害怕常老三拎着他的耳朵，把他给活埋了。他可是常老三多年的跟班了，如果换了主子，鬼知道常老三会做出什么事来。所以这些年，猴子一直跟在常老三身边。

冬瓜的心思就和猴子不一样了。冬瓜一直跟着常老三混，已经潜移默化地将他当成自己的"老大"了。所以，无论常老三干什么，冬瓜基本上成了盲从的状态。听到常老三的话后，冬瓜也双手揣在袖子里，一溜小跑地跟了上来。那时候的冬天，老百姓都穿着厚厚的别裆棉裤，虽然日子紧巴，胳膊腿都瘦得皮包骨，但从远处看，厚厚的棉裤裹着三人，就像三只笨重的黑熊。

三人一样的姿态，一样的步伐。就这么一溜小跑地来到了哑巴家的门口，一抬头却发现大门外的门槛上多了一个人。那个人也和他们一样，裹着厚厚的棉裤，也是双手揣在了袖子里。不过，他冷漠地看着三人，什么话也不能说。

确切地说，他本来就不会说话。当然，他就是黑妞的男人哑巴了。哑巴已经习惯了自己的身份，只要救国军的人来了，他就自觉地坐在大门口放风。所以，当他看到常老三、猴子、冬瓜跑来后，一张脸比霜雪还冷。

如果让哑巴从村里挑一个最恨的人，非常老三莫属。如果挑三个，跑不了猴子和冬瓜！所以，看到三人来到近前，哑巴冷冷地看着他们，然后又示意了一下旁边竖着的铁锨。那意思很明显，如果你们再不走，老子就一铁锨拍过去了。

常老三知道哑巴坐在这里干什么！里面肯定在说什么重要事呢，他这是不想让自己进去啊。哑巴越是这样，常老三越是好奇，到底救国军的人带来了什么消息呢？想了想，常老三决定先和哑巴来软的。他从满是黑油的布条腰带后，抽出了自己的烟袋锅，然后慢慢地装上一些烟丝，拿出火镰点燃了，深吸了一口，等火星子基本上满了烟袋锅，这才递给哑巴，堆着一脸笑意地说："哑巴，让三叔进去听听，三叔不进屋，在窗台下面听听就行。"

哑巴伸手将他的烟袋锅扒拉开，心说，你休想拿一袋烟让俺犯错误，这是黑妞交给俺的重要任务，只要俺在这里，你们休想进去。哑巴用不可置疑的表情，将常老三等人挡在了门外。常老三见软的不行，马上一撸袖子，骂骂咧咧地道："你这个哑巴，赶紧让开，要不然，俺们三个把你摁在地上，揍扁了你！"

常老三的威胁，对哑巴一点用都没有，他瞥一眼旁边的铁锨，眼神里闪烁着戏谑的色彩。常老三看懂了他的眼神，内心里着实吓了一跳。哑巴可是有名的愣头青，惹毛了他真给自己一铁锨，那可得不偿失了。常老三斟酌了一番，还是觉得不应该冒这个险。为了一个不知道有没有价值的消息而挨一铁锨，实在划不来。于是，常老三带着猴子和冬瓜退走了。哑巴也松了口气。这时候，黑妞听到了动静，走了出来。他看到常老三等人的背影后，马上明白了什么，拍拍哑巴的肩膀说："好样的，你做得很对！"哑巴得到了黑妞的夸奖，比给他做一碗荷包蛋面条还开心。哑巴咧着嘴嘿嘿地笑着，笑得很灿烂。

黑妞见没有其他事，就回到了屋子里，为马振华、杜步舟等人沏茶倒水。她虽然不是党员，也不是救国军的队员，但是，她也很关心会议内容。因为这些内容往往和抗日局势有关系。不知什么时候起，黑妞也有了忧国忧民的心。这或许就是苏秋香所说的成长吧。之前的她，只关心自己的家人，现在，她不但关心家人、关心村民，还关心起了整个民族。一想起自己也参与到抗日救亡的战争中来，黑妞微黑的脸上就红扑扑的，两只眼里充满了光泽。

　　杜步舟等人这次来，的确带来了一个重大的消息，这个消息就像石头一样，压得每个人心里沉沉的。就在前几天，日军攻占了济阳。国军在和日军激战不敌后撤退了下去。随后，日军为了报复国军的抵抗，屠杀了无辜百姓二百六十多人。黑妞想起那些死亡的百姓，吉野带队来到常家村的一幕历历在目。如果不是自己和小鬼子斗智斗勇，常家村怕是完了！

　　当天，杜步舟等人讨论了名义上接受国民党部队番号和委任状的问题。救国军依然由共产党领导，但为了抗日统一战线，决定接受国军的番号，将救国军改为"国民革命军别动总队第三十一游击支队"。

第十四章　三十一支队

救国军更名为"三十一支队"后，马上对日军攻占城市进行了反攻。这天，"三十一支队"一部在苏秋香、苏长红等人的组织下，集结了三百多人，对盐山的东、西、南三个城门进行了袭扰。当晚枪声大作，喊杀声不绝于耳。日伪军无法估计来袭的力量，紧闭城门不敢应战。

关于袭扰战术，其实是刘光明提出来的。"三十一支队"成立后，决定要打一场胜仗来鼓舞士气，支队将第一仗的任务交给了苏秋香。那天晚上，苏秋香叫上苏长红，连夜商讨大战的方向，一直到天亮也没有想出太好的方略。就在这时候，刘光明来了。刘光明听说"支队"要打仗，马上提出攻打盐山城的想法。他的理由有几点：第一，盐山城是天津、沧县方向日军南下的咽喉要塞，打下盐山城，不但可以拔掉一颗钉子，还能打击日军的士气。第二，"支队"有不少队员活跃在盐山一带，对盐山城内的建筑了如指掌，集结、分散、进攻、撤退都能做到神不知鬼不觉。第三，打击了盐山城，也可以震慑乐陵各个据点的日军，失去了盐山方面的援兵，只能等着逐个被消灭了。

刘光明的建议，苏秋香觉得还是合理的。苏长红却不看好他："光明哥，你又不是支队的人，俺们的战略你们不要插嘴好不好？"对于苏长红的训斥，刘光明并没有生气，他看得出来，两个女子商量的战略，还是以清除乐陵境内的据点为主。于是，刘光明再度阐述了他的意见："二位，俺觉得乐陵据点太分散了，即便拔除了，也起不到敲山震虎的效果，对沧县、天津的日军影响不大，而盐山就不同了，相信盐山的作用，你们比俺清楚！"

苏长红还想辩解，被苏秋香制止了。苏秋香肯定了刘光明的建议，决定攻打盐山，只是盐山日军有两个小队，还有五百多名伪军，现在苏长红能集结的只有三百余人。她表示盐山这个"硬骨头"很难啃，因此，她凝视着刘光明："光明，你的提议是好，但是这一仗必须胜，说说你的打法吧！"没等刘光明说话，苏长红皱着眉头说："秋香姐，你怎么问他，他知道什么！"刘光明笑眯眯地说："长红，俺也知道你现在是'三十一支队'的干部了，可是，你不能老是用过去的眼光看俺，俺也成长了。"苏长红撇着嘴，懒得和他理论。苏秋香也不想让两人因此争吵起来，期待地看着刘光明。她非常欣赏刘光明提出的攻打盐山城的战略，可是战术怎么运用，怎么确保这一仗打胜才是最重要的。

望着苏秋香期待的眼神，刘光明闭上了眼睛。他在脑海里推演了十几遍，当确认无误时才睁开眼说："秋香，俺有办法了，第一步先夜间袭扰，但不进城，让日伪军摸不到头脑，不敢擅自出战。第二步派小部分人乔装潜入城内，等待时机里应外合，让日伪军自乱阵脚。第三步就是接收盐山城了。"

说着，刘光明得意地看着苏长红。苏长红虽然觉得他的办法有些可行，但还是不服气地撇撇嘴说："你得意什么？这办法八成行不通。"刘光明却说："要不要咱们打个赌？你输了，就承认咱们的婚约；俺输了，从此再不提婚约的事。"苏长红没想到他趁机提出婚约的事。关于两人的婚约，一直是苏长红的心结。听到这里，她马上站了起来，气呼呼地说"好啊，俺正想跟你彻底了结这件事呢。"苏秋香本想劝劝两人，毕竟一对恩怨青年，不能用赌约来压上一场战争。但随后想想，他们是他们，战争是战争，的确，她觉得刘光明的提议还是可行的。

一天晚上，三百多名"三十一支队"的队员在苏秋香的带领下，对盐山城进行了袭击。果然，在摸不清抗日武装的根底时，日伪军没有出城迎战，而是紧闭大门，采取了防守战略。到了第二天的凌晨，苏秋香等人撤离了县城，藏在了周围的村子里。第二天晚上，支队的战士再一次对盐山城进行了袭扰。盐山城的守军被打蒙了，纷纷躲在城内不敢露头。一时间，日伪军士气下降。看到日伪军接连两天不敢应战，支队的战士无比兴奋。而随队作战的刘光明，得意得老是在苏长红眼前逛来逛去的。刘光明不属于支队的成员，甚至连枪也没有，苏长红让三娃子跟着他，明着是保护他的安全，其实就是不想让他在队伍中乱嚼舌根。

刘光明这个人嘴巴没把门的，才两天就把自己的功劳在战士们中间传开了。别说苏长红了，苏秋香也很头疼。苏秋香甚至和刘光明面谈过，她说："光明，你能不能少说点话，攻打盐山城最后拍板的是支队领导好不好？你以为这么大的行动，是你说了算的吗？你不过是提议，我上报了支队，支队才做出决定的。"苏秋香一说话，刘光明就不言语了。他也知道，自己连支队的队员都不算，绝不可能影响这么大的战争。如果不是自己的提议，和支队领导的想法不谋而合，支队怎么会攻打盐山城呢？不过，他还是有些小得意，能够和支队领导的意见一致，说明他刘光明厉害啊。

刘光明的得意并没有坚持多久。第三天是盐山城的年关大集。这一天是腊月二十九。这年没有腊月三十，二十九就是除夕。日伪军打开了城门，设立了好多哨卡，一队队日伪军荷枪实弹、威风凛凛，哪里像是士气低落的样子？刘光明、三娃子，跟随苏秋香和苏长红，化装成普通老百姓，藏在城门附近。观看了敌情后，苏长红再次朝刘光明撇着嘴说，"这就是你的妙计？你自己看看，日伪军哪一点被咱们打怕了？"刘光明有些傻眼了。这情况是他所料未及的。他也没想到，接连两天的袭扰，日伪军好像一点影响也没有。照这样下去，袭扰盐山城，趁乱拿下盐山城的战略就失败了。因为正面攻击是绝不可能的，日伪军的装备和人数达到了六百人，是支队参与攻城人数的两倍！

苏长红冷笑地看着刘光明，她很乐意看到刘光明吃瘪的样子。虽然，不能拿两人的婚约开支队战略的玩笑，但既然事情绑定在了一起，她也想趁机打击一下刘光明，让他早早地断了这个念头。哪知道刘光明闭了半晌的眼睛，突然睁开了，仿佛两个明亮的探灯，一下子照亮了苏秋香和苏长红眼前的路，让她们看到了希望，看到了胜利。

刘光明说："俺有主意了，今天是除夕，老百姓需要赶集，日伪军是迫于无奈才打开的大门，不等于说两晚的袭扰他们心里不慌。放心吧，他们白天找不到我们，晚上不敢出来，已经处在了被动挨打的份上，只要咱们里应外合，胜利就在眼前！"

随后刘光明向苏秋香提议，让一部分队员乔装进城，然后配合大部队，在城内乱打一通，相信日伪军就像当年面对四面楚歌的楚军一样仓皇逃走！

苏秋香相信了刘光明。因为，此时的她也别无他法。随后，刘光明和三娃子、李二蛋、田娃等十几个人，乔装成卖菜的贩子混入了城内，待到午夜，苏秋香和苏长红等人在城外再次开始了袭扰。而三娃子带着混进来的人开始四处打枪，一时间，盐山城内外枪声大作，谁也不知道进来了多少人，又有多少人在围城。刘光明也没闲着。早在午夜之前，他就准备好了一些布告，内容无非是警告日伪军的。趁着夜色，他提前行动，将那些告示贴满了大街小巷。当枪声大作，日伪军出来查看情况时，看到了街头的布告，顿时吓破了胆。再加上城内四处纷起的枪声，让他们觉得神兵天降，盐山城危在旦夕。于是，日伪军仓皇出城，夹着尾巴逃走了。苏秋香等人在背后追出了三十多里地，按照刘光明的说法，追击时"摇旗呐喊，虚张声势"。果然，日伪军头也不回，一股劲儿地逃到沧县去了。

这场战争的胜利，最开心的莫过于刘光明了。他似乎从未这么得意过，双手伸在裤兜里，在"三十一支队"的队员中来来回回地溜达着。当然，他的目标是正在伏案忙碌的苏秋香和苏长红。这两个女人怎么了，俺帮了你们大忙，怎么，你们就知道写写算算，把大恩人给忘了？

终于沉不住气了，刘光明上前夺过了苏长红手中的笔："长红，还记得咱们的赌注吗？"苏长红马上想起了什么，三分气愤七分羞涩地说着："走开，俺们都是革命队伍，不兴你这一套。"听完苏长红的话，刘光明有些傻眼了。就这么一句话把他给打发了？刘光明举着苏长红的笔就是不给她。苏长红也有些急了，抓起一个水杯就想砸过去，被苏秋香给拦住了。苏秋香将刘光明手中的笔拿下来，递给苏长红。

对于苏秋香，刘光明是一点脾气也没有。他从小就钦佩苏秋香的父亲。人家可是老教师了。识文断字，算得上八里庄村最有文采的人。还有人家的爷爷，可是老秀才。苏秋香也没生气，微笑着说："光明啊，这次的胜利你立了一大功，但是你不是我们支队的队员，所以也没什么可以提拔的，不然的话，我倒可以让你当一个参谋。"刘光明赶紧说道："秋香，你的意思是让俺留在你的身边，俺同意，一百个同意。"

苏秋香和苏长红，那可是八里庄村的两朵花。有这么一段日子，刘光明甚至想和苏长红断了婚约，这个大脾气的女孩子，他骨子里有点排斥。倒是苏秋香，优雅大方，说话总是不温不火的，就像沐浴在春风里，让人感到非常的舒服。他动过要娶苏秋香的念头，可也知道这是不太可能的。苏秋香比苏长红的思想境界更高，动用村里的人脉，没有人给他说这个媒。

不过，能够留在苏秋香的身边，那也是非常满足的。刘光明正在小得意的时候，哪知道苏秋香给他泼了一盆冷水："光明啊，你脑子里的旧思想还很多，暂时不符合我们队伍的条件，等哪天你上进了，我会考虑的。"

苏秋香这话就让刘光明不舒服了。他自认比一般的支队队员要开明得多："秋香，你这么说俺就要和你掰扯掰扯了，你看俺哪一点比不上你的战士了？俺承认思想离你的要求还有一定的距离，可是你说什么俺都可以接受啊！"苏秋香摇摇头说："你怎么还不明白我的意思，你是村长，又是村自卫队的队长，你不能离开村子，你离开了，俺和长红还怎么放心在外打仗？"这一句话，让刘光明感动了。他突然知道了苏秋香的内心。她不是不认可自己，而是觉得，村子更需要自己。接着，苏秋香拍拍刘光明的肩膀，说道："抗战不仅仅局限在和小鬼子真刀真枪地干，你把乡亲们团结好、保护好，打造出红色革命村，一样是抗战。"

关于这个话题，刘光明没有继续下去，他嘴角一撇，对苏秋香说道："你真想在盐山城里待下去？"刘光明的话，苏秋香没听明白，她凝视着他，目光中带着询问的意思。苏长红直接瞪了眼："刘光明，你连讽带刺，到底什么意思？"刘光明微微摇头，他没想到，自己一句提醒，变成了讽刺。仗打完了，人家用不上自己了，碍眼了。本来，他想回去，乖乖地当自己的村长，但出于负责的立场，还是说出了自己的看法："秋香，盐山城不是长待的地方，必须趁着日伪军没有卷土重来，赶紧离开这里。"

苏长红一听就不乐意了，彻底急了眼。她一只手叉着腰，一只手指着刘光明，气急败坏地说："这是抗战成果，难道我们要拱手再送给日伪军不成？咱们抗战的目的是什么，不就是夺回属于咱们的地方吗？"刘光明懒得和苏长红一般见识，他目光凝视着苏秋香："秋香，你的意思呢？"

苏秋香虽然也不懂刘光明为什么这样说，但她远比苏长红沉稳得多，"光明，你能给个理由吗？"刘光明轻叹一声，他知道，苏秋香肯定是忙得忽略了什么："秋香，你想过没有，日伪军是怎么败走的？人家不是实力不够，是摸不清咱们的底细，他们退回沧县后，一定会派人打听的，当得知咱们只有三百来号人时，一定会杀回来的，所以，咱们应该趁早离开，而不是在这里享受胜利的果实！"苏秋香的眉头慢慢地皱了起来，显然，刘光明的话让她感到了危险。但是苏长红远没有她那般细心。苏长红伸手推了刘光明一把："怕死你自己走啊，有人让你留下吗？盐山城是属于人民的，必须交给人民的手里，小鬼子敢来，俺们就再把他们打跑。"

刘光明实在是无语了。他知道苏长红不怕死。她自从和苏秋香在一起后，思想觉悟提升得非常快。但是抗战不能光凭着满腔的热血吧。他正要说话，哪知道苏秋香说："光明，你回去吧，我让三娃子带几个人送你。"刘光明惊讶了，他做梦也想不到，苏秋香也和苏长红一样。刘光明赶紧抓着苏秋香的手说："你是指挥官，你得为你的'三十一支队'着想啊，现在退走还来得及！"苏秋香摇摇头说："我可以退，可是我们走了，城里的百姓怎么办？光明，你走吧。"

刘光明是在凌晨离开盐山城的。他想快点回去，还能赶上过春节。但是一出城，刘光明就迟疑了。他相信，日伪军已经知道了'三十一支队'的底细，一旦卷土重来，苏秋香等人一定很危险的。于是，他对三娃子、李二蛋和田娃说："咱们不能走，如果咱们走了，盐山城就危险了。"

果然不出刘光明所料，就在当晚，驻沧县的伪旅长刘矮子带着一千多人包围了盐山城。当时，苏秋香等人正准备和战士们过一个庆功年呢。接到消息后已经来不及撤退了，只好让苏长红去集结城内的百姓，而她亲自带着"三十一支队"浴血奋战。

"三十一支队"的战士英勇奋战，再加上刘矮子的伪军大多是怕死鬼，所以苏秋香的人算是顶住了攻击。不过这样也不是长久的办法，如果日军前来增援，"三十一支队"早晚会被人包了饺子。而就在这时候，一个奇迹发生了，站在城墙上的苏秋香，发现伪军中自相残杀了起来，有人开枪打伤了刘矮子。接着，一个熟悉的声音喊着："游击队来了，整整三千人啊，快跑啊！"

刘矮子受了伤，下面那些伪军本来就无心打仗，又听说游击队打来了，吓得仓皇逃窜！苏秋香松了口气，赶紧带着队伍出城，而一些愿意离开盐山城的百姓，也投奔别处去了。等苏秋香、苏长红带着"三十一支队"的战士离开盐山，向南十几里后，这才和在那里等候的刘光明、三娃子等人会合了。原来，那个打伤刘矮子的人就是刘光明。只可惜，他的枪法不准，否则，刘矮子也不仅仅是受伤这么简单了。看到刘光明后，苏秋香一脸的惭愧，她知道，如果不是刘光明，带出来的战士，可能就交代在这里了。几天的守城，战士们手中的枪基本上变成了烧火棍，弹药已经严重不足了。没等刘光明说话，三娃子将他的英勇事迹给描述了出来。原来，几个人担心日伪军前来攻城，刘光明决定留下来观察情况，结果刘矮子真的带人来了。看到刘矮子带了这么多人，当时三娃子等人绝望了。刘光明观察了一会儿告诉他们，刘矮子的人虽然多，但都是一些乌合之众，他们战斗意识较差，很多人都是沧县抓去的兵丁，好多新兵还不会打枪。于是刘光明利用这一点，摸到了伪军群中，趁乱打伤了刘矮子，还扯了一个游击队要攻来的谎，把刘矮子的人都给吓跑了。

回来的路上，苏秋香主动走在刘光明的身边，表达了谢意和歉意。刘光明倒是一副无所谓的样子。苏秋香觉得刘光明除了思想觉悟有待提高外，真的是一位好参谋，随后她便征询刘光明的意见："光明啊，你说，'三十一支队'接下来的任务是什么？"刘光明还没说话，苏长红搭腔了："当然是休整了，我们弹药已经不足了，战士们接连打了几天仗，不应该休息一下吗？"哪知道刘光明摇摇头说："俺觉得，'三十一支队'应该再袭扰几座被小鬼子占领的城市！因为日伪军也以为咱们会休整，所以，不如给他来一个突然袭击，不过，为防万一，不要再进攻盐山城了，日伪军一定会严守的，换下一个地方，打他们个措手不及。"

苏长红气得直朝刘光明瞪眼，但是，她也没说什么。因为行动上的事，苏秋香说了算。当然，苏秋香也没有这么大的权力，回到乐陵后，她便去见了马振华和杜步舟，汇报了这次攻打盐山城的情况，并将下一步的计划说了出来。马振华听取了苏秋香的汇报后，认为非常合理，便同意了。

二十几天后，"三十一支队"兵分四路，突袭无棣县城。一路攻打东门、一路攻打南门、一路攻打西门、一路攻打北门，很快就在日伪军毫无防备之下，将无棣城攻打了下来。

第十五章　攻打乐陵

　　阳历三月，属于乍暖还寒的季节。常家村的人已经脱下了厚厚的棉袄，换上了薄薄的绒衣，甚至有人穿起了秋衣秋裤。黑妞换上了一件薄薄的花棉袄，开始在院子里晾晒替换下来的冬衣。她在拍打着晾衣绳上的棉衣时，突然发现一个人出现在面前。他穿着一件团花的锦缎长袍，手里挂着文明棍，头上戴着一个暗黑色的瓜皮帽，就这么默默地看着黑妞。黑妞惊讶地看着来人："朱老爷？"

　　来人正是朱家的家主朱富寿。黑妞以为自己看错了人，她做梦也想不到，朱富寿会到她的家里来。这可是常家村的大名人，即便是在乐陵县也排得上号。朱富寿显然有些不好意思，他略显尴尬地笑笑，然后伸出右手的食指，抿了一下嘴唇上方的小胡子，又干咳了一下说："黑妞啊，俺来求你件事！"

　　黑妞以为自己听错了。家财万贯的朱富寿会求她办事？她愣愣地看着朱富寿："朱老爷，您刚才说什么？"等朱富寿又说了一遍后，黑妞确定不是听力的问题了。她有些惊诧地看着朱富寿。朱富寿叹息了一声："我那个不争气的孙子，被警察局带走了！"

　　黑妞一脸的疑惑，她赶紧问道："你是说有财吗？警察局带走一个孩子干什么？"随后，朱富寿就把近期发生的一件事说了出来。原来，这些年朱竹和范思琪一直住在县城，没事时就帮范掌柜照顾生意。而朱有财被送到了私塾里，有一位老先生教他读书识字。哪知道就在前天，朱有财因为吹牛，把一个叫二狗的孩子给打了。朱有财的身上也挂了彩，脸上多了一道指甲印。回到家，朱竹两口子就发现儿子打架了，看到儿子脸上的伤痕，朱竹生气地问："是谁把你打成了这样？在县城，我还是第一次见到有人欺负我朱竹的儿子。"

朱竹的岳父范掌柜是商圈里的名人，朱竹偶尔也跟随岳父参加一些宴会，认识了不少人。所以，这几年他有些飘，认为在县城，没人敢动他了。哪知道，这天他遇到了硬茬。就在他的话刚落地时，一个淡淡的声音传了进来："是我家二狗！"

接着，一个穿着黑色制服，挎着小撸子的中年人走了进来，还领着一个十来岁的男孩。此人就是伪警察局的局长徐大良，那男孩就是他的儿子二狗。徐二狗一进来，就伸出小手指向了朱有财："就是他打伤我的！"

朱竹再看朱二狗，脸上青一块紫一块的。他马上明白了，儿子是和人打架了不假，可被打的不是他的儿子，是伪警察局局长的儿子。朱竹当然认识徐大良，见对方来势汹汹，赶紧拱手道歉。如果说县城还有几个他招惹不起的存在的话，徐大良绝对算一个。日军从北平一路南下，所到之处，有不少伪军成为日军的走狗。日军以他们的力量来管辖城市，而大批队伍继续南下去了。

朱竹马上意识到了事态的严重性，他狠狠地瞪了一眼朱有财，心说，你这个臭小子，你打谁也不能打徐局长的儿子啊，你这不是给老子我出难题吗？随后，朱竹、范思琪，甚至范掌柜，一家人都给徐大良道歉，连饭店都订好了，但是，徐大良并没有留情，他一挥手，几个手下就将朱竹两口子带走了。当然，朱有财也没幸免。

朱有财一进警察局大院，就和朱竹两口子被关在了一起。徐大良很能折磨人，他故意当着朱竹两口子的面，让徐二狗扇朱有财巴掌。朱竹两口子膝盖都跪酸了，徐大良根本就不松口，而且不住地说："你儿子不是挺能吹牛吗，说他爹是县城里最厉害的人物，来，你给老子厉害一个看看。"

朱竹看着儿子，心说，你这个小王八蛋，净在这里给老子添堵，老子平时也就是喝点酒吹吹牛，怎么你也学会了呢？看来，管教儿子还得实打实啊，稍微虚夸一点，就容易让他学坏。朱竹万般无奈，只好给了看守一点好处，看守将范掌柜带来了。

其实，范掌柜早就来了。接到消息后他就来到了伪警察局，可是人家听说是朱有财的外公，根本就不让进。谁不知道朱有财打了局长的儿子？有人将范掌柜往外推："老东西，你外孙找死，没把你抓起来，局长已经是大人大量了，你还不快滚！"

就在范掌柜无奈想离开时，看守将他带入了关押室，见到了女儿女婿。也只是了解了一下情况，徐大良根本就不买范掌柜的账！范掌柜心里恨得要死，但表面上不得不恭恭敬敬的。他知道，伪警察局的背后有小鬼子撑腰，得罪了徐大良，这次朱有财要完了。

回来后，范掌柜就去了常家庄，将这件事告诉了朱富寿。朱富寿可是朱有财的亲爷爷，孙子出了事，朱富寿能坐得住吗？于是，朱富寿和范掌柜两个人一起来见徐大良，还准备了一箱子的大洋。看着那些沉甸甸的大洋，徐大良还真的发了善心。不过，他只是放了朱竹两口子，朱有财还是被他关在了里面。

万般无奈，朱富寿突然想起了一个人，那就是黑妞，于是他赶紧回到常家庄，见到了黑妞。等黑妞听完经过，她连连地摇头："朱老爷，您弄错了吧，俺根本就不认识什么徐局长，甚至连伪警察局的大门朝哪儿开都不知道！"

黑妞说的是事实。她真的不认识徐大良，也不知道警察局在哪里。但是，朱富寿还是认定了她能救出朱有财"黑妞，我听说你和'三十一支队'来往密切，要不，你请他们的人出面，把俺孙子救出来？"

听了朱富寿的话，黑妞这才明白了他的意图，敢情是想动用"三十一支队"。黑妞沉吟了半晌，决定帮他说说这件事，毕竟都是老乡，再说了，伪警察局也不是个好东西，替小鬼子卖命，"三十一支队"是时候替老百姓出这口恶气了。

朱富寿走后，黑妞就来到了八里庄村。当时，三娃子等新兵都养好伤归队了。这段时间，"三十一支队"一直在外征战。所以，黑妞想找他们都找不到。她想起了刘光明。她知道刘光明与"三十一支队"的苏秋香和苏长红关系都挺好，就找来了。

八里庄村离常家村只有七里路，而且很顺，一路向南过了朱集村、李小庵村就到了。刘光明家住在村西头，下了村一打听，就来到了刘光明的院子里。当时，刘光明正坐在院子里磨着一把砍柴刀。听到脚步声，刘光明抬起头来，等他看到黑妞后就是一愣："大娘，您怎么来了？"刘光明还是很敬重黑妞的，一个女人，却有着一般男人都没有的胆量、智慧和觉悟。看着那么多年轻人亲切地称呼她"娘"，刘光明也仿佛感受到了她胸腔里那暖暖的母爱。

刘光明赶紧拿过一张板凳，请黑妞坐下。黑妞也不拐弯抹角，直接说出了来意。听说她要让"三十一支队"攻打乐陵县城，刘光明点点头。其实，他早就盘算着攻打县城了。这段时间，他帮着苏秋香打下了盐山县城、了无棣县城。接下来，不就该打下乐陵县城了吗？

刘光明爽快地说："大娘，您放心吧，俺这就去找苏秋香，和她合计一下，怎么拿下县城来。"黑妞知道刘光明是个聪明的小伙子，也相信他能够说到做到。于是，她起身要走，又忍不住看看刘光明手中的刀，"光明啊，你这是在做什么？"刘光明笑着说："磨刀，磨着玩的。"

黑妞走后，刘光明的刀也很快磨亮了。他拿在手里，舞动了几下，又找了一块红布，拴在刀柄上，然后插在背后出发了。

刘光明是在东辛店附近遇到"三十一支队"的。当时，"三十一支队"正在休整，经过了几次大战，"三十一支队"虽然减员不少，但也补充了一些新兵。无棣的县大队整体编入"三十一支队"，并且随着队伍西上。

刘光明发现了队伍中的新面孔，他有些不爽地来到苏秋香面前，很不友好地说道"秋香，俺发现你刚吸收了好多人啊，俺凭什么不能加入？难道这些新兵都比俺的觉悟高？"苏秋香无言以对，她之前不让刘光明加入，是出于两个原因：一个是刘光明和苏长红有婚约，而且，他动不动拿婚约说事，这让苏秋香觉得他脑子里旧的思想太严重。另一个原因就是他是村长，他出来了，整个村子就没有带头人了。迟疑了半晌，苏秋香说："我承认，我拒绝你有些草率，我应该给你机会，但是村里二百多口人呢，你出来了，他们谁管？"

　　刘光明却固执地说:"俺不管,反正这一次俺跟定你了!"苏秋香只好说:"你别耍性子好不好?建立一个红色村比你进入队伍更重要!"在苏秋香的开导下,刘光明总算放弃了进入队伍的念头。两个人正在聊着,苏长红登记完新兵册子回来了。她一眼看到刘光明,浑身有些不自在。刘光明大方地伸出手:"苏长红同志,你好!"苏长红惊讶地看着刘光明,脱口说道:"你装什么大瓣蒜!"和苏秋香一样,苏长红对刘光明太熟悉了。正因为熟悉,对于他的要求和一般的战士不同。即便刘光明认认真真、一本正经地想和她握手,苏长红却不想接受。刘光明愣住了,"苏长红,你什么意思?如果是其他革命同志和你握手,你握不握?怎么你光明哥的手就这么难看吗?"苏长红瞪了刘光明一眼:"走走走,别在这里捣乱,这是临时指挥所!"

　　刘光明放下手,遗憾涌上心头。他知道苏长红从内心里瞧不上自己。但是,自己已经不是那个满脑子婚约的男人了。自己早就成长了,甚至比"三十一支队"的大部分战士更进步,她怎么就看不到呢?正想着,刘光明发现苏秋香拿出了一张乐陵县地图,正在认真地看着。于是,他走了上去问道:"是要攻打乐陵县城吗?"苏秋香随意地点了点头。苏长红却走了过来,将刘光明推到一边:"出去出去,我们在谈论军事机密!影响了行动,小心我踹你屁股。"

　　刘光明发现苏长红说话都不用"俺"了,而是满口的"我"字。当然,这不是重要的,重要的是他听到了"踹屁股"三字。刘光明笑了。因为这是他和苏长红小时候经常玩耍的游戏。刘光明比苏长红年长两岁,小时候的苏长红,天天"光明哥"地叫着,跟在他的屁股后面。为了哄她开心,刘光明经常撅起屁股,让她踹一脚。其实苏长红力气能有多大,每次都是刘光明配合地趴在地上,然后假装痛苦,龇牙咧嘴地叫唤几声。

　　刘光明知道,苏长红肯定脑海里没有忘记这些画面,否则,她不会信口说出来。他更加知道,当她想到这些事,自己在她心目中的形象,应该又回来了吧。

　　刘光明猜测得不错。苏长红并不是真生他的气,而是故意使小性子。经过了这几次出谋划策,苏长红也觉得刘光明不简单。他简直就是个军师,一句话就能拨开云雾，让苏秋香和苏长红看到希望。这时候，苏秋香朝刘光明招招手："光明，你来看看，我们应该怎么拿下乐陵城？"

刘光明赶紧来到案桌前，目光落在了地图上。苏长红其实也是希望他留下的，更希望他给她们出个好点子。但是，表情和心理不一致。她故意朝刘光明翻着白眼，用肩膀靠了他一下，说道："秋香姐让你过来，你还真过来啊！一边去！"

她用的力气恰到好处，既要了自己的面子，又不会真的将刘光明挤开。刘光明朝着她眨眨眼，直接指着地图说上了。其实，来的路上，刘光明就一直在想，怎么攻打乐陵县城最快最有效！

这一次，刘光明比之前说得更细致。他指点着县城的四面城墙，然后说，"相比盐山城来说，乐陵县城更难攻，所以，咱们还是老办法，先让一部分人乔装进城，然后里应外合。"刘光明的办法刚说完，苏长红笑了。苏长红的笑是一种冷笑，嘲讽的那种。她鄙夷地看着刘光明说："我还以为你有什么好办法呢，原来是旧单子抓药，那我们还用你说啊，谁不会？"苏秋香制止了苏长红，她心比较细，知道这两次的里应外合必然不同。果然，刘光明翻了苏长红一眼珠子后，马上说出了自己的妙计。同样是里应外合，但这一次不是袭扰，而是趁乱进城。

刘光明认为，当前乐陵城的守军主要是徐大良的二百多人。虽然从兵力上"三十一支队"并不弱，但如果强攻，必然会遭受巨大的损失。他将朱富寿的孙子打了徐二狗被关一事说了出来。说明徐大良很爱自己的儿子。乔装进城的战士，设计挟持徐二狗，然后要挟徐大良，控制城门。这样就可以不费一兵一卒，将县城拿下。

同样是里应外合，但这次的里应外合果然和上次不同。苏秋香将刘光明的计策在脑海里推演了一遍，点点头说："这个计划我觉得行，即便不成功，我们的损失也不会大，成功了我们就可以以最小的代价，甚至是零代价拿下县城。"既然苏秋香点了头，苏长红不想说什么了，以免被刘光明笑话。刚刚刘光明翻了她一眼珠子，她看得出来，刘光明的眼神有些嘲笑的意思。"哼，你小子给我等着，成功了算你能耐，如果不成功，有你好看的。"苏长红暗中握着拳头，双腮气鼓鼓的，但还是忍住了没说话。

接下来，苏秋香一边让人将计划快马加鞭报告边区首长，一边抽调乔装进城的人员。这一次，刘光明再度和三娃子、李二蛋、田娃联手。四个人开始乔装打扮。很快，边区通过了苏秋香的计划，刘光明和三娃子等人出发了。

进了城后，刘光明就和三娃子来到了范记枣铺，找到了范掌柜。通过范掌柜刘光明了解到徐二狗每天早上都去对面的富平楼买包子吃。于是，刘光明和三娃子在范记枣铺住了下来，到了第二天早上，刘光明和三娃子先后朝对面走去。

三娃子和田娃进入了富平楼内，而刘光明和李二蛋留在了外面。不多时，果然，两个穿着制服的警察陪着一个十来岁的男孩朝这边走来。刘光明右手掏了掏耳朵。这是发现目标的信号，让里面的三娃子做好准备。等徐二狗在两个警察的保护下进入富平楼，马上落入了三娃子等人的手中。三娃子夺下了警察的枪，将他们三人绑在了椅子上。三娃子发现富平楼居然还有一部电话，于是拨通了徐大良的电话。听说自己的儿子被绑架，徐大良吓坏了，赶紧坐车来到了富平楼下。

在电话里，三娃子明确地警告他，只能一个人来。徐大良只好让队伍远远地躲在胡同里，一旦枪响再冲出来，然后一个人进入了富平楼。三娃子走了出来，按照事先刘光明的叮嘱说道："徐大良，只要你乖乖地配合，你儿子死不了。"徐大良心里恨死了三娃子，心说：敢打老子的主意，老子扒了你的皮。但表面上却装作不敢得罪的样子，连忙说道："这位小兄弟，你要多少钱，开个价，我马上让人送来！"

徐大良以为，绑架自己的儿子，无非就是穷疯了。八成是为了钱，但他哪知道，这一切是因为他关了朱富寿的孙子啊。当然，严格来说，也和朱富寿无关，"三十一支队"已经想攻打县城了。

三娃子冷笑着说："老子是戏班的，俺的人想进城，被拦在了城门口，没有你大局长的命令，戏班子没法进城赚钱！现在，立刻，马上，给俺们开通行令，否则，你儿子没命了！"

听到这里，外面的刘光明急了。说好的假装戏班要通行令，可没让三娃子逼他啊。这种说话的语气，徐大良不怀疑吗？果然，徐大良眼神闪烁，有些疑惑了，心说：戏班子进城？我怎么没听说报备，是哪家府上要过大寿吗？整个县城有头有脸的人，我都熟悉啊，没听说谁家有事？即便是谁家过寿，你胆子好大啊，敢这么得罪我！就不怕进了城，老子把你们全杀了！

就在这时，刘光明冲了进去，一巴掌拍在三娃子的脸上，气呼呼地骂道："让你昨晚早点休息，你偏拽着师妹喝酒，一喝就到了凌晨，你看看你满嘴的胡话，怎么能和徐局长这么说话？"说着，刘光明转身对徐大良客气地说："这是俺师弟，脾气大，喝了点猫尿天王老子都不怕了，还请徐局长给个方便，毕竟俺们戏班混口饭吃不容易。"

刘光明这样一说，徐大良的疑心就小了。而这时候，三娃子也意识到自己的粗心了，心道：差点把事情搞砸了，幸亏刘光明机灵。不过，徐大良还是不放心："你们是去谁家祝寿吗？"刘光明一看徐大良的眼神，心里就明白了。

作为伪军警察局长，他必然掌握着县城大户人家的资料，而且一些大户人家过寿八成会请他的。想到这里，刘光明摇摇头："俺们是从北边来的，兵荒马乱混不下去了，听说乐陵县城的治安管得好，想来发个财。"刘光明间接地吹捧了徐大良几句，徐大良高兴了，说道："你们直接进警察局找我不就得了，为什么挟持我的儿子？"刘光明赶紧说："俺师哥喝多了，他有个弟弟被人绑架过，所以经常犯病，尤其喝了猫尿后什么事都做得出来，徐局长，您就别刺激他了！万一……"那边三娃子马上配合着刘光明，假装酒劲还没下去，朝着徐不良一瞪眼，说道："老子连老天爷都不怕，还怕你，你……你算个球啊！"徐大良万般无奈，真的担心三娃子酒后给儿子一刀，赶紧写了一个便条，给了刘光明。

刘光明揣着纸条来到城门口，苏秋香和苏长红带着几十个人乔装等候了。等城门打开，苏秋香等人迅速控制了城门，不费一枪一弹就活捉了十几个伪警察。随后，苏秋香等人又来到富平楼，将徐大良拿下。大队快速进入了城内。伪警察局的那些人，见局长都被活捉了，哪里还有斗志，都作鸟兽散了！而刘光明也将朱有财救了出来，交到了范掌柜的手里。

第十六章　参谋

接下来的日子里，冀鲁边区战火不断。日军自卢沟桥事变后，从北向南，仿佛一群蝗虫，不断攻陷城市。随着日军战线的南下，日军占领的一个个城市都交到了伪军手里。但是这些伪军的战斗力普遍不大。从除夕前攻破盐山城开始，到年后的几个月内，盐山城、无棣城、商河城、庆云城，先后被"三十一支队"拿下。而"三十一支队"不断扩编，一些地方武装相继加入，队伍得到了壮大，由原来的三路，变成了十九路军，加上特务团，一共二十路大军。其中特务团由马振华亲自带领。而苏秋香和苏长红，都在特务团内。

不久，国民党上级官员意识到"共军"的强大，心有不安，收编了一批地方武装后，委任刘大个为鲁北保安司令，下设三个旅。随后，刘大个以"恢复山东行政统一"为名，开始侵占"三十一支队"的胜利果实，第一枪打向了庆云，但被"三十一支队"第四路军击溃。随后，刘大个亲自带着第四旅攻击乐陵县城。"三十一支队"第一、第二路军和特务团展开了守卫战。很快，双方形成了拉锯战，互有损伤。刘大个久攻不下后，停止了进攻，开始和"三十一支队"谈判，提出只要由他委派县长管理乐陵，就可以让乐陵城免于战火。

"三十一支队"不想让乐陵城因战火变得千疮百孔。为了让百姓安宁下来，生活秩序恢复正常，经过领导们讨论后，答应了刘大个的要求。很快，国民党上级领导派了一个叫牟宜之的县长来。但他们却不知道，牟宜之是一位爱国人士，为了统一战线，坚决不搞磨擦，以最大努力支持"三十一支队"抗日。

由于"三十一支队"位于敌、伪、顽的夹击中心，而且冀鲁边区位置特殊，中共方面将一一五师永兴支队从冀南调至乐陵一带。正规军到达后，"三十一支队"改编为八路军"平津支队"。支队下辖三个营，一个特务团。苏秋香和苏长红从特务团调到了三营，营长就是杜步舟。

这天，苏秋香和苏长红，带着几个伤员来到了常家村。

早上起来，黑妞刚刚打开大门，就看到几个年轻的伤员，又看到了几个熟悉的面孔。"大娘，我们又来麻烦您了！"苏秋香微笑着说。黑妞赶紧说："你们跟俺客气什么，快进来吧。"来到屋子里，黑妞这才询问几个伤员的情况，原来，刘矮子再次侵占了盐山城。或许是因为上一次在"三十一支队"手中吃了瘪，刘矮子四处搜查八路军战士，这几个都是侥幸逃出包围圈的战士。苏秋香前来，就是想将这几个战士留在黑妞这里养伤。

黑妞自然表示了欢迎。听说八路军平津支队来了几个伤员，朱富寿带着面粉和鸡蛋前来看望。自从苏秋香救出了朱有财，朱家就把支队战士们当成了大恩人，思想转变得非常快。苏秋香也感到了欣慰。

接下来，苏秋香和苏长红就留在了黑妞家，每天在分析形势。日军的主力已开到济南，华北成为了他们的后续补给基地。这段时间主要是一些伪军在活动，其中就有刘矮子。

苏秋香留在黑妞家的这段时间，一直在筹划彻底消灭刘矮子，只有杀了他，才能拔去华北平原上这颗毒瘤。她知道，如果不是这些伪军给日军卖命，泱泱大国怎么会落到千疮百孔的地步。为了彻底铲除刘矮子，苏秋香一连想了三条计策，但总觉得都不够妥当。就在这时候，她想起了一个人，那就是刘光明。

刘光明是第二天午时来到的常家村。苏秋香让苏长红一早去请刘光明，但是苏长红到了八里庄村，根本就张不开嘴。苏秋香说得非常明白，让她务必不要和刘光明吵嘴。哪知道苏长红还是和刘光明吵了起来。她见到刘光明的第一句话就是："刘光明，秋香姐找你。"刘光明生气了："长红，俺已经不和你提婚约的事了，你怎么连个哥也不叫？"

小的时候，苏长红可是屁颠屁颠地跟在刘光明身后的，一口一个"光明哥"叫的。进了县立一高读书后，苏长红的眼界不一般了，再加上苏秋香从北平回来，带着她加入了革命队伍。苏长红的思想觉悟也提高不少，感觉自己和刘光明有了距离。尤其是接受了新思想的洗涤后，苏长红非常憎恨旧的婚姻。正是因此，她才对和自己有婚约的刘光明，有一种说不出的怨意。

就这样，两人从早上一直耗到午时，苏长红实在沉不住气了，抓住刘光明的胳膊，使劲往外拖。哪知道刘光明脚下像生了根一样，她如何拉得动？没办法，苏长红只好噘着嘴巴说："光明哥，算我请你行不行？"刘光明也不想再继续耗下去了。他知道苏秋香找自己，一定有要紧的事，于是跟随她来到了常家村。

刘光明走进黑妞家时，黑妞正在院子里倒茶壶里的茶根。看到刘光明和苏长红，黑妞就迎了过来："光明啊，秋香在里面等你了。"刘光明朝黑妞点点头。刘长红接过了茶壶，去倒水了。黑妞就带着刘光明朝里屋走来。

一进屋，刘光明就看到了苏秋香。苏秋香正望着桌子上的地图思索着。黑妞示意哑巴。哑巴自觉地走出屋子，去门口放风了。刘光明走过来一看，就知道平津支队想动刘矮子了。因为地图上，盐山的黑牛王和毛集一带，被铅笔圈了起来。

看到刘光明，苏秋香直接说明了意图："光明，这段时间，刘矮子经常扣押我们的人员，不断占领我们的地盘，所以，支队决定歼灭刘矮子，说说吧，你有什么好办法？"刘光明正要说话，刘长红进来了，将茶壶重重地一顿。显然，她对苏秋香看重刘光明表示不满。

刘光明瞥一眼苏长红，有些怨怪地说道："咱俩好歹也是青梅竹马长大的，你一路上就不能给俺透个气吗，俺也能提前盘算盘算。"苏长红气愤地说："我为什么要告诉你这个外人，这是八路军的机密。"

因为平津支队是八路军下属的武装，"三十一支队"并入后，苏秋香和苏长红说是八路军指战员也不为过。所以，说这句话时，苏长红有些小得意。气得刘光明调头就想走，被黑妞给拦住了。黑妞是长辈，也算是过来人，自然知道青年人正在闹脾气，她笑着说："光明啊，俺听说你和长红有婚约，早晚要成一家人的，你是男人，要学会让着女孩子！"还没等刘光明说话，苏长红就撇着嘴说："谁和他一家人，我们志不同道不合，婚约这种旧社会的封建产物，早就该作废了。"黑妞拉过苏长红的手说："孩子，话不能这么说，你看大娘俺，九岁嫁入常家当童养媳，用你的话说，这也是封建产物对不对？可是大娘和哑巴过得不是很好吗？"苏长红愣住了。黑妞和哑巴的事，她当然早就知道了。她张了张嘴还想说什么，被苏秋香拦住了。苏秋香是有大局意识的人，自然不会让苏长红在这件事上纠缠没完。她望着刘光明，眼神中有着期待和歉意。刘光明自然知道，苏秋香是觉得，如果不是她让苏长红去找自己，自己也不会生气。

刘光明端起茶壶，倒了一碗水，然后喝了两口，这才开始发表自己的意见。他认为，要全歼刘矮子的兵马，只需要用八个字的战略：集中兵力，出其不意。具体的战术，平津支队派小股战士佯攻盐山县城诱敌，一部夜间急行军，包围刘矮子的大本营。同时，为了瓦解刘矮子的战斗力，让人散布谣言，就说刘矮子的心腹中，有八路军打入内部的"间谍"。

苏秋香两眼一亮，她惊讶地望着刘光明，再一次刷新了自己的认知。她没想到刘光明越来越成长了，如果让他加入八路军……

苏秋香的念头刚起，刘光明突然上前一步，笑眯眯地说："秋香，是不是想让俺加入支队？你放心，只要俺加入了，就是你苏秋香的参谋！"

哪知道苏长红大声说："你想得美！现在的支队，比以前更加正规化了，你还没资格。"

苏秋香没有回答刘光明，因为这时候黑妞端了面过来。吃饭的时候，刘光明再次殷切地望着苏秋香，满眼里都是期待的眼神。不知为什么，苏长红看到刘光明的眼神后，心里酸溜溜的，忍不住用筷子一指刘光明："再敢盯着秋香姐看，我把你的眼珠子挖下来。"

刘光明苦笑了一下。苏秋香说道："光明，多谢你的计策，我会上报支队领导，吃了饭你就回去吧，抓紧历练你的自卫队。"刘光明心说，历练什么，整个自卫队，其实就是三个人，他、苏汝贵、苏汝郝。幸亏日伪军没来，来了，三个人顶个屁用！当然，他知道，苏秋香是间接地拒绝了自己。

饭后，刘光明真的离开了。回到八里庄村后，苏汝贵和苏汝郝听到动静都来了。这两个人不但是他的好伙伴，也是他的好跟班。都以为他去找苏秋香，能够加入平津支队呢。苏汝贵说道："三爷爷，你要是进了队伍，可别忘了拉俺们一把。"刘光明郁闷地说："俺还没人拉呢。"

三天后，刘光明假装带着苏汝贵和苏汝郝见见世面，再一次来到了黑妞家。他一进院子，就看到苏秋香正在安慰那几个养伤的战士。原来，平津支队完全接受了苏秋香的意见，集中优势兵力，包围了刘矮子的驻地。因为小部分八路军袭扰盐山县城，刘矮子的亲信中有人出了个馊主意，让刘矮子分出去了两个大队。结果和平津支队对上后，很快陷入了劣势。耳听到队伍中传说着亲信的坏话，马上联想到那名亲信可能就是内奸，于是不由他辩解，一枪毙了。而后，刘矮子带着少部分手下，乔装逃往天津去了，后来病死在天津。

清除了刘矮子等日伪军后，华北平原的抗战力量得到了巩固。为了进一步发动群众，利用群众的力量，坚决、彻底地消灭日伪军，中共冀鲁边区特委成立，特委机关办事处设在县城西关，各个红色村都设立了联络处。而常家村的联络处就在黑妞家。那段时间，一袋子一袋子的《共产党宣言》《社会科学概论》等书籍油印出来，下发给党员干部。由党员干部带着积极分子领读。每天晚上，黑妞家的煤油灯能亮到半夜。当然，煤油灯是朱富寿提供的。朱富寿、常老大，甚至常老三、猴子、冬瓜、铁柱等，成了群众中的积极分子，一个个安静地坐着，听着苏秋香为大家宣读书中的内容。

旁边，给大家倒水的黑妞，有时候也会听得入了迷，甚至将水碗倒满了都不觉。那些深奥的道理，她虽然不懂，却隐隐感觉到，一股将穷苦老百姓从水深火热中拉出来的动力。有义年纪还小，早就躺在炕上睡去了，但是有德已经萌发了加入平津支队的念头。不过苏秋香像安抚刘光明一样，并没有让有德进入队伍，她的想法是，要想巩固黑妞家这个长期的联络点，需要黑妞一家人的努力。黑妞、哑巴、哑巴娘，还有有德，甚至有义，只有他们默默地付出，才能让联络点更安全。

当苏秋香等人在黑妞家开会学习时，有德就负责了村外的路况，一有情况就会学一声鸟叫声。他的声音在黑夜里传出老远，坐在门口的哑巴听到了，马上敲敲门。坐在屋檐下的哑巴娘听到了，赶紧告诉屋里的人。屋里的人可以快速地转移，或者进入地道。

哑巴家的人，多年来已经默契了，甚至一个眼神、一个动作对方都看得懂。这也是苏秋香让有德留在家里的原因。何况哑巴家还有一些伤员。他们需要人照顾。

一批批的伤员进来，离开。那些来过的伤员，都被黑妞的热心感动，习惯了称呼她"娘"。没多久，平津支队都知道了黑妞的存在，虽然好多人还没见过她，但已经在心中认了这个"娘"。那些伤员一来到黑妞家，黑妞对他们就像自己的儿子一样，亲自为他们处理伤口、包扎、做饭，甚至洗衣服。时间一久，包扎的工作黑妞越做越顺手，别人帮忙她还不放心呢。担心触碰了伤口，让战士们痛苦。

平津支队的战士，一部分来自当地，也有一部分来自河北和鲁南。来自外地的战士常年无法回家，但来到黑妞家里，就像回了家一样。他们称呼黑妞"娘"时，也是越来越亲切、越来越自然。

第十七章　挺进纵队

在冀鲁边区的历史上，有这样一支部队，它出现的时间虽然很短，却对冀鲁边区的抗战时局起到了关键作用。它就是肖华带领的东进抗日挺进纵队。

当挺进纵队要进入冀鲁边区时，当地的军民无不振奋。这可是由中央军委、八路军总部下派的一支队伍，它的到来，势必会扩大冀鲁边区的抗战力量。为了迎接肖华部队的到来，平津支队将筹备的工作交给了苏秋香。

因为苏秋香是一个女人，胆大心细，思路灵活，一定会让这场迎接活动，鼓舞军心民心，掀起全民抗战的热潮。

接到任务后，苏秋香又兴奋又紧张，同时感觉压力非常大。她知道，组织信任自己，将重大的任务交给她，必须顺利完成，否则，她苏秋香以后就没脸见同志们了。或许是心理压力太大了，接连三天，苏秋香一点头绪也没有。这天早上，苏秋香一早就起来了，坐在院子里发呆，脑子乱得像一团浆糊。就在这时候，黑妞走了出来，拍拍她的肩膀说："闺女啊，俺知道你想把迎接活动搞好，但是你已经三天没休息好了，这样下去，身体会垮的。"说着，黑妞端了一碗面条出来，递给了苏秋香。苏秋香感激地看看黑妞。这段时间，她一直待在黑妞家。黑妞已经把她当成了亲闺女。而苏秋香，也已经习惯了称呼黑妞"娘"。她小的时候，母亲去世早，自己经常跟着父亲住在县城私塾里。父亲虽然是识文断字的老师，却给不了苏秋香母爱。在黑妞这里，苏秋香完完全全享受到了一种缺失的爱。因为要开导黑妞的思想，很多时候，两个人睡在一个炕上。一到了晚上，两人就躺在炕里面，盖在被子里，并肩倚靠在炕头柜上。苏秋香手捧着一些先进的书籍，为黑妞朗读。黑妞是没上过学的，但从苏秋香这里，也学了一些简单的字。

苏秋香经常指着书中的一些经常出现的字，一遍遍地让黑妞辨认。比如"你""我""他"，比如"乐陵""中国"和"世界"，等等。

每每讲着讲着，苏秋香就睡着了。而黑妞就像一位母亲照顾孩子一样，为她盖好被子。甚至为她驱赶着蚊虫，自己一夜不怎么合眼，到了早上，又早早地起床，做好了早饭。

听完黑妞的话，苏秋香点点头，站了起来，说道："娘，陪我出去走走吧。"黑妞笑着说："这就对了嘛，老是憋在家里，会憋出毛病来的。"

于是，黑妞陪着苏秋香出了村子。走在乡间的小路上。正是秋收前的时节，田野里的玉米秆已经超过了一人高。风一吹来，到处唰唰作响，仿佛是在集体欢迎她们的到来。望着那大片大片的庄稼，黑妞感叹地说："闺女啊，平津支队在咱老百姓心目中的地位越来越高了，你看看，如果不是你们，今年哪有这样的收成，俺得替他们好好谢谢你们呢。"苏秋香站了下来，凝视着黑妞。她慢慢地握住黑妞的手，轻声说："娘，其实最应该感谢的是您啊，您为抗战工作付出得太多了。"苏秋香没有多说，她真诚的眼神胜似千言万语。她知道，黑妞虽然是个普通的乡村女人，却为抗战工作作出了巨大的贡献。她率先提出了打通地道的做法，保住了一村百姓的平安。联络点的建立，让支队的干部有了秘密开会的场所。她对伤员的照顾，让所有从这里走出去的伤员感到了母爱，一个个保家卫国的劲头更足了。

黑妞知道，苏秋香有一肚子的话要说，但她还是拍拍苏秋香的手说："俺黑妞又不能上阵打鬼子，能做的也只有这么多了，你们信任俺，将俺当成自己的娘，俺自然也要把你们当成亲生儿女对待。好了，这些客套话还是别提了，是不是迎接挺进纵队的事还没想好？"苏秋香点点头说："是啊，这次挺进纵队来到冀鲁边区，支队领导的想法是做一篇大文章，让迎接活动鼓舞士气，掀起全民抗战的热潮。"

黑妞听完苏秋香的话，就明白了，她似笑非笑地说："你怎么把你的老乡给忘了，难道你和长红都和他闹别扭了？"

黑妞的话，无疑等于一盏明灯突然在苏秋香的眼前点亮，让她两只眼睛都充满了色彩。她知道黑妞说的是刘光明。是啊，为什么自己苦思冥想了三天，居然没想起他来呢？看来，自己的思想也有不够解放的地方。

苏秋香知道，因为自己和刘光明是老乡，从小就了解他，这种了解，容易停留在孩提时代，下意识地忽略了他的成长。所以先入为主地将他排除在考虑范围之外。虽然他曾经出谋划策，帮了自己几次大忙。可是，正是因为太熟悉了，反而不觉得他能做得更好。随后，苏秋香回到了八里庄村。

苏秋香来到村子时，刘光明正带着苏汝贵和苏汝郝给苏长红家垒院墙。

苏长红的家院墙本来只有半人多高，因为前一阵连下了几场大雨，土墙被大雨冲刷出一道豁口。这次苏长红忙里偷闲回家，正巧母亲在和泥，苏长红就拿起了铁锨忙了起来。那个时候的墙，大多都是土的，土墙有两种，一种是土坯垒的，一种是泥土踩的。脱坯肯定是来不及了，所以长红娘选择了用泥土踩。

长红爹腿脚不好，坐在院子里干看着，母女俩一个站在墙上，一个站在下面。这种体力活，根本就不是女人干的，很快，两个人弄了一身泥不说，踩出来的墙也是乱七八糟的，一点也不像样。

就在这时候，刘光明出现了。刘光明正带着苏汝贵和苏汝郝准备去村外"野练"。最近刘光明想当八路的心越来越强烈，虽然苏秋香没答应他，但不等于他要放弃了。所以，他背着刀，带着两位助手朝村外走去。他们原本是想去模仿阻击战的，一抬头看到两个灰头土脸的女人。一个站在院墙上，一个站在院墙下。再仔细一看，刘光明就笑了。听到刘光明的笑声，苏长红气得一铁锨泥扔在他的身上。刘光明趁机说道："得，俺的衣服今天有人洗了。"

随后，刘光明就放弃了锻炼，和苏汝贵、苏汝郝帮着长红母女踩院墙。长红娘一直很欣赏刘光明，将女儿拉到一边，低声地说着。她的话刘光明听不到，但是瞥眼间完全可以从她们的表情上猜到一二。刘光明非常得意，长红娘偏向自己，说不定能促成他和苏长红的婚事，于是他不住地指使苏长红拿这拿那，完全把苏长红当成了一个小工。苏长红气得银牙几乎咬碎，终于在几十次被指使后，一脚将刘光明踹进了泥堆里。

也就是这时候，苏秋香来了。苏秋香看到刘光明的一身泥后，就笑着说："你们还真是一对冤家！"苏长红气呼呼地说："谁让他使唤我，我是八路军指战员，他想得美！"苏秋香可不是来闲聊的，她对刘光明说："你先换一身衣服，我有事要和你商量。"刘光明就笑嘻嘻地说："换什么衣服，俺脱下来，让长红洗了，一会儿就晒干了。"

果然，刘光明就当着苏秋香和苏长红的面把半袖脱了，光着脊梁，一解腰里的带子，刚想脱裤子，苏长红赶紧捂住了眼睛，背过身去骂道："臭流氓，你想干吗！"刘光明笑着说："俺里面穿着大裤衩子呢。"说着，刘光明就把长裤脱了，果然，里面是一件花布短裤。那时候的花布可不算多，一般都是清一色的布匹。女孩子喜欢用花布做上衣，显得水灵秀气。长红娘走了过来，将刘光明脱下来的衣服扔给苏长红："去，给你光明哥洗了。"苏长红一万个不乐意，连连跺足说道："娘，你让我给这个浑蛋洗衣服？门都没有。"苏长红总觉得刘光明在耍自己，他刚刚多次指使自己，已经让她心生厌烦了，现在还想让她洗衣服，那是绝不可能的。长红娘气得一瞪眼："你这孩子脑子坏了吧？他可是你光明哥。再说了，你光明哥来给咱家干活，还是你踹倒的人家，你不洗谁洗？"

苏长红委屈得眼圈都红了，但理论不过母亲，只好去给刘光明洗衣服了。一边洗，她还一边恨恨地瞪着刘光明。刘光明和苏秋香就坐在她的旁边，自然能够感觉到她不友好的眼神。不过，刘光明可不理会，现在的他有一丝丝的小得意。你不是弄了俺一身泥吗，好啊，那俺就让你给俺洗衣服！刘光明越是不看苏长红，苏长红心里越不舒服，她气呼呼地揉着衣服，仿佛手下的衣服变成了刘光明。每一次下手，都让她有一种解气的感觉。刘光明感觉到了，终于忍不住说了一句："长红，你揉坏了俺的裤子，你可得赔，不然，你让俺露着屁股见人吗！"苏长红气得端起一盆水就朝刘光明泼去。还好，刘光明躲得快，要不然早就变成落汤鸡了。

苏秋香就在两人插科打诨的胡闹中，总算把迎接挺进纵队的事说了出来。刘光明听明白了，接着，他给了苏秋香几个建议。什么普通的鲜花、条幅该有要有，但重要的还是节目。苏秋香是读过北平大学的，也算得上是见多识广的人物，脑子里的节目单，足足有一个排。当她一一地说出那些名字时，刘光敏听得云里雾里，根本就不知道所以然。他马上问道："有没有那种描写小鬼子残害老百姓的剧目？"苏秋香想了想说："有，有一个剧目是《放下你的鞭子》，作者是田汉。"刘光明并不知道田汉是谁。但是，他对于这个剧目的名字非常感兴趣。放下你的鞭子？这一定是一个欺辱和迫害的故事。见刘光明很感兴趣，苏秋香就讲了《放下你的鞭子》的大意。

这个剧目的背景是"九·一八"事变。讲述了事变后，一对父女从东北的沦陷区逃了出来，面对硝烟和疮痍，他们背井离乡以卖唱为生的故事。有一次，父女俩来到某地的街头，准备乞讨演唱。但是因为一路的颠沛流离和饥寒交迫，女儿气力不支，刚唱了一句就因为缺氧而晕倒在地。父亲为了路人的赏钱，不得不拿起鞭子，鞭打着女儿，大声地喊着让她起来，继续为路人演唱。这时候，一个路人看不下去了，愤怒地高呼："放下你的鞭子！"甚至，那名路人上前夺下父亲的鞭子。随后，女儿慢慢地醒来，在好心人的施舍下，喝了一些水，吃了一些干粮后才有了精气神。当路人群起呼应，要惩罚父亲时，女儿却给路人跪下了，告诉大家，这一切不怪父亲，他也是为了活下去，而真正的罪魁祸首，是让他们失去了家园的日本人。

当时的消息相对传播没有这么快。除非一些大城市，还能通过报纸及时地了解到"九·一八"事变，一些小城市和农村，等到知道"事变"后，东北已经沦陷了。随后，女儿用唱的形式，控诉了日军侵华的罪行，激起了路人抗日救国的情绪。

听完苏秋香的讲述，刘光明马上说道："这个好，你一定要定下这个剧目，找上十几个年龄不一的战士抓紧排练。"苏秋香有些不解地为问："《放下你的鞭子》只有两个演员，关系是父女俩，为什么要找十几个？"刘光明笑眯眯地看着苏秋香："秋香，你想想，这父女俩的故事再悲惨，也得有人烘托啊，另外十几个人就是烘托气愤的路人。台下的观众是被动情绪，如果台上的'路人'将他们的情绪点燃起来，一定会收到意想不到的效果。"

苏秋香马上明白了。于是，回到常家村后，她开始将剧目单报了上去。很快，支队同意了演出剧目。随后苏秋香开始筛选演员，进入了紧张的节目排练当中。

9月27日，肖华带着周贯五等人来到了冀鲁边区。永兴支队、平津支队以及当地一些自发的老百姓列队欢迎，一直将肖华、周贯五等人迎接到县城西关驻地。舞台早就搭好，正在紧张布场的苏秋香看到一队八路军战士奔来，赶紧上前迎接，将肖华等人让到台下坐下。战士们齐刷刷地坐好，老百姓就地坐在两边。

接下来便是《放下你的鞭子》的迎接剧目。饰演父亲的演员拉着女儿蹒跚走出，一步一叹息，然后找了一个位置坐了下来。此时，扮演路人的演员在来回地走动，向台下的"观众"说明，这里是城市的街道。父亲颤巍巍地伸出手，做着乞讨的动作，而这时候，女儿开始唱了。然而她刚一张嘴，猛然一阵天旋地转、头晕目眩，接着倒在了地上。父亲怒吼了一声："快起来，耽误了大爷们听曲，老子打断你的腿！"

现场一下子静了下来，一大部分人不了解剧目的内容，还以为这是突发状况呢。接着，再看舞台上，父亲抽出了腰后的鞭子，一鞭子打在女儿的身上。

顿时间，现场议论声纷起。这时候，很多人还没有进入剧情，以为这是现场出现了状况。随着一个路人的出现，下面这才明白了，人家是在"演戏"呢。那名路人劈手夺过了父亲的皮鞭，怒吼着："你还是人吗？她可是你的女儿啊，你再下狠手，信不信老子打你的屁股！"

说话间，路人真的举起了皮鞭。就在这时候，女儿睁开了眼，看到了这一幕，她赶紧跪爬几步，抓住了路人的腿，不住地摇晃着："大爷，请不要为难俺父亲，他也是迫不得已的，如果俺演不了，就没有大爷们的赏钱，唉，这一切要怪的不是父亲，就怪小鬼子吧。"

接下来，女儿如诉如泣，边唱边说了"九·一八"事变对东北百姓的迫害，像他们这样背井离乡的人不在少数，很多人失去了家园，甚至失去了生命，东北百姓陷入了水深火热之中。

随着女儿的倾诉和说唱，氛围越来越悲凉，无数人眼中含泪，满脸的怒火，拳头都禁不住攥了起来。大家的眼前仿佛出现了一个个惨烈的画面。就在这时，台上的路人突然高举拳头，义愤填膺地喝道："打倒日本帝国主义，把小鬼子赶出中国去！"

现场的氛围就像临界点的炸药，刚好被路人演员一嗓子点燃，瞬间爆发了。于是，"打倒日本帝国主义"的喊声响彻云天，所有的战士和百姓，热血如江河般奔涌，抗战的斗志和激情达到了前所未有的高度。

肖华来到冀鲁边区后，抗日热潮掀起了一浪又是一浪。永兴支队和平津支队都编入了挺进纵队。肖华听取了马振华、杜步舟等人的汇报后，对平津支队军民团结，在一些村设立联络处的做法给予了充分的肯定。尤其是常家村取得的效果。肖华表示，他没来冀鲁边区之前，就曾听说过当地有一个"革命母亲"，许多小战士都亲切地称她"娘"。

几天后，肖华在周贯五、马振华、杜步舟、苏秋香等人的陪同下，来到了常家村，亲切地看望了黑妞。听说眼前这位二十二三岁的青年就是挺进纵队的司令时，黑妞惊讶得好半晌没说出话来。因为这个年纪比她的大儿子有德大不了多少。

肖华亲切地和黑妞握手，肯定了她为抗战作出的贡献，并在众人的陪同下，顺着地道走了一圈。当听说朱富寿以及常老三等人被黑妞感染走上了革命道路，成为抗日积极分子后，马上对马振华等人说："常家村的例子要复制，大娘的事迹要传播。"

随后，冀鲁边区成立了工作团，分批分次地走进农村，深入开展了抗日救亡运动。宣传党的抗日主张和路线，发动群众积极参与抗战、支持抗战。

那段时间，冀鲁边区的抗战热潮铺天盖地，影响了一个又一个村子，这让国民党华北决策政府感到了威胁。按照国民党的华北政策，对外承认统一战线，实际上要和共产党争夺群众。眼看着共产党员开始深入人心，国民党"华北挺进第六路"成立了。

国民党"华北挺进第六路"，大约两千余人的部队，在司令程金的带领下，驻扎在了南皮县莲花池、罗张一带。程金带人四处征粮，很多百姓家里的余粮都被抢走了。很快，驻地附近的百姓怨声载道，开始向挺进纵队投诉。

肖华接到报告后，马上在常家村黑妞家开展了秘密会议。参加会议的有肖华、曾国华、周贯五、马振华、杜步舟、苏秋香等人。看到肖华等人面带严肃地进了院子。黑妞意识到纵队首长要开会了，于是她示意哑巴、哑巴娘、有德。有德去了村头，发现三娃子和苏长红也在。

原来，苏秋香命令他们务必警戒好，不让一个可疑人员进入村子。这是纵队首长级的高级会议，一旦走漏了风声，势必会造成巨大损失。哑巴依然坐在大门口的门槛上，掏出旱烟袋，捏了一捏烟丝，塞在烟袋锅里，然后拿出火镰，"嚓"地一下点燃了，吧嗒吧嗒地抽着。哑巴目光凝视着村口的方向，如果不是嘴巴还在动，烟袋锅里还在冒着丝丝白烟，粗看去就像个雕塑一般。

哑巴娘则坐在院子里用柴火烧水。别看六十多岁的人了，哑巴娘腿脚还很利落，眼不花、耳不聋。她知道自己的任务不单单是烧水，还要观察哑巴的动静，一旦哑巴的表情有异，那就说明有情况了。

母子俩这些年不用语言交流，除了手势就是眼神，早就默契了。至于黑妞则依然和往常一样，在屋子里为大家沏茶倒水。

黑妞很感动，这么高级别的会议，纵队首长居然选择了她家，说明对她是非常信任的。而且，开会时，大家根本就没有防备她，也说明大家将她当成了值得信赖的人。

马振华在会上汇报了南皮程金给群众工作带来的困难，以及部分群众的怨言。肖华脸色一直很严肃，很快，他便拍板了，让曾国华带人马上铲除程金所部。曾国华是永兴支队的队长，接到命令后迅速带人奇袭南皮，只用了一个多小时，就攻下了程金的驻地莲花池。一场激战后，程金带着小股人马逃奔沧县去了，剩下的死的死、降的降。程国华命令战士们，将仓库的粮食分发给附近的百姓，共产党八路军在民间的威望再次提升。

第十八章 妇救会

　　这天，苏秋香带着一个年轻的女子来到了常家村。一进黑妞的院子，苏秋香就亲切地叫了一声"娘"。黑妞从屋里走出来，握住苏秋香的手说："闺女啊，有一段日子没来了吧！"时至腊月，天气格外的冷。走了一段的路，苏秋香和那名年轻女子的嘴里都在哈着白气。黑妞一见，赶紧一手拉着一个，将她们带进了屋内。

　　那时候的农村，很少有穷苦人家点得起炭火。炭火在当时就是奢侈品，也只有一些地主或者像朱富寿这样的大户人家才有。不过那时候的房屋墙普遍厚，即便再冷的天，北风也休想打透厚厚的墙皮。所以，一进屋子里，苏秋香和年轻女子浑身就暖和了下来。黑妞紧了紧里屋门上的棉布帘子，确定没有了透风的地方，这才给两人倒了水。这时候，那名年轻女子开口了："大娘，我在盐山就听说了您的事迹，果然是个热心肠，怪不得那么多战士都叫您'娘'。"黑妞有些不好意思地笑笑，望着苏秋香说："闺女，这位是……"苏秋香马上给黑妞介绍。

　　原来，这位年轻女子叫崔兰仙，是边区妇女救国总会的主任。"妇救会"成立后，崔兰仙就奔赴盐山、沧县、南皮、庆云、无棣、宁津、商河一带，今天来到了乐陵。

　　崔兰仙是河北盐山县人。曾在泊镇九师读书。读书期间，接受到了马列思想后，崔兰仙发现自己的思想境界开阔了。在和地下党组织秘密联系的那段时间，她的思想得到了教育，进步非常大。从那时候起，她便有了忧国忧民的思想，尤其是对一些受封建社会毒害的妇女感到同情。"九·一八"事变后，崔兰仙曾在师生中大声疾呼，鼓舞和团结广大师生，投入到抗日的洪流中去！

1935 年，北平曾爆发"一二·九"爱国学生运动。崔兰仙听说有不少师生登上列车去南京请愿，于是带着一批好友来到了车站。她被人山人海，等待列车的场面震撼了。从那天起，崔兰仙便深知抗日救亡的意义。

当年，崔兰仙从泊镇九师毕业后，创办了一所贫民小学。在那个年代，穷人一般是上不起学的。只有那些有钱人家的孩子，才能读私塾，读公立学校。而穷人家的孩子，一般都是大字不识几个。为了让穷苦孩子们和有钱人家的孩子一样，接受教育，崔兰仙免收那些穷苦孩子的学费。

在当时，除了穷苦家的孩子上不起学外，还有一些家庭歧视女孩，认为女孩子没必要读书。为此，崔兰仙经常去那些有女孩子的家庭访问，希望他们的家长，能够让女儿进入小学读书。

崔兰仙的课程总是结合着爱国主义教育，她利用自己的阵地宣传抗日救国思想。1937 年卢沟桥事变后，崔兰仙毅然离家出走，开始走上了抗日救亡的道路。

挺进纵队来到乐陵后，崔兰仙也随后赶来，并当选了边区妇女救国总会的主任，积极筹建各级妇救会，向广大妇女宣传抗日救亡的道理。

而她这次来到常家村，就是想请黑妞任乐陵妇救会的主任。听完崔兰仙的话后，黑妞紧张得说不出话来。好半晌她才说道："崔主任，谢谢您对俺的信任，俺可当不了这么大的官，俺从小没读过书，大字不识几个，您再找合适的人吧。"

在黑妞的百般拒绝后，崔兰仙也没有太坚持，苏秋香只好担任了乐陵妇救会的主任一职，而黑妞担任了副主任一职。

眼看再有一个多月就是春节了。不知为什么，黑妞感觉到今年的春节或许过得不会顺畅。这天，她早早地起来，装了一袋子麦子，招呼哑巴去磨坊里推些白面回来。哑巴走后，黑妞就拿起扫帚打扫着院子。就在这时候，一个十八九岁的女孩子哭着跑了进来。她的脸冻得通红通红的，抹泪的小手也红肿了。黑妞赶紧将女孩拉到屋子里，给她倒了一碗热水。女孩捧着热碗，很快才暖和了过来。

原来，女孩叫荷花，是梨树王村人。上面有两个哥哥，因为家里穷得叮当响，她的父母想将她嫁给村里的地主王老虎。王老虎人如其名，是一个贪得无厌的家伙。家里有一百多亩地，平日里收租狠到了骨头，有好多佃户叫苦连天，因为给了王老虎租子，收成就剩不下多少了。等于是每年白给王老虎种地。可是不租地，那些农民就没有吃的。

这件事黑妞早有耳闻。当然，她最气愤的是王老虎，居然想纳妾。王老虎今年快五十岁的人了，儿子都比荷花大。这还不算什么，王老虎前面已经死了一个小妾，据说是被王老虎虐待死的。十里八村的人都知道，王老虎一喝了酒就虐待人，对小妾拳打脚踢，对方越惨叫他越高兴。但是，村里人被他的虎威威慑着，没有人敢反抗。

黑妞决定去会一会这个王老虎。既然当上了妇救会的副主任，她就要拿出点成绩来。于是，黑妞带着荷花前往梨树王村。两个村子相隔不远，十几分钟后，两人就来到了村里。王老虎家住在村子的南头，正南的大门，房子是两进的深宅大院。虽然比不上朱富寿家阔气，但已经是十里八村的大户了。

黑妞进去的时候，王老虎正坐在客厅的太师椅上，拿着盖杯喝茶。他的背后站着两个虎背熊腰的大汉。这是王老虎招的打手，都是练家子。不过，这样的阵势，黑妞一点也没觉得怕。这段时间，她什么样的人物没见过？

王老虎听到动静，就把肥胖的脑袋抬了起来。绿豆眼从荷花的脸上瞥过，落在了黑妞的脸上。他的小眼睛来回地转了几圈，突然起身一笑说："听说常家村的黑妞当上了妇救会的副主任，应该就是你吧？没想到，荷花这个死丫头，居然把你叫来了！"黑妞淡淡地点点头："王老虎，俺就是黑妞，你应该知道俺的来意吧？"王老虎也不急着回答，他慢慢地用杯盖扒拉着水面上的茶叶，然后又吹了几下，品了一口，放下茶杯后，这才说："黑妞妹子，俺想，你应该找的是荷花的父母，而不是俺吧？俺可没逼过荷花，都是她爹娘愿意的，不信，你自己去问问。"

黑妞皱起了眉头。其实她从荷花的叙述中，也听出了大概，还真是荷花爹娘的意思。"好吧，俺去见见她的爹娘。"说着，黑妞就带着荷花出去了。黑妞知道，自己现在是妇救会的干部了，不能随随便便无凭无据地发火，这件事必须先弄清楚再说。

很快，黑妞就来到了荷花家里。荷花爹娘没想到她会来。等黑妞自我介绍后，荷花爹娘的脸色都不好看了。荷花娘说："黑妞，这是俺的家事，就不劳妇救会出面了，你走吧，俺们不欢迎你。"黑妞一听就沉着脸说："还真是你们的意思，你们难道不知道王老虎的为人吗？王老虎喝了酒就把人往死里打，你们就忍心让荷花往火坑里跳？"荷花娘却不以为然地说："话可不能这么说，你怎么知道王家是火坑？人家要钱有钱、要粮有粮，俺女儿嫁过去，会有享不尽的荣华富贵，俺看你就是嫉妒，才来多管闲事吧。"

黑妞的好心，居然变成了多管闲事。当然，这还不是让黑妞寒心的地方。让她忍受不了的是，荷花娘居然认为荷花嫁给王老虎，是去享福！黑妞耐心地说道："荷花娘，咱们都是当娘的，你好好想想，荷花嫁给王老虎会过什么样的日子？俺可是听说了，王老虎每天都喝得醉醺醺的，一喝醉了就虐待小妾，难道你没听说吗？"

随后，黑妞站在母亲的角度上，又劝解了半天，总算是起了作用。荷花娘低下了头。但很快，她又无奈地摇头说："已经晚了，俺们家收了王老虎的钱财。"黑妞一听，忙说："那你就退回去啊！"听到黑妞让他们把钱财退回去，荷花爹娘一脸的苦相。很快，他们拿出了一个匣子，里面有五块大洋，荷花爹拎了半袋子面出来。荷花娘说："王老虎给了八块大洋，俺和荷花爹已经花了三块，扯了两块布，寻思着过年做一身新衣服，白面已经蒸了一大锅馍馍了。"

黑妞叹息了一声，心说，看来是穷日子过怕了，有了钱财马上就花了。黑妞想了想说："如果你们愿意退掉这门亲事，就带上东西跟俺来！"荷花爹娘带上了白面和大洋，跟在了黑妞身后。黑妞再次来到了王老虎家，说出了退婚的事。哪知道王老虎指着白面袋子说："俺可是给了荷花家一整袋的白面，还有大洋也少了三块，这怎么行？"荷花娘赶紧将怀里抱的布匹放在桌子上说："东西都在这里，大洋买了布，俺们不要了。"

王老虎一阵冷笑："你们说不要就不要了？你们买的布老子根本就不稀罕，要么让你的女儿嫁过来，要么，给老子把大洋和白面补齐！"

黑妞沉默了半晌，答应了王老虎。于是她回到家里，看到哑巴已经推了面回来了，就让哑巴用车子推上面，又驮了几袋子麦子去了朱富寿家，换了三块大洋，这才来到了王老虎家。见大洋和白面都全了，王老虎也不想得罪黑妞，气呼呼地摆摆手，算是逐客了。黑妞松了口气，将荷花送回了家。荷花扑通一下跪在了黑妞的面前。她知道，如果不是黑妞，自己这辈子就毁了。王老虎家是个火坑，一旦跳进去，再想出来就难了。可是，人家帮了自己这么大的忙，自己家却拿不出感谢的东西来。连荷花娘都歉意地低着头。想了想，她抱起那两匹布对黑妞说："要不您把这些带走吧。"黑妞没要："算了，你说得对，马上过年了，做两身衣服吧，过个好年。"

第十九章　春节

对乡下的老百姓来说，春节是最为隆重的节日。即便是平时不舍得花钱的人家，也会积攒下一些钱来，等待春节前赶大集，买一些烟酒糖茶什么的，以招待亲朋好友。其实那个时候的农村，一进了冬季老百姓就闲了下来，一些经常走动的人，总能见得着。但民俗就是民俗，即便是年前刚见了面，过了年也要走动，互相问候一下，说一些"过年"的吉利话。民间的情意往往到了春节，就达到了极点。而后随着各自的忙碌和不见面淡泊起来，直到第二年的春节，又重新升温。这就是农村，农村的春节，年年如此，人人如此。

有很多在年前吵了嘴打了架的，无论你是吵得不相往来，还是打得鼻青脸肿。到了春节互相见了还得说一些"拜年"的话。你一龇牙，我一咧嘴，大家呵呵一笑，都袒露着一种真诚，什么仇怨也就都烟消云散了。这就是一笑泯恩仇吧。

这几天，黑妞开始想着过年的事。哑巴刚推的白面给了荷花家，因此她又让哑巴推了一袋子。她想多蒸一些白面馍馍，也好给挺进纵队的战士们送去。

这天，黑妞挎着竹筐来到了集市上。她突然发现了一件事。集市上的人并不多，而且大家急匆匆的，买了赶紧走，仿佛家里有大事发生似的。卖货也不压价，给钱就卖，卖完了收拾了摊就走。这和平时不太一样。平时赶大集的，都是十里八村的，彼此见了都要聊几句。买货的不知道要转几个摊，卖货的卖完了，总会到熟悉的人旁边蹲着，帮着吆喝一下。

黑妞满脑子的疑问，正要找一个熟人问问，突然看到了刘光明。刘光明这一次没扛着他的刀，两只手抄在袖子里，戴着一个破棉帽，一只帽耳朵还耷拉了下来，脸上还多了一些灰，这扮相，如果不是听到了他的声音，黑妞根本就认不出来。

黑妞把刘光明拉到了一边，低声问："光明，最近是不是出了什么事？俺怎么发现乡亲们不太对劲？"

刘光明看看黑妞，点点头说："你说对了，还真出大事了，怎么，苏秋香没告诉你？"黑妞摇摇头，她赶紧问道："到底出了什么事？"等刘光明将事情说出来，黑妞的心顿时像堵了一块石头一样。原来，就在昨天，为了重新占领冀鲁边区，夺回被八路军控制的城市，日伪军开始了"扫荡"。

日军从山东、河北的第五、二十七、一一四师团中，各调集了一部分，再集结了一些伪军，一共两万余人，向济南、德州、沧县、盐山、庆云、乐陵等地发起了攻势。像蝗虫一般的日伪军，所到之处，抢占县城，建设据点，修公路、筑碉堡，步步为营，妄图将挺进纵队围歼在冀鲁边区。因为敌人来势汹汹，为了暂避锋芒，边区机关和驻军撤出了乐陵县城，纵队分散到乐陵周边，与日伪军展开游击战。

肖华亲率一个营驻扎在乐陵和河北交界处；苏长红等人带着特务连活动在乐陵南；杜步舟带一部分人活动在乐陵西；周贯五带一部分人活动在盐山附近。

这一次日伪军的"扫荡"来势汹汹，对纵队战士来说，将面临着一场场恶战。苏秋香等人知道，这些战士中，有不少是黑妞的"儿子"，她不想让黑妞担心，这才没有将这件事告诉她。但是，其他村子已经收到了消息。

果然，听到刘光明一说，黑妞就担心了起来。想起三娃子、李二蛋、田娃他们，黑妞的心没抓没挠的。也不知道他们现在怎样了，和日伪军遭遇了吗？回到家里，黑妞坐在院子里呆呆地出神。说好的过年有个好心情，这一下完全都给扫光了。哑巴不知道发生了什么，就坐在黑妞的对面望着她。

黑妞想了想，觉得这件事必须让乡亲们知道，提前有一个心理准备。于是，黑妞让哑巴去检查一下地道的情况，自己去了朱富寿家。朱富寿听说了这件事，也慌了。他和一般的老百姓还不同。因为他家业大。于是，朱富寿赶紧招呼家人将家里值钱的东西收纳起来，搬到地道里去。

望着箱子里满满的瓶瓶罐罐、衣服珠宝，朱富寿突然长叹一下，什么荣华富贵，当国难临头时，一切都成了零。他不由得想起当年朱老爷子说过的话。朱富寿和朱富贵的名字，是朱老爷子亲自起的。等两个孩子懂事了，他曾意味深长地对他们说："你们知道过日子最盼着什么吗？你爹总结了一下，不外乎八个字，那就是'王权富贵，健康长寿'。你们的名字就是这么来的。"

想到这里，朱富寿再次长叹一声。他是想过上富贵长寿的日子，可小鬼子不允许啊。说不定哪天，朱家百年家业就成了泡影，而他也未必能够"长寿"。

朱富寿送走了黑妞后，一个人坐在太师椅上，慢慢地拳头就攥了起来，忍不住大骂了一句："小鬼子，我操你祖宗！"

一般情况下，朱富寿是不会骂街的。他觉得自己在常家村是高高在上的。如果自己张嘴粗话，和那些普通村民有什么区别？但现在，他突然很想接一下地气。骂出了这句话来，朱富寿感觉自己好像身体轻松了许多。原来，这些年他一直端着"朱家大老爷"的架子，身心早就累了。

于是，朱富寿就走出院子，一抬头，看到了打扫院子的老朱。老朱是朱富寿的远族，虽然不太近，但朱家也没几户。所以朱老爷子回来后，就把老朱留在了家里，平时看看院子种种菜什么的，算是朱家的长工吧。

老朱裹着大棉袄，正低着头，扫着地上的杨树叶。朱家外面有一棵杨树，因为枝繁叶茂，夏天里可以坐在院子里乘凉，那棵杨树的树冠就像一顶天然的大伞，遮挡了阳光。不过到了冬天，就有些麻烦了。只要一刮风，院子里就落满了树叶，如果不打扫，脚踩在上面会发出刺耳的嚓嚓声，让人很不舒服。

朱富寿朝老朱招招手，说道："老朱啊，你过来。"老朱一抬头，有些愣愣地看着朱富寿。因为朱富寿的语气在他听来有些陌生。之前的他，不是非常严厉吗？难道是自己多睡了半个时辰，朱大老爷生气了？朱富寿越是笑眯眯的，声音暖得像棉花团一样，老朱心里越是不安。他放下扫帚，双手垂在衣襟前，耷拉着脑袋走了过来："大老爷，小的错了，小的不该贪睡。"

老朱以为朱富寿是生气到极点，反而没了怒火呢？他虽然不太懂物极必反的理论，却知道烧水时，水越不开声响越大，等水烧开了反而几乎没有了动静。难道朱大老爷怒到了极点？想到这儿，他忐忑不安地抬起眼皮，偷偷地看着朱富寿的表情，他要通过朱富寿怒火的程度，判断自己的惩罚大小。当他看到朱富寿一脸诡异的笑时，更加不安了。因为，他从未见到朱富寿的脸上有过这样的笑容。他笑得很灿烂，嘴角和眼睛里，都泛着一股让人捉摸不透的色彩。

朱富寿哪里知道老朱在想什么，他笑眯眯地说："把你的衣服脱下来。"

什么，脱衣服？平时自己就是犯了大错，大不了隔着衣服挨一棍子。现在是大冬天，脱了衣服鞭打，人还受得了吗？扑通一下，老朱就跪了下去。他不住地哀求："大老爷，求求您别打了，您看都快过年了，您就给小的留个面子吧，不然躺上半月二十天的怎么见亲戚！"

朱富寿奇怪地看着老朱，半晌，他终于明白了老朱的心思。朱富寿扑哧一下笑了："老朱啊，你想哪里去了，我不打你，来来来，咱们换换衣服穿，我要感受一下你们这些人的生活。"老朱虽然还是听不懂，但总算知道大老爷不是惩罚自己了。片刻后，两个人互换了衣服。朱富寿裹着老朱那至少有八个补丁的破棉袄，学着村民们的样子，双手抄在了袖子里，然后对老朱说："你现在可以回家了，等过了年再回来吧。"

老朱看看一身的绸缎衣服，就像做梦一样问："大老爷，这一身您真的送给俺了？"朱富寿微笑着点头。老朱仿佛不相信这一切都是真的。他摇了摇自己满是皴泥的手腕，然后笑得嘴巴都咧到耳根上去了。

等老朱一溜小跑地欢快着离开，朱富寿也抄着手来到了外面。此时的街道边，常老三、猴子、冬瓜、铁柱，四个人雷打不动地晒着太阳。他们齐刷刷地并排蹲在墙根底下，都穿着黑色的破棉袄，戴着破帽子，双手抄在袖子里，嘴里吞吐着白气。如果换一个场景，比如在某座道教大山上，他们换了崭新的道袍，再将蹲着的腿盘起来，均匀呼吸，一定让人以为是四位高人。只可惜，这是在贫困的时代，在小鬼子入侵的时代。所以，没有人能够联想到那超然物外的场景。

朱富寿当然也想不到，因为那是云天之上的事，现在，他要做的就是接地气。当朱富寿走来的时候，常老三等四人的头齐刷刷地扭了过去，目光齐刷刷地投了过去，仿佛四对探照灯，在扫描着这具"陌生"而且"怪异"的躯体。

说是陌生，是从没看到一个白白胖胖的人，穿着破棉袄出来。说是"怪异"，是这个"陌生人"模仿他们走路的样子，根本就不像。当然，很快四个人就看清了来人，于是，齐刷刷地站了起来，然后齐刷刷地问道："大老爷，您家被小鬼子抄了？"说完这声，四个人拔腿就想跑。朱富寿厉喝了一声："站住！"说完，又觉得自己态度不好，赶紧笑眯眯地、柔和地补充一句："我刚来，你们别走嘛。"常老三苦笑着说："大老爷，小鬼子都进村了，快跑吧！"朱富寿一愣，探手抓住了常老三的手臂，喝道："谁说小鬼子进村了？"常老三这才觉察到什么。对啊，如果小鬼子进村，他们坐的位置可是很敞亮的，两三里地以外有什么动静，都难逃他们的眼睛。再说了，也没听到鸡鸣狗叫的声音啊。

朱富寿忙说："我就是换了一身衣服，来来来，你们都蹲下。"常老三等人蹲了下来，朱富寿就挤在了他们中间。常老三不解地问："大老爷，您为啥这身打扮啊？"朱富寿叹息了一声，抬头望着天空，许久之后才缓缓地说道："我想开了，什么金银珠宝，什么王权富贵，都他娘的是空话，国难当头，一天不把小鬼子赶出去，咱们就别想过上好日子。"常老三等人大眼瞪小眼，你看看我、我看看你，谁也没想到，朱富寿居然会发出如此的感慨。

其实，让朱富寿有此感慨的，还是上一次在县城的一个画面。当时，日军从北向南，刚刚占领了乐陵县城。虽然日军随后分批离开了，只留了一个班的兵力，控制着上百的伪军。但是，县城的上空笼罩着一片阴云之中。小鬼子烧杀抢掠，每天都带人去一些大户人员搜刮。如果不把值钱的东西交出来，就把人给杀了。

那天，朱富寿是应了范掌柜的邀请，去看望一位同僚的。那位商界同僚比他们晚进入贩枣这个行当几年，也算发了点小财，寻思着感谢一下两位前辈领路人。哪知道正准备摆下家宴时，两个小鬼子在一个班的伪军带领下，来到了同僚家。朱富寿和范掌柜躲在了里屋，但是客厅里发生了什么，他们听得一清二楚。

小鬼子希望同僚乖乖地将这些年积攒的财宝都交出来。碍于小鬼子的淫威，同僚只好搬出了一个箱子，哪知道小鬼子不甘心，继续逼迫。同僚只好告诉他们，自己进入这一行太晚，就攒了这一点家业。小鬼子以为同僚欺骗他们，拔出刀把人给捅死了。如果不是爬窗从后门跑出去，朱富寿怕是回不来了。这件事之后，朱富寿一直郁郁寡欢。他弄不清自己拼了这些年到底图个啥？到头来难道都要双手奉送给小鬼子吗？经过了这些天的沉思，加上今天黑妞的到来，朱富寿突然想开了。

朱富寿是想开了，可是常老三等人看不懂。朱富寿也不想解释，只是说，自己想和他们一样。就在四个人并排蹲在墙根底下，聊着小鬼子的话题时，远处黑压压地来了一群人。

一群日伪军开过来了，为首的居然还是上一次的吉野，胡三屁颠屁颠地跟在旁边。这一次的小鬼子数量足有一百多人。这是两个小队的编制。吉野也从小队长提升了中队长。

猴子眼比较尖，他先发现了敌情，马上站了起来，说道："鬼子来了！"于是，常老三等人纷纷地往家走。朱富寿情急之下，也不敢迎着小鬼子的方向跑，就跟在了常老三的后面。随后，常家村外树上的大钟响了。这口钟还是成立了妇救会后，黑妞和常老大商量着挂上的，万一鬼子来了，钟声一响村民就知道了。

敲响大钟的正是黑妞。当时黑妞刚从常老大的家里出来，一抬头看到了远处的日伪军，顿时心里一急，二话不说就奔着村头跑去。她知道，如果自己往家里跑，或许自己一家会安然无恙，可是全村人说不定大半会遭殃。等黑妞跑到树下，日伪军离她只有几十米了。黑妞毫不犹豫地抓起了绳子，洪亮的钟声一连响了九次。九是极至的意思，也是黑妞和常老大商量的，一旦钟声响起九次，说明事态非常危急，乡亲们就马上下地道。

　　听到钟声，吉野恼怒了。他一挥手，胡三带着伪军跑了上来，将黑妞的双肩按住，带到了吉野面前。黑妞静静地看着吉野，示警的任务已经完成，黑妞松了口气。她庆幸日伪军没有直接进村，否则至少还有一些腿脚不便的人来不及下地道。想到这儿，她故意冷冷地望着吉野，说道："这不是上一次说建立什么大东亚共荣圈的鬼子吗？"胡三怒吼了一声："放肆，这是吉野太君。"吉野摆摆手，让胡三退下，然后望着黑妞："咱们又见面了，用你们的话说，那就是缘分。"黑妞呸了一声："谁和你有缘分，你这个烧杀抢掠的强盗！"吉野连连摇头，还想维护自己的虚伪面目："英雄的女人，我很佩服你的勇气，不过，我会让你看到我的诚意的。"黑妞当然不相信吉野的话。她嘲弄地看着吉野，心说，小鬼子是真的不要脸了，这种无耻的话都说得出来。似乎是看到黑妞眼神中的疑问，吉野微笑着说，"你放心，我们大日本帝国不杀老百姓，你让乡亲们都出来吧，只要你们没有窝藏八路军，就是大大的良民。"黑妞正色地说道："俺们村没有八路军，你可以走了！"吉野眉头皱了起来，眼神中闪烁着不可察觉的杀机。但很快，他微微一笑："既然这样，我就让人去搜搜，你不在意吧？"说着，吉野抬头看看头顶的大钟，接着说："如果让我搜出八路军，你的死啦死啦的！"

　　吉野终于露出了他凶狠的面相。黑妞毫不畏惧，自从迎着日伪军过来，敲响大钟的那一瞬间，她就做好了牺牲的准备！接下来，日伪军进入了村子，一扇扇大门被踹开。很快，一组组日伪军回来了。不过，也有七八个老年人被押了出来。或许是腿脚不便，又或者是听力的问题，总之，他们没有来得及躲避。吉野定睛打量着那些人，眉头再一次皱了起来。别说其他人不相信他们是八路军，就是吉野也不相信。吉野一生气，抬脚将胡三踹倒在地上，骂道："八嘎，你这个废物！"就在吉野生气的时候，两个伪军押着老朱过来了。

　　如果不是老朱吱哇乱叫的声音，黑妞根本就认不出他来了。这还是那个给朱富寿家当长工的老朱吗？怎么一身的光鲜亮丽？连吉野都有些惊呆了。这是抓来一个什么人？看衣服，是个有钱人！可是怎么脸色、双手，还有气质都看着这么怪。吉野来到老朱面前，问道："你的，叫什么名字？"

老朱看到日本人，早就吓傻了。整个人是被两个伪军拖着过来的。他的嘴唇哆嗦着，露出掉了两颗门牙的嘴巴，样子更加怪异了。

在黑妞看来，老朱是被吓傻了，可在吉野看来，老朱就是一个富贵人家，估计把自己弄得灰头土脸，在这里装疯卖傻呢。吉野拔出了指挥刀，怒吼了一声："说，你到底是什么人？"老朱两条腿软得像麻花，根本就说不出什么来，完全处于懵圈的状态。今天这是怎么了？先是被大老爷吓了一跳，又玩出了"换衣"的举动。刚刚的老朱，不是没有听到钟声，是内心的喜悦，让他忽略了任何声音。因为日子穷，老朱打了一辈子光棍，家里也没什么人。所以他一路欢快地跑着，挨家挨户去显摆。哪知道，去一家，一家没人，再去一家还是没人。后来，他又去一家，终于遇到了两个伪军。老朱突然意识到什么，等他想掉头逃走时，已经晚了。就这样，老朱被押到了吉野面前。面对吉野，老朱刚刚的喜悦从天上掉到了地上。今天的一切，怎么都像做梦一样？梦！对，这是梦！老朱突然觉得，这不是真的，因为天底下哪有这么凑巧的事，怎么大喜大悲都落在了他的头上，而且转换得这么快。老朱站直了身子，一巴掌打在吉野的脸上，破口大骂："你个小鬼子，平时老子怕你，但在梦里老子打死你狗日的！"吉野怒了，他一刀捅向老朱。噗地一下，指挥刀刺穿了老朱的肚子。老朱惋惜地看着那一身"老爷服"，怒视着小鬼子，这才多长时间啊，老子还没新鲜够呢，你他娘的小鬼子找死！正当老朱奋力地想和吉野拼命时，他突然感到肚子一阵剧痛。

怎么回事？梦里不是不觉疼吗？不，这不是梦！老朱是在生命的最后一瞬，才回到现实中的。他带着无比的不甘心和说不出的滋味，慢慢地躺了下去。喜悦来得太快，快得他措手不及。而死亡也同样来得太快，快得让他连喜悦都没有焐热！

老朱倒下去后，黑妞怒视着吉野："你这个畜生，你不是说共存共荣吗？他只是个普通的村民，你为什么要杀他？！"那一刻，黑妞忘记了危险，忽略了在她面前站着的是一只披着羊皮的狼。如果不是被两个伪军押着，她就像老朱一样冲上去拼命了。就在这时候，哑巴娘跑了出来。这些年，哑巴娘一直将黑妞当女儿，看到她只身和小鬼子斗，哪里放心，于是跑了出来。哑巴娘的出现,让吉野再度萌发了希望。她一把抓住哑巴娘的衣领,问道:"你的,告诉我,八路的藏在哪里?"哑巴娘突然狠狠地咬在吉野的手上。吉野怒吼一声,一枪击中哑巴娘的胸口!黑妞脸色大变,挣脱开伪军,推开吉野,气愤地道:"你这个畜生!"

吉野的脸色接连变了几遍,但他终于还是没有对黑妞出手。很快,吉野用温和的声音说:"你是大大的良民,我不杀你,但是他不是,她也不是,他们都是刁民,土八路,该杀!"随后,吉野就带着人走了。这一次"扫荡"常家村,吉野并没有什么发现,只是杀了一个怪异的老头和一个不怕死的老太太。

日伪军走后,黑妞安慰了那几个老人,让他们回去了。然后,她抱住婆婆的尸体痛哭。这些年来,她们之间建立了深厚的感情,简直比亲生母女还亲。很快,朱富寿、常老大、常老三等人都出来了。刚刚黑妞面对吉野的那一幕,他们在地道里都看到了。只是没人敢出来。同时,大家也自惭形秽。和黑妞相比,他们缺乏得太多了。朱富寿来到老朱的尸体前,蹲了下来,先是发了一下呆,然后抱住老朱哭道:"老朱,对不起,是我害了你啊!"

哑巴、有德、有义也出来了,看着血泊中的尸体,都跪在了地上。

从这天之后,黑妞对小鬼子的仇恨达到了极点。朱富寿的心里也多了一重阴影。确切地说,是多了一种自责的情绪。虽然老朱只是个普通人,可是如果没有他,如果不是他忽然的念头,要和老朱换穿衣服,老朱也不会忘乎所以地给了吉野一巴掌。

这一次日伪军"扫荡",杀了一批无辜的村民。挺进纵队的战士们义愤填膺,纷纷请令要和日伪军决一死战。但是,在平原作战,面对装备精良的日伪军,挺进纵队要想血战,必定会付出杀敌一千自伤八百的代价。所以,肖华命令纵队下属各支队务必灵活杀敌,每战必胜。挺进纵队刚来,气势决不能被日伪军打压下去,一定要用几场胜利来巩固八路军的威望!

第二十章　反击

　　这一天，周贯五和苏秋香来到了常家村。黑妞看到苏秋香后，意识到这是又有重要会议了。于是，黑妞马上让有德去村外，哑巴依然坐在了大门口，而院子里再没有了哑巴娘的身影。这让整个院子突然凄凉了下来。有时候，哑巴也会朝后面看一眼，慢慢地，眼里多了一层雾水。

　　很快，刘光明跟随三娃子来了。刘光明是三娃子叫来的，说是周政委找他。刘光明并不知道谁是周政委，等听三娃子说，苏秋香也来了，这才跟着三娃子来到了常家村。

　　见到了周贯五，刘光明这才知道，他就是挺进纵队第六支队的政委。第六支队的前身是平津支队，除了周贯五，刘光明倒也认识不少人。尤其是苏秋香和三娃子等经常来黑妞家的人。

　　周贯五上下打量着刘光明，主动握住了他的手说："我听说你足智多谋，之前有几场大战都是你出谋划策的。"刘光明瞥一眼苏秋香，知道是她把自己介绍给了周贯五，于是说："俺就是随便说说，您这么大的领导可别和秋香一样听俺的，万一出了事俺可担不起。"周贯五笑着说："你就别和我们客气了，说说吧，最近日伪军"扫荡"频繁，我们想打几场胜仗！"

　　苏秋香将地图铺在了桌子上，用手圈着乐陵和盐山、南皮这一带，意思是说，想在这里打一场胜仗。刘光明仔细地看着地图，半晌说："地图这东西没意思，谁不知道咱们这一带都是平原，每个村基本上一样，没有山，没有岭，打就是了。"周贯五笑着说，"说得没错，打就是了，问题是怎么打？怎么打赢！"周贯五手指往"旧县镇"的位置一点，说道："我们的内线传来情报，鬼子有二百多人，要从盐山南下，到旧县镇附近建据点，这个据点一旦建成，将截断乐陵和盐山之间的往来。"

旧县镇就在乐陵和盐山之间。在贯穿乐陵和盐山之间，有一条河，俗称减河，旧县镇就在桥北的位置。如果真的被日伪军建成了据点，要控制南北八路军之间的呼应，这势必会给抗战救国带来困难。韩集和旧县镇的位置，刘光明自然知道。他望着地图问："小鬼子什么时候派人进驻旧县镇？"周贯五说，"情报显示，是明天！"刘光明朝靠近韩集的一条公路说，"就在这里设伏。"苏秋香一愣，忙说："这里靠近盐山，不是应该在旧县镇设伏吗？"周贯五也朝刘光明投来询问的眼神。刘光明笑了："谋略要结合心理，你们想一下，这一路上，日伪军最松懈的位置是哪里？最警惕的位置又是哪里？旧县镇的确是个设伏的好位置，但同样，日伪军也会想到八路军会在周围埋伏，等人家有了准备，那就是一场血战了，谁胜谁负就不好说了。但在韩集附近，俺敢说，一路走来，正是日伪军疲惫松懈之时，完全处于无防备状态，等到他们警惕了，已经晚了，一半的兵力怕是没了。"

黑妞拿起茶壶，给每个人倒了一碗水说："俺觉得光明的话有道理。"

周贯五想了想，点点头，于是，他马上传达了命令，部队连夜出发，赶往韩集附近设伏。

第二天，也就是 1939 年 1 月 21 日，农历腊月初二，韩集战斗打响。从盐山开来的日军西村中队大约二百余人，一路坐着卡车，前往旧县镇。周贯五亲自带队埋伏在韩集村外的公路下。

周围的村民、自卫军自发地前来增援。这一战突然袭击，打了日军一个措手不及，共击毙日军一百多人，并缴获了大量的战利品。西村带着剩下的人逃回了盐山。

一晃，就到了腊八日这天。刘光明一早就兴高采烈地朝常家村走去。那天，他去见周贯五时，黑妞说过，腊八日要给他们熬腊八粥喝的。

那时候在鲁西北的乡下，有喝腊八粥的习俗。不过这习俗也因人而异，很多村民家里穷得揭不开锅，像这种节日也就和平时一样过了。除非是春节，谁还正儿八经地过节呢？相对于一般家庭，黑妞家的日子算是不错的了。而且小鬼子吉野"扫荡"后，朱富寿买了几袋子大米，破天荒地每家每户都送了两三碗。给黑妞家送了半袋子。

看着常老三等村民们高兴的样子，朱富寿也笑了。他有史以来觉得自己和村民们挨得这么近。他没有脱下老朱那身衣服，他要继续穿下去，因为老朱是为他死的。

而且朱富寿还厚葬了老朱，让他进了自家的祖坟。算起来，老朱也不算外人，往上推几代，老朱的高祖父和朱富寿的高祖父，还是堂兄弟呢。

腊八日这天，黑妞一早就起来了。她起来后就拿着扫帚打扫着院子。随后，哑巴也起来了，挑着担子去外面担水。哑巴来回跑了两趟，小缸里装满了水时，刘光明也来到了。哑巴放下扁担，朝着刘光明龇牙一笑，就自己去忙了。

黑妞看到刘光明，赶紧把他让到了屋子里，倒了茶水。听到动静，有德和有义都起来了。有德的年龄和刘光明差不多，人也老实，看到刘光明后，笑了笑，自己去一边了。有义看到刘光明后就开玩笑地说："光明哥，你是来喝腊八粥的吧？"刘光明笑着点点头："对啊，俺答应了大娘，做人要诚实对不对？"有义嘿嘿地笑笑："等着吧，一会儿就有你好受的了。"刘光明觉得不对劲，他愣愣地望向黑妞。黑妞忙说："你别听这个兔崽子胡嘟嘟。"

很快，外面传来一阵熟悉的声音，一声声"娘"传了进来。接着，屋子里就热闹了起来。除了苏秋香和苏长红，还有三娃子、李二蛋、田娃，以及几个曾经在这里养过伤的战士。除了苏长红，包括苏秋香在内，大家一进来就亲切地叫"娘"。

看着这些熟悉的面孔，黑妞笑得非常开心，连忙说："你们快坐下，屋里坐不开就坐在外间屋。"李二蛋、田娃和几个战士去外屋坐了，屋里只留下了刘光明、苏秋香、苏长红和三娃子。有德和有义也出去了。有义出去的时候，还朝刘光明眨了眨眼，示意了一下苏长红。刘光明猛然想到了刚刚有义说过的话，难道和苏长红有关？他正想着的时候，苏长红的目光就落在了刘光明脸上，怪怪的表情，让刘光明一阵阵不舒服。刘光明堆着一脸的笑容问："长红，俺哪里得罪了你吗？你怎么用这种眼神看着俺？"

苏长红气呼呼地说："你自己前几天说过的话忘记了？"刘光明一头雾水，然后想起了周贯五来的这天，他出谋划策完，曾问过周贯五苏长红在不在他的第六支队。周贯五当时告诉他，苏长红已经是特务连的连长了，现在活动在乐陵和商河一带。听说苏长红去了城南，刘光明一时非常兴奋，就说了一句"太好了，俺终于不用看到她那张黑脸了"！想到这里，刘光明心里咯噔了一下。苏长红突然一把抓住了他的衣领，恶狠狠地说："我的脸哪里黑了？你是不是很讨厌我？怎么了，连周政委都来讨教你，你长能耐了是不？"看到苏长红瞪着眼睛的样子，简直就是个泼妇。刘光明只好说："好了好了，俺错了还不行吗？"

在苏秋香的劝解下，苏长红总算饶了刘光明。刘光明马上出去找有义，却发现他已经不知跑到哪里去了。直到晌午时，有义才回到家，原来，他跑到朱富寿家喝八宝粥去了。而且喝了个肚儿圆，回来的时候一个劲地打饱嗝。

这天，黑妞煮了一大锅的八宝粥，不但放了枣，还放了不少花生。花生是她从早集上买回来的。吃饭的时候，大家一人两碗粥，外加一个白面馍馍，一个煮地瓜。还有几盘腌制的咸萝卜。除了刘光明，所有人都吃得肚儿饱。而刘光明别说连碗都没有，连坐的地儿都被苏长红占领了。正如有义所说，苏长红就是来报复刘光明的。没办法，刘光明只好苦苦地哀求，并表态以后再也不招惹她了。又加上黑妞的劝说，苏长红这才作罢。有义回来时，其他人都吃饱了，唯有刘光明还在狼吞虎咽。有义就打趣地说："光明哥，俺娘这是给你开小灶了吗？"刘光明气得差点将手中的馍馍砸在他的脸上，要不是一人一个，舍不得浪费的话。

黑妞正巧过来，朝有义的屁股踢了一脚，"小兔崽子，一边玩儿去！"苏秋香也控制了场面，说道："光明啊，那天的韩集伏击战打得非常漂亮，周政委让我代表他谢谢你。"刘光明嘿嘿一笑："小意思，不就是出谋划策嘛，俺也没出多大的力。"苏长红白了刘光明一眼，呸了一声："瞧你得意的，你那算什么谋略，也就是小打小闹，你听说灯明寺了吗？那一仗打得才叫过瘾！"

这几天，刘光明断断续续也听说了八路军三打灯明寺的事。据说是肖华亲自带队取得的胜利。原来，前几天，驻东光的日军联队队长藤井带着三百多名日伪军，要去灯明寺建设据点。为了再次破坏日军步步为营的堡垒战略，打出八路军的士气，给日军的"扫荡"以沉痛的反击。肖华亲率第五支队连夜赶到了灯明寺，对刚刚驻防的日伪军进行了突袭，当晚打死了日伪军一百多人。

日军联队队长藤井带着剩下的日伪军逃回了东光县城，随后调集五百名日伪军，再次占领了灯明寺。得到情报后，肖华带领五支队连夜奇袭，又击毙了日伪军一百多人。天亮后，藤井带着日伪军进行了反扑。由于对方火力凶猛，肖华带着八路军开始撤退。藤井下令屠村，妄图"引蛇出洞"。肖华将计就计，兵分两路，对日伪军进行了包抄，这一次击毙了日伪军三百多人。

这就是三战灯明寺的故事。此战之后，和旧县镇一样，日伪军放弃了前来修建据点的念头，挺进纵队逐渐打开了冀鲁边区的抗战局面。

但是，春节过后，鲁南的抗战形势越来越复杂，根据上面的指示，周贯五、肖华等人，先后从冀鲁边区撤退南下了。

不久，苏秋香和苏长红也随着队伍南下了。而刘光明的心里空落落的。因为他还想着婚约的事呢。就在刘光明眼前总是浮现出苏长红的影子时，一个女人闯入他的生命中，她就是红爷！

第二十一章　红爷

红爷这辈子最遗憾的，就是没和刘光明正儿八经地拜堂。

"他是爷的男人！"直到后来，她和子孙们说起这件事时，还喜欢把这句话挂在嘴边上。

红爷是个女人。她没有大名，出生的时候，正巧是乐陵县小枣丰收的季节，娘抱着她，瞥一眼窗外树上挂满的红枣，对爹说："叫红儿吧。"

"红儿"这名字一直叫到十三岁，就变成了"红爷"。

红儿从小就像个野小子，不梳辫子，不穿花衣服，甚至连小便都站着。红儿娘说："这孩子，俺瞅着精神，长大了受不了欺负。"红儿爹说："少了个把儿，有个屁用。"红儿爹和红儿娘想的不是一回事。当娘的，想的是女儿长大后能不能找个安稳的男人，有个安稳的窝，过上安稳的日子。当爹的想的是传宗接代的事。

"有个屁用！"红儿爹常常当着女儿的面这样说。

正是战乱年代，四处的土匪像蝗虫一样，黑压压地从村子里扑过去。而后，村里的鸡、鸭、牛、羊、粮食，还有年轻的女人，就都不见了。只剩下一群伤痕累累的老爷们儿，叹气声把村外树林里的鸟儿都砸得飞走了，却没惊动县城的警察局。局子的门紧闭着，里面却热闹得很。烟雾缭绕之下，一桌桌的麻将、牌九，推得啪啪直响。

如果县里听到了风声，打了电话过来，警察局的大门一开，一队人懒洋洋地出去了，在村头虚放几枪回来了，向上面说，剿匪取得了大胜利，打死几个，赶跑了一群。接着，麻将和牌九又开始了。后来，村民们就懒得报警了。

红儿爹和娘的观点碰撞了十三年，红儿的命运开始了转变。

那一年，也是枣红的季节。红儿爹把院子里树上的枣打了下来，想趁着鲜去集市上卖了，换点过中秋节的钱，没想到遇到了枣爷。枣爷是县税务局长的侄子，一脸的横肉，走路横，说话也横。枣爷人长得不文雅，却习惯手里拿着一把扇子，也不管春夏秋冬，就像说相声的一样，走到红儿爹的摊前，扇子一合，口气一横，说："把红税交了！"

红儿爹刚来，一袋子鲜枣还没开张，就不住地央求。枣爷两手朝斜后方作了一揖，说："这可是上头规定的。"在当时，红税是专门针对乐陵人民的。红儿家的树是长在自己院子里的，按道理不算田亩，村子里统计时也给他省略了，枣爷可不管那一套，卖枣就要交枣税，用他的话说，那就是，"爷在这条街上混，伸出去的手还没空着回来过。"

那一天，枣爷的手真的没空着回去。红儿爹交不起红税，枣爷就把他的一袋子枣给抢了，不但如此，还在红儿爹的腰上踹了一脚，仍觉得不解气，又拿扇子在他的额头上敲了两下，狠狠地说："想抗税，反了你了！"

枣爷要扛走枣袋子，红儿娘不干了，死命地抓住枣袋子。两口子出来时，答应给红儿买月饼吃。枣爷一脚踹在红儿娘头上，赶寸了，红儿娘摔在"枣市"的界碑上，死了。红儿娘一死，红儿爹就和枣爷拼了命，被枣爷的两个手下一顿拳脚，后来一摸，也没了气。枣爷见死了人，也有些后怕，表面上却毫不含糊，让人背走了枣袋子，自己狠狠地用脚尖碾烂了地上散落的枣，骂骂咧咧地说："想抗税，反了你了。"说完，枣爷就挤进人群溜了。

那个中秋节，红儿没有吃上月饼，她是守着娘和爹的尸体过的节。但她没哭，一直在磨刀。那把菜刀，平时挂在灶台的上面。一排三间房子，东西各一间里屋。从外间屋进来，一眼就能看到灶台。

那个年代，鲁西北的房子大多这样建盖，灶台盘在外屋，里面有一个长长的通道，伸到里屋，平时冷冰冰的，只有熬上一锅粥，才能感觉到一丝丝的生气。晚上睡觉时土炕也热乎乎的，暖身。正是由于灶台盘在外间的缘故，使得土坯的房子到处被烟熏得漆黑，太阳刚落山，屋子里就暗了下来。

红儿在灶台前默默地站着，脸色渐渐变得像墙壁一样漆黑。突然间，她跳上了灶台，一伸手，把菜刀抽了下来。门后有一块磨刀石，由于长期和刀接触，脊背已经弯成了弓。望着磨刀石，红儿的眼前浮现出父亲微微弯曲的脊背，很快，父亲的影子融入到磨刀石上。

刀磨到天亮，红儿就进了城，混进了枣爷的家里。枣爷的家在城东的一个大院里，门口有站岗的，后门也有站岗的。红儿站在墙角的隐蔽处，朝上看了一眼，又看看旁边的树，然后往手心里吐了一口唾沫，就爬了上去。

红儿从小就像个野小子，经常在枣林里蹿蹦跳跃的。爬树对她来说，和爬梯子没什么区别。跳进院子里，红儿贴着墙根摸到了后院。她已经打听过了，枣爷住在后院的小楼上，而小楼下，站着两个打手。

红儿看了看小楼的楼梯，有了主意。她倒退着，从打手的身后，爬上了小楼。于是，就在中秋节过后的第三天，红儿摘了枣爷的脑袋，供在了爹娘的坟前。

后来，当红儿回想到那天的举动，都不相信是自己做的。事实上，她做到了。

那一年，红儿十三岁，被警察局的人逼进了村东三里外的罗家寨。罗家寨是土匪窝，大当家的姓罗，因为杀人不眨眼，号称"活阎罗"。

红儿是拎着菜刀去的，一进寨子，就大声说："爷要找'活阎罗'。""活阎罗"让人把红儿带到大厅，肥厚的手掌摸了摸自己的光头，把一条腿搭在了椅子上，上上下下地打量她，问："你是女娃子吧？怎么称爷？"

"活阎罗"这身横肉，再加上他的地位和声名，换了别人，早就吓尿了，或者两腿颤抖，挺不住自己的身子。红儿却毫不畏惧。她学着"活阎罗"的样子，一条腿踏在旁边的椅子上，说："女娃咋了，就不能称爷？"

正是红儿的个性，让"活阎罗"心花怒放，不但不怪罪她、不为难她，还收她当了干女儿，并当着众手下说："从今之后，红儿，不，红爷就是你们的小爷，谁惹哭了她，俺就让谁哭！"从此，红儿号称"红爷"，一张嘴"爷"啊"爷"的。当然，红爷不只是嘴上说说，她要变成一个硬汉，来证明自己是个"爷们儿"。

红爷在罗家寨当了几年的"爷"，把"活阎罗"的本事学到了手，两把盒子枪左右开弓，百发百中，别说罗家寨，附近十里八村的，也没人敢惹。红爷性子暴，一不顺气就抬手开枪，连"活阎罗"也让她三分。

长到十八岁时，红爷出落得像个英俊的小伙子。红爷从不把自己打扮成女孩子，因此，罗家寨的土匪忽略了她的性别，每天见了面都喊她爷，就连"活阎罗"有事，也会对手下说："去，把爷叫来。"

说来也该"活阎罗"倒霉。那天，红爷刚洗了澡，"活阎罗"便来了。湿漉漉的头发，光润润的脸，薄薄的衣服紧贴在身上，把"活阎罗"那双眼给吸出了光。土匪窝里有规矩，自家的女人不能碰，可是"活阎罗"突然意识到，红爷是个女孩子。

就在那天晚上，"活阎罗"做出了大胆的决定，蒙着面撬开了红爷的卧房门。红爷有个习惯，睡觉枕着枪。"活阎罗"的手还没摸到红爷，红爷的枪已经响了。红爷揭开蒙巾也有些后悔，但接下来，她大叫一声，"想占爷的便宜，天王老子都不行。"和天王老子比起来，"活阎罗"算个屁！

红爷朝干爹的尸体"呸"了一声。别看她在土匪窝里生活了几年，对这里一点感情都没有，眼前时不时地会浮现出爹娘的样子。她从没把"活阎罗"当爹看。"活阎罗"名义上是红爷的干爹，但是，红爷望着他时，并没有"父亲"的感觉。"活阎罗"满嘴的粗话，大大咧咧的，除了吃就是喝，红爷压根儿就瞧他不起，如果不是为了避难，她早就离开罗家寨了。

"活阎罗"倒在了干女儿的枪下，罗家寨乱了。红爷召集了众土匪，说道："想走的爷不留！"

"活阎罗"一死，罗家寨就像坍塌的房子，土匪走了几十个。

红爷杀了"活阎罗"，惹恼了一个人。这个人就是县警察局的局长徐大良。徐大良是"活阎罗"的拜把子兄弟，这两个人一官一匪，暗中勾结，"活阎罗"在城外干上一票，徐大良就有了"剿匪"的理由，趁机大捞经费。有时"活阎罗"打家劫舍，他睁一眼闭一眼，事后两人便"三七"分利。

这两个人，来往虽然密切，但徐大良从没去过罗家寨。他一个警察局长，怎么能去那种地方呢？两个人见面，都是"活阎罗"主动去找他。

徐大良接到"活阎罗"去世的消息后，就带人包围了罗家寨。他恨红爷，因为她断了自己的财路。这一次，徐大良可以用"捉拿杀人凶手"为由，正大光明地来到罗家寨了，只是"活阎罗"已死，寨子里没有供他这座"神"的人了。

徐大良出现后，红爷就披着两把盒子枪来到了城墙上。徐大良看到了城墙上的红爷，见那些土匪们，众星捧月一般围着她，知道她就是杀人凶手"红爷"了，于是朝上面一指："丫头，你杀了人，还不跟我回警察局？"

红爷朝着墙外的徐大良骂了一句："谁不知道'活阎罗'是你的兄弟？你来还不是为了钱？"红爷认为，徐大良是想抢了罗家寨这些年的底子，只是那些钱多半分给了散伙的土匪。红爷这句话，算是抖了徐大良的底。徐大良大发雷霆，显然受到了刺激。

徐大良的手慢慢地举了起来，然后往下一落。于是，他身后的警察就像疯狗一样，扑向罗家寨。那时候的警察，的确像疯狗一样，甚至有的比疯狗还疯。当然了，这些警察还没疯到不认人的地步，一般的时候，他们只会朝一些平民百姓狂吠，如果在一些官员豪绅面前，他们比绵羊还老实。

面对着大批武装警察，十有八九的土匪放弃了抵抗。有时候，土匪也会像疯狗一样，四处狂吠，但他们还没有傻到去咬警察的地步。因为警察的手中有枪。土匪虽然也有枪，但大多握着的是那种打沙子的猎枪。警察的枪声一响，土匪们就蹲在了墙后，有人甚至抱起了头，生怕子弹穿透了墙体，钻进他的后脑勺里。

红爷靠在垛子后面，抬手打了三枪，三个警察倒了下去。红爷一转头，愣住了。她怎么也想不到，自己那些手下，居然连枪也不敢放。"滚！"红爷怒喝了一声。她原本只想发泄一下，哪知道，那些土匪像领了圣旨似的，纷纷跑下城墙去了。

警察散开了。红爷那两把盒子枪的威胁有限，很快，有人攻上了城墙。没办法，红爷从城墙上跳了下去，夺路而去。红爷提着双枪跑出五六里，又打死了几个警察，子弹光了，人也落在了徐大良的手里。徐大良没杀红爷，而是给红爷穿上了大红的喜服，把她绑进了花轿。

就在这一天，红爷遇到了影响她后半生的刘光明。

苏秋香、苏长红南下后，刘光明每天一早起来练刀。当时的刘光明，已经在家里的安排下，娶了荷花。媒人就是黑妞。虽然有了荷花，但不知为什么，刘光明心里空落落的，眼前总是晃动着苏长红的影子。他知道，家里人让他娶荷花，是想让他断了苏长红的念想。他和苏长红是绝不可能了！

心情不好的刘光明，每天一番心思地练刀，刀法居然越来越好了。

这天，他去拜访了一位师兄，了解了宋将军的一些事后，正往回赶，路过罗家寨时，看到一顶花轿颤悠悠地走了过来。在哇啦哇啦的唢呐声中，还传来一阵呜呜的声音，似乎有人被堵住了嘴巴。

在他和花轿擦肩而过的时候，一股风吹动轿帘，露出了里面被捆绑着的红爷。

后来，当刘光明和红爷说起这段事时，无限感慨："那天如果俺不是刚好瞥了一眼，就不会招惹上你了。"

说这话时，两个人都已经白发苍苍了，不过红爷还是当年的火暴性子，瞪着眼睛说："后悔了？要说后悔，爷最后悔的就是没把你变成压寨男人。"

红爷的性子一辈子没改，直到步履蹒跚时，还常常在村外的枣树下走动着，回想着当年刘光明救她的一幕。

或许当年刘光明知道红爷的性子，就不会救她了。但这是命！就像荷花说的："每个人都有自己的命，求没用，追也没用，老天会给你安排的。"

算起来，荷花是刘光明的第一房媳妇。荷花的祖上是开药铺的。高祖父、曾祖父、祖父，都曾是郎中。当年，她的祖父因为给县里某位官员太太看病，延误了病情，被官员给杀了。之后荷花家就回到了农村。前不久差点被村里的地主王老虎收了小妾，幸亏黑妞出面救了她。黑妞一直惦记着荷花，苏长红随军南下时，和黑妞长谈了一晚上。那天晚上，苏长红意外地告诉黑妞，其实她也喜欢刘光明，只是这一次南下，随时都会有生命危险。她不想耽误刘光明，希望黑妞能给刘光明另找一个。黑妞答应了，这才成了刘光明的媒人。

　　刘家和苏家的婚约，其实仅限于刘老爷子和苏老爷子。刘光明的爹娘是不当回事的。在苏长红看来，自己很优秀。但光明爹和光明娘觉得自己的儿子也优秀。刘光明这么年轻就成了村长，而且还是乡村自卫队的队长，咋的了？你还看不上俺儿子，俺偏要给儿子娶个更好的。苏长红嫌弃刘光明的事，或多或少早就传到了一对父母的耳朵里。尤其是那天刘光明给苏长红家垒院墙，刘光明摔在了泥水里的事。这事对刘光明来说，正是一个让苏长红给自己洗衣服的机会，但对他的爹娘来说，就不一样了。那等于打他们的脸。所以，两口子经常讨论儿子的婚事，刚好听说苏长红随着队伍南下了，而黑妞又来提亲，于是，光明爹和光明娘就给儿子应了这门亲事。不久，在他们的强硬态度下，刘光明把荷花娶进了门。但是，连荷花也没想到，刘光明心里根本就没有她。进门后，刘光明每天和她一个炕里头，一个炕外头，根本就不理她。这让荷花有些委屈。她偷偷地去找了黑妞，把刘光明的事一说。黑妞明白了，拍拍荷花的肩膀说："他这是还没忘下苏长红呢。"想起刘光明和苏长红在自己家经常斗嘴的一幕，黑妞不由得暗叹，真是一对冤家啊！

　　这天凌晨，荷花一早就醒了，她看看炕外头的刘光明，想和他说说话。哪知道，她刚把身子侧过来，刘光明便坐起身，跳下炕去了，然后对荷花说："俺去串个门！"

　　就在这天，刘光明遇到了红爷。

　　花轿过去了，刘光明也站住了。他回过头，喝了一声："站住！"队伍停下了，唢呐还在卖力地响着。

　　徐大良手下一个姓段的负责押送红爷，这小子颐指气使惯了，用手点着刘光明的额头，连说了三声"滚"，结果，就地打滚的是他。刘光明抓住那只指向自己的手，脚下一钩，姓段的就倒下了。这小子一倒下，几个手下就扑了过来，接着，都在地上打滚儿。姓段的腰里有枪。枪这东西，在那个年代，可是护身的家伙什，有了它，胆子像屁大的男人也能把腰直起来。"他娘的，找死。"姓段的手往腰里一搭，只是他的枪还没拔出来，刘光明的砍刀就到了。如果拔枪的速度比不上拔刀的速度，枪就成了摆设。

　　刘光明一刀砸在姓段的胳膊上，又一刀砸向他的脑袋。不过刀在离姓段的脑门几寸外停下了。刘光明送给姓段的一声"滚"。姓段的就带着人连滚带爬地跑了。

唢呐哑了，鼓乐班子也一哄而散。刘光明掀起了红爷的红头盖，他想看看，新娘子到底是什么样的人，没想到这一眼，让他从此和红爷有了扯不断的关系。红爷的绳索一解开，那只解放的右手就拍到了刘光明的脸上，把刘光明给打愣了。就在他捂着左脸蛋子的时候，右脸又挨了一巴掌。

这两巴掌把刘光明给打急了。刘光明现在的身手也不一般，要说躲过这两巴掌，倒也不难。问题是，他没想到，自己救了她，她用这样的方式报答自己。说白了，刘光明是忘记了躲闪。

"真是个疯子！"刘光明认为自己遇到了一个疯女人。红爷却送给他一声"浑蛋"。红爷的理由是，他不该像徐大良那样色眯眯地看着自己。换了女装的红爷，还是颇有几分韵味的，这也是刘光明多看了她几眼的原因。就在刘光明一脸的掌印还没落下去时，红爷把一身的喜服脱了，把头上的首饰也扔了。恢复了一身粗布短衣的红爷，一下子就成了个愣小子。

刘光明突然笑了，他马上明白了眼前这位"爷"的性格，摇摇头准备离开。红爷的手却搭上了刘光明的肩膀，声音比冰还冷："臭小子，嘲笑爷是不是？"听她以"爷"自称，刘光明那双浓眉就挑了起来，抓住了肩膀上那只手，轻轻一扭。

红爷的脸顿时变了，一脚踢向刘光明的下巴。

红爷不止双枪耍得好，在罗家寨这几年也练了一身功夫。刘光明一探手，握住了她的脚脖子，往里一带，红爷刚刚松开了双臂，还有些不适应，就这样扑到了他的怀里。刘光明望着那双愤怒的眼睛，淡淡地说："在老子面前，别爷啊爷的好不好？"红爷奋力地挣扎着，却无法脱开刘光明那只铁钳似的手。那一刻，两张脸近在咫尺，甚至两人的身子都贴在了一起。刘光明朝红爷看了一眼，突然推开她，哈哈大笑："像男人，真像。"

直到刘光明走出了十几步，红爷才听出这句话的含义，也就是这句话，让红爷恨上了刘光明，决定杀了他，洗刷她内心的耻辱。

红爷回到了胡家村，做出了一件在全村人认为惊天动地的事来。她一刀割了胡员外的脖子，带走了他的两个丫鬟，一个叫双菱，一个叫双喜。

这两个丫鬟，年龄和红爷差不多，从小就在一起玩耍过。红爷一脚踏在胡员外的尸体上，豪气冲天地说："想不想跟爷走，去打一片天地？"双菱说："想，俺早就想跟爷去了。"双喜战战兢兢的样子，头也不敢抬。红爷一手抓住她的衣领，叫道："屁都不敢放一个，留在这里等死啊？跟爷走！"

红爷带着双菱、双喜回到了罗家寨。她一进寨，就朝天开了两枪，跳到院子里的缸上，叫了一声："都给爷出来！"罗家寨仅剩的十几个土匪从窝里出来了。"从今天开始，都跟着爷干，有不从的，爷毙了他！"红爷放了狠话，两眼放光，就像机枪扫射一样，那十几个人都耷拉着脑袋，看都不敢看她一眼，纷纷地点头。

接下来，红爷让人拿着从胡员外家里搜来的财宝，把罗家寨的外墙加固了一层，又将十几个土匪分成三班两岗，开始寻思接下来的行动。双菱、双喜每天跟在红爷身边，早就看出她有心事了。双菱就问："爷，是不是要有大行动了？"红爷将红底黑面的披风朝后一抖，脚踏在椅子上说："爷要杀两个人。"双喜的身子一哆嗦，说，"爷，杀人不好，犯法。"红爷一瞪眼："狗屁，爷不杀人，人就杀爷。"双菱一拍腰里的双枪，说："杀谁？"两个人，两种性格。相比而言，红爷更欣赏双菱。

红爷看看她们，说："第一个，俺已打听到了，他叫刘光明，八里庄村的；第二个，警察局的徐大良，不过，杀人的事不急，你们先给爷把枪法练好了。"红爷想起了刘光明和徐大良。这两个人都难缠，一个身手不赖，一个势力不赖。

第二十二章　荷花

邂逅红爷的第二天，刘光明就去了常家村。因为，他一大早地离开，荷花心里不舒服，就去找黑妞诉苦了。那个时候的婚姻，大多是有媒人介绍的。小夫妻谁有委屈，习惯了让媒人来调和。

刘光明原本还不想去的，人走了家里更清净。但是爹娘不乐意，新媳妇离家出走，传出去好说不好听。再者了，人家不是回娘家，是找媒人，谁知道外面会传什么风言风语呢。

七八里路，打个盹的空就到了。刘光明去的时候，荷花正在为一个青年包扎。那青年叫孙宪智，是一名游击队员。也正是那天，刘光明对游击队有了深刻的认识。孙宪智的身上足足有新旧五处枪伤，当荷花问他疼不疼时，他居然笑着说："不疼，就像蚊子咬了一口。"

荷花一开始并没看到刘光明，还以为又来了一位游击队员呢。"荷花，回家吧。"刘光明突然有些惭愧，怎么说，是自己对不起人家。刘光明并不是一个花言巧语的人，因为这句话他想了一路，脱口就出来了，所以说得很自然。

他这句话，如同一坛子陈酿，一开封，就让荷花醉醺醺的，有些像做梦一样。她两只手交叉在大腿上，十根葱白似的手指，就像一奶同胞的兄弟姐妹，彼此依偎着。半晌，荷花说："俺答应了大娘，要在这里给她帮忙照顾伤员。"显然，荷花不想回去了。她担心再受刘光明的委屈。刘光明知道她祖上是开药铺的，对于照顾伤员要比一般人更顺手，于是说："你不走俺也不走！"就在这时，黑妞进来了，说道："光明啊，谁让你欺负荷花的，你这小子，秋香和长红一走，是不是没人治你了？"刘光明红着脸忙说："大娘，俺这不是来给荷花赔不是了吗！"

黑妞没有多说，生怕刘光明再想起苏长红来。当然，刘光明乐意住下，她也没反对。当晚，黑妞想给刘光明和荷花腾出一间屋，这段时间，黑妞新盖了几间偏房，也盘了炕，伤员来了就不必要住地道了。哪知道荷花非要和黑妞住在一起。刘光明也只好和哑巴挤在一起了。

第二天一早，刘小英就来了。刘小英是刘光明的叔伯妹妹，从小失去了父母，光明娘待她就像自己的亲闺女，刘小英也管光明娘叫娘。半年前，刘小英跟着一群热血青年参加了八路军。

刘小英一来，就数落了刘光明一顿："哥，你太没出息了，为了一个女人追到了常家村，还住在了这里，你不嫌丢人吗？"说着，刘小英就把刘光明给拽走了。刘光明一走，荷花就觉得空落落的，她有些后悔不该将刘光明的军了。既然他主动地来认错，自己为什么还矜持着？这下好了，自己更加没脸回去了。刘小英的话她都听到了，对于这个泼辣的小姑子，她是一点都不敢顶撞。因为你一句话说过去，她有一百句话顶回来。

刘光明兄妹没有直接回村，而是去了祖坟。在祖坟里，躺着刘小英的亲生父母。他们是在给日军修岗楼时被打死的。那还是日军第一次入侵乐陵时的事了。当时，在八里庄村西北一公里处，有一个村子叫双庙苏。日军想在那里修一个据点，就抓了一些壮丁过去，其中就有小英爹。小英爹虽然个头不矮，但是身体虚弱，瘦得像竹竿一样，哪里受得了高频率的工作强度，才干了半天就累趴下了。一个小鬼子拎着鞭子不断地暴打，居然把人给打死了。随后，小英娘闻讯跑来了，看到丈夫的尸体后，想和小鬼子拼命，被小鬼子捅了一刀。就这样，小英的亲生爹娘双双毙命。这件事刺激了刘小英，她义无反顾地找到了苏秋香，成为苏秋香手下的一名八路军战士。

小英爹是刘光明的亲二伯。他对小鬼子的恨自然也很大。当他和刘小英跪在坟前时，不由得想起小时候，二伯、二娘对自己的疼爱。此时此刻，刘光明心中对日军的仇恨达到了极点。他知道刘小英带自己来干嘛，其实，他早就想成为一名八路军战士了。只是苏秋香一直没有答应。但这一切，刘小英不知道，她以为刘光明贪生怕死，于是她指着坟墓说："俺爹俺娘，是你的亲二伯、亲二娘，你能不能别满脑子女人？真正的革命同志是以抗战救亡为大任的，哪有天天把女人装在心里的？哥，你知道长红姐为啥和你断了婚约吗？人家就是瞧不起你！"

刘小英的话，深深地刺激了刘光明。在这之前，他总觉得自己的觉悟并不比八路军战士低。虽然苏秋香和苏长红还不认可，但现在，他觉得自己差得太多了。没错，他太在乎儿女情长了，虽然为抗战出了一些计谋，但那些都是小聪明，他血性的一面还没有爆发出来！

刘小英并不知道他在想什么，扔下这句话就离开了。离开后，刘小英把苏汝贵和苏汝郝叫到了身边说："你们敢不敢和俺去杀小鬼子？"两个人你看看我、我看看你，心说，这事还不是你哥说了算吗？两人自然知道刘小英的性格，谁也不敢得罪，只能说："当然敢了。"

当晚，刘小英就带着苏汝贵和苏汝郝朝着贾家据点摸去了。他们并不知道，刘光明也随后跟来了。刘光明早就发现三人在一起嘀嘀咕咕了。刘小英这次回来，是传递情报的，完成任务后回到村里，居然没有归队。看来，她是想搞出点动静来。刘光明自然不放心这个小妹妹。夜幕下，刘光明背上了砍刀，取出一个黑布将脸蒙上，他没想暴露自己。

贾家据点，就在八里庄西南一公里处，一共有两个鬼子、三名伪军。肖华的挺进纵队南下后，日军再一次占领了乐陵，乐陵境内多了一个又一个的据点。当然，这些据点最多的也就七八个日军，最少的只有两三人。其他的兵力，全由伪军来充数。现在的县城，有两股亲日的势力，一个是徐大良的警察局，一个是胡三的保安团。现在的胡三，因为深受吉野的重用，成了保安队长了。

刘小英来的时候，鬼子和伪军正在据点里喝酒。他们并没有意识到有人敢摸过来。刘小英掏出随身携带的手枪，而苏汝贵和苏汝郝也带着两把土枪。三个人冲入据点，直奔外面的三名伪军。而两名鬼子听到动静，马上朝外跑去。当然，鬼子不是要逃走，而是占据有利地形。很快，两个日军趴在了壕沟里，封锁了岗楼的出口。

刘小英三人，杀了三个伪军，但是接下来，他们被堵在了岗楼内。只要一露头，鬼子就会开枪。刘小英突然发现自己有些不冷静了。为了杀鬼子，忽略了苏汝贵和苏汝郝的战斗力。两把土枪的射程太近，而且每打一枪需要填充沙子火药，速度太慢了。

就在刘小英三人焦急万分时，奇怪的一幕发生了。他们隐隐看到一个蒙面人出现在两名小鬼子的身后。

那人就是刘光明。刘光明其实即便不蒙面，夜幕下，刘小英也看不清他的脸。他慢慢地顺着壕沟摸到了小鬼子的身后，一刀劈倒了一个，又勒住了另一个的脖子。

此时的刘光明，庆幸自己坚持习武。虽然尚老爷子说过，他已经超过了习武的最佳年龄，但是经过这段时间的习练，他的身手比一般人要好得多，尤其是刀法已经达到了炉火纯青的地步。刘光明解决了两名小鬼子，然后带上他们的枪支弹药离开了。等刘光明走后不久，刘小英三人才摸到了小鬼子的身边，发现人已经死了。

一开始，他们并不知道那个黑影是"自己人"，夜幕下距离太远，根本就看不清。

缴获了三把伪军的枪，刘小英让苏汝贵和苏汝郝扛着回了村子。他们回来时，刘光明正在睡觉，两把三八大盖，已经被他藏在了躺枣树上。躺枣树要比一般的枣树高，而且枝繁叶茂，即便是抬着头看，你也很难看到树枝上绑着的枪支。当然，这棵躺枣树，就是代表刘老爷子的那棵。

回到家里，刘光明刚躺下，刘小英就冲了进来，把他从被窝里拉了起来，说道："你这个没出息的，还不如汝贵、汝郝。"刘光明假装刚睡醒的样子说："小英，你能不能淑女一些，天天像个野小子，和那个谁……怎么一模一样。"刘光明突然想起了红爷。红爷不就是个野小子吗？

刘小英一招手，拿过一杆步枪说："想不想要？"刘光明假装两眼发亮地惊讶一声。刘小英接着说："想要的话就跟着俺去打鬼子，不然，你这个队长让汝贵当得了。"站在刘小英身后的苏汝贵顿时直起了腰板。刘光明一瞪眼："你们想干吗，篡权啊！"刘小英狠狠地推了刘光明一把说："你神气什么，有本事和小鬼子横去！天天想媳妇，真给刘家门丢人！"

　　说着，刘小英带着苏汝贵和苏汝郝出去了。三个人去了院子里。刘小英找了一个砖头来，在地面上画着地图，决定晚上再去把双庙苏的据点拔了。当他们在密谋晚上的行动时，刘光明听到了。他有些担心，因为拔掉了贾家的据点，鬼子一定会警觉，双庙苏距离贾家不过四五里路，万一鬼子有防备怎么办？

　　就在这天晚上，天不怕地不怕的刘小英，真的带着苏汝贵和苏汝郝出发了。这一次，苏汝贵和苏汝郝拿着从伪军那里缴获来的步枪，神气了许多。步枪和土枪的射击要领差不多，只是装弹不同。一路上，刘小英给两人讲解着，很快三人就来到了双庙苏鬼子的据点外。他们并没有发现，刘光明又跟了过来。而且刘光明依然蒙着面，还携带了一把三八大盖。自从成了自卫队的队长后，刘光明除了练习刀法，也和苏汝贵、苏汝郝练习枪法。当然，三人一样，仅仅只是摸过土枪而已，像三八大盖这样的步枪，刘光明也是第一次摸。不过，他早在黑妞家就和伤员们搞清楚枪的构造了。

　　刘光明没有走小路，而是从田野里穿了过去。远远地，他看到据点里亮着探照灯。两名伪军在外面端着枪，交叉走动着站岗。据点内情况不明。刘光明找了一个僻静处趴下来，他回头看看，远处几道黑影摸来。显然就是刘小英三人。刘光明知道，鬼子已经有了防备，这种交叉执勤的方式，一旦靠近就容易被发现。如果只有这两个伪军，倒没什么可怕的，怕的是不知道里面到底有没有鬼子，有多少！

　　那边的刘小英，远没有刘光明这么冷静。她虽然也看出了不妥，但还是决定冒险，牛都和哥吹下了，如果拿不下双庙苏据点，还不被他笑话死？因此，刘小英一挥手，带着苏汝贵和苏汝郝摸了过去。

　　三人离岗楼只有五十米时，被伪军发现了。伪军马上开枪示警。刘光明听到枪声，就知道刘小英暴露了，奇怪的是，枪声响后，岗楼里还是没有动静？难道只有这两个伪军？绝不可能！如果只有这两个伪军的话，不该吓趴下吗？只有两个人，暗处有人摸来，对方情况不明下，伪军一般会吓破了胆。根据刘光明对伪军的了解，岗楼内必然有埋伏。

　　然而此时的刘小英却不这样想。伪军的枪声一响，岗楼内并没有出来人，刘小英放心了，原来只有两个伪军，那就干死他们！想到这，她带着两位自卫队员开始边打边冲。就在他们靠近岗楼二三十米时，突然间，从岗楼里冲出来五个鬼子、十名伪军。日伪军像扇子面一样展开，朝着刘小英等人包围了过去。这时候刘小英才知道，三人掉进了日伪军的陷阱中，只好边打边朝南撤退。可是日伪军越来越近。就在这时候，东侧的枣林中突然传来枪声。三名伪军和一名鬼子接连中弹，顿时，日伪军的包围圈被打乱。火力被东侧吸引，刘小英等人趁机撤走，回到了八里庄村。

　　这晚的事刘小英觉得有点窝囊，但她隐隐看到了枣林中的黑影，似乎和上一次看到的是同一个人。当时她就在想，这个人是谁？如果他肯和自己一起联手，拿下双庙苏据点就容易了。折翼归来，刘小英放不下这件事，决定第三天晚上继续攻打双庙苏据点。

　　整整一天，她没去见刘光明，担心他知道自己失败后嘲笑自己。刘小英准备等拿下据点后，再和刘光明显摆一下。

　　到了晚上，刘小英带着苏汝贵和苏汝郝又出发了。这一次，他们小心谨慎了许多。而据点居然一个执勤的也没有。是鬼子撤离了吗？还是埋伏了起来？刘小英摸不着头脑。这一次她不敢冲动了，三个人趴在麦田里匍匐前进。当他们离岗楼三十米时，岗楼上方的探照灯突然亮了。顿时间，三个人周围变得如同白昼一样。三人赶紧朝四周滚去。这时候枪声大作，三人刚刚匍匐的位置，被射出十几道弹孔。随后，十几个日伪军扑了出来，对刘小英三人形成了合围。

　　就在刘小英等三人陷入埋伏时，突然一个声音在东侧响起："快走！俺来断后。"声音非常熟悉，那是一个蒙面人，端着一把三八大盖，正在边跑边射击，吸引着日伪军的火力。刘小英马上想起了前两次的事来。是他，是那个暗中帮助自己的人！眼看着日伪军被那人吸引走了。苏汝贵和苏汝郝拉着刘小英就跑。刘小英跑了十几步后站住了："俺不能走，人家救了咱们三次，就这么走了太不仗义了。"

　　于是，刘小英带着苏汝贵和苏汝郝从日伪军的背后开枪了。日伪军又是一乱，只好分出兵力来两边作战。但是，这附近都是枣树，地形对刘小英和那边的蒙面人来说太有利了。片刻后，十几个日伪军被打得一个也不剩了。蒙面人转身要走，被刘小英喊住了："等一下。"

　　蒙面人有些忐忑不安，但还是站下了。刘小英上前抓下了他脸上的黑布，一下子就愣了："哥？怎么是你？"苏汝贵和苏汝郝也愣了，没想到接连三次晚上，帮助他们的人是刘光明。刘光明嘿嘿一笑，拍拍刘小英的肩膀说："你叫俺哥，当哥的怎能不如妹妹有出息？"刘小英笑了，她又看到了小时候，那个经常维护自己的哥哥了。哥哥还是哥哥，他一点都没变！苏汝贵趁机将刘光明之前帮助苏秋香打了几次大仗的事说了出来。这些事，刘光明一直没和家人说，就是怕他们担心。刘小英听完后，无比的后悔。如果让她知道，自己的哥哥做了这么些事，她哪里还会生气，自豪还不够呢。想了想，李小英说："哥，你和嫂子的事俺不反对了，你明天就去找她吧。"

第二十三章　压寨男人

　　刘光明再次来到常家村。这一次，荷花见了他，羞答答的，主动给他倒了一碗水。这一切，黑妞看在了眼里，就说："荷花啊，要不你和光明回去吧。"荷花想了想说，"俺走了，伤员们怎么办，还得换药呢！"没等黑妞说话，刘光明笑着说，"俺也不走了！"

　　这天晚上，荷花没和黑妞睡。黑妞给她和刘光明换了两床新被子。荷花抱着被子和刘光明去了偏房。躺在散发着泥土味道的新炕上，荷花在默默地想着，终于要成为他的女人了？荷花做好了一切的心理准备。然而，她万万想不到，就在两人想休息时，一个掖着两把盒子枪的女人从院墙外跳了进来，一脚踹开了偏房的门。

　　这个女人就是红爷！

　　红爷将一支枪对准荷花，另一支枪对准刘光明。红爷的出现，是刘光明万万没有想到的。他虽然一身武艺，也不敢乱来，何况双菱和双喜也出现了，四支盒子枪从身后对准了他。接下来，黑妞一家人也出来了。包括藏在地道里的几个伤员。那几个伤员都称呼黑妞娘。"娘，发生了什么事？这个女人是谁？"黑妞也不知道红爷是谁！但她知道，这时候一定要冷静。而且，她是过来人，隐隐感觉到红爷和刘光明有问题！就像苏长红和他一样，难道这又是一对冤家？

　　红爷押着刘光明，走出了大家诧异的目光。红爷没有难为荷花，只是把刘光明押回了罗家寨。

刘光明被罗家寨的土匪抓去后，黑妞家乱成了一锅粥，黑妞让有德去通知刘家人。哪知道，刘小英当天就离开乐陵，南下找寻大部队去了。有德苦着一张脸回来，朝着黑妞摇摇头。黑妞想起了孙宪智。

有德走到半路上就去了罗家寨，他没有耐心去找游击队，想自己把刘光明救出来，好歹自己也是进过两年武馆的人。有德还没靠近寨门，就被红爷的人给抓了。

有德的脑子不太活泛，哪知道人家罗家寨设下了陷阱。不过，他不怕死！一直昂着高傲的头，来到了土匪的大厅里，不住地大骂："老子天天想着打鬼子，你们他娘的倒好，抓起老子来。"

如果不是有德这顿骂，说不定红爷还真赏给刘光明一颗子弹。后来，当红爷和刘光明说起这件事时，笑着说："知道吗，是哑巴儿子救了你的命呢，要不是他骂了爷，爷就拿你祭旗了。"

当时，红爷要杀了刘光明，然后带人去杀徐大良，听到有德不住地骂，让人把他带进了大厅。按照红爷的性子，就让人割了有德的舌头。但是双喜不想惹事，说道："爷，听说有德的娘和八路军有来往，咱们还是别惹麻烦了。"红爷一瞪眼："怕什么，八路军不是走了吗？"双喜说："可是周贯五还在，据说手下也有一两千人呢。"

肖华的大部队分为几批先后南下，冀鲁边区交在了周贯五的手里。杜步舟和马振华因为擅长组织工作，去津南组建渤海区去了，只是没过不久，新任津南地委书记马振华被叛徒告密，壮烈牺牲。

红爷抬手一枪，打在刘光明的脚下，"还记得那天的事吗？"刘光明瞪着她说："你还有脸提那天的事，爷救了你，你居然恩将仇报。"红爷将枪顶在他的额头上，"刘光明，你本事不小啊，听说攻打盐山、无棣、乐陵县城，都有你的功劳。"这段时间，红爷一边修缮城墙，一边调查刘光明，将他的事迹扒了出来。有德接口说："光明哥可是抗日英雄，土匪婆，你要是杀了他，就成了汉奸！"

这声"土匪婆"不但没气恼红爷，还把她惹笑了。红爷哈哈大笑。笑完，一把抓住刘光明的手，"俺不杀你，傻小子说得对，杀了你俺就成了汉奸，不过，你必须给俺杀一个人，要不然，你就等着给哑巴的儿子收尸吧。"

红爷让刘光明杀的人是徐大良。一听说徐大良的名字，刘光明马上答应了，不仅是为了救有德，而是因为徐大良投靠了日本人。日本人一进乐陵，徐大良就成了日本人的走狗。上一次救朱富寿的孙子，刘光明本想杀了他的，可是后来还是被狡猾的徐大良给跑了。

红爷是个痛快的女人。说做就做，随后她就拽着刘光明进城了，身后还跟着双喜双菱。摸到警察局外，红爷递给刘光明一把枪，对他说："去吧，爷在外接应你，你要是死在徐大良的手中，也不算俺杀了你，你要是能活下来，就算你命大。"

刘光明翻身跃过院墙，摸到了徐大良的办公室外，里面空空的，一个人都没有。刘光明抓了个"舌头"一问才知道，徐大良去了日本宪兵司令部。

这时候，县城又一次被日本人占领了。周贯五的人撤到了城东二十里处的东辛店附近。宪兵队内戒备森严，刘光明的目标是杀徐大良，不想惊动小鬼子。夜半的时候，徐大良带着四个警察出来了。刘光明从胡同内走了出来，拦住了他们的去路。徐大良掏出了手枪，刘光明朝他摆摆手。徐大良发现刘光明面熟，但一时也想不起他是谁来。"大胆，敢拦住本局的路，你不想活了？"刘光明笑了，"你说的不错，你的确别想活了。"徐大良抬手要射击，刘光明一个箭步蹿过去，掐住了他的脖子。徐大良一下子就傻眼了，他怎么也没想到，这个面熟的青年脚下这么快。

徐大良一开始给日本人做事时，还不敢太放肆。渐渐地，他觉得日本人势力大，装备好，胆子也大了。心想这年头，只要靠山够硬，腰板就能挺起来。前段时间回老家，徐大良想学着古人衣锦还乡的派头，骑着高头大马，戴着礼帽，穿着绸缎的褂子，身后带着一众随从，觉得很过瘾。只是一进村，发现不是那回子事。别说人，连狗都不搭理他。

那场面是徐大良怎么也没想到的，他骂骂咧咧地说："老子给你们带了礼物，咋没人出来迎接？"徐大良让随从拿出了糖果，朝着正在一家门口玩耍的男孩招招手，哪知道男孩跑进屋子里去了。

前几天，有家乡的人进城，徐大良让手下侧面一打听，才知道自己被老家的人恨上了，连族里的近人都说他不学好，给祖宗丢脸。那人还说了一句："徐大良的兔子尾巴长不了啦。"这话当时徐大良就气坏了，让手下把那人捆了起来，挂在了梁上。第二天上，徐大良去见了那人一面。

那人年岁和他相当，说起来还算徐大良的儿时伙伴。不过徐大良已记不得小时候的事了，他前脚一迈进门槛，就将手中的鞭子朝上一指，"你觉得老子还给祖宗丢脸吗？"那人抬头看到徐大良，呸了一声。徐大良挥手就给了那人两鞭子，那人居然哼也没哼，只是瞪着血红的眼睛。徐大良突然从他的眼神中看到了什么，他想起了童年的事，拍拍脑门，"你是石头？"那人又瞪了他一眼，没说话。和那人接触过的手下在徐大良耳边低语几句。手下告诉他，那人就叫石头。

徐大良朝着那人说，"咱俩小时候关系还不错，你帮过老子多次，老子看在当年的情分上，准备放你一马，只要你肯给老子干事，其实也不用做什么，回家给老子传个好名声就可以了。石头说话了，话很干脆，也很简洁，只有三个字："办不到。"

石头从小就很固执。也正是因为固执，石头被徐天良这个儿时的伙伴活活地折磨死了。不过石头不后悔，而且送给了徐大良那句话："你的兔子尾巴长不了啦。"

当刘光明掐住徐大良的脖子后，徐大良的耳边突然想起了石头的话，一下子就像看到了末日。

徐大良被刘光明控制了，他的几个手下冲了上来，但那几个混混，哪有什么真本事。刘光明一脚一个，将他们踢倒在地上，然后把徐大良推到了红爷的面前。徐大良看到红爷，马上明白了，扑通一下跪倒在地，磕头如鸡啄米一般。红爷掏出枪，毫不犹豫地送给徐大良一颗子弹。

枪声一响，宪兵队门口执勤的鬼子出来了。刘光明招呼红爷等人撤退。双喜胆子小，看到日军出来，两腿酸软，没出几步就倒在了地上。要不是刘光明回来背起她，双喜就被日军俘虏了。也是从那天开始，双喜突然觉得自己长大了。趴在刘光明宽厚的背上，她忍不住胡思乱想起来，仿佛刘光明正背着她在一片玉米地里奔跑，两边的枣树垂着一串串的小枣，那红彤彤的枣儿在双喜眼里渐渐地幻成了一张张的"喜"字，而她的头上，如同蒙了红盖头一般。直到一颗子弹打散了她的头发，她才摸了摸头皮，从幻想回到现实。

一到罗家寨，红爷就放了有德，但是，她并没放刘光明。不但刘光明想不通，就是双菱和双喜也弄不明白。双喜说："爷，您就放人吧，俺这条命是光明哥给的。"红爷说："就因为这，爷才不放他。"说完又加了一句，"爷虽然不杀他，可也不能让他回去抱女人。"红爷这话说得明显，摆明了要刘光明别想和荷花亲近。

红爷不放刘光明，有德也不想走。有德和石头一样，也是固执的人。他把屁股往大厅的门槛上一搁，两只胳膊互相抱着，就这么不声不吭地耗着。

刘光明说："有德，你回吧，报个平安。"有德走到寨门口时，红爷的声音送了出去："小子，回去告诉荷花，让她趁早改嫁吧，刘光明是爷的人了。"说完这句话，红爷一阵大笑，对双菱和双喜说："传令下去，爷要和刘光明成亲，从此之后，他就是爷的压寨男人了。"双菱听到这话后偷偷地笑，双喜却有一种失落落的感觉。刘光明说："你太强人所难了吧，俺刚娶了荷花。"红爷一瞪眼，"你不答应，信不信爷去杀了你新媳妇？"

刘光明原本也是个火爆脾气，现在的他冷静多了，知道眼前这个自称"爷"的女人惹不得，说不定她哪天真的就像老虎一样，把荷花给杀了。红爷又是一阵大笑，笑完，突然将脸凑在刘光明的面前，"还记得哑巴儿子说过一句话吗，他骂俺土匪婆，以后，俺就是名正言顺的土匪婆了。"

红爷要逼刘光明留在罗家寨，而且成为她的压寨男人，刘光明自然不同意。如果不是孙宪智，说不定刘光明就真的成了罗家寨的土匪公。那天，他正在愁眉苦脸地坐着，孙宪智扮成一个算卦的进来了。孙宪智戴着老花镜，一进来就嘟囔，说什么成亲要看黄道吉日等等，说了一大顿，就嚷着口渴。等看守去提水后，他一揭粘贴的胡子，刘光明认出来了。孙宪智将自己的行头和刘光明换了，让他粘了胡子，戴上老花镜，溜了出去。

孙宪智有些智谋，就像他的名字一样。他听说刘光明让红爷留下了，就寻思着怎么把他弄出去。硬来是不可能的，罗家寨也不是想进就进的地方，更何况就是能混进去，想在红爷的眼皮子底下把人带出去，也不容易。

孙宪智从有德口里听说，红爷要把刘光明变成压寨男人，眼珠子一转有了主意，就扮成一个算卦先生来了。刘光明原本不想把孙宪智留下，但孙宪智告诉他，他是红爷的表哥，她不会为难自己的。

刘光明逃出了罗家寨。他却不知道，红爷想做的事，绝不会放弃。刘光明前脚刚走，红爷就来到了囚室，一抬头看到孙宪智，拔出了盒子枪。孙宪智很冷静，他弹着身上的灰尘，慢吞吞地说："怎么，想大义灭亲啊。"红爷说，"你来干什么？"孙宪智说："表妹，俺想给你指条明路。"

孙宪智是三间堂人，母亲是红爷的姑母。红爷急得直跺脚，"你为什么放走刘光明？"孙宪智笑着说："人家刘光明刚娶了新媳妇，你就想留下他当什么压寨男人，这样做合适吗？"红爷气呼呼地说："爷不管，他是爷的男人！"说完，叫人看住孙宪智，带着双菱和双喜出发了。

如果她再晚去一会儿，刘光明就和荷花真的睡在一起了。刘光明回到黑妞家后，长出了一口气。荷花早就从有德那里听到了大概，急匆匆迎出来，抓住刘光明的手左看右看，生怕他的身上有什么伤口。看到这里，刘光明有些激动了，就说："荷花，这辈子俺就是你的男人。"

刘光明说这话时，荷花却皱起了眉头，她想起有德带回来的那些话。她沉吟了半晌，抬头问："罗家寨的土匪婆还会来吗？""放心吧，应该不会了。"刘光明嘴上说说，心里没底。虽然只接触了两次，可是红爷是啥性子，他清楚得很。

天色渐渐暗了下来，刘光明在黑妞家吃了饭，荷花起身帮着收拾桌子。黑妞对他们说："不用管了，你们回屋休息吧。"荷花脸红了红，跟在刘光明身后进了偏房。

荷花铺了被褥，然后坐在了床边上。刘光明有些拘谨，原本豪爽的性子，却不知道该说些什么。他坐在椅子上，不住地摆弄着手掌，荷花也在摆弄着手指。时间在两人的沉默间悄悄地溜走。荷花突然抬起头来说："俺给你暖被窝吧。"

正是秋季，其实天还不算冷。荷花上了炕，只穿着贴身的秋衣秋裤钻进了被窝。刘光明还是有些拘谨。而荷花的脸也在渐渐发热，她尽量用被子裹住自己。又过一会儿，荷花从被窝里伸出手，拉拉刘光明的衣角，小声又羞涩地说，"歇着吧。"刘光明哎了一声，坐在炕边，用手慢慢地捧起荷花的脸，两个人凝望着，半晌，突然都笑了："俺是不是有点傻？这么好的媳妇，俺居然让你自己在一边睡了几天。"荷花就害羞地说："现在呢，你还傻不傻？"

还没等刘光明说话，就在这时，门外传来咣咣的声音。刘光明一开门，蹿了出去。院墙头上有人咳嗽一声，一翻身跳了下去。刘光明追出去后人影已经消失了，等他回到偏房，刚一关门，腰上顶了一支盒子枪，耳边熟悉的声音冷冷地说："怎么，想当新郎官啊，也不问问爷答不答应。"

刘光明叹息一声，听到这声音，他就知道，红爷找上门来了。原来，红爷早就料到刘光明回来后，就会猴急地和荷花圆房，因此带上双菱双喜赶来了。刚刚把刘光明吸引走的正是双菱。本来这任务红爷是要交给双喜的，可双喜不肯，她说自己晚上不敢在房顶上跑，其实她是不肯让红爷把刘光明弄回罗家寨。

双喜不肯，还有双菱呢。于是双菱上了院墙，双喜待在大门外等候，红爷躲在了偏房的门外。等双菱把刘光明引出去后，红爷就闪身进了屋子。

黑妞是在听到动静后，快速出来的。但她还是晚了一步。等她来到偏房门外，发现荷花一个人在抽泣。黑妞马上明白了。其实她一直很担心，虽然对红爷不熟悉，可是，直觉告诉她，这是个不按常理出牌的主儿。用村里的话说，那就是"天不怕，地不怕"，在她身上，做出什么事来都是有可能的。她只能握住荷花的手，尽量地安慰，让她放心，刘光明是不会有事的。

刘光明再一次被红爷带走了。让他想不到的是，罗家寨也摆上了喜堂，而且证婚人居然是孙宪智。

红爷带走了刘光明，却把双菱和双喜留在了哑巴家。红爷放了狠话，如果刘光明敢逃回来，双菱、双喜就把荷花杀了。为了保全荷花，刘光明再次来到了罗家寨。他问孙宪智为什么不走。孙宪智告诉他，不是他不想，是根本就走不了。红爷将他的老母亲从三间堂请来了。

他的老母亲，也就是红爷的姑母。刘光明认为孙宪智太过于小心了，红爷手段再狠，也不至于伤害自己的姑母。孙宪智也知道这一点，只是不放心，他比刘光明更了解红爷，她是个说开枪就开枪的人。谁都知道，"活阎罗"收养了她，但谁也知道，"活阎罗"死在她的手中。

时间已晚，按照当地的风俗，婚礼一般在晌午前进行。刘光明将婚期推了下去，虽然只有一个晚上的时间，还是有了转机。

天还没亮，红爷就起来了，坐在镜子前化妆。那些红红绿绿的东西，红爷从来就不沾。她想起了那天徐大良让人抬来的花轿，也想起了那身大红的喜服。

就在这时候，鬼堡的土匪来到了罗家寨，土匪段竹竿声称要把红爷抓回去当压寨夫人。红爷带着半张脸的胭脂，上了城墙。她看到外面黑压压地猫着几十号人，中间的担架椅上躺着一位，二十多岁，瘦瘦的，揉成一团没有几十斤肉，知道那家伙就是段竹竿。

罗家寨的二当家杜老虎过来了："爷，是鬼堡的人。"杜老虎虽然一大把年纪了，还是顺着红爷的喜好，称呼她一声爷。

在胡家村东南七八里的地方，有一个土堡，据说曾是一片旧战场。一到晚上就阴风阵阵的，甚至会传来鬼哭声。多年来鬼堡一直没人住，段家的段瘸子酒后杀了人，躲了进去，二十几年来招了几十号人，干起杀人越货的勾当。

竹椅上这位，就是他的儿子，从小得了一种怪病，瘦得像竹竿一样，走路的时候，屁大的风都能把他吹倒。这些年，段瘸子一直在请郎中给儿子看，没有一个能让儿子站稳的，二十几年来，段竹竿喝的鸡汤估计能把鬼堡前的沟渠填满了。前不久，段瘸子带着儿子去县城，抓了一个看风水的回来，风水先生绕着鬼堡看了一圈，说："这地方不好，阴气重，估计贵公子活不过今年。"

就因为这话，段瘸子差点没一枪打爆了人家的头，后来一想，风水先生说的在理，儿子这样下去，八成长寿不了，于是就好酒好菜地照应着，请教破解之法。

风水先生其实是胡家村胡员外的儿子，当年红爷杀了他的父亲，胡少爷走投无路，就扮成了风水先生，到处混吃混喝。他听说过鬼堡的传闻，所以说起来头头是道，把老奸巨猾的段瘸子给蒙住了。胡少爷怀恨红爷，眼珠子一转，就送给段瘸子俩字："冲喜。"段瘸子赶紧问："怎么冲？"胡少爷就告诉他，要找名字带"红"字的，才能冲掉段少爷身上的邪气。

接下来，假风水先生胡少爷说出了"红爷"的名字。段瘸子大手一挥，几十号人马就出发了。队伍临出发前，几个手下抬了段竹竿出来。段竹竿虽然身子骨软，可嘴巴还能动，就说："爹，俺听说要去攻打罗家寨，可不能伤了红爷啊，那是俺未过门的新媳妇。"段瘸子一听就赶紧劝他："乖儿子，在家好好待着，等着爹把媳妇给你抢回来。"段竹竿忙说："俺心里急，想先瞅瞅。"于是，段瘸子就将儿子带上了。

现在，段瘸子就站在竹椅的旁边，一只手往大背头上一抚，朝城墙上吆喝："红爷，俺的乖儿媳妇，下来吧。"红爷的枪声比骂声还快了一步，送了下去。"他娘的，狗东西，打起爷的主意来，兄弟们，给爷招呼。"红爷一声令下，城墙上的弟兄开火了。

段瘸子朝上面一瞅，看到了红爷那化了妆的半张脸，甩手给了胡少爷一巴掌，骂道："你他娘的出的什么馊主意，让俺儿子娶个不男不女的妖精？"

胡少爷记恨着红爷，想把鬼堡和罗家寨的仇恨给结了，就说，"当家的，您说是少当家的命重要，还是红爷的脸蛋重要？"

段瘸子一想，胡少爷的话在理，总不成为了弄朵花回来，把儿子的命搭上，管他男不男女不女的，保住儿子的命才是真理。段瘸子大手一挥，几十名手下端着枪进攻。

双方交战了十几分钟，段瘸子抬着七八具尸体退了。罗家寨的城墙经过了加固，可不是段瘸子这几十号人马能攻破的。段瘸子刚走，红爷就逼着刘光明成亲。刘光明说："俺觉得现在还不是时候，段瘸子肯定会杀回来的。"

红爷也觉得段瘸子会杀回来，于是派人加强了警戒。果然到了晌午，段瘸子又带了人来。这一次，段瘸子不知从哪里弄来几架梯子，让手下拼了命地往上冲。红爷正杀得起劲，刘光明上了城墙。原来，是他说动了孙宪智，两个人一起上来了。

红爷的手下比段瘸子少了几倍，只有十几个人，虽然依靠城墙之利，但是弹药越来越少。刘光明看到红爷的眉头皱了起来，就说："要不，俺从后墙溜下去，咱们里应外合怎么样？"红爷一听就不乐意了，"不行，你是爷的男人，不能冒险。"

就在城墙上这些人拿不住主意时，杜老虎眼神好，看到双菱和双喜回来了。她们已经到了段瘸子的后方，而且和段瘸子交上了火。

红爷着急了，因为双菱和双喜是她最亲近的人，要是有个好歹，等于砍了她的两条胳膊。她接连开枪撂倒了段瘸子的几名手下，等她再往那边看去，发现刘光明的影子出现在段瘸子的后方。原来，刘光明在红爷不注意的时候，从后墙溜了下去。

当时，双菱和双喜刚好打没了子弹，四个土匪围了上来，一个个说着不堪入耳的话。就在脏兮兮的手要摸到白嫩的脸蛋时，再见那四位，都摔倒在了地上。刘光明如虎入羊群，砍刀抡开，转眼间劈倒了四个土匪。段瘸子回头看到刘光明，抬手就是一枪。刘光明躲在一名土匪的身后，待段瘸子想开第二枪时，一个箭步蹿了过去，把段瘸子给吓得钻到了竹椅下面。这时候，他的儿子段竹竿还两手鼓掌，喊着"好"呢。

罗家寨的寨门打开了，红爷、孙宪智、杜老虎等人冲了出来。红爷抬手一枪，段竹竿头一歪，耷拉在竹椅外面，这辈子都别想站起来了。段瘸子一看这阵势，哪里还敢恋战，在十几个手下的保护下，撇下二十几具尸体仓皇逃走了。

那位假风水先生胡少爷没来得及跑，趴在地上装死。双菱眼尖，看到他两条腿还在抖，就把他拎了起来。红爷定睛看了他一眼，哈哈大笑，"爷明白了，是你小子惹的祸。"说完，又对刘光明说，"这家伙，和爷同乡，他老子就是胡员外。"

胡少爷那两条腿像筛糠一样，比段竹竿的还软，扑通一下跪在了地上。红爷戏谑地问："想不想去见你老爹？"胡少爷连连摇头说："不，不想……"

世上的人，有几个不想和亲娘老子见面的。偏偏胡少爷不肯，那是因为，他老子在下面呢。红爷恼他带来了段瘸子，一扣扳机，就把他送去父子团聚了。孙宪智看看段竹竿的尸体，认为段瘸子一定不会善罢甘休。于是，他离开罗家寨，乔装去了鬼堡。

傍晚的时候，孙宪智回来了，而且一脸的沉重，他告诉红爷，段瘸子打死了两个巡逻的日本兵，跑到日军驻乐司令部少佐宫泽那里去了。他觉得段瘸子一定要嫁祸罗家寨。

孙宪智是个颇有智慧的人，他的猜测很快就变成了现实。宫泽听信了段瘸子的话，命令手下吉野带领一个小队的鬼子，来到了罗家寨外。幸而孙宪智早有准备，把游击队带来了。游击队和罗家寨的人马里应外合，吉野没占到什么便宜，丢下七八具尸体，回了县城。

罗家寨第一次和日军交火，而且取得了胜利，士气非常高涨，大碗喝酒，大碗吃肉。孙宪智却觉得小鬼子一定会没完的。不但小鬼子没完，段瘸子也不甘心。段瘸子把鬼堡这些年的家当全都搬到了宫泽的眼前，"太君，这是孝敬您的。"

其实，即使段瘸子不出血，宫泽也咽不下这口气。吉野再次带人来到罗家寨。上一次，吉野的小队是轻装来的，这一次带上了迫击炮。炮弹将厚厚的城墙打开了一个豁口，小鬼子们冲向了豁口。孙宪智看出了敌众我寡的作战形势，命令游击队员死守缺口，让罗家寨的人赶紧撤离。

红爷不忍离开，但是她的手下除了双菱和双喜，只剩下了杜老虎等三四个人，无奈之下，只好系下绳梯，保护姑母从后墙逃走。后墙外，埋伏着小鬼子的一个班十几个人。要不是孙宪智机灵，红爷等人那天就栽了。

孙宪智看到寨后的树林上方有鸟飞动，猜想小鬼子埋伏在里面，于是提议顺着城墙根逃走。红爷却憋着一口气，她率先冲了出去，要和小鬼子拼了。

一颗子弹射向了红爷，刘光明纵身将她扑开，自己的身上却挨了一下，鲜血染红了衣服。尽管刘光明并不喜欢红爷这个人，但在这种情况下，作为一个男人，他觉得自己有责任保护老人和女人。刘光明冲在了所有人前面，用身躯掩护着大家。

小鬼子的伏兵从树林中冲了出来，孙宪智让两个游击队员将母亲送回老家，自己带人引开敌人。红爷还想和敌人拼命，双喜急了："爷，光明哥快不行了。"刘光明两次救了双喜的命，双喜见红爷还这样莽撞，眼圈都红了。

红爷这才停了下来，回头看着昏迷不醒的刘光明。双菱忙说："爷，救人要紧。"红爷套了一辆马车，把昏迷不醒的刘光明拉到了城西的教堂医院里。

县城被小鬼子占了，红爷不敢去。不过，在这之前，她一个人摸进了城，把回春堂的药店门给踹开了，用枪顶着郎中的脑袋，非要让人家跟自己走。回春堂的侍女春儿给红爷跪下了："郎中是看病的，不会看枪伤，您就饶了他吧。"

红爷收了枪，知道春儿说的是实话，自己就是把老郎中押到城外去，他也看不好刘光明。不过，红爷这一行还算有收获，老郎中告诉她，城西几十里外有一座教堂医院。

第二十四章　负伤

城西的教堂是英国人创办的，抗战一爆发，这里就只剩下了神甫查尔逊一个人，挺进纵队离开乐陵之前，让人把医院建了起来，可以说，这是一座抗战医院。

院长李德仁是原抗日救国军的人，听说昏迷不醒的人就是曾协助进攻盐山、无棣、乐陵县城的刘光明，他便亲自为刘光明做了手术。手术相当成功，但是，由于一路颠簸，刘光明的伤口出现了感染的迹象，如果不打盘尼西林，刘光明依然无法脱离危险，而这种药物已经被日军控制了起来，即便日军的医院，没有宫泽的批准，也不能随便使用。

红爷一拍胸脯，对李德仁打了包票，"不就是盘尼西林吗，爷去。"李德仁忙说："闺女，日本人的医院，可不好进啊。"红爷一拍胸脯："爷是谁？"红爷把双喜留下照顾刘光明，带着双菱走了。

第二天早上，她果然带回了两支盘尼西林，不过，胳膊上也多了一颗子弹。一进医院，红爷就不住地骂："爷想救人，没想到让蚊子叮了一口。"

红爷没有描述事情的经过，当双喜望向双菱时，双菱也摇摇头。这件事情的经过直到多年之后，刘光明才从红爷的口中套出来。等他听说了那晚红爷和双菱的行动后，他感慨万分："你啊，为什么不让俺早点知道？"红爷告诉他："俺本想把这件事埋一辈子，没想到还是忍不住说了出来，丢人啊。"

当年，红爷拿了盘尼西林回来，尽管胳膊受了伤，可表现得就像刚进城赶集回来一样轻松。事实上，那晚，红爷和双菱差点就回不来了。

日本人一向非常重视医院的看守，红爷和双菱来到医院大门口，发现外面站着六个日本兵。红爷不在乎，抬腿就要进去。双菱觉得把握不大。双菱告诉红爷，她们这次的任务不是打鬼子，是取药，要是把动静动大了，六个鬼子不在话下，可想拿到盘尼西林就困难了。红爷有些憋气，她这个人，是直来直去的性格，想做什么就做什么。

双菱拉住了红爷的胳膊，死死地拖住她。红爷这才收住了脚。事实上，她也冷静了下来，看看那六个看守的："放心吧，就是不用枪，爷也不把这几个小鬼子放在眼里。"

红爷和双菱把枪藏在附近的墙洞子里，装作病人的家属，混进了医院。她们哪里知道，日本人不但在门口安置了明岗，还在医院里设置了暗哨。红爷带着双菱来到了药房里，她们忽略了一件事。她们根本就不认识什么盘尼西林。

红爷一急之下，就想用医护服裹了架子上的药品走人。双菱按住了红爷的手，"爷，这样不行，药品这么多，咱们全拿不走，再说，即便拿了，能出去吗？俺觉得还是先找个医生问问，就是不知道人家肯不肯告诉咱。"

红爷让双菱在药房里等着，自己闪身出去了。很快，红爷就挟持了一个日本医生进来。

红爷刚放开他，医生就哇啦哇啦地说起什么。红爷一拳头捣在他的肚子上。医生就像刚吃了苦瓜的一样，那张脸难看得很。他虽然听不懂红爷说什么，但想想也知道了，赶紧闭上了嘴巴。红爷朝架子上一指，"告诉爷，哪个是盘尼西林？"

为了准确地把药拿回去，在路上，红爷已经把"盘尼西林"这四个字记熟了。还好，医生对中国话略通一些，再者，"盘尼西林"的发音本来就国际化。医生哇啦哇啦了说了一通，红爷听不懂，就朝架子上指，意思是让医生告诉她，哪种是。医生不断地摇头，表示他听不懂红爷在说什么。红爷又送给他一拳。这一次，医生懂了，点点头又摇摇头。他点头，表示自己明白了红爷的意图，摇头，是想告诉红爷，这里根本就没有盘尼西林。

红爷哪里懂，一拳又砸了过去。

医生抱着肚子蹲了下去，痛苦地说："这里……没有……盘尼西林。"他说的是汉语，虽然很不流畅，总算表述了出来。红爷还想打，双菱忙拉住她："爷，别打了，没用的。"

按照双菱的意思，两人混进来时间也不短了，是非之地不宜久留，但红爷突然间脑袋里灵光一闪，觉得偌大的医院，绝不会没有盘尼西林。因此，她抓住医生的衣领，示意他带自己去找。

医生在无奈之下，将红爷带到了院长的办公室里，因为盘尼西林属于特殊药品，由院长亲自掌管着。

红爷和双菱一进来，院长就瞪大了眼睛，他虽然不知道红爷是什么人，但能够看清，她挟持了医生。他哇啦哇啦地说着什么，红爷听不懂，也不想听，她的目的只有一个，不想浪费时间。

红爷让医生把自己的目的告诉院长。医生居然做了一次翻译。院长知道了红爷的目的后，走向身后的橱子。双菱发现此时医生两眼放光，觉得院长一定有问题，她示意红爷小心。红爷不在乎地说："怕什么，他们出不了这间屋子的。"

双菱不放心，蹿了上去，一把抓住了院长的手腕，然后一拧，脚在他的腿弯处一踹，院长就跪下去了。红爷奔了过来，一抬头，发现橱子后面有一个按钮，里面居然有一个暗道。院长左手被红爷控制了，他的右手已经摸到了橱子上的抽屉。抽屉里有把枪，院长的手还没摸到枪柄上，手背就被红爷的鞋踩住了。院长惨叫一声，红爷把枪拿在自己的手里，掂量了一下，对准他问："盘尼西林在哪儿？"院长只好朝旁边的橱子一指。

红爷奔了过去，见里面有十几个盒子，就拿了让医生看。医生点点头。红爷放心了，用医护服一裹，背在身上，把院长和医生打昏后正要出去，外面传来了纷乱的脚步声。

原来，刚才院长的惨叫惊动了医院的日本兵。一些便衣暗哨冲到了门口。红爷抬枪撂倒了两个，很快，手枪没了子弹，门口的便衣却越堆越多。

没办法，红爷和双菱下了暗道。要从暗道出去，需要穿过一个狗窝，才能到达医院外。对于红爷来说，让她向人低头比杀了她还难，让她钻狗窝，更加难。就在红爷迟疑时，日本人顺着暗道追了下来。

就在红爷要把包裹给双菱时，一颗子弹打在她的胳膊上。红爷的手一松，包裹掉在地上。双菱着急地说："再不走，真来不及了，爷，你想让刘光明死吗？"

"刘光明"三个字，对红爷的影响真的非常大。那时候，红爷自己还不承认，刘光明已经成为可以影响她生命的人。"走。"红爷决定了。

就在她们要钻出去时，一个便衣冲了过来，另一个便衣也过来了，扑向包裹。包裹几经易手，最后被红爷带出去时，盒子里的药大多摔碎了，只剩下两支是完好的。

李德仁看着红爷带回来的两支盘尼西林，"太好了，你们正好一人一支。"红爷一摆手："爷不用，都给俺男人打上。"

十几天后，刘光明下了床。就在这时候，吉野在段瘸子的向导下，带着小鬼子搜来了。段瘸子熟悉周边的地形，带着日本人四处搜索，后来就想到了这家教堂医院。

吉野来的时候，红爷等人一点准备也没有。幸亏神甫查尔逊帮了大忙，用他特殊的身份延迟了日伪军进入医院的时间。刘光明和红爷等人从窗户里逃走了。

要是依了红爷的性子，那天就和吉野血战到底了，只是双喜担心刘光明的伤势没有痊愈，她把冲动的红爷劝下了。"奶奶的。"红爷觉得这一次比上次钻狗洞还没面子。当然，狗洞并非是真正的狗洞，而是一个被堵了一半的角门！只是看上去有些小罢了！

刘光明等人逃回了罗家寨，本以为小鬼子不会回来了，没想到，一路上段瘸子不断打探，居然得知了他们的消息。不过，段瘸子不敢肯定，所以和吉野兵分两路，段瘸子带着自己的手下来到罗家寨，吉野继续在教堂周围搜索。

孙宪智早就料到红爷会回来，先前已经让人将寨子修缮了，并派了两名游击队员留守在这里。红爷刚回来，段瘸子的人就到了。胆小的双喜缩在城墙下，小声说："爷，蹲下吧，段瘸子看不到咱们会撤走的。""爷去茅厕都站着，怎么会怕了这些畜生！"依了红爷的性子，她是不肯蹲下的，但她看一眼脸色苍白的刘光明，蹲了下来。段瘸子的人在寨子外转了一圈，没有发现什么可疑的迹象，准备撤走，就在这时候，荷花和有德出现了。

荷花和有德一到罗家寨，就成了段瘸子的俘虏。

这些天，荷花一直担心刘光明的安全。后来，有人说罗家寨得罪了鬼堡的段瘸子，段瘸子招来了日本人，罗家寨被打光了，死的死，逃得逃。这话一传来，荷花的心就揪成了一团。黑妞、有德等人也都着急，每天都派人出去打探。这天，有德出去不一会儿，把孙宪智带来了。从孙宪智的口中，黑妞、荷花等人了解了事情的经过，听说刘光明受了重伤，到现在生死未卜。黑妞就对有德说："去召集自卫队，刘光明是死是活，总要弄个明白。"这时候，常老大已经将自卫队的队长一职交给了有德。猴子、冬瓜、铁柱，都是有德的手下。

有德想带着自卫队出去寻找，被孙宪智拦住了。孙宪智告诉他，日本人也在找，说明刘光明还活着，自卫队的人一旦和鬼子干起来，就会暴露刘光明的身份，不如由他的手下四处打探。有德依了孙宪智，荷花却心里不着实，悄悄地把有德叫到一边，商量着偷偷出来找人。两个人刚到罗家寨外，就落入了段瘸子的手中。

段瘸子瞅着荷花，眼里直放光，他从来没看到这么秀气的女子，就说："这是哪村的女娃啊，真他娘的俊俏，给老子带回去当压寨夫人。"段瘸子也挺有意思，儿子因为娶压寨夫人搭上了一条命，他居然也想娶压寨夫人。有德骂上了，"他娘的段瘸子，这是俺光明哥的女人……"

有德话说了一半，被荷花用眼神制止了。一路上，荷花提醒了有德多次，说这次出来，只是暗中打听，决不能透露刘光明的身份。荷花知道，刘光明在抗战中是立过大功的人，还端过小鬼子的岗楼，一旦让小鬼子抓到他，麻烦就大了。

段瘸子用枪指着有德说："瞧你这个愣头青的样子，说，你口中的光明哥是谁？""他……他是个郎中……"有德一路上把这句话背了几十遍了，张嘴就来，段瘸子的疑心打消了，朝罗家寨瞥一眼，一挥手，押着有德和荷花往回走。

城墙上的红爷看到了，拿眼去瞥刘光明。刘光明牙齿紧咬着，拳头攥在了一起。红爷知道他已经忍耐不住了，于是拍拍他的肩膀："放心，俺不会让荷花落在段瘸子手里的。"说着，红爷让孙宪智留下的人看好刘光明，自己带着双菱和双喜出去了。

红爷也不是没有头脑，不冲动时还是很细心的。她一边尾随段瘸子，一边冷静分析，知道如果不能尽快把人救下来，等段瘸子和吉野兵合一处就坏了。

红爷灵机一动，让双菱和双喜绕到前面伏击，自己尾随在后面。果然，双菱和双喜的枪声打响，段瘸子带人追了过去，红爷趁机撂倒了看守有德和荷花的两名土匪，把他们救了下来。红爷让有德保护荷花退回罗家寨，自己去接应双菱和双喜。她非常明白双喜的性格。幸好红爷这边结束的快，要不然，双喜那边就危险了。

段瘸子的人一围上来，双喜就抱着头蹲在院墙下，把双菱气得直骂。双菱左右开弓，打死了五六个土匪，然后说："双喜，快翻墙逃走，俺掩护你。"双喜两条腿哆嗦成一团，哪里有翻墙的气力。

就在段瘸子要围上来时，红爷冲了过来，几声枪响，段瘸子吓得差点尿了，丢下人撤走了。

这一仗，双菱很过瘾。回到罗家寨，她不住地描述着自己的战绩。那边荷花看到刘光明，一头就扑了过去。这些天，荷花失魂落魄的，每天做梦都看到刘光明血淋淋地站在眼前。现在，刘光明居然还活着，她依然觉得像做梦一样。

刘光明用手拍打着她的脊背，不住地安慰着："放心吧，俺这命硬得很，俺不想死，阎王爷都没辙。"红爷看到两人拥抱的样子，就张大了嘴巴，双喜眼里含着泪，双菱却抿着嘴笑。红爷朝双菱一瞪眼："笑什么笑！给爷出去。"双菱和双喜都出去了。

荷花这才想起什么，回转身向红爷道谢。红爷没好气地说："谢什么谢，爷不是救你，是想杀了段瘸子，这家伙毁了俺的罗家寨，早晚有一天，爷要亲手杀了他。"有德在一边搭腔，"这回要不是红爷，俺就去见阎王了。"刘光明也朝荷花抱抱拳："还有俺，这回要不是爷，说不定俺真和阎王见面去了。"红爷哼了一声："你就别谢了，你两次出手救爷的丫头，爷救你，也是为了她们。"

荷花听出刘光明的话音，忙过去查看他的伤势，看完才松了口气，又对红爷道谢。红爷一瞪眼，"哪这么多婆婆妈妈的事，再说了，他是爷的压寨男人，他受伤，爷自然该救。"

荷花听到这里，忍不住看了刘光明一眼，刘光明苦笑一下，正不知该怎么说好时，杜老虎回来了。那天，杜老虎和红爷都打散了，他带着两个弟兄逃到了附近的村子，听到这边有枪声，这才回来看看。红爷见杜老虎还活着，非常开心，一问之下，整个罗家寨的人，包括她在内，只剩六个人了。红爷咬牙切齿地大骂，一脚踢翻了桌子。

刘光明想将红爷带走，就说："俺看这里待不下去了，段瘸子很快就会把吉野带来的。"红爷双枪一端，骂道："杀狗日的。"杜老虎忙说："爷，不能跟小鬼子硬拼，还是先避一避吧。"红爷瞥了杜老虎一眼，觉得这话不像从杜老虎嘴里说出来的："杜老虎，爷可明白你这个人，从来就不知道啥叫退缩，今天咋了？"杜老虎一阵苦笑："是孙队长嘱咐的，不要和小鬼子硬拼。"

红爷看看刘光明，知道他现在还没痊愈，总算点了头，答应撤退了。

第二十五章　改变

红爷等人刚撤退，段瘸子就把吉野带来了。

小鬼子扑了个空，段瘸子的脸上也挨了吉野一巴掌。这一巴掌让段瘸子更加恨上了红爷。小鬼子打了他一巴掌，他居然将这笔账算在了红爷的头上。段瘸子带着人继续四处搜索，给小鬼子当眼线。

红爷等人已经散开了，两名游击队员回了常家村，杜老虎和剩下的两名手下在附近和段瘸子兜圈子，红爷、荷花、刘光明，还有双菱、双喜去了常家村。

红爷在常家村住了十几天，就住不下去了。哑巴家比一般村民条件要好些，养几个人也不成问题。但是，红爷在这种生活条件下待不惯，就去找刘光明，想带上他离开。

刘光明的伤势基本上无碍了，正和荷花给黑妞请安。

这时候，荷花已经认黑妞为"干娘"了。两个人处得像亲生母女一样。而且，刘光明也听说，荷花因为嫁了人，王老虎恼怒之下打死了她的爹娘。虽然孙宪智带着游击队员灭了这个村霸，刘光明还是觉得有些愧对于她。

黑妞左手拉着荷花，右手拉着刘光明，说："娘没想到，你们的事经历了这么多麻烦，不过好事多磨，都过去了，现在没事了，荷花啊，今晚你们就圆房吧，娘可等着抱外孙子呢。"这段时间，荷花和和干娘无话不说，已经把成亲还没圆房的事说了出来。

按照那时候的习俗，一般父母去世，三年甚至一年内女孩子是不出嫁的。但荷花不同，她早就过了门，只是还没有圆房而已。

一说到圆房，荷花脸就红了。她的头渐渐地垂到了胸前。黑妞握握她的手，"听娘的。"

其实，荷花顾虑的是红爷。这个自称"爷"的女人可不简单，她每天都拎着两把盒子枪在院子里走来走去，说不定哪天枪就会指在自己的脑袋上。黑妞的话刚说完，门就被红爷踹开了。红爷一把抓住刘光明的手："跟爷走。"刘光明看看黑妞。

黑妞淡淡地说："红姑娘，俺听说了你们的事，你救过刘光明，可刘光明也救过你，说起来，光明也不欠你的，你总不能强人所难吧。"红爷一瞪眼："怎么，你们还想把爷留下不成？"刘光明一皱眉，要不是忌惮红爷的性格，怕她伤了黑妞，就出手制止了她。但他通过和红爷的接触，知道她是个天不怕地不怕的人，这里是常家村，他必须为哑巴一家的安危着想。

黑妞突然笑了，"红姑娘，如果你想留下，俺喜欢。"红爷所说的"留下"，是"拿下"的意思。黑妞所说的"留下"却是另一层意思。红爷举起了枪，左手枪对准了黑妞，右手枪对准了刘光明。

荷花伸手护住了刘光明，不住地朝红爷摇头，"爷，你别杀干娘和光明，俺把他让给你就是了。"黑妞厉喝一声："荷花，男人不是随便让的，是你的就是你的。"黑妞的脸上，泛着一层大无畏的神态，荷花低下了头。她觉得让刘光明好好地活着，总比得到他更重要。就在这时候，双菱和双喜奔进来了。双喜按下红爷的胳膊，双菱也劝红爷冷静。红爷大声说："你们是听爷的，还是听他们的？"

这话一出，双菱和双喜都退开了。不过，双喜退开后就扑通跪了下去，哭道："爷，求你了，你不能杀了光明哥啊。"红爷低头看了她一眼，嘴唇都咬破了："好啊，你这个小蹄子，是不是看上姓刘的了？"红爷说的没错，双喜心里真的揣了刘光明这个人。只是她知道自己身份低微，从来不敢透露出来。

双喜低下了头。她的表情和举止，无疑等于默认了。红爷一脚将双喜踢开，叫道："爷的男人，谁也抢不走。"黑妞叹息一声："俺刚才的意思是想，让荷花做大，你做小。"

荷花听到这里，抬头望着黑妞。刘光明怎么也想不到黑妞会有这样的主意。他摇摇头。要他娶红爷，刘光明一百个不乐意。"干娘，你在说什么，这种女人俺敢娶吗？说不定哪天夜里，俺的脑袋上就多了一个窟窿。"刘光明忙打消黑妞的念头。因为荷花认了干娘，所以，刘光明也改了称呼。

红爷一开始还没听出他这句话的意思，骂道，"姓刘的，你在胡说什么，你是爷的男人，谁敢害你？"双菱忍不住扑哧笑了。红爷这才明白了，用枪指着刘光明："好啊，你嫌弃爷，爷现在就毙了你。"

双喜和双菱都知道红爷的性子，那是说做就做的主。双喜扑了上去，抱住了刘光明。红爷真的开枪了，这一枪打在了双喜的身上。只是她在开枪的时候，双菱也下意识地推了她一下，这一枪才没打中要害。

红爷开枪后，也有些傻了，因为她做梦都想不到双喜会甘愿替刘光明一死，也做梦都想不到自己的子弹，会打中双喜。红爷赶紧把双喜抱在怀里。双喜的受伤，一下子打破了僵局。大家一番心思放在救她上，没有人再提婚姻的事。

双菱急得泪水汪汪的，她和双喜情同姐妹，看到双喜中了枪，自然着急："县城的医院在鬼子的掌握中，一看到枪伤就会抓人，教堂医院肯定也不能去了，咋办啊？"

刘光明一咬牙，"要不，咱们去庆云，或者无棣的医院看看。"荷花忙说："没用的，周边的县城都在小鬼子的控制下，还是俺来吧。"

荷花这段日子经常接触游击队的伤员，算是把她家的传承拾了起来。不但传统中医知识，伤口处理的医术也学会了。虽然没有什么医疗设备，但是，荷花还是凭着熟练的技术，把双喜的子弹取了出来，又仔细地包扎了。因为手术及时，双喜失血不多，伤不在要害上，所以没什么危险，只是手术时，由于没有麻药，双喜有些忍受不住。她紧紧地抓着刘光明的手，似乎从他的身上，得到了一股力量，让这个原本胆小怕事的女孩，扛了过去。

这情形看在荷花的眼里，感慨万分。做完手术，她朝黑妞摇摇头，说："娘，咱们出去吧。"

黑妞和荷花走了出来。刘光明也想出来，被双喜叫住了。双喜看看红爷和双菱："爷，您和双菱出去一下好吧，双喜想和光明哥说几句话。"红爷眉头皱了皱，用手指着双喜说："你给爷留点神，别什么不着调的屁都放。"

刘光明站在炕前，他从双喜的眼神里，看到了一种暖暖的东西。他能够感受到，双喜喜欢上了自己。这是个单纯的女孩子，或许是自己几次出生入死地救她，闯进了她的内心。刘光明苦笑一下，因为这不是他希望发生的。单单一个红爷就让他焦头烂额，他怎么敢再招惹上双喜。看到双喜的目光后，他在静静地想着。

刘光明想到的不是自己，而是黑妞和荷花。他无所谓，但是，他不得不替她们着想。红爷就像一包炸药，一点就着，说不定会炸了谁。

双喜望着刘光明，此时的她，似乎体会到了刘光明的内心，幽幽地一叹说："光明哥，俺知道配不上你，别说俺，就是俺家爷，您也看不上，只是……"她沉吟着，接着说："只是您救了双喜几次，您的大恩大德双喜永世难忘，俺想报答你，没有别的。"双喜的话说得很明白，刘光明也听出来了。

他想了想，拍拍双喜的肩膀："双喜，俺心里只有荷花，你应该看得出来，如果你不嫌弃，就叫俺一声大哥吧。"刘光明的话说得很清楚，这辈子夫妻是做不成的，但兄妹可以。对双喜来说，能够有刘光明这样的兄长，她就很满足了，因此，双喜马上叫了两声"哥"。第一声哥叫来，似乎内心还有些酸楚，有些绝望，但第二声叫出来，就自然多了。

刘光明说："俺有个叔伯妹妹，其实和亲妹妹差不多，她叫小英，和你年龄相当，只是她……她比你英勇多了。"

刘小英算得上是女中英豪，对得起她的名字。虽然有些鲁莽，但刘光明也不得不佩服，去摸鬼子的岗楼时，她是真的不怕死！双喜听到这里，挺着胸脯说，"俺一定要让哥看看，你的妹妹都是好样的。"刘光明笑了，"好啊，只要见了鬼子腿不抖就可以。"刘光明点到了双喜的命脉上。她羞愧地说："俺记得爷爷、父亲都是这样的，俺也不想这样，可看到刀啊枪的就害怕。"

双喜爷爷四十几岁就死了，当时，八国联军进犯中国，双喜的爷爷正在北京做生意，大街小巷上突然多了一群洋鬼子。双喜爷爷就对双喜奶奶说："俺看要出事了，还是收拾收拾东西回老家吧。"

半路上，双喜爷爷就遇到了洋鬼子。一把刺刀刚端到眼前，双喜爷爷的裤裆就湿了，两条腿不住地抖。还是双喜奶奶有些胆子，大声说："俺们都是正儿八经的生意人，天杀的洋鬼子，你们想干什么？"

洋鬼子们听不懂双喜奶奶说了些什么，看到车上只有一些货物，没有枪支弹药什么的，也就放他们离开了。不过从此之后，双喜爷爷就多了个毛病，晚上常常从睡梦中爬起来，不住地哆嗦，然后仰面朝天地躺着，眼珠子直瞪着屋顶。没多久，双喜爷爷就死了。

双喜父亲也是四十几岁死的。原本双喜家还有些家产，但因为给双喜爷爷看病，再加上生意没法做，家境败落了。到了双喜父亲这辈上，只剩下了祖上的几十亩良田。一天，北洋军和革命军作战，误杀了当地的几个百姓，正巧出事的地点在双喜家的良田里。双喜父亲也在，当时他钻在玉米地里，抱着头，撅着屁股，浑身都湿透了。

北洋军和革命军撤走后，地方的官员就把双喜父亲给抓了，问他什么，什么都说不出，只是抖，腿也抖，嘴巴也抖。后来，官员就给双喜家定了罪，收了她家的地不说，还赔了房子。父亲被枪决了，母亲病死了，双喜就去胡员外家当了丫鬟。

双喜家这些事，方圆几十里内没有几个不知道的，刘光明从小就听人说过。他再次拍拍双喜的肩："其实，你已经很坚强了，像这种没有麻药的手术，一般的男人都撑不住，你却撑住了，说明你内心很强大。"这句话，对双喜的鼓励很大。她的眼睛渐渐亮了起来，说："哥，俺真的可以强大起来吗？"

刘光明点点头。很多时候，人需要信心，不是做不到，是因为自己先认为做不到。他知道，只要双喜她的信心树立起来，其他的就好说了。还有，就是置之死地而后生。想到这里，刘光明又说："还有一点，你想想自己，当时为什么替俺挡了一枪？"

刘光明这话一出口，双喜的脸就红了，但随后她就说："俺喜欢你，不想让你死，即便俺死了，你也不能死。"刘光明非常感动："你连死都不怕了，世上还有什么可怕的事？"这句话就像一团篝火，点亮了双喜的目光。双喜突然间就像变了一个人似的，她攥了攥拳头，说："哥，你说得对，俺是死过一次的人了，还有什么可怕的。"

如果说，是苏秋香改变了刘光明。那么，刘光明则改变了双喜。

从下炕的那一刻起，双喜就发誓，决不能愧对"刘光明妹妹"的角色，她要强大起来，用自己手中的双枪杀鬼子。

鬼子是十天后来到的常家村。经过一段时间的调查，段瘸子已经摸到了红爷的下落，知道她藏在了常家村，同时猜出那个屡屡和自己作对的青年人就是刘光明。

段瘸子想到自己的对手居然是传说中帮助苏秋香立过大功的刘光明时，心中慌乱了几晚上。徐大良被红爷击毙后，已经成为警察局长的段瘸子，觉得有日本人撑腰，没什么可怕了。所以，他马上将获得的情报告诉了宫泽。那一阵，日军沧县的旅团部、天津的师团部都在给宫泽施加压力，让他抓住几个八路军的高级将领，杀一儆百。

宫泽命令吉野带着一百多个小鬼子，杀到了常家村。日军一来，黑妞就招呼村民进入了地道。刘光明、红爷以及赶来支援的孙宪智等人来到了村外。刘光明决定引用在罗家寨打鬼子的战术，里应外合。当他说出自己的想法时，双喜马上说："俺去。"红爷瞪了她一眼："胆小鬼，去地道吧，别给爷丢人现眼。"双喜马上说："爷，俺今天就是想让你看看，刘家人都不是好惹的。"她居然将自己当成了刘家人。这让红爷有些吃惊，因为红爷还没成为刘家人。"爷都不是刘家人，你倒先行了一步，好，爷带你去。"说着，红爷带着双菱双喜以及十几个游击队员绕到了鬼子的后面，展开了突然袭击。

红爷的命令一下，双喜第一个冲了出去，她双枪并用，眨眼间就撂倒了五六个鬼子。那一刻，红爷愣住了，她做梦都想不到，双喜的变化会这么大。当然，她能够想象得到，这一切都是刘光明影响的。红爷精神一振，冲了出去。而刘光明和孙宪智，以及有德的自卫队也开始了射击。

小鬼子腹背受敌，阵脚渐乱，不过很快，吉野命令一个小队堵住红爷等人，其他人继续进攻常家村。双喜见小鬼子的火力压制了这边的人，心中一动，从枣林中绕了过去，接近了鬼子，一枪就把带头的日军小队长打死了，然后大声说："八路军大部队来了。"双喜不但勇气有了，也学会了用脑子，她知道就凭自己这些人即便里应外合，也不可能打退鬼子，唯一的办法就是用智。

双喜一喊，小鬼子慌乱了起来。虽然他们大多不懂中文，可是"八路军"三个字还是听懂了。双喜又让十几个游击队员在枣林里跑动喊杀，做出有大批人马冲锋的架势。正巧，一个游击队员曾当过唢呐手，唢呐不离身。红爷见了，就说："给爷吹起来。"那人模仿着吹响了冲锋号，把小鬼子的心给吹慌了。刘光明和红爷两面追赶夹击，吉野扔下几十具尸体，逃回了县城。

小鬼子走了，可是事情还没完，黑妞等着抱干外孙子呢。从地道里出来后，黑妞就一边走一边自言自语："这小鬼子到底什么时候才能回老家啊？"黑妞觉得，当前最大的事还是要给荷花和刘光明圆房。这个责任，她还是有的。她不但是两人的媒人，现在还成了荷花的干娘，更得操心了。当然，她也了解红爷的性子，觉得这事只要红爷在，八成没门。

这天晚上，黑妞张罗着在哑巴家里摆了几桌，宴请了游击队的同志，还有红爷三人。

宴席上，黑妞坐在正中的位置，端着酒碗朝孙宪智说："今天这事啊，第一要敬的是孙队长……"此时的孙宪智已经是游击队的队长了。孙宪智没说的，黑妞敬酒，得喝。接下来，黑妞又端起酒碗对红爷说："第二，要敬红姑娘……"红爷豪爽，单手抓起大碗，一饮而尽。

黑妞又朝另一桌上的游击队员一起敬了，才对哑巴说："替俺招呼客人。"说着，黑妞就去了北屋。刘光明对哑巴说："没事，您去休息吧，这里有俺。"哑巴一进屋，黑妞就生气了，说："你这个不懂事的，进来干啥。"哑巴就用手比画着。黑妞点着他的头说："你啊，什么时候脑子能转悠一下。"哑巴不明白黑妞的意思。黑妞是想让哑巴陪着大家多喝几杯，最好把红爷喝倒了，刘光明和荷花圆房的事不就成了吗。

等黑妞说透了，哑巴这才恍然大悟，跑了出来。谁知，他一出来，就遇上了有德。有德端着碗，原本想和红爷喝，红爷却缠上了刘光明，两个人拼起来了。有德要和孙宪智喝，孙宪智酒量不行，已经让队员们搀扶走了。

有德喝了一碗，又自个倒上，再喝了一碗，觉得自己喝没劲，就瞅瞅双喜和双菱，又觉得和女孩子喝酒没意思，正巧哑巴出来，有德就和他爹喝了起来。

哑巴虽然明白了黑妞的意图，可是人有点笨，又不会表述，所以只能喝着酒等机会。父子俩连干了几碗，都趴下了，双菱双喜只好把他们弄回了各自的房间。

红爷好酒量，喝到兴起，一只脚踩着椅子，一只手端着酒碗，一口一干。可再大的量也有醉倒的时候。红爷倒下了。她倒下的时候，还不忘了警告刘光明："你小子是爷的男人，不许碰荷花，要是碰了，小心爷的双枪……"

这时候，黑妞走了出来，对双喜和双菱说："好了，扶你们爷去休息吧。"等红爷三女去休息后，刘光明也趴在了桌子上。黑妞摇摇头，叹息一声："怎么喝这么多。"她拉过荷花的手，轻声说："荷花，这些天干娘对你好不好？"荷花说："像自个的女儿一样。"黑妞点点头："扶着你男人去休息吧。"荷花点点头，扶着刘光明去了偏房。

荷花将刘光明放在了炕上，默默地望着他。刘光明嘴里还说着醉话，大都是和红爷干杯的意思。荷花轻叹一声，为他盖上被子，然后望着灯火，沉思了半晌，也上了炕。

荷花眼前忍不住浮现了最初嫁给刘光明时的情景，不知为什么，就是睡不着。

就这样，刘光明睡了一夜，荷花失眠了一夜。

天渐渐地亮了。荷花的眼皮开始往一块合，一股困意袭了上来。她缩了缩身子，渐渐地睡去了。可是刚刚睡去，她又醒了。

在这样的复杂心情下，荷花根本就没睡踏实。她听到刘光明起身的声音，果然，等她一睁眼，看到刘光明坐了起来，正在呆呆地看着自己。刘光明眼神中一阵迷茫，一只手拄着炕，一只手摸着后脑勺，似乎在极力地想着什么。荷花用被子掩住了自己的身子。

刘光明那只搔首的手落了下来，慢慢地搭在被子上。

荷花马上闭上了眼睛，她的心在突突地狂跳着，就像胸腔里揣了一只兔子。过了一会儿，她偷偷地睁开羞涩的眼睛，发现刘光明的目光亮亮的。荷花清晰地看到他喉结滚动的样子，她感到脸上一阵火辣火辣的，赶紧闭上眼睛。接着，她感到刘光明口中的热气喷在自己脸上。

如果不是红爷，就在这个凌晨，荷花便成了刘光明的女人。

刘光明酒醒了，红爷酒也醒了。红爷先是睁开了一双眼，望着偏房的屋顶，突然想起了昨晚喝酒的事，扑棱一下就坐了起来，把身边的双菱和双喜都给惊醒了。红爷问："刘光明呢？"双喜说："在偏房睡了。"红爷又问，"荷花呢？"双喜说："也在偏房睡了。"红爷就跳了起来，边走边骂："姓刘的，爷要杀了你。"

红爷一脚把偏房的门踹开了，然后用枪指着刘光明："出来。"刘光明看一眼荷花，走了出来，对红爷说："你是不是太过分了？"红爷叫道："爷说过要和你成亲的，你就不能和荷花在一起。"刘光明也生气了："荷花是俺明媒正娶的，俺和她在一起有什么不对？"红爷一时语塞。她围着院子中间的枣树转了两圈，突然一举手，大叫："爷要把这里烧了！"

黑妞、哑巴、有德、双喜、双菱出来了。大家纷纷劝着。荷花也跑了出来，流着泪说："红爷，您救过光明，俺感激你，你要是真能给他幸福，就留下吧，俺走。"红爷有些发呆，然后大叫："当爷是乞丐啊，施舍咋的？爷不要，双喜双菱，咱们走。"红爷一赌气，带着双喜双菱走了。

第二十六章　出走

红爷是个吃软不吃硬的主儿，如果荷花恼了，会把她刺激成愤怒的母狮。荷花却不是那种人，尽管她觉得委屈，尽管她觉得红爷太无赖了，她的作为让人无法忍受，但荷花还是忍受了下来，不但忍受了，还做出了让步。

虽然红爷觉得她是在施舍自己，但也被荷花的大度触动了内心，没有脸再在哑巴家待下去了。依照她的性子，她的东西就是她的，谁也别想拿走。但那一刻，她决定成全了荷花。

红爷就像一块堵住门口的石头，突然从刘光明的面前消失了。

刘光明的心情顿时明朗了起来，长长地透出了一口气。他突然发现，初冬的天非常高，高的有点悠远的意思。他走在常家村的街头，望着空中那朵追随自己的云朵，心想：它一定是荷花。

当他将荷花想象成天边的云朵时，又隐隐觉得这样的比喻不太贴切。如果荷花一直飘在天边，那么，他能和她长久地生活在一起吗？

他低下头，望着脚下的路。那条路一直通向八里庄村。他仿佛看到爷爷正站在那棵躺枣树下，目光深邃地望着他。不用说话，刘光明已经从他的目光中看到了什么。此时此刻，刘光明的眼前又出现出另一个女孩来，她就是苏长红。

他也不知道为什么，自己招惹了几个女孩子，现在是哪一个都甩不脱了。回转身，刘光明回到了哑巴家的门口。荷花正在枣树下打扫着院子。

她弯着腰，细嫩的手正握着粗糙的笤帚。刘光明暗中叹息一声，荷花自从来到哑巴家，一点也没有闲着，不是帮着照顾伤员，就是帮着黑妞忙活家务，还成了黑妞的干闺女。

院子里，黑妞正在捡枣。刘光明不在的这段时间，黑妞带着哑巴、有德他们把枣打了下来，晒了满满的一院子。那一片片的红，映照着黑妞微黑的脸，在晨曦的照射下，泛着古铜色的光。

黑妞看到刘光明，就起身说，"今年的收成不如前几年，都是狗日的小鬼子闹的。"刘光明点点头。自从日军打到鲁西北，老百姓就没心情管理枣树了。

刘光明蹲在枣铺旁，帮着黑妞捡枣。他抓起一个小枣，放在手里，看着看着，突然间小枣里浮现了红爷的脸。

不知为什么，这个让刘光明讨厌的红爷，居然让刘光明无法忘怀。刘光明知道，红爷一走，他的心里就空落落的，像是少点什么。黑妞瞥一眼刘光明，作为过来人的她，非常清楚此时刘光明的心情。她暗叹了一声。这种复杂的情感问题，她是真的不好帮忙，只能走一步看一步了。

晌午的时候，双喜和双菱匆匆地来了。原来，红爷出事了。

刘光明从二女的口中得知，红爷离开常家村后，就回了罗家寨。半路上，被段瘸子的一个手下看到了，把红爷回来的消息告诉了段瘸子。段瘸子听说罗家寨只有红爷三个人，马上带人去了。

为了掩护双喜和双菱，红爷陷入了警察局的包围，最终落在段瘸子的手中。段瘸子将红爷押回了鬼堡，抓过一根皮鞭。就在段瘸子要抽打时，他的二太太出来了，扭着屁股说："哎呦，怎么抓了个男不男女不女的人回来？当家的，你哪天好上了这一口。"段瘸子忙说："俺的小亲亲，你可别多想，这就是俺要给宝贝儿子娶的媳妇，这丫头杀了俺儿子，俺要报仇。"二太太手中的丝绢在红爷脸上抖了抖，朝段瘸子哼了一声："老娘怎么说的？从外面回来，要先到俺的屋里来。"段瘸子虽然上任了警察局局长，但还是住在鬼堡里。这里自由自在的，没有局里那些拘束。

听了二太太的话后，段瘸子只好堆起一脸的笑，让手下先将红爷关了起来。也正因为二太太的出现，红爷才避免了一场暴打。

黑妞听说红爷被抓了，就对刘光明说："不管怎么样，红丫头救过你，你不能见死不救，俺虽然希望你和荷花过一辈子，可是这时候如果抛弃红丫头不顾，别说你，俺心里也不是滋味。"

黑妞的话告诉刘光明，作为男人，要敢于担当。红爷虽然脾气不好，但决不能死在段瘸子的手中。说完，黑妞对有德说："儿啊，跟你光明哥一起去吧。"有德点点头，原本还想叫上护卫队员的，被刘光明制止了。

刘光明带着有德、双菱双喜来到了鬼堡附近。他心里很着急，红爷杀了段竹竿，她落在了段瘸子手中，还有好吗？有德望着鬼堡上面穿着制服的警察说问："光明哥，怎么打？"刘光明沉吟着，他知道，段瘸子的手下虽然人不多，却也不是他们四个人可以对付的。想了想，他让有德和双菱双喜在正面佯攻，边打边退，将段瘸子引出鬼堡，自己绕到了鬼堡的后面。

鬼堡后有一片树林，从树林上可以看到里面的情况。在靠近北墙的位置，有一个架子，上面只有一个岗哨。前面的枪声一响，岗哨的目光就被吸引了过去。刘光明趁机摸到了鬼堡墙下，一纵身爬了上去。

鬼堡的墙是厚厚的泥土踩成的，风吹日晒了多年，上面留下了无数个坑点，对于学过功夫的刘光明来说，只需小小的坑点便可以着力。他刚刚翻墙过去，正巧两个警察巡逻过来。刘光明让过一个，将最后一个拉到墙角，经过逼问，知道红爷被关在柴房里。

柴房外站着一个警察，哪里知道自己大难临头了。刘光明贴着墙蹿过去，就在警察要出声之前，一刀斩了他的脖子，然后冲进柴房，为红爷解开了绑绳。

柴房里除了红爷，还绑着一个女子，是段瘸子的三姨太。红爷一得自由，抓起守卫的步枪，顶在三姨太的头上。

三姨太跪了下来，不住地求饶，"别杀俺，俺虽然是三姨太，可也是被逼的。"堂堂的三姨太居然被关在柴房里，显然，这里面一定有问题。

原来，这位三姨太叫七妹，和段瘸子是同乡。七妹出身贫寒，母亲死的早，一直跟着父亲生活。七妹还有个哥哥，二十六岁了，一直没娶上媳妇。后来，七妹的父亲为了给儿子置办彩礼，就把女儿嫁给了一个老光棍。老光棍虽然家业不算大，可家里有一头牛。七妹父亲把女儿送到了老光棍的手里，把牛牵走了。

七妹跟了老光棍，从此就生活在水深火热中。老光棍胸襟小，只要七妹出门，或者门口有小伙子走来逛去，就用荆条抽打七妹。有一次，段瘸子回到村子，正巧撞上七妹，就起了歹心，一脚踹死了老光棍，把七妹抢了。

七妹进了鬼堡，虽然给人做小，心中还是多了几分希望。谁料到二姨太妒忌她。因为她的到来，段瘸子几乎不去二姨太的房间了。二姨太设计陷害了段瘸子的原配，也就是段竹竿的母亲。段瘸子也不傻，知道原配是二姨太杀的。他把七妹抢到鬼堡，也只是想玩玩，没想娶她。

七妹说完了自己的这番事后，红爷将手中的步枪递给她："该杀的段瘸子，拿着，去打爆他的头。"七妹吓得扔下步枪，倒退着坐在草堆上，摇摇头。红爷抓起枪，呸了一声："像你这样的女人，活该遭罪。"红爷恼她懦弱，和刘光明出来了。

段瘸子正好追赶有德他们回来，带人将红爷和刘光明包围了。两人又退回柴房，从后窗翻到了房顶，耳听着段瘸子一枪结束了七妹的生命，红爷气得踹碎了几片瓦。

从鬼堡脱身出来，刘光明担心连累常家村，就让有德先回去，自己和红爷、双菱双喜回了罗家寨。在罗家寨，红爷每天打探段瘸子的消息。这一天，双喜双菱回来报告，说段瘸子带着二姨太去了县城。刘光明认为段瘸子是搬救兵了，因此他决定先行一步，去县城杀了段瘸子。

刘光明的建议正合红爷的心思，于是两人带上双喜双菱乔装出发，混进了县城。就在四个人爬上警察局的屋顶，想对段瘸子进行刺杀时，小鬼子吉野到了。

看到吉野身后带着十几个鬼子，刘光明叮嘱红爷，不要轻举妄动。

四个人在大厅对面的房顶上监视着段瘸子的动向，发现他对待吉野，就像自己的亲爹一样，而且后来，居然让自己的二姨太出来敬茶，言语之间，大有将二姨太送给吉野的意思。

红爷摸了摸腰间的盒子枪，骂了一声："奶奶的，爷最恨这种无耻的男人。"刘光明按下她的手腕，示意她静观其变。

段瘸子要用二姨太来买好吉野。他却不知道，吉野并不好这一口。吉野将腰间的佩刀拔出一半,嘴里"八嘎"一声,段瘸子明白了,自己这马屁没拍对地方。吉野带人走后,段瘸子也让人备马。

红爷要跳下去动手,刘光明说:"等一下,俺觉得段瘸子要出去,还是到路上动手吧,咱们也好趁乱逃出县城。"

段瘸子真的要出去,而且还带上了二姨太。二姨太上车的时候,骂骂咧咧的,刘光明听出来了,段瘸子居然要带她去见宫泽。

宫泽是驻乐日军的最高指挥官。刘光明觉得要刺杀段瘸子,绝没有刺杀宫泽意义大。但他并没有将自己的心思告诉红爷。一路上,四个人跟踪着段瘸子,来到了日军司令部外。红爷见再不动手机会就错过了,双枪抬起,朝段瘸子射击,段瘸子非常机灵,他听到声响,就将二姨太抓了过来。红爷那一枪,恰好打在二姨太的胸口。

枪声一响,小鬼子就出动了。红爷杀得兴起,刘光明却一直观察着大门口的动静。果然不一会儿,宫泽出来了。刘光明并不认识宫泽,但是从他的一身军官服装上看,猜测他一定是个大官。刘光明悄悄地对双喜说了一声,双喜明白了,啪啪啪,接连几枪。

双喜的枪法和红爷相比,差了很多,何况宫泽身边有十几个士兵,根本就不容易得手。刘光明心中一动,悄悄地绕了过去,纵身上了院墙,猫腰来到宫泽的身后。

宫泽的背后也有两个士兵,被刘光明一刀一个送到阎王爷那里去了,然后,他左手一探勒住了宫泽的脖子,右手掏出他的手枪。这时候,日军已经将红爷等人包围了起来。

刘光明正在焦急时,远处一辆马车飞奔了过来。马车前面,黑妞和有德大声地招呼大家。原来,有德回到常家村后,和母亲说起了这边的事。黑妞非常担心,见刘光明等人一直没回去,就套了马车,让有德陪着自己去了鬼堡。一打听,段瘸子不在鬼堡,而是去了县城。于是,黑妞母子驾车来到了县城,刚好看到刘光明等人。

就这样,刘光明挟持着宫泽和红爷等人上了马车,出去几十米,这才将宫泽扔了下去。刘光明并没有动手,因为他知道,红爷一定不会饶了宫泽的。果然,宫泽刚站起来,后脑上就挨了一枪,接着趴在了地上。

　　刘光明和红爷杀了日军驻乐的最高指挥官宫泽，震动了天津大本营的小鬼子。

　　几天后，小鬼子又派了一名叫龟原的少佐来。另外，日军大本营派出渡边中佐，对山东省境内的日军进行观摩。为了保护四十余人的阅兵团，沿路各敌占区的日军纷纷派出兵力。龟原一来乐陵，就接了一项重要任务，所以一晚上没敢睡觉，在考虑如何保护好阅兵团的安全。但是，阅兵团的安全并不掌控在日军的手中，因为这片土地，中国人说了算。

　　不几天，渡边大佐的头颅就被刘光明砍了。

　　那天，刘光明和红爷正在常家村，吃着黑妞做的面条，孙宪智带着一个二十三四岁的年轻人走了进来。那个年轻人是县府秘书余志远。余志远跟刘光明和红爷说出了日军阅兵团的事，希望他们能够配合县大队对渡边给予沉重的打击。余志远是第一次来常家村。他早就听说了黑妞这个人，见到黑妞后，余志远上前握手，并感慨地说着。刘光明以为人家要说一些机密的事，就想和红爷避开，被余志远喊住了。原来，余志远来到这里，还是孙宪智的推荐。余志远想奇袭日军阅兵团，但是没有把握，孙宪智向他推荐了刘光明和红爷两人。于是，余志远来到了常家村。

　　随后，余志远就说出了自己的想法，希望刘光明和红爷能够配合。

　　刘光明没有拒绝。他和红爷跟随孙宪智的游击队出发，在半路上对小鬼子的车辆进行了设伏。但是，让他们没想到的是，龟原早就考虑到有人会伏击阅兵团，所以车辆上坐着的只是普通的士兵，而真正的阅兵团扮成百姓已经混进了县城。县城戒备森严，强攻的话已不可能。孙宪智没想到龟原如此狡猾，他派出眼线，混进城内，盯紧鬼子的车辆。

　　第二天一早，孙宪智接到报告，渡边中佐一行并没有乘车，而是乔装成商人，随着马车队往商河的方向去了。孙宪智派人给余志远送了消息，让他设法通知商河的抗日武装。随后，孙宪智带着十几名游击队员，和刘光明、红爷等人骑马追赶。

　　余志远虽然年轻，但他的思想境界就像自己的名字一样，非常高远。他认为这次刺杀日军阅兵团意义重大，成功的话，可以重重地打击日本人在冀鲁边区的嚣张气焰。

　　商河支队接到乐陵这边的情报后，马上在陈庄和罗庄附近设伏，商河的日军早已接到电话，派出迎接的军队，被商河支队阻住。刘光明、红爷等人也追上了渡边。红爷双枪端起，一枪一个，转眼间七八个鬼子栽落马车下。孙宪智、双喜和双菱也不甘落后。刘光明不习惯打枪，催马赶到前面，纵身跃到车上，砍刀挥动，将一个又一个日军劈倒在地。商河支队也派出了小股兵力，前来配合，七八辆马车被拦了下来，两股抗日武装前后夹击，小鬼子一个个倒在了地上。最后一个跳下马车，边跑边开枪射击，被刘光明纵马追过去，一刀斩掉了头颅。这个人正是渡边。

　　这时，日伪军集结了三千多人，包围了上来。商河支队的同志和刘光明等人奋勇抗战，利用熟悉的地形，又击毙几十个日伪军，才成功地撤离。

　　日本阅兵团被歼，让日军在天津大本营的师团长大为震怒，命令龟原集结日伪军，对冀鲁边区进行了"大扫荡"。

第二十七章　炕和被子

　　1939 年冬天，日军非常猖獗，到处搜查八路军、游击队。从年前到年后，又从春天到秋季，大片的庄稼荒芜，老百姓缺衣少粮，生活非常艰难，连哑巴家的日子也清淡了下来。

　　日军四处通缉红爷，刘光明只好让她住进了哑巴家。在这里，有着村村连通的地道，又有游击队员随时报告军情，相对安全一些。只是红爷一到哑巴家，就霸道的像个女主人。她将刘光明赶到了有德的房间，而她自己，四平八稳地和荷花睡在一起。

　　用红爷的话说："姓刘的想回偏房睡可以，先睡了爷再说。"

　　红爷想当刘光明的女人，她说过的话就像落地的炮仗，咣咣响，绝不会食言。别看她上一次走了，那是因为荷花的柔软，打动了她的内心。眼下她通过和刘光明并肩作战，越来越觉得刘光明不是一般的男人。她不想放手了。

　　因为红爷的存在，刘光明一直无法和荷花圆房。倒是黑妞，似乎看开了，对刘光明说："要俺看，你就回偏房去，荷花和红姑娘一边一个，你睡中间。"黑妞说过让荷花和红爷一大一小的话，现在，她旧话重提，自然是想缓和一下局面。刘光明连连摇头，他还是那个心思：睡在红爷身边，说不定哪天，他的脑瓜壳里就多了颗子弹。黑妞认为红爷已经喜欢上了刘光明，女人一旦喜欢上一个男人，是绝不忍心杀他的。刘光明却觉得红爷如果得不到自己，或许也不会让荷花得到。

刘光明很尴尬，就回了八里庄。他以为荷花会跟着。哪知道，荷花留在了黑妞家。他又怕红爷跟着，谁知道，红爷也留在了黑妞家。

红爷待在哑巴家，就像一个炸药包，刘光明不敢惹她，担心自己的行为变成火把，点了她的"导火索"，让哑巴家毁在自己手里。

这段时间，红爷一直住在常家村。双菱、双喜和黑妞一个屋，红爷就睡在荷花的偏房里。她还是习惯枕着枪睡，因此，荷花每天都提心吊胆地活着，害怕红爷哪天晚上会在睡梦中杀了自己。幸好，这事一直没发生。

红爷白天里常在院里转，只要有人来，她就会搭腔，问人家是找谁的，完全把自己当成了女主人。包括有德在内，大家都知道她的火爆性子，没人敢惹她。

有时候，有德也会指着院子里的枣铺问红爷，要不要去县城卖一些？红爷就说："这事爷不管。"

红爷不懂，所以不管。但什么事要是不经过她同意，她会大发雷霆，甚至拿枪对准你的脑壳。那段时间，常老三、猴子、冬瓜，铁柱，都不敢来串门了。

冬天农闲，正是贩枣的好时候。有一次，哑巴叫上有德去县城贩枣，红爷带着双菱双喜跟上了。有德说："爷，贩枣的事俺和爹去就行，您们就不用跟了。"红爷说："俺就是闷了，溜达溜达不行吗？"有德没话说了，他一向话少，当着红爷的面话更少。

乐陵的枣树集中在常家村方圆这一带，黑妞家在县城有一些固定的客商。以前有德曾跟着哑巴进城，有时候，客商也主动去常家村看货，因此，那些客商大多认识他们。有一个客商，和哑巴家交情不多，就想压价。哑巴实在，有德也实在，两个男人说不出啥来，不同意就得把货拉到别处去，同意就得按人家的价钱。哑巴算了算，那个价钱是从未有过的，破了生意的底线，就想把货拉走。客商说话了，"没听过俺是不是？如今在乐陵的市面上，从俺王老八这里过的货，还没人敢收。"这话很明显，是要挟哑巴。哑巴没主意了，就拿眼去看红爷。

红爷早就沉不住气了，她只是不懂市场，不知道这批货该不该出手。

听到这里，她已经明白了，一探手就把手枪掏了出来，顶着客商的脑门：
"你再给爷说一遍！"

客商没敢说，脸色苍白，牙齿打战，两腿发抖，那一刻，哪里还有刚
才的精神。不过那批枣也没拉到别处去，红爷逼着客商收下了。当然，价
格按了市场价。红爷不知道市场价是多少，问了哑巴。哑巴伸手比画了一
个数。红爷手上一紧，瞪着客商问："要不要？"客商赶紧说："要，要。"

说这俩"要"字时，速度很快，就像炒熟的豆子一样，一下子就蹦了
出来，生怕说慢了，自己的脑袋就开了花。

其实哑巴家的枣也没有多少，兵荒马乱的季节，一家人实在顾不上。

过了春，就该管理枣树了。一早起来，黑妞、哑巴、有德都去了地里。
红爷吃了饭没事，也去了村外。就在村头上，红爷看到了站在路边的刘光
明。其实，第一个看到刘光明的是双喜。红爷带着双喜、双菱来到村外后，
就觉得无聊。当时，哑巴和有德在划树，她们不懂，就在一边站着。

在乐陵，管理枣树有一个习惯，就是春天里在树身上划上一刀，俗称
枷枣。据说不划上这一刀，树是不结枣的。那一刀差不多手指肚宽，围着
树身正好转上一圈，不能浅了，也不能深了。浅了，划不破树皮，起不到
效果；深了会划伤了树。

树到了该结枣的年龄，就开始枷枣了。第一刀从最下面开始，然后挨
着往上划，一年划一刀。一般说来，你要想知道哪棵枣树挂了几年枣，数
它身上的刀痕就可以了。

枷树也是有学问的，需要仔细，一般手里要有两个工具，一把菜刀，
一把钩子。菜刀是为了先把两边的宽度开好，免得钩子带下一大片的树
皮来。

红爷是个急性子的人，他看到哑巴慢吞吞地蹲在那里，沉不住气了，
一把抓过钩子："哪有这么麻烦。"她一出手，树皮就掉下一大片来。双喜
说，"爷，这样不行。"红爷就把钩子一扔，说："爷用你说。"红爷当然知
道哑巴家靠着这些树生活，她不能毁了人家的饭碗。

黑妞走了过来说："红丫头，枷树可是个技术活，你不习惯，还是俺们
自己来吧。"红爷对其他人随性，但面对黑妞时，总有些压抑。

就在红爷起身站起时，看到远处站着一个人。双喜早看到了。双喜先是翘首张望，又似乎在想着什么，两只眼睛亮亮的，突然说："是俺哥。"双菱说："双喜，你想他想魔怔了吧，人隔着这么远，你能看出个屁来。"红爷使劲地伸了伸脖子："就是，爷都看不出来。"

那人真的是刘光明。

当刘光明的轮廓一出现，这边的人都跑了上去。这一次刘光明回来，以为红爷早就走了。哪知道这个急性子的女人，居然耐心这么好，一直在黑妞家吃住了下来。

刘光明一回来，住又成了大问题。到了晚上，黑妞、荷花、哑巴、有德、有义，还有红爷、双喜双菱。大家吃了饭，你看看我，我看看你，谁也不先说话。荷花当然知道问题出在哪里，就对黑妞说："干娘，今晚俺和你睡吧。"荷花的意思是，把偏房让给红爷和刘光明。哪知道红爷一听，就对双喜和双菱说："爷跟你们睡！"刘光明一听就愣了："俺呢？俺睡哪儿？"红爷朝哑巴一指，"你们挤在一个炕上不行吗？"众人都望向黑妞。黑妞暗叹一声，没有说话。她知道，这件事很复杂，一时也没有解决的办法。

于是，当晚，双喜双菱陪着红爷住在北屋的东里间。荷花和黑妞住在东外间。有德有义住在了北屋的西里间。刘光明和哑巴住在了偏房里。

红爷之所以这样安排，是有她的想法。她觉得自己再怎么霸道，人家荷花毕竟是刘光明明媒正娶的。刘光明一回来，她最害怕的就是他和荷花圆房。两人一旦圆房，事也就成了，她再想争就没机会了。

红爷想把事情先拖下去，说不定以后还有转机。她的心思，黑妞明白。荷花柔柔弱弱的，她不敢得罪红爷，总想顺着她的性子来，不想和红爷争。

日子就这样无聊地往前过着，一天又一天，一月又一月。

这天，孙宪智来了。他一进大院，就把刘光明放在枣树下面的茶壶端了起来，然后咚咚咚地灌了一肚子水，这才说，"出事了。"

正是农历八月的天气，白日里天还有些闷热。所以，刘光明沏了一壶茶，放在院子里的树下，自己在空地上练刀。看到孙宪智，他收了刀过来询问。从孙宪智的嘴里得知，日本人"大扫荡"结束后，依然对边区的八路军武装进行"围剿"，就在昨天，津南地委书记马振华等人，在宁津县柴胡店区的薛庄被日伪军包围，马振华等十一名干部战士壮烈牺牲。

日伪军的罪行激起了刘光明的怒气，他带着红爷等人，跟随孙宪智出发，找到了周贯五，决定给日军以沉重的打击。正巧，周贯五接到地下党发来的情报，日军一辆军用列车要从津浦线通过。于是，刘光明、红爷跟随余志远、孙宪智等人来到了平原县三唐火车站，将轰隆隆开至的军用火车截了下来，缴获了三百多杆步枪和大批的被褥服装。

红爷越来越喜欢上战争。刘光明看得出，她待在哑巴家里时，总是拎着双枪在枣树下转悠，也许她天生就适合战场。

日子再度慢悠悠地往前移动着，像是一辆破旧的牛车，不知疲倦，却又枯燥的乏味。

天有些凉了，黑妞从上房里抱了一床被过来，对红爷说："红姑娘，这是你的。"红爷接过被子，见被子红边绿表的，就说："这是给荷花盖的吧。"黑妞说："给光明的，放到偏房里去吧。"红爷听出黑妞话中有话，就问："大娘，你啥意思？"黑妞眯着眼一笑，"咋了，你不想？"红爷呵呵大笑："爷早盼着呢。"

说着，红爷就把被子扔到了偏房的炕上，然后把刘光明也给拉了进来，"姓刘的，瞧，这被子比截获的小鬼子的被褥咋样？"刘光明摸了摸说："好，暖和。"红爷双肩一抱，倚在门框上说，"娘说了，晚上让俺陪你睡。"刘光明下意识地问，"哑巴伯呢？"红爷一瞪眼，"没听明白吧？爷陪你睡，他当然去和有德有义挤了。"刘光明又问："那荷花呢？"红爷掉头就走，扔下了三个字："管她呢。"

刘光明并没有睡在偏房，而是抱着那床被子和有德有义挤在了西屋。有德睡觉有个习惯，像死猪一样，还爱蹬被子，刘光明醒来后发现被子滚在了一边，他决定和有德一人一床，免得天一冷中了寒。想到中寒，刘光明突然想起了荷花。荷花出身郎中世家，有她在，自己怕中什么寒。

刘光明长得浓眉大眼的，看上去是个粗犷的山东大汉，其实也有些心思。他决定大病一场。每天练功夫的人，想中寒都难。又一天晚上，刘光明将刚抱来的被子，连同原来的都盖在有德的身上，自己什么都不盖，只是到了第二天早上，依然没中寒。有德倒是不住地说："光明哥，俺今晚睡得太舒服了，真暖和，就像夏天一样。"

吃饭的时候，刘光明和荷花坐在一起。他低声问："怎么才能中寒？"荷花不知道刘光明为什么问这样的话，就问："你中寒了？"刘光明摇摇头。荷花就说："身体弱的人冬天抵抗力差，容易中寒，像你这种体格的，不大容易，除非出一身汗，被风一吹。"

这天晚上，刘光明在院子里练了半夜的刀，浑身都湿透了，然后推开门走到大门口。凉风呼呼地刮着，刘光明打了个寒战，果然就中寒了。

刘光明一倒就是一个多月，赖在炕上就是不肯起来。黑妞还以为他得了什么邪病了，直到后来红爷一声枪响，刘光明就什么病也没有了。刘光明病倒后，就忙了荷花，每天给他熬药，不但喂他喝药，还喂他吃饭。望着荷花温柔地坐在床边的样子，刘光明心里美滋滋的，但愿自己每天都这样躺下去。

后来，黑妞让有德和哑巴把他抬回了偏房，这正是刘光明想要的结果。黑妞对红爷说："红丫头，您看要不让荷花单独伺候刘光明几天？"红爷就说："凭什么，爷又不是不会伺候人。"红爷不走，她从荷花的手里夺过饭碗，把一碗粥大半都喂到了刘光明的脖颈子里。

双喜见了，就说："爷，您这哪里是伺候人啊，分明是折磨人，俺哥本来就病了，再让你一折腾，还好得了吗。"红爷瞪了双喜一眼，她突然感觉到，双喜和刘光明近了，和自己远了。双喜想留下来和荷花一起伺候刘光明，红爷一端双枪，瞪着眼睛说："爷说了，谁也别想赶走爷，小鬼子都不行。"双喜知道自己想伺候刘光明的希望非常渺茫，就不住地嘟囔："有本事你就让小鬼子来伺候俺哥。"

红爷虽然性子急，却也不傻。她从刘光明的神色之间看出了破绽，又想起刘光明先前问过荷花怎么中寒的事，顿时明白了，端着双枪去了上房，嘭地一枪，就把刘光明给吓过来了。

刘光明一边系着棉袄一边来到上房，看到黑妞和哑巴都好好地坐在那里，红爷也坐着，就问，"出啥事了？"红爷朝枪口吹了吹，呵呵一笑："没啥，枪走火了。"刘光明转身要回偏房，被红爷一把抓住了胳膊。红爷冷笑着说："姓刘的，你行啊，没想到看着老实巴交的人，居然和爷耍起心眼来，你不是病得炕也起不来吗？"

就这样，刘光明又和哑巴他们挤在一起去了。他一回来，有德乐了，"太好了，光明哥，这阵子天气冷，你一来，俺就不怕晚上蹬被子了。"说着，有德打了个喷嚏，接着说："难道俺也中寒了，可别，俺可没那么多好心人伺候。"有德睡得死，有刘光明在，即使他蹬了被子，刘光明也会给他盖好。

接下来的日子里，红爷每天一起来，就在院子里转，一边转一边牢骚："天天闷在家里，真烦人，不如去县城杀几个鬼子痛快。"刘光明听到了，就说："爷好雅兴啊，那就去吧，俺给你拿几坛子酒带上。"红爷却说："想赶爷走，没门，这辈子你不先睡了爷，休想睡了荷花。"

两个人正说着时，孙宪智来了。孙宪智听到了刘光明的话，就对红爷说，"表妹，上级非常感激你们做出的贡献，想邀请你们参加八路军，另外，冀鲁边区军政委员会做了调整，周贯五同志任书记，下辖十六、十七两个团，目前十六团和十七团各缺一个营长，周书记的意思想请两位出山，分别任这两个营的营长。"

红爷拿眼去看刘光明。刘光明还没说话，黑妞一边走出上房，一边说："俺就说，光明这孩子有出息，周书记器重他是好事啊，可俺还没抱上干外孙呢，孙队长，刘光明现在还不能跟你们走。"

黑妞的话说的明白，刘光明张口欲言，被她摆摆手给止住了。孙宪智就去看红爷。红爷说："别说营长，就是团长，旅长，爷也不去。爷觉得，还是自由自在的好。"就因为这句话，后来，红爷真的离开了队伍，然后自由自在去了。为了找寻她，刘光明走遍了大半个中国，终于带着红爷回了村。当然，那是抗战胜利之后的事了。不过，也正是这件事，刘光明在村里默默地当起了村长，一当就是几十年，直到去世。甚至后人都不知道他为抗战做的那些贡献。知道他当年故事的人，或许只有活了一百零三岁的苏汝贵了。

没多久，冀鲁边区成立了军区，周贯五又成了政委。红爷对刘光明说："姓刘的，你到底想不想打鬼子？"刘光明说："想是想，但总得进城摸摸情况吧。"

说着，刘光明让有德把库房的枣装了一车，去了县城。

刘光明要进城的时候，正巧日军加强了城门的关卡管理。从城门口的布告上可见，日军在华北推行所谓的"大型治安强化运动"。内容大致是强化乡村"自卫"力量，建立"反共自卫团"和保甲制，清查户口，实行"良民证""身份证""旅行证"等，同时配合"清乡""扫荡""蚕食"等，广建碉堡据点，目的是分割抗日根据地。

刘光明没有良民证，有德也没有，被堵了回来。眼看着库房的枣无法销售，刘光明的眉头皱了起来。

后来，还是孙宪智帮他联系到城里的客商，请客商到常家村看货，然后谈妥了价钱自行拉走，黑妞一家才没被随后到来的年节愁住。再后来，孙宪智想法给刘光明等人各办了一张良民证，这才能够自由地出入县城。

接下来的日子里，刘光明基本上就像一个商人一样，为哑巴家的生计着想。黑妞的话深深地影响了他："打鬼子总得填饱肚子，日子还得过啊，而且动不动还来几个伤员，走了来，来了走，走了又来，总不能让大家都喝西北风去。"

春节过后，刘光明每天帮着哑巴、有德，还有几个长工去田里干活，松土、浇地，就像一个老实本分的庄稼人。天气渐暖，河流、大地、树木都苏醒了过来。嗅着泥土气息，刘光明已经忘记了自己曾是冀鲁边区的抗日英雄了。除了每天早晚练刀外，其他的时候，他多半和哑巴、有德在一起。

这样一天天下来，红爷早就有些不耐烦了。

对她来说，日子在枯燥地重复着。

第二十八章 刘二愣

　　有一天，红爷决定要回罗家寨了。她大手一挥，对双喜和双菱说："奶奶的，这叫啥日子，每天土里来泥里去的，没劲，爷要回去了。"双菱倒没说啥，跟在红爷的身后就走。两人走了一会儿，发觉双喜没跟上来，都转回头望着她。此时，双喜还站在哑巴家的门口，那两只眼睛，朝远处张望着。红爷顿时明白了，双喜是舍不得离开刘光明呢。

　　一大早，刘光明就和哑巴等人去了村外。红爷走了回来，上上下下地看看双喜，说："你真把自己当成刘家人了？"双喜嘟着嘴说："本来就是嘛。"红爷呸了一声，双喜忙说："爷，光明哥真把俺当亲妹妹了。"

　　双喜不想离开刘光明，不单单因为刘光明认她做了干妹妹，还有，她内心里没有完全放下刘光明。她知道红爷说走就走，自己要是不跟着她，情理上说不通，于是就说："爷，你不是想嫁给俺哥吗？你要是现在走了，可就没机会了！"

　　双喜就像一位点穴高手，点中了红爷的命脉。

　　红爷最不情愿的就是这件事。她之所以想走，一则是待在这里枯燥无味，她住不惯；二则是觉得自己和荷花这样僵持下去，一点劲也没有，两个人总得有一个人让步。她虽然表面上不说，其实，已经想让步了。

　　双菱看出了红爷的心思，也支持她这样做，因此二话不说，跟着她就走。此时，她见双喜提出此事来，就说："双喜，你少说点废话行不行？不知道爷在这里住腻了吗？"

红爷大叫了一声："没错，爷说过的，这辈子要成为刘光明的女人，谁也别想赶爷走。"红爷说完，就呼呼地回到了院子里，往枣树下的石台前一坐，哪里还有走的意思。

一晃，又是一个秋天。

日军为加强对华北抗日根据地的破坏，进行了兵力调遣，原驻太原第一军的四十一师团、独立混成第九旅团，分别由临汾和汾阳调至山东的德州与河北之间，日军第四十一师师团长中将清水下达了对边区"扫荡"的命令，独立混成第九旅旅团长少将池上与清水遥相呼应。

在这之前，救国会主任崔兰仙在反"扫荡"时，遭到了日伪军袭击。为了保护部队，崔兰仙身负重伤，壮烈牺牲！

这一年的枣秋，比任何一年都让人失望。清水纠集了德州、连镇、泊镇、沧县的日伪军两万多人，对冀鲁边区进行了空前规模的"大扫荡"，"大扫荡"一直持续到八月中旬，日伪军围绕县界和主要公路修筑壕沟和据点，据孙宪智统计，当时境内已达到了近五百个，封锁沟长达一千多公里。

不过，刘光明在这一年光荣地加入了中国共产党。入党誓词是周贯五亲自领读的。当时，周贯五还带来了一个青年，看上去年龄和刘光明差不多。年轻人一来，就主动和刘光明握手说："光明同志你好，俺叫刘焕卿，和你一样，也干过村长。"周贯五笑笑说："可能你不知道刘焕卿是谁，但肯定听说过'刘二愣'这个名字！"

"刘二愣"这个名字可以说非常有名了。他原本是河北韩集人，年纪轻轻就当上了村长，因工作需要调任二区的区长，平日里带着一些游击队，做锄奸工作。大徐、三间堂据点的日伪军，一听到他的名字就闻风丧胆，因为刘二愣不但作战英勇，枪法也准。他神出鬼没，专门袭击日伪军。有不少伪军投靠了日军后不敢夜间走路，更不敢独自回家，生怕被刘二愣埋伏了。

除了日伪军，一些投靠日伪军的汉奸，一听到这三个字也胆战心惊。刘二愣还善于乔装，他经常混在一群农民中，一旦发现有打探消息的汉奸，马上跳出来，将其抓获。

因此，听说眼前这人居然是刘二愣后，刘光明再次握住他的手说，"俺听说，老百姓把你当成了枪神，日伪军一听到你的名字就掉魂呢！"

刘二愣笑嘻嘻地拍着刘光明的手说："俺也知道你的大名呢，你知道吗？在队伍里，都说你是小诸葛。"

刘光明虽然喜欢玩点小聪明，但他并不喜欢这个称呼。相反，他更想当一名杀鬼子的英雄。大刀一抡，小鬼子的头颅纷纷滚地，那才是他想要的。他不由想起那天自己骑着马追赶日军观摩团的事来，那天，是他最爽的一天，这么英勇的事迹没人传播吗？

众人哪知道他在想什么。周贯五临走，将刘二愣留下了，告诉刘光明，现在，他已经是一名共产党员了。一定要保护好刘二愣。因为最近日伪军已经发布了对刘二愣的悬赏令。周贯五走后，孙宪智带着几名游击队员匆匆赶到，原来，吉野不知道从哪里得到了消息，带着两个小队的日军奔来了。另外还有胡三的保安团两百多人。

刘光明马上将刘二愣拉入了地道。进入常家村的地道后，刘二愣大发感慨。因为，这里的地道不但户户通，而且还可以通到村外去。

刘二愣有一种冲动，拔出手枪就想钻出去撂倒几个小鬼子，被刘光明抓住了手腕。刘光明说："二愣，你想干吗？"刘二愣说："打小鬼子啊，这么好的地道，俺打死几个就藏起来，利用地道，撂倒十个八个的不成问题。"刘光明有些急了："那你想过村民们没有？你这是明摆着告诉小鬼子，常家村有地道啊！"

刘二愣一想也是，那样一来，自己是过瘾了，可常家村的村民就遭殃了。随后，两人从地道里看到，吉野带着日伪军来到了村口。依然是黑妞敲响了村头的大钟，随后，孙宪智、红爷、双喜、双菱、荷花都下了地道。只有哑巴一家没有下来。他们都站到了黑妞的身后，望着小鬼子。刘二愣不解地看着刘光明。刘光明只好说："小鬼子知道他们的存在，他们越是躲起来，越说明家里有地道。"

刘二愣点点头，但也不由得替黑妞担心起来。红爷是被孙宪智拉下来的。依了她的性子，就拔枪冲出去了。但是，孙宪智不想让她在村子里动手，要打可以出去打。在这里惹恼了小鬼子，即便村民们藏在地道里，可他们的房屋怕是被毁了。

　　黑妞再一次用自己的勇敢和智慧，将了吉野一军。吉野为了维持在黑妞心目中的"形象"，没有伤害哑巴一家人。当然，他也发现了一个问题，就是只要日伪军一来，村里剩下的就只有一些老弱病残了。他逼问了黑妞几句，黑妞说村民听说日伪军要进村，就远远地跑了，直到他们走后才会回来。

　　吉野一挥手，让人拿出一张画像来。刘二愣看了看画像，忍不住说："这不是俺吗？"刘光明气愤地道："废话，小鬼子就是你招来的，一定是你来的路上被哪个汉奸看到了，去县城告了状。"刘二愣不好意思地摸摸脑袋，又紧握着拳头说："俺恨不得现在就上去杀狗日的！"红爷一听就站了起来，"刘二愣，你敢不敢和爷冲出去？"刘光明一听，赶紧拦住两人，"两位，别闹了，俺知道你们胆子大，可也不能拿一村人的生命开玩笑啊！"

　　刘光明知道，像红爷和刘二愣这样的人，让他们在这种环境里待着，说不定下一刻就冲了出去。于是，刘光明拉着刘二愣，顺着地道出了村子，绕开日伪军，朝八里庄村跑去。

　　回到村子，刘光明就把刘二愣领到了苏汝贵家。刘光明将苏汝贵拉到一边，低声说："汝贵，俺交给你一个重大的任务，这个人，你一定要保护好。"苏汝贵看看刘二愣，心说："不就是个小伙子吗，比咱们也大不了一两岁，他有啥需要保护的？"刘光明见他不服气，低声说，"他就是刘二愣！"

　　苏汝贵当然听说过刘二愣的大名，赶紧和刘二愣握手。刘光明将日伪军悬赏刘二愣的事说了一下，并告诉苏汝贵，一定要对外保密。

　　从这天开始，刘二愣就住在了苏汝贵家。两个人同睡一张床，渐渐地成了无话不说的朋友。晚上，刘二愣经常出去袭击日伪军的据点，凌晨便跑回来。如果日伪军追来，他就在苏汝贵的带领下钻入地道。这件事，直到苏汝贵一百岁时，还记得清清楚楚，常常和后人说起留宿刘二愣的那段日子。

　　刘二愣成了战斗英雄，刘光明心里不舒服。他认为自己也应该做得更好。那天，他终于沉不住气了，来到红爷的面前，说："想不想跟俺一起走？"

刘光明突然主动邀请红爷，让红爷很兴奋，她满面红光地说："想啊，去干啥？"刘光明只说了三个字："打鬼子。"

红爷掏出双枪，朝空中一举："奶奶的，爷早就憋不住了。"这时，荷花跑了过来说："这话可不是随便说说的。"红爷呸了一声："这是爷和男人的事情，你懂什么。"荷花只好说："俺担心你们嘛。"

红爷看看荷花："看来，你和刘光明根本就不是一路人，你不如趁早离开他，找个老实本分的男人嫁了吧。"

红爷之所以说这些，是因为在黑妞家待了这些时间，虽然她一直没给刘光明和荷花圆房的机会，但是，她也知道自己不受大家的待见。和荷花相比，自己几乎没有一点优势。不过现在，当她听了刘光明的话后，觉得自己一下子长了精神，免不得要把多日来憋闷的心胸敞开，趁机数落荷花一番。

就在刘光明决定要和红爷一起去打鬼子的时候，荷花不见了。

荷花不但走了，而且还带走了几身换洗的衣服。刘光明等人寻找了一天，也没找到她，常家村没有，梨树王村没有，八里庄村也没有，附近的村子转变了，依然没有。黑妞说："荷花一定是绝望了。"

刘光明明白"绝望"两个字的意思，他们虽然成了亲，可荷花一直守着活寡，对任何一个女人来说，这是不能忍受的。刘光明站在院子里的枣树底下，一直沉默着，突然间大吼了一声，脸上青筋一根根地凸了起来，脸也因为激愤而涨得通红。刘光明明白，是红爷那一番话刺激了荷花，让她心寒了。

红爷看出了刘光明的心情，她双枪一端，叫道："爷去把她找回来，找不到她，爷死在你面前。"红爷知道，荷花的出走与她有关，如果不是她一直阻挠在中间，荷花早就成了刘光明的人了。

红爷、刘光明，包括孙宪智的人，都在四处寻找荷花，但是荷花就像空气一样，消失不见了。孙宪智等人潜入了县城，从内线的口中得知，荷花并没有落在日伪军的手中。

从此，刘光明、红爷、双菱、双喜，出没于方圆几十里的地方，寻找着荷花。日子像上了弦的钟表，在他们脚下一圈圈地转动着，除了天气的不断变化，其他的，都在周而复始地重复着。

一晃，就到了1943年的春节前夕。

这些日子来，刘光明、红爷在寻找荷花的同时，杀了五十多个日军，一百多个伪军，名声传遍了冀鲁边区，日伪军闻名丧胆。他们每个人都披着一件斗篷，骑着一匹快马，从各个据点出来的日伪军，前脚作恶，后脚就会身首异处。刘光明低调一些，但是红爷不行，所到之处，必然留下自己的"大名"。日伪军缩在据点中，即便有胆大的进村弄点粮食，老百姓只要说上一句"红爷来了"，那些日伪军就会跪在地上，抱头求饶，即便老百姓在吓唬他们，他们也不敢耍横，乖乖地交了粮食钱才能走人。

那段时间，鲁西北所有据点的鬼子，都在自觉地学习中文，尤其是红爷的名字。民间对红爷的事迹越传越神，让待在乐陵县城的龟原大感头疼，段瘸子那条瘸腿更是每天抖个不停。

这段时间，刘二愣也没闲着。

这一年来，冀鲁边区的农村支部和连队支部出现了削弱现象，尤其农村党员减员严重。敌人在"扫荡"中，由于汉奸特务出卖情报，捕杀抗日干部，破坏地下组织，使得基层组织损害严重。这也是周贯五积极吸收刘光明等党员的原因。由于刘二愣的存在，锄奸反特行动一直很顺利，成了反"蚕食"和反"囚笼"斗争的重要利器。

临近年底，周贯五去了鲁南，参加分局的五年工作总结会议去了。而此时，日伪军对铁营洼展开了合围"大扫荡"，历史上悲惨的"铁营洼战役"开始了。

第二十九章　铁营洼战役

1943 年 2 月 2 日（农历一九四二年腊月二十八），一大早，天上飘起了雪花。一开始，雪花还像米粒一般大小，很快，就变成了鹅毛大雪。那一片片毛绒绒的雪花落下来，极其的柔和，丝滑，凉爽。原本冰封大地的天气，似乎一下子暖了。让人们忘记了寒冷。

这一天，黑妞照旧起得很早。她刚刚打开了门，就看到远处的路上来了四个人。当时，大雪还没有铺满地面。虽然看上去有些模糊，但依稀可以辨认出他们的面孔。是刘光明、红爷、双喜、双菱回来了。这段时间，他们的英勇事迹，黑妞经常从孙宪智的口中听到。看到四个人出现，黑妞面带着笑意。当年那个被苏长红瞧不上的男孩子长大了，出息了。

"大娘，俺们回来了！"刘光明离老远就看到黑妞拿着扫帚站在大门口，赶紧快走了几步奔过来，握住了她的手。黑妞也将刘光明的手握住，慢慢地看着他有些憔悴的脸，心疼地说："这些天是不是没吃好，没睡好？"刘光明笑着说："光顾着打鬼子了！"黑妞低头看着刘光明的手，不由得一阵心疼。他的手上冻裂了好几道纹络，又红又肿，甚至还流淌着鲜血。"快跟俺进屋暖和暖和！"说着，黑妞就招呼刘光明等人进了屋子。

黑妞拿出冻疮药膏在刘光明的手上涂抹着，"光明啊，有荷花的消息吗？"刘光明茫然地摇摇头，望着黑妞，一脸的愧疚。黑妞叹息一声，"俺这辈子没有闺女，所以荷花一走，俺心里真的不是滋味，你答应俺，等她回来，千万不要再让她伤心了。"黑妞的话有些央求的意思，说完这些，她还望着红爷。她当然知道，荷花的出走，其实和红爷有关。红爷也和刘光明一样，对荷花的出走有些愧疚，她拍着胸脯说："大娘，你放心好了，俺想通了。"她想通了什么，并没继续说下去。黑妞嘴唇蠕动了一下，也没问出来。这毕竟是年轻人的事，她也不好过问。

安顿好刘光明等人，黑妞想去赶个集，毕竟刘光明等人回来了，家里得准备一些吃的。她戴了个斗篷朝外走来。这时候，雪下得更急了，远远看去，路上铺了厚厚的一层，几乎看不到一个人影。这种天气，估计集市上已经没有摆摊的了吧，也只能去固定的几个小卖铺买点东西了。从常家村向南走，不到一公里处有一个村子，叫朱集村，平时这里有大集，但今天想必是不可能了。不过，因为朱集村周围村庄密集，像杩头苏、小高村、张存志、后朱村等等村子，一个挨着一个。

就在黑妞走到朱集村外时，突然看到大雪中，一个人快步地走着。直到来到了近前，两个人才彼此看出了对方。那人居然是游击队长孙宪智。孙宪智一脸焦急的样子，看到黑妞也是一愣，"大娘，这么大的雪你怎么出来了？"黑妞示意了一下里面的小卖铺说道，"俺去买点东西，光明和红丫头回来了。"

孙宪智一听忙问："找到荷花了吗？"黑妞忍不住长叹一声摇摇头。孙宪智没有继续这个话题，而是低声说道，"俺刚刚接到消息，济南方向的日伪军有活动的迹象，怕是朝咱们这里来了！"黑妞有点茫然地问，"这是又要'扫荡'吗？你先去吧，俺这就回去。"说着，黑妞去了小卖铺，买了几样小菜就回到了常家村。她回来的时候，孙宪智正在和刘光明、红爷分析。红爷气呼呼地说："来吧，俺一枪一个！让他们有来无回！"这时候，黑妞走了进来说："红丫头，你才有多少子弹啊，人家要是来上几百人，累也把你累死！"红爷刚想说什么，只听孙宪智说："可不是几百人，情报显示，集结的日伪军密密麻麻，和蚂蚁一样。"黑妞脱口说道："这是大行动啊，难道要'大扫荡'了吗？"

饭后，孙宪智就匆匆地走了，他要将这个情况通报冀鲁边军区和各个分区。刘光明想起了刘二愣，他是二区的区长，必须将这个消息尽快告诉他。于是，刘光明、红爷、黑妞、有德，四个人分头去寻找刘二愣。

四个人兵分四路，刘光明一直南下，先回了八里庄村，见到苏汝贵后打听刘二愣的消息，继续在南部寻找。红爷去了西部。因为她本来就是西边的胡家村人，对那一片的地形熟悉。而有德往北找去了。黑妞则向东沿着路寻找。

黑妞每经过一个村子，就向那里的村长打听，询问有没有见到刘二愣。还别说，真的有人见过刘二愣。黑妞按照那人提供的线索，来到了大徐村，在村长家里见到了刘二愣。刘二愣看到黑妞后就是一愣，忙问："大娘，你怎么来了？"黑妞忙把孙宪智的话告诉了刘二愣。刘二愣一听，神态就凝重了，随后跟着黑妞往回走。

回来的路上，天气越发恶劣。刘二愣因为焦急，步幅迈得很大。刘二愣说道："大娘，要不你先慢慢地走着，俺去摸摸情况。"等黑妞答应了，刘二愣快步冲进大雪中。下午，刘二愣来到了八里庄村，刚好刘光明转了半天回来。见到刘二愣，刘光明一把抓住他的手，说："你跑哪里去了，俺有大事情要告诉你！"刘二愣忙说，"俺已经知道了，现在，你跟俺走！"

随后，刘二愣带着刘光明、苏汝贵、苏汝郝，四个人朝着三区的方向奔去。三区的位置在乐陵南部，如果济南方向的日伪军有动静，最先受到冲击的应该是他们。

来到城南小许村，刘二愣四处看看，并没有人注意，便敲开了一户人家的门。开门的，是一个年纪比刘光明大不了两三岁的青年。他就是三分区第五小队的队长李清寿。李清寿和刘二愣认识，看到他后，赶紧说："怎么，你二区出事了？"刘二愣摇摇头，将黑妞的话叙述了一遍。李清寿一听马上出去了，一会儿又回来了，说道："放心吧，俺让下面的人去核实了，谢谢你们带来的消息，这消息太重要了。"

原来，阳信县长武大风和庆云县大队，以及三分区的副司令李永安，正在铁营村开会。如果情况属实，他必须马上通知李永安等人撤离。很快，负责核实消息的同志回来了。他通过县城的商人，打电话联系了济南的朋友，果然有日伪军集结，但具体的行动目标就没人知道了，因为日伪军集结现场布下了禁区，根本不可能有闲人靠近。

消息送达，刘二愣就回了二分区，他要抓紧部署，应对日伪军的"大扫荡"。刘光明让苏汝贵和苏汝郝回村注意防范，而他赶往了常家村。现在，刘光明的心里沉沉的，荷花还没找到，一旦日伪军对乐陵进行"大扫荡"，荷花怎么办？此时的他，发现自己心中真的有了荷花。

刘光明来到常家村时，雪已经不下了。哑巴和有德正在门口打扫雪。看到刘光明过来，有德赶紧上前说："光明哥，你可回来了，你那位爷差点和娘干了起来。"刘光明一听，赶紧跑进了屋子，看到红爷和黑妞都坐在凳子上，在外屋里生闷气。显然，两个人刚刚吵完嘴。看到刘光明回来，双喜迎了出来，悄悄地说："刚刚说起了荷花嫂子，大娘埋怨了红爷一句，红爷就不干了。"

刘光明点点头，看看红爷说，"日伪军要'扫荡'了，万一荷花出点问题咋办？"红爷气呼呼地站了起来，骂道，"你们都冲俺来，好好好，荷花死了，俺赔你一命！"说着，红爷朝双菱、双喜喊了一声，就走了。

红爷的性子，真让刘光明有些吃不消。但是，她现在的样让人又疼又恨。他担心荷花，不等于不担心红爷。日伪军如果来了，红爷不同样危险吗？甚至她的危险远超荷花。因为红爷是个冲动的人，她见了日伪军肯定不会跑。接下来的场面用脚丫子也能想到。

看到刘光明一脸担心的样子，黑妞是过来人，叹息一声："光明啊，俺知道，你对俺干闺女和红丫头都有情有义，荷花那里你别挂着了，俺去找她，你就多想想红丫头的安危吧。"

刘光明点点头，感激地看看黑妞："干娘，谢谢你。"黑妞微微一笑："说什么客气话，俺可是荷花的干娘！"刘光明不再客气，匆匆地离开了常家村，朝着红爷的方向追了下去。有黑妞那句话，刘光明放心了。别说荷花了，黑妞对三娃子等人也是真诚对待。她曾经说过一句话："你们叫俺娘，从今之后这里就是你的家，有娘在，绝不让小鬼子伤害到你们！"

随后，黑妞也离开了村子。她走的时候，有德和哑巴都不放心，但是，黑妞没让他们跟着。如果日伪军真的前来"扫荡"，常家村又要危险了，她不在，哑巴和有德还能照顾有义，照顾村民们。叮嘱了几句，黑妞就沿着小路寻了下去。

黑妞这么一找就到了天黑，来到了梨树王村。说来也巧，荷花刚刚回到家里，就听到敲门声，她把门打开了，抬头一看，黑妞两只脚上满是雪。这场大雪下了半天，村子里勤快的村民打扫了道路，可村外的路上，积雪铺了厚厚的一层。看到黑妞，荷花赶紧将她让到屋子里，"娘，您怎么来了。"黑妞看到荷花后就松了口气，说道："你这孩子，这一去这么久，也不想想干娘能不急吗。"荷花叹息了一声："俺去三姨家冷静了一段日子。"黑妞说道："你是冷静了，可光明那孩子都急疯了。"荷花已经听说刘光明来找过了，但她还是忍不住说："他心里不是有那位爷吗，哪里还有俺。"黑妞拉过荷花的手，轻轻地握着："你又不是不知道，光明对红丫头是没办法，你就别让他为难了！"荷花没再说话，随后，她们就趁着天刚黑回到了常家村。

这一晚上，荷花在提心吊胆中度过。第二天一早，天气突然阴沉了下来。乌云笼罩了整个乐陵城，压得人透不过气来。黑妞依然起得很早。她拿着扫帚想打扫一下门口，却发现大门是敞开的。原来，荷花已经起来了，而且站在门口，眺望着远处。黑妞赶紧走了过来说："荷花，天这么冷，你站在外面干吗，快进屋吧。"黑妞当然知道，她是在担心刘光明。昨晚回来的路上，黑妞把刘光明这段时间做的事都告诉了她，而且还告诉她，刘光明四处奔波寻找她，手都冻裂了。这让荷花无比的担心。她站在门口，手里还握着一盒冻疮膏。听了黑妞的话后，荷花转身想进屋，就在此时，正南的方向突然传来了炮声，而且一声接着一声。两个人的脸色都变了。接着，哑巴、有德、有义都跑了出来，众人脸色凝重地望着远处。

这天是腊月二十九，公历 1943 年 2 月 3 日。原本接近了年底，农村正在准备迎接春节，却没想到，一场日伪军的"大扫荡"，让这个春节顿时没有了年味。

黑妞看看有德说："你们照顾好荷花，俺去区里看看。"黑妞还没有离开，远处孙宪智就跑来了，一脸紧张地说："大娘，最新消息，不仅仅是济南，还有天津、惠民、沧县、德州等地的日伪军，至少两万人，包围了铁营洼！"

黑妞忙说："铁营洼是有大领导在吗？"孙宪智叹道："三区的副司令

李永安，还有阳信县的县长武大风，正在铁营洼开会！据说，他们只有四百多人！"黑妞呆住了，四百多人，面对两万多日伪军，这是从未有过的大仗啊，李永安他们危险了。黑妞想了想说："孙队长，你放心，俺还是你们的坚强后盾，你们游击队行动灵活，赶紧去救人，把人送到这里来！"孙宪智点点头，急匆匆地去了。黑妞让哑巴带着荷花、有义躲进地道去，有德去组织自卫队，她要亲自带着大家去前线。

几分钟后，有德将常老三、猴子、冬瓜、铁柱叫来了。黑妞带着大家朝南急奔。就在这时，有人喊住了他们，回头一看，居然是朱竹。黑妞眉头一皱。朱竹是朱富寿的儿子，一直在县城帮二叔和岳父打点生意，不知道什么时候回来的。她见朱竹的手里拎着一杆步枪，就说："你想干什么？"朱竹凝视着黑妞。虽然这么多年过去了，黑妞似乎一直没有变，她最近所做的一切，更加让朱竹赞叹。朱竹一举手中的步枪说："我和你们一起去。"黑妞有些激动，她没想到，朱家人在国难临头时，都做出了正确的选择。朱家没忘本，朱家人还是有血性的。"好！"黑妞没有多说，率先朝远处走去。朱竹紧跟在黑妞的身边。此时的他，哪里还有大户人家少爷的样子，分明就是一个合格的卫兵。

当黑妞等人来到马颊河以北七八里路时，已经可以清晰地听到激烈的枪声。许多村民在自卫队的掩护下，朝北撤退，这些都是附近村子的百姓。黑妞等人穿梭在人群中，仿佛是一道逆行的风景线。就在这时，有人拦住了他们。那人正是刘二愣。刘二愣握住黑妞的手说："大娘，你们这是去哪里？"黑妞朝前一指，"去支援咱们的同志啊。"刘二愣苦笑着说："大娘，小鬼子将铁营洼围了个里三层外三层，马颊河两岸的大堤上都是日伪军，根本就进不去。"说到这里，刘二愣叹息了一声，接着说："不知道清寿他们怎么样了！"

此时，铁营洼战役正在激烈地进行着。

自从得到刘二愣和刘光明等人的示警后，李清寿就带着他的第五小队进入了铁营洼。他原本想通知李永安和武大风等人赶紧转移。但是，会议已经进行到关键时候，而且到处是厚厚的积雪，分区机关转移也不是件简单的事。李永安和武大风等人决定先让铁营村的百姓撤离。就这样，等附近的村民撤离后，李永安、武大风、李清寿等人已经来不及离开了。

黑压压的日伪军包围了上来。日本华北大本营下达了合围"扫荡"的命令，来自济南、天津、惠民、沧县、德州等地的日伪军共两万多人，从四面八方一起开来。

这场战役敌我兵力相差太悬殊了，最后，包围圈中的四百多人，只突围了十几人，李永安、武大风、李清寿等人壮烈牺牲。日伪军也死伤了不少，据说几十辆大卡车上，装满了尸体。

那一天，整个铁营洼充满了血水，连空气都在呜咽。日伪军将武大风等人几乎屠杀殆尽，还不满意，随后派人追杀突围的战士。那些战士一逃出铁营洼，就遇到了刘二愣和黑妞等人。刘二愣赶紧对黑妞说："大娘，你们带着伤员们离开，俺来断后。"说着，刘二愣拔出自己的双枪，迎着追兵奔来，然后接连开了几枪，将日伪军吸引走了。

追兵渐渐地将刘二愣包围在大徐村附近。就在刘二愣子弹要打光时，突然一侧传来枪声，接着一个伪军倒了下去，又是一声枪响，又倒下一个日军。刘二愣这才看到，几十米外的院墙上趴着一个人。很快，那人绕了过来，拽着刘二愣就走。刘二愣这才看清，他就是刘光明。

随后，刘光明带着刘二愣一路向东，回到了八里庄村。苏汝贵和苏汝郝听到断续的枪声，早就在村外等候了。等进入了地道，众人这才松了口气。随后，一百多名日伪军追进了村子，但是，他们到处搜查刘二愣，并没有发现目标，很快就去下一个村子了。

第三十章　失踪

铁营洼战役后，日伪军陆续从冀鲁边区撤走，但是，驻守乐陵的日军宪兵队司令龟原，集结了上千名日伪军，依然没有放松对鲁西北根据地的"扫荡"，妄图抓住铁营洼战役突围的战士，以及民间传说的刘二愣、红爷。

日伪军在冀鲁边区组织了拉锯式搜索，从东扑到西，又从西杀回来，来来回回地，毫无收获。当时，已经成为乐陵县长、县大队长的余志远带领三百多人，跳出了包围圈，在大孙等地和日军展开了血战。

这一天，刘光明正帮着刘二愣给几个退下来的伤员包扎。红爷跟随孙宪智来到了八里庄。孙宪智一看到刘光明，忙说："你还记得余志远吗？"刘光明点点头，他和余志远一起截过日军的列车，抢了一批被褥。孙宪智马上说："根据游击队的情报，余县长和他的县大队，被龟原的人困在了大孙村。"刘光明明白孙宪智的意思，希望他和红爷帮忙。刘光明看看刘二愣，说："你们照顾好伤员，俺和红爷去一下。"刘二愣也没多说，点点头。苏汝贵和苏汝郝想和刘光明一起去，被刘光明留下了。因为他知道，刘二愣和伤员们，也是日伪军的目标，必须保护好。

随后刘光明背上大刀，扛着一把步枪出发了。很快，众人来到了大孙附近，和鬼子进行了正面作战。刘光明还是第一次参与这种大规模的作战，对面的鬼子黑压压的，一波又一波地进攻着。

鬼子越来越多，红爷想冲上去和小鬼子拼了。孙宪智劝住了她："咱们人少，先跟余县长会合再说。"于是，游击队打开一条豁口，冲进被日军包围的邢官庄。

日军炮火轰鸣，县大队和游击队的人员死伤惨重。余志远望着前来支援的刘光明、孙宪智等人说："必须有人突围出去，向旅部求救。"挺进纵队大部分去了鲁西南，剩下的部队，扩建成一个旅，而周贯五就是旅政委。刘光明想了想说，"俺去吧，俺和周政委熟。"红爷说："俺和你一起去！"

刘光明和红爷拉过两个鬼子的尸体，换了他们的服装，趁乱混出了重围，来到了旅部所在地。

龟原带着日军包围余志远时，周贯五不在旅部，他正在清河区，按照上级的电令，准备将冀鲁边区和清河区合并为渤海区，将抗战规模和影响进一步扩大。

旅部一位参谋听说刘光明要找周贯五，就说，"出兵的事要从长计议。"刘光明找不到周贯五，又见那名参谋不肯出兵，就将枪对准了他。那名参谋叫任连福。任连福的手下，有两位高手，一个叫王金星，号称飞毛腿，一个叫李清森，号称神枪手。

这二位都是抗日英雄，见刘光明控制了任连福，马上带人包围了院子。红爷持着双枪把住门口，刘光明押着任连福出来了，让他下令，火速支援县大队。任连福只好下令部队整装待发。

刘光明和红爷怎么也想不到，他们刚放了任连福，就被任连福扣押了起来。就在刘光明和红爷绝望的时候，王金星和李清森反水了。他们将刘光明和红爷从囚室里放了出来。

原来，这两位抗日英雄听说县大队和游击队被困在邢官庄，都对任连福的做法不满，冒死救走了两人。刘光明和红爷回到了邢官庄，和余志远会合一处。

日军又一轮进攻开始了，孙宪智浑身灰土地跑了进来，告诉余志远，日军已经突破了两道防线，再不突围就来不及了。余志远原本还焦急地踱步，突然冷静了下来，他让刘光明等人跟随孙宪智撤离，自己则留在了指挥部。

余志远在院墙边留下了一挺机枪，疯狂地朝日军射击着。龟原接到了手下的报告，说八路军县大队正在组织突围。龟原从望远镜里看到了留在指挥所的余志远，他将望远镜递给身边的段瘸子。段瘸子告诉他，那人正是余志远。龟原马上命令手下全力向指挥所进攻，活捉余志远。

在他认为，余志远是县大队官职最大的，他在，县大队重要人员就在，重要文件就在，而突围的八路军，或许就是幌子，即便不是，也只是小股部队。龟原将围攻的重点放在了县大队在邢官庄的临时指挥所，却不料整座指挥所里只有余志远一个人。

鬼子从四面包围了上来。余志远关了门，将没有来得及转移的文件扔进了火盆，然后咬破了食指，在墙上写下了一首诗：生前不能孝父母，死后鲜血为国流。叮嘱抗日众同志，踏我血迹报国仇。

随后，余志远掏出手枪，对准了自己的太阳穴，发出了蔑视的笑声。这时，龟原下令炮击指挥所。一颗炮弹穿过了指挥所的房顶，落了下去，轰地一声巨响，烟雾弥漫，尘土飞扬。

就在当天晚上，邢官庄外冒出了几个人影，他们就是去而复返的刘光明等人。日军已经撤离了，整个邢官庄就像一座死城。刘光明、红爷等人来到了破烂不堪的指挥所。望着墙上那首血红的诗，刘光明突然一阵慨叹。他觉得，尽管自己也在打鬼子，但是，他的思想境界依然无法和余志远这样的八路军干部相比。

余志远牺牲了，他的英勇事迹却触动了许多国民的心。当地的老百姓甚至将他的事迹越传越玄乎。有人说，余志远没有死，而是从房顶的窟窿里飞走了。

这话很快就传到了龟原的耳中，他命令段瘸子派人前去打探，几个前去打探的汉奸，都离奇地失踪了。龟原害怕了，从此很少离开司令部，即便出来，至少也要有一个小队的手下保护，段瘸子也一样，从此待在警察局里，即便大白天，也不敢出来祸害百姓。

当然，这件事是刘光明和红爷背后做的。余志远虽然牺牲了，日军也付出了惨重的代价，刘光明担心龟原继续报复当地百姓，所以才利用余志远的死大做文章，吓住了龟原。

这天，刘光明和红爷在通往大孙的路上，截杀了十几个伪军后，也往乐陵的方向而来。

在乐陵城外，他们遇到了吉野的队伍。红爷看到吉野，就从路边的草丛中冲了出去。她哪知道吉野的宪兵队全体出动，附近还有两拨人马。听到枪声，宪兵队的鬼子从四面八方围了过来。刘光明朝红爷瞪了一眼，边打边退。如果不是李清森，那天，也许刘光明等人都栽了。李清森朝北方一指，对刘光明说："咱们兵分两路。"

等刘光明和红爷等人朝北逃去。李清森却跳了出来，吸引着吉野的追兵往南去了。李清森虽然是手枪队的队长，但毕竟敌众我寡，撂倒了七八个鬼子后，他也倒下了。刘光明眼睁睁地看着李清森倒在了血泊中，他回头瞪着红爷。红爷也瞪着他。刘光明大喝一声："要不是你太冲动，李清森也不会死！"红爷骂道："爷长这么大，还没挨过谁的训，好，好，你怪爷，爷走不成了吗。"说着，红爷扭头便去了。双菱和双喜都看一眼刘光明。双菱摇摇头，朝红爷追去。双喜迟疑着，想留在刘光明身边。刘光明说："去吧。"双喜朝红爷追去。

荷花失踪的这些天，刘光明和红爷并肩作战，出生入死，两个人就像多年的知己，杀敌的时候，只需一个眼神，一个手势，两人都能知道对方想采取怎样的行动。

红爷一走，刘光明的内心突然一下子空虚了下来。他不知道自己到底是讨厌红爷这个人，还是喜欢她。

刘光明一个人回到了常家村。他怎么也没想到，红爷的离开，注定了他的情感会出现巨大的波动。他回来后，发现荷花居然回来了。这是他万万想不到的。后来刘光明才知道，是黑妞把荷花找回来的。

刘光明回来后，心一直在提着，有一种不祥的征兆。从晌午到傍晚，一句话也没说。黑妞担心地说："这孩子，是不是吓着了？"荷花摇摇头："娘，他没事，俺看他是牵挂一个人。"黑妞哦了一声："不会吧，那个野小子一点女人味都没有。"荷花也想不出，红爷怎么能让刘光明掉了魂呢。

吃了晚饭，荷花就和刘光明回到了偏房。荷花坐在床边，刘光明坐在椅子上。两个人面对面地坐着，一直都不说话。到了三更天，荷花站了起来说："歇息吧。"刘光明点点头，上了炕。

刘光明没脱衣服，荷花也没脱。两个人就这样仰面朝天地躺着。荷花的眼泪突然无声地流了下来，眼睛在夜色中晶亮晶亮的。荷花突然说："你知道干娘最怕什么吗？"刘光明就问："怕什么？"荷花叹息说，"她怕你成天杀鬼子，说不定哪天就……"荷花说不下去了。半晌，她又问："你知道干娘最希望俺做什么吗？"刘光明摇摇头。荷花接着说："干娘希望俺能给你生个娃。"

就在这天晚上，荷花终于变成了刘光明的女人。但是，她能够感觉到刘光明的魂不守舍。她还记得上一次自己差一点就成了刘光明的女人，那晚，刘光明望着自己的身子两眼放光。但是这天晚上，刘光明几乎看都没看她一眼。

天亮之后，荷花起了床，伺候刘光明洗漱后，去外面开门。门刚开，双菱浑身血淋淋的趴在了地上。

刘光明听到动静跑了出来，等他看到双菱，心紧在了一起。从双菱口中得知，昨晚红爷去警察局杀段瘌子，落在了段瘌子的手中，双喜也被打散了。刘光明听说红爷被抓，心中的不安成了现实，他让荷花照顾好双菱，自己骑车去了县城。

一路之上，刘光明眼前不时地晃动着红爷的影子。刘光明也说不出自己为什么会这么担心红爷，为什么一听到她遇险就心急如焚。

城门外悬挂着一具尸体，粉碎了刘光明内心仅存的一点希望。远远看去，城楼上悬挂的人似乎就是红爷，那红底黑面的披风太明显了。城墙下贴着一张告示，上面写着"罗家寨女匪"的字样。刘光明胸腔里热血滚动，就要冲进城门。突然，有人拉住了他。刘光明做梦都想不到，那个人居然是苏秋香。

原来，任连福贻误战机，已经得到了处分，苏秋香受了纵队首长的委派，成了冀鲁边军区下派的党代表。苏秋香将刘光明带回了八里庄村。刘光明发现，双喜居然也在，而且还穿上了八路军的军装。

苏秋香告诉他，红爷大闹警察局的事她已经知道了，昨晚枪声响时，她正带人在城外侦察，救下了被警察追赶的双喜，将双喜留在了自己身边。她告诉刘光明，红爷或许并没有死，县城的内线传出话来，说警察局的一名警察被人扒去了衣服，红爷有可能换装逃走了，而城墙上的人是假的，段瘸子要将计就计，引诱救她的人出现。

刘光明虽然不能确定红爷还没死，心里总算缓了一口气。

"参加八路吧，俺听说你这段时间杀了不少鬼子。"苏秋香希望他能够加入自己的队伍。成了党代表的苏秋香，思想境界也跟着上了一个层次，放下了昔日的个人看法，由衷地希望刘光明能够加入八路军。

刘光明沉默了半晌，突然摇摇头，表示自己要去寻找红爷。苏秋香眉头一皱，淡淡地说："单打独斗成不了大事，只有参加革命，才有出路。"苏秋香觉得自己能够邀请刘光明加入队伍，对他来说，这是莫大的台阶。没想到刘光明不识抬举。苏秋香有些生气了。

刘光明没有听完苏秋香这句话，就在她不屑的目光中走开了。从苏秋香的眼睛里，他看出她对自己依然有着偏见。这让刘光明有些心酸，因为只有他才知道，自己为了苏秋香，改变了许多。

接下来，刘光明四处寻找着红爷。在这段日子中，他听说苏秋香三次攻进乐陵城，又三次撤出，目的是为了将日军从天津和沧县的大本营吸引出来，各个击破。

乐陵是冀鲁边的战略要地，日军驻华北派遣军总司令冈村宁次亲自坐镇德州，不敢放松对乐陵这一战略要地的控制。日军接连调集了三个大队增援乐陵，但是，这三个大队还没进乐陵城，就被苏秋香带人给歼灭了。

冈村宁次似乎明白了苏秋香引蛇出洞、逐个击破的道理，派遣空军，对八路军的几个据点进行了轰炸，龟原在乐陵这才算是站稳了脚跟。不过，龟原的屁股还没稳多久，刘光明就进入了他的作战指挥室。

刘光明是杀了一个小鬼子少尉，然后乔装混进来的。苏秋香虽然告诉他，红爷或许没死。但是，寻找了两个月，一直没有红爷的下落。刘光明还是认为红爷已经死在了段瘸子的手中，因此，他来到县城，进入了段瘸子的警察局。

刘光明进去的时候，段瘸子正揽着一个日本歌妓喝酒。段瘸子胆子越来越大了，居然敢把日本的歌妓带了回来。门口有四个兵士把守，刘光明一刀一个，将他们劈倒在地。段瘸子在里面听到了，问道："什么人在外面吵闹？"刘光明推门进来了："是俺。"段瘸子一开始还没看出刘光明来，以为自己的手下，大骂了一声，等刘光明摘下头上的帽子，段瘸子吓坏了，将日本歌妓一推，掉头就钻进了内室。等刘光明进入内室，段瘸子已经从窗户里跑了。

刘光明知道，段瘸子一定去了日本人那里，他索性朝日军的宪兵司令部奔去。

刘光明猜想的不错，对段瘸子来说，整座乐陵城，也只有龟原的司令部安全了。段瘸子一来到司令部，就对龟原说："太君，不好了，土八路杀过来了。"龟原一下子就钻到了桌子底下。

刘光明真的来了。他在路上遇到了一名巡逻的日本少尉，也该着那名少尉命薄，刘光明的目标不是他，本不想节外生枝。那家伙居然拦住刘光明，颐指气使的，让手下的两名鬼子上前搜身。那两名鬼子一左一右上来了，被刘光明双手一圈，勒住了脖子。少尉想拔枪，手刚搭在枪上，胸前就挨了一脚。

刘光明放倒那两位，然后一刀把少尉的脑袋斩了下来。接着，他脱下了鬼子少尉的服装套上，将他的尸体扔进了一家后院里，迈着四方步走进了龟原的司令部。

龟原和段瘸子看到刘光明出现，都吓傻了，两个人都想掏枪，可是手一直在哆嗦着。刘光明一刀劈向段瘸子。段瘸子抱头钻在了桌子下面。刘光明抓住他的腰带，将他扯了出来，喝道："段瘸子，俺要给红爷报仇。"段瘸子马上叫道："红爷没死！"

刘光明的刀停了下来，心中一喜，问道："她在哪里？"段瘸子忙说："她……逃走了，俺也不知道，城楼上的女尸不是她。"就在这时，龟原的枪响了。

原来，趁着刘光明和段瘸子对话，龟原已经拔出了手枪，不过，手枪握在手上，就像压着一块石头。他的手腕颤抖，打歪了，一枪打在了段瘸子的那条好腿上。

刘光明将段瘸子推倒在地，然后朝龟原奔了过来。龟原躲在桌子后面，双手持枪，说："别过来，你别过来。"

就在刘光明要一刀劈死龟原时，一群小鬼子冲了进来。刘光明闪在门口，左右开弓，接连劈死了几名小鬼子，然后蹿了出去，一个滚身，到了走廊的另一头，翻墙出去了。小鬼子随后追了过来，吉野也接到了命令，带人封锁了城门，四处搜查。

刘光明穿街走巷，后来被日本人围在了文庙内。文庙是乐陵县的一处历史古迹，始建于明洪武二年（1369年）。之后，经历了多次修缮，本来拥有明伦堂、兴贤斋、育才斋、名宦祠、忠义祠、节孝祠、戟门、棂星门等建筑，但经历了历代的战乱，仅存下大成殿、崇圣祠和两厢的建筑。

刘光明翻身躲进崇圣殿，日军已经将大殿包围了起来。但是，这些人知道里面躲着的是刘光明，都不敢靠近。不但龟原、段瘸子来了，胡三的保安大队也来了。龟原一声令下，就想用迫击炮轰炸。刘光明听到了，冲着外面大骂："段瘸子，你好歹也算个中国人，难道眼睁睁地看着祖宗的建筑被炮火毁了？"刘光明不怕死，是不想让好好的建筑，成为废墟。

段瘸子浑身一哆嗦。他虽然为人狡诈，可也不敢被后人唾骂，于是赶紧劝阻："太君，犯不着浪费炮弹，只要咱们团团围困，刘光明跑不了，等把他饿得半死，您随便派一个手下进去，也能手到擒来。"

当然，他这话并没有打动龟原。接下来，段瘸子眼珠子一转，说："太君且慢，您想想，要是咱们活捉了这小子，游街示众，不是可以给那些土八路一个震撼吗？"

这话龟原听进去了，马上命令加强戒备，层层把守。

刘光明松了一口气。他趁着夜色，攀到了大殿的横梁上，然后掀开了脊瓦，从上面翻了出去，神不知鬼不觉地脱离了险地。

来到城门口，刘光明发现几十个小鬼子把守住了城门，城墙上，也有不少的鬼子站立着。他不想闹出太大的动静，悄然来到城墙根下，翻过了城墙。趁着夜色，刘光明跑出了七八里，这才松了口气。

突然间，从玉米地里蹿出十几个人，枪口对准了他。

那十几个人都是八路军的暗哨。当时，刘光明穿着一身鬼子服装，难免引起误会，被八路军的暗哨抓了起来，任凭他怎么解释，也没人听。

刘光明大声叫道："俺不是鬼子，把你们的首长叫来。"看守他的战士一瞪眼，"少废话，不是鬼子穿着鬼子的军装？"

刘光明见人家不信，就说出了周贯五、苏秋香的名字。看守的战士听他一下子叫出了冀鲁边高级领导的名字，一伸大拇指，说："行啊，把俺们冀鲁边区的情况摸得一清二楚。"那人并不认识刘光明，用布团堵住了他的嘴。显然，刘光明说得越多，那人越觉得可疑。

刘光明想挣脱，又一想，这样不行，人家把自己当成了日本人，要是硬闯，肯定会发生误会，折腾了半夜，他早就累了，心想：不如趁机休息一下再说。

天快亮的时候，刘光明听到外面有熟悉的声音传来，正是苏秋香、周贯五他们。原来，他们刚开完会，正从屋子里走出来。

刘光明大声地喊着。尽管他的嘴巴里堵着布团，但呜呜声还是传了出去。苏秋香询问看守，屋里面关着什么人。等苏秋香听说战士们抓了一名鬼子少尉，于是一起走了进来。

门一开，大家都看清了对方。苏秋香把刘光明的绳子解开，拿开嘴巴上的布团，有些讽刺意味地说："你穿成这样？是不是投靠了小鬼子？"刘光明有些生气："俺要是投靠了小鬼子，估计你们的人现在都成鬼了。"刘光明说得不错，昨晚他见玉米地里冒出的是八路军，没有反抗，如果是日本人，情形就不一样了。那名看守不服气："你吹嘘什么。"

这时候，孙宪智跑了进来，一进门就说："打听到了，昨晚大闹警察局和鬼子司令部的是刘光明……"说到这里，他看到了刘光明。

刘光明朝那名看守自己的战士笑笑："你还不信吗？警察局和小鬼子的司令部人数加起来不下几百人，俺杀了一个鬼子少尉，还差点杀了龟原。"那人顿时不说话了。

刘光明向孙宪智询问了红爷的讯息，孙宪智摇摇头。离开八路军在八路庄村的驻地，刘光明回到了常家村。

第三十一章　苏秋香

刘光明回到了常家村。就被黑妞数落了一顿："光明，你怎么又跑出去了？"说着，黑妞把荷花拉到身边，说，"你自己看看，俺干闺女哪里不好？放着这么好的媳妇你到处乱蹿，听说还去了小鬼子的司令部，你想把大娘急死吗？"

刘光明明白了，黑妞是怪罪自己把荷花丢在了家里。

荷花摇摇黑妞的手，低声说："娘，别怪光明，他也是想给红爷报仇。"黑妞叹息一声，对刘光明说："大娘不是拦着你给红姑娘报仇，可是你舍不得红姑娘，就舍得了荷花吗？"刘光明想起段瘸子的话来，说，"大娘，红爷还没死。"荷花一喜，"真的吗？"

荷花的欣喜，是发自内心的，她的反应非常快，而且很自然。也正是她的这一表现，让刘光明心中对她多了一分愧疚。他从荷花的欣喜中，看到了她的大度，她的包容，她的真诚，她的善良。刘光明决定了，要一心一意地对她，再不让她受委屈。接下来的几天，刘光明和荷花都在想着传宗接代的事。

这天早上，刘光明和荷花还没起床呢，双菱就踹开了偏房的门，盒子枪指在刘光明的脑袋上。刘光明说："双菱，咋了？"

双菱气愤地说："咋了，你心里只有你媳妇，哪里还有咱爷，今天俺就杀了她。"说着，双菱抬手就是一枪。

刘光明自然不能让双菱伤了荷花。他胳膊一探，架住了双菱的手腕，子弹打在了墙上，手腕再翻，抓住双菱的手，将她拉了过来。双菱重心失去，一下子扑在刘光明的怀里。那一刻，双菱羞得满面通红。刘光明正想夺下双菱的双枪，就听外面有人说："双菱，跟爷走。"

那声音对刘光明来说，简直太熟悉不过了。从敞开的门中，他看到对面院墙上站着一个人，个头虽然不高，但穿着一件红底黑面的披风，双手各提着一把盒子枪，不是红爷是谁。刘光明松开了手，双菱跑了出去。等到刘光明穿好衣服出去，红爷和双菱都走了。

后来，刘光明才从红爷的口中得知了她逃走的经过。

那天，红爷一赌气去了段瘸子的警察局。一开始，红爷还抱着和段瘸子拼命的念头，又一想，爷是谁啊，他段瘸子的命哪有爷的值钱。有了这样的念头，红爷就趁着夜色乔装出了城。由于和双喜、双菱打散了，红爷心头非常急，但是，当她跑到城西的城隍庙，再想返回去寻人时，突然觉得自己浑身酸软无力，倒在地上。

红爷打死了十几个警察，四处奔跑，又累又乏，而且肩上挨了一枪，失血过多，很快就昏死了过去。等红爷醒来，发现自己到了城西几十里外的医院。院长李德仁说："俺认识你，你以前来过这里。"红爷看到自己肩头包扎的绑带，坐了起来，问："爷怎么到了这里？"

李德仁身边站着一个戴眼镜的青年，文质彬彬的。经过介绍，红爷才知道，这个人叫杨焕清，是县大队刚上任的大队长，是他将她送到的医院。由于心中怀着对前大队长余志远的崇敬之情，因此，红爷对杨焕清有一种特殊的好感。

红爷的脾气很大，在医院里待不住，没几天就想去找双菱和双喜，如果不是杨焕清，她早就离开了。李德仁拦不住，红爷一张嘴就是"爷"，眼睛一瞪，身边的护士都吓得跑出去了。等红爷再一声"爷"，发现杨焕清站在病床边。杨焕清说："红同志，听话，等养好了伤再离开。"

一声"同志"，把红爷喊愣了。"你叫爷同志，可爷是土匪啊。"杨焕清笑着说："不，没有人一出生就是土匪，你杀鬼子的英勇事迹俺早就听说了。"不知为什么，红爷面对着这个文质彬彬的人，再也耍不出性子。她乖乖地坐了下来。

就在红爷要离开医院的时候，双菱和杜老虎找来了。双菱自从跟随红爷后，对红爷的性格摸得透透的，知道如果她还活着，要么回罗家寨，要么去常家村，总之，她不会不露面。双菱不相信红爷会死，她有自己的直觉，但是，红爷绝非能够闷住的人，她不露面，八成是受了伤。双菱想起上次去过的医院，就找来了。她来的时候，遇上了杜老虎和另两名土匪，四个人一起寻来。

双菱却不知道，段瘸子的人跟上了他。

这时候，刘光明刚刚闹过警察局和鬼子的司令部。段瘸子派出了便衣，四下里埋伏，正巧看到双菱。几个便衣跟踪双菱，来到了医院，发现红爷藏在这里，马上兵分两路，有人留在附近继续监视，有人赶回去给段瘸子报信。报信的便衣骑着自行车来到警察局，把红爷藏在医院的事说了出来。

段瘸子就动了心思，红爷杀了他的儿子，这个仇，无论如何也要报。想到这，段瘸子马上向龟原汇报。

为防止驻扎在城东的八路军乘隙攻城，龟原命令吉野带着宪兵队和段瘸子的队伍一起出发，抓捕红爷，并且在常家村北设立了哨卡，由胡三的保安团执勤，监视常家村的动向。

吉野和段瘸子一来到医院外，就被杨焕清的人发现了。听说小鬼子和警察局的人到了，医院人员马上转移。红爷跟随杨焕清的县大队开始突围。战争一直持续到晚上，县大队的人损伤惨重，但还是杀出了一条血路。

部队冲出包围圈后，红爷看到了对面的段瘸子，又杀了回来。她端着双枪，接连撂倒了七八个敌人，冲到了段瘸子的面前，把段瘸子吓得掉头就跑。就在红爷要追赶的时候，日军包围了上来。

杨焕清和双菱杀了回来，两人拉扯着红爷撤退。但是，那时候红爷已经杀红了眼。她刚刚从双菱的嘴中听说，刘光明回到了常家村，也听说他和荷花睡在了一起。不知为什么，红爷心头很堵，那一刻她有了玩命的念头。

杜老虎和两名土匪为保护红爷，都饮弹而亡。就在红爷杀红眼的时候，一颗子弹射进了杨焕清的胸口。杨焕清的倒地，让冲动的红爷突然冷静了下来。杨焕清伸出血淋淋的手，抓住红爷，用尽最后的气力说出了一句话，"答应俺，活着，好好地活着。"红爷含泪点点头。杨焕清闭上了眼睛，红爷也站了起来。

红爷是眼睁睁地看着躲在小鬼子中间的段瘸子撤走的。如果不是杨焕清的死，她绝不甘心撤走。回到罗家寨，红爷一脚把椅子踢倒了。想了想，又扶了起来。她想起了杨焕清说的话，也想起了当日刘光明的劝解。她知道，如果不是自己冲动，杨焕清不会死，杜老虎也不会死。

看着冷清清的罗家寨，当年的几十号人，如今只剩下了她和双菱。红爷一拳砸在桌子上，大骂了一声："段瘸子，爷早晚要杀了你。"冷静了下来，红爷突然想起刘光明，就问双菱："刘光明真的和荷花睡在一起了？"双菱点点头。红爷又一拳砸在桌子上，叫道，"刘光明，你是爷的男人！"双菱低声说："爷，人家根本就不喜欢你，你就别热脸蹭冷屁股了。"红爷一瞪眼："他是爷的男人，谁也抢不走。"就这样，红爷带着双菱来到了常家村。

红爷亲眼看到刘光明和荷花睡在偏房，她原本拔出了双枪，却不知道为什么，手腕沉沉的，根本就抬不起来。后来，红爷就在刘光明的呼喊中，带着双菱走了。红爷并没有回罗家寨，她似乎想到刘光明会去那里找她。

红爷不想见刘光明，她觉得只有县城，才是刘光明想不到的藏身处。于是，红爷和双菱混进了县城。住在警察局对面的客店里。红爷心中的仇恨又被勾了起来，她一边喝酒，一边瞥着窗对面，突然一拍桌子，喝道，"爷去杀了段瘸子！"双菱一把拉住双菱，"爷，你忘了杨队长临死前说过的话了。"红爷推开双菱的手："爷不杀了段瘸子，无法活下去，双菱，你去常家村吧，看在爷的面上，刘光明会照顾你的。"双菱眼圈一红，摇摇头，拔出了双枪："爷，双菱死也要和爷死在一起。"

就在红爷和双菱要冒险行动时，双喜进来了。双喜的出现，让红爷和双菱都非常意外。原来，苏秋香接到内线的密报，说小鬼子已经搜查到八路军被服厂的地址，要派兵破坏。双喜这次来，就是想摸一摸日军的兵力调动情况，正巧看到红爷和双菱，就跟了过来。

红爷问："双喜，这段日子，你去了哪里？"双喜把那天和红爷、双菱打散加入八路军的事说了一遍，又说："爷，你们也加入八路军吧。"红爷淡淡地说："爷自由自在，才不加什么军呢。"有人从外面进来，在双喜耳边说了几句。双喜又劝了几句红爷，见她无意参加，只好叹了一口气，转身要离开。

红爷想留下她，她摇摇头，说："爷，对不起，双喜已经参加了八路军，不能再跟随您了。"那人说："营长，该出发了。"双喜点点头要走。红爷一把抓住双喜，上上下下看看她："怎么，已经成营长了？"双喜嗯了一声："爷，您要是肯参加，双喜一定和苏代表说，把营长让给你当。"红爷推开她，叫道："滚！"

红爷恼她离开自己，一脚将桌子掀翻了。但是双喜一走，她的心又一阵痛，从窗口看到双喜的身后跟了几个便衣，眉头皱了起来，马上带着双菱出去了。

苏秋香的纵队虽然压制了龟原的大队，但是，县城依然在日军的控制下。龟原的傲慢劲已经被八路军彻底打掉了，只好放下架子，在保安团抽调了兵力，训练了一批便衣队，暗中行动。

红爷和双菱抓住一名便衣，逼问他们为什么跟踪双喜，便衣看到双菱，吃了一惊，告诉她们，便衣队正是跟踪双菱去了医院，才在行动的过程中意外收获，得知了八路军被服厂的信息，宪兵队和保安团正在调集兵力，准备"清剿"被服厂。

红爷和双菱追上了前面的便衣，一人一个，将便衣勒死在地上。双喜发现红爷和双菱，非常高兴。但是，红爷救了她后马上离开了。不过她们出了城，也去了被服厂。

红爷性子暴躁，可是对待双喜就像亲妹妹一样。其实不止为了双喜，还因为被服厂的事是她们引起来的。如果便衣队不是跟踪双菱去教堂医院，也不会发现被服厂。

双喜带人前去保护被服厂，和吉野的宪兵队遭遇，双方战斗非常激烈。宪兵队装备不如正规军，但是加上段瘸子扩充的保安团，双方实力相当。就在双方胶着的时候，红爷和双菱到了。

红爷是神枪手，站在房顶上，一枪一个眨眼间撂倒了十几个保安团的士兵。保安团顿时大乱。

双喜趁机高声说:"红爷来了,保安团的兄弟们,你们都是穷苦人家出身,被逼无奈才走上这条道的,投降吧,小鬼子的末日就要到了。"这段话再加上红爷的枪法,让保安团的人失去了斗志。

保安团一垮下来,吉野的宪兵队就被孤立了。双喜一挥手,冲锋号吹响,八路军战士一个个像猛虎一样冲进敌阵。红爷和双菱目睹了一场庞大的战争场面,也看到了八路军战士们的英勇。战士们的英勇,让她们热血沸腾。宪兵队死伤大半,余下的和吉野逃回了县城。

被服厂保住了,成包的新装在八路军战士的押送下,运回了八里庄村苏秋香的驻地。红爷是跟着双喜回来的。以往的她,喜欢自由自在,任性而为,经历了这么多,她从八路军战士的身上看到了一种向上的精神。

一路上,双喜给她讲了许多。性格木讷的双喜,本来远不如双菱好说,但此刻,她讲起革命的道理来,不但目光闪亮,而且口若悬河。从双喜的目光中,红爷看到了光明的未来和希望,那是一条无限宽广明亮的大道,让红爷突然对人生有了新的认识。以往的她,总是觉得自己这一生或许只能打打杀杀了,但那一刻,她抬着头,思绪像翅膀一样,飞向了遥远的天空。

苏秋香听说红爷来了,比被服厂安然无恙还开心,她拉着红爷的手说:"加入我们吧。"

红爷没有答应,但经不过双喜的央求,算是当了个代营长,顶替了双喜的位置。她所在的营下属三个连,分别由双菱、双喜、三娃子带领。

冀鲁边军区是旅编制,下属两个团,六个营。红爷这个营有个副营长薛虎,土匪出身,后来因为土匪和保安团黑吃黑,闹僵了,薛虎手下死伤大半,投奔当了八路军,因为作战英勇当上了副营长。

薛虎本来负责被服厂的安全,因为他带着几个从土匪窝里出来的弟兄喝酒,泄露了被服厂的地址,被便衣获取了情报。苏秋香严厉地批评了他,还免去了他的副营长一职。红爷代理这个营后,薛虎连个连长也不是。

三十五岁的薛虎,有个响当当的绰号叫"下山虎"。这个绰号都是他年轻闯江湖时混出来的。

薛虎是薛家庄人，父母都是村里地主家的长工。薛虎出生的时候，他母亲王氏还在地主家的玉米地里掰玉米。王氏身架子大，皮肤粗糙黝黑，长的像个男人，体格好，相反，她男人薛短腿软不拉儿的，三脚踹不出一个屁。也该薛短腿命薄，有一次，他从炕上摔下来，脑袋正好磕在凳子角上，死了。

薛虎出生的时候，全村人都听到了，那洪亮的声音像一只系着响哨的鸽子，绕着村子转了一圈，又回到了破房子里。薛虎三岁的时候，就比同龄的孩子高了一头。一开始，薛虎叫薛崽子。后来王氏一想，到底是狗崽子，还是羊崽子，崽子这俩字太含混了。凑巧那天地主拎着鞭子来到王氏家里，说："薛寡妇，你天天摆弄你的小崽子，老子的地还种不种？"王氏就说，"种，马上去种。"

王氏如果直接走就好了，偏偏她还回头照顾了儿子一下。地主一鞭子抽在王氏的身上，抽完，发现薛虎朝自己瞪着眼睛，就说："小兔崽子，还敢朝老子瞪眼，想找死啊。"地主拎着鞭子过去了，被王氏抱住了双腿。

王氏胆子虽然不大，可劲大。那两条胳膊往地主的腿上一箍，地主就寸步难移了。王氏招呼薛虎跑。谁知，薛虎不但不跑，还一头撞向了地主。只是地主的手中有鞭子，他的鞭子一扬，薛虎的额头就被抽烂了，后来就留了一个疤。

也是从那天开始，王氏才给儿子改的名，她希望儿子长大后不再是兔崽子，而是虎崽子。

薛虎十八岁上，就成了一个铁塔似的壮汉。就在薛虎成年的那天，他拎着铁镐去了地主家，把地主的脑壳给开了瓢，然后逃到了附近荒落的一个土地庙里。那里常年住着十几个讨饭的，薛虎就成了他们的头，在土地庙落了脚。

薛虎杀了人，王氏也没得好，被地主的家人给打死了。薛虎一怒之下，杀了地主的全家，在附近烧杀抢夺，从此成了杀人不眨眼的土匪，号称"下山虎"。

薛虎本来就不怎么服气苏秋香，没想到先来一个双喜，又来了一个红爷，都成了他的上级。薛虎心里就憋了一口气。这口气让这个曾经杀人不眨眼的汉子忘记了八路军的纪律。

那晚上，他带着两个从土地庙里出来的弟兄，来到附近的李小庵村，抢了村子的李老财，还在人家大吃大喝了起来。李老财一家被薛虎捆在一起，鸡啊鸭的扔进了锅里，又裹着热气端上了桌，三坛子好酒本来藏在地窖几十年了，也被薛虎搜了出来。那三坛子酒，原本是李老财想给女儿成亲时用的，被薛虎喝了，心里急，忍不住说："你们把酒给俺女儿留下，这是俺女儿成亲用的。"

如果李老财不说这话，他家里或许只是损失三坛酒，和一些鸡鸭鱼肉，但这话一出，上了酒气的薛虎动了歪心思。他端详着李老财的女儿，发现她居然长得有几分姿色。薛虎邪念一起，就什么也不顾了，差点把李老财的女儿给糟蹋了。很快，薛虎的酒劲也散去了不少，他突然意识到问题的严重性，就用枪顶着李老财说："这件事最好闷在肚子里，要不然，老子杀你全家。"

李老财是惜命的主，颤抖着不敢说话。但是他的女儿受不了委屈，薛虎走后，她一头撞死了。李老财一家非常伤心，就把女儿的尸体抬到了八路军的驻地外，非要讨一个公道。这件事在八路军队伍中影响非常大。

苏秋香通过调查，得知薛虎不但违反了八路军的纪律，擅自入户抢劫饮酒，还差点做出伤天害理的事，于是让人调查事件的真相。苏秋香一开始调查，薛虎就暗中盯上了她，发现她的人要对自己动手，连夜带着几十个亲信冲进了驻地，抢占先机，把苏秋香包围了。

当时，如果不是刘光明突然出现，苏秋香就落入了薛虎的手中。

刘光明一大早正在和荷花聊天，孙宪智突然来了，脸色非常不好看。刘光明忙问怎么了，他这才吞吞吐吐地告诉刘光明，刘二愣牺牲了。原来，刘二愣去下面的联络点听取汇报，正赶上一群伪军前来征粮，双方发生了激战。在战斗中，刘二愣被伪军偷袭打伤了胸部，壮烈牺牲。刘光明和刘二愣这段时间，相处非常好，他一直让苏汝贵和苏汝郝照顾他，没想到刘二愣还是出事了。随后，刘光明回到了八里庄，本想和苏汝贵了解一下情况，苏汝贵告诉他，八路军中的薛虎叛变了。

当时，红爷带人将司令部包围了起来，但是，她不敢硬来，因为薛虎已经控制了司令部。薛虎其实也知道，自己这几十个人，想闯出去已不可能，所以，他有两个想法，要么杀一个算一个，要么挟持苏秋香逃走。人没有无缘无故就愿意死的，只要有一线生机，他还是想活下来。

薛虎用枪顶着苏秋香，挟持着她出了司令部。双喜、双菱接到消息都到了。红爷双枪一端，朝薛虎喝道："姓薛的，把苏代表放了，要不然，爷就把你打成筛子！"薛虎哈哈大笑："红营长，你和老子一样，都是土匪出身，八路军是不待见的，不如咱们一起反了，老子当司令员，你当政委。"红爷呸了一声："放你娘的狗屁，快放人。"

薛虎自然不会放，因为苏秋香是他手中的活命砝码。红爷也不敢开枪，她虽然相信自己的枪法，可以一枪打爆薛虎的头，但是她不能肯定，自己开枪的同时，薛虎会不会开枪。

薛虎押着苏秋香往司令部外走，眼看就要出大门了，突然，门口出现了一个青年。这个人二十几岁的样子，浓眉大眼，身材高大，薛虎不认识，可苏秋香和红爷等人认识。他就是刘光明。

刘光明双手抱着肩膀，倚在门上。薛虎见他穿着老百姓的服装，就说："不想死的闪开。"刘光明一指苏秋香，对薛虎说，"这个人与俺有仇，你不能带走。"薛虎问："啥仇？"刘光明说："她是俺媳妇，过了门当晚就跑出来了，这种败坏家风的女人，俺得带回去好好管教。"说着，刘光明走了过来，伸手去拉苏秋香。薛虎手中枪一紧，大喝一声："站住，你小子到底是什么人？"刘光明朝苏秋香一努嘴，对薛虎说："你自己问他，俺说的话是不是？"薛虎看看苏秋香。

苏秋香朝刘光明呸了一口。虽然，他知道刘光明想用计救她，可她也没想到刘光明说出这样的话。刘光明一瞪眼："干什么，俺又没写休书，你到什么时候也是俺的女人。"苏秋香气得抬脚朝他踹去。刘光明一把抓住她的腿，"跟俺回家吧。"

薛虎看看刘光明，又看看苏秋香，说："等等，这女人是老子的护身符，你带走她，老子可活不了。"刘光明说："也好，这女人跑出去多年，俺也不想要了，反正拉回去也是执行家法，俺就在这里教训教训她算了。"说着，刘光明一甩手就给了苏秋香一巴掌。

薛虎刚想开枪，见刘光明只是打了苏秋香一巴掌，并没做什么，就松开了手指。刘光明一来，红爷等人都松了口气，但看到这里，心又提了起来，还以为他真的只是为执行家法来的呢。薛虎问："完了没有？"刘光明说，"按照俺家里的规矩，私逃出去，要剁掉双脚，看在你的面上，就给她三巴掌吧，还有两巴掌。"说着，他又打了苏秋香一巴掌。这一巴掌比刚才重。苏秋香嘴角上浸出了血，又呸了一口。刘光明一撩袖子，把手掌扬了起来，骂道："臭女人，还不服气，看俺不打扁你。"说话间刘光明的手就出去了。

刘光明这一掌直奔苏秋香。苏秋香下意识地头朝后一仰。刘光明那只手就落在了薛虎的手腕上。

薛虎本来还提防着刘光明，但是第一掌过去没事，第二掌过去又没事，他的戒心就松弛了下来，待到回过味来已经晚了。刘光明左手轻轻一拧，薛虎手中的枪就落在了地上，刘光明脚一勾，右手把枪抓在了手里，身子一转，到了薛虎的身后，同时，枪指在了薛虎的额头上。

刘光明的出手，其实只在转眼间，如果你眨一下眼，可能就错过了过程。也就是说，眨眼的功夫，场面就从薛虎挟持苏秋香，变成了刘光明挟持薛虎。苏秋香愣住了。别说她，周围的人都愣住了，包括薛虎的几十个亲信。刘光明扫了那几十个人一眼，喝道："还愣着干什么，都把枪放下。"

树倒猢狲散。这些人也就是倚仗薛虎。薛虎一被抓，他们顿时像泄气的皮球，鼓着的劲都瘪了，腿也软了，纷纷投降。刘光明将薛虎交给苏秋香身后的警卫员，把枪也递了过去，不好意思地笑笑，"对不住了，刚才……"

苏秋香望着他，一时不知道该怎么说，感激，还是气愤，总之，心情很复杂。红爷冲了过来，一掌打在刘光明的脸上，把刘光明给打愣了。

这一掌，下手真狠。原本以刘光明的功夫，他完全可以躲过去，只是看到她一脸怨气地过来，就放弃了。当时，刘光明就是想让她发泄一下。

红爷哪里料到刘光明不躲。这一掌落下，刘光明的脸上顿时多了五道红印，嘴角也出了血。

双菱和双喜都跑了过来，双喜伸手去给刘光明擦着嘴角的血，还回头怨怪地看着红爷。红爷突然一扭头，跑了出去。

刘光明想追，被双菱喊住了。双菱说："爷就是这脾气，让她自己冷静冷静吧。"

刘光明停下了，望着苏秋香说："秋香，刚才俺打了你两巴掌，现在让你还回来。"说着，他闭着眼，等着苏秋香出手。

可是半晌后，脸上一点动静都没有。刘光明睁开眼，发现苏秋香已经不在院子中了，不但她，双喜、双菱也都走了。

刘光明走进驻地，觉得处处新鲜。苏秋香正在和周贯五商量如何处理薛虎的事，见刘光明进来。周贯五起身握手，苏秋香也站了起来，却走到地图前，故意不看他。

周贯五笑着说："苏代表，再怎么说，刘村长今天救了你，抓住了八路军的败类，你总该说声'谢谢'吧。"苏秋香慢慢地转过头来。当刘光明看到苏秋香的目光时，突然间内心充满了愧疚。

苏秋香的眼睛里荡漾着泪水，神色幽幽怨怨的样子。这让刘光明想到了刚才的那番话语。他知道，现在的苏秋香已经是一名优秀的八路军干部了，她需要在战士们中树立良好的形象。

刘光明把头低了下去，但是很快，他发现苏秋香那双白皙的手递到了自己面前。刘光明在衣服上擦了擦自己的手，和她轻轻地握了一下，转身就走。

他不知道自己该怎么面对苏秋香。从此之后，他对苏秋香的愧疚一直揣在心中，让他很长的一段时间想起苏秋香，都会唉声叹气。其实，除了用那个计策，他脑子里至少还有三种方法。可是，他看苏秋香不爽，因为如果不是苏秋香，他现在和苏长红怕是娃娃都有了。所以，他想报复她一下。他得逞了，却不知为什么，内心中并不快乐。

刘光明走出八路军驻地，一路上，他的心头满是苏秋香的影子。

第三十二章　枪王

　　直到回到常家村，刘光明的心里还是没放下这件事。之后的几天，他每天一早起来，走着走着，就会来到八里庄村外。八里庄在常家村南六里地处，周围全是密密麻麻的枣树。

　　那天，苏秋香要在李小庵村公开处决薛虎时，刘光明再一次救了她。前几天，他也是无意间溜达到了八里庄村外，得知薛虎挟持了苏秋香，才把她救了。早在一天前，刘光明就听到了公开处决薛虎的消息，他知道苏秋香一定会参加，所以第二天一早就来到了李小庵村外的树上。远处，村外的空场上站满了人，有附近几个村子的百姓，也有八路军战士。已经成为营教导员的孙宪智和红爷一起，带人保护苏秋香来到村子里，身后警卫班的同志押解着薛虎。

　　就在苏秋香当着李员外的面宣布薛虎的罪行时，刘光明看到附近的树上趴着一个人。那个人正在将一把带有瞄准器的步枪探出树枝外，但是，他怎么知道，刘光明就在旁边的树上。刘光明一刀扔了过去。枪响了，子弹射向了半空。刘光明跳下树，悄然去了，临走还带走了自己的刀和那把步枪。

　　枪声一响，红爷等人就包抄了过来，将树下的尸体抬到了苏秋香的面前。"是被刀刺死的！"孙宪智说完，苏秋香就想起了刘光明。孙宪智说："从刚才的枪声和距离看，这个人应该是个狙击手。"

　　苏秋香拧起了眉头，她知道日军在乐陵的兵力减弱后，已经将精力从大的作战部署，转入到小范围的刺杀计划。处决了薛虎后，孙宪智来到了常家村。他一进哑巴家，就看到刘光明正握着那把狙击步枪。刘光明觉得这把枪很特别，比自己之前得到的两把还复杂，正在研究呢。孙宪智走到刘光明身边，说："俺一猜就是你做的。"刘光明看看他："恭喜，听说你已经成了教导员了。"孙宪智笑笑，"苏代表知道表妹性子急，做事鲁莽，所以让俺看着她点。""红爷未必在八路军的队伍里待太长时间。"刘光明看看狙击步枪，又说："今天的事不要告诉秋香，俺不想让她知道。"孙宪智忍不住问，"为什么？"

　　刘光明轻叹一声，没有说话。他也不知道为什么，总之，他不敢去面对苏秋香，只想远远地、偷偷地看着她，只要她是安全的，自己就放心了。

　　孙宪智说："俺来的时候，苏代表说了，希望你能参加八路。"刘光明摇摇头。他不敢去见苏秋香，总觉得自己在她面前抬不起头来。孙宪智抓过狙击步枪，点点头说："好枪。"刘光明指着瞄准器说："这东西可以看很远。"

　　孙宪智点点头，告诉他，只要手中有这样一把步枪，就可以杀人于八百米内。刘光明对狙击步枪非常感兴趣，从孙宪智口中，获得了狙击步枪的知识。

　　之后的几天，刘光明每天都会去八里庄外潜伏着。村外的枣林密集。一些多年的躺枣树，或者婆枣树，非常高大。刘光明藏身上面，用瞄准器望着司令部。他来这里，并不是要当狙击手，而是关注两个人。一个是苏秋香，一个是红爷。

　　苏秋香和苏长红一样，同样是刘光明的发小。这两个女人，原本就是八里庄村的两朵花。严格说来，苏秋香比苏长红更有气质。她知书达理，优雅大方。相反，和刘光明有婚约的苏长红，却让他头疼。

　　这是两个让他时不时会想起的女人，也是牵动他内心的女人。其实，他早就想当八路军了，想想身边的人，苏秋香、双喜、双菱，苏长红，刘小英，甚至红爷也成了准八路，只有他，现在还是个村长。他已经有了那种渴望，但他偏偏有些固执。之前，他想当时，苏秋香百般刁难，认为他没有资格。现在，她想拉拢自己了，刘光明却又要起面子来。

此时的他，只能远远地、偷偷地望着。他发现瞄准器有着望远镜的功效，因此，常常在树上一待就是半天。

这几年来，刘光明练就了一身的功夫。虽然当年尚老爷子说，他过了练武的年龄，基础很难扎实了。但是，刘光明硬是靠着苦练，将一套拳法和刀法，耍得像模像样了。此时的他，藏在村外，岗哨和巡逻的队伍都难以发现他。红爷想不到刘光明会每天都来关注她；苏秋香也想不到。

这天早上，苏秋香正在司令部的大门外伸展着双臂，望着面前的枣树，呼吸着新鲜空气。一名警卫员带了个罩着白毛巾的百姓过来。警卫员说："苏代表，这位老乡说有军情汇报。"苏秋香忙迎了上去，和他握手，亲切地说："老乡好，请问有什么军情啊。"

那位"老乡"慢慢地将手揣进了怀里，突然间掏出一把雪亮的柳叶刀来。就在苏秋香惊呼的同时，"老乡"突然中弹倒下了。苏秋香扭头朝周围望着，却不知道这一枪从何而来。孙宪智、红爷等人都跑了过来。

那人并没有死，子弹打偏了。不过，他发现事情败露，自己服毒自杀。孙宪智翻看了他服装内的衣服，还有身材对比，认为这个人和上次的人一样，都是日本人，不过，从柳叶刀看，此人应该是日本的忍者。孙宪智朝远处的高大枣树看一眼，没有说话。他怀疑这一枪是藏在暗处的刘光明开的。

事实上，这一枪正是刘光明开的。刘光明从孙宪智那里了解了狙击手的知识，其中的几点常识，他都具备，一个是选择可进可退的狙击点，另外就是找准狙击角度，三是沉着冷静和潜伏的能力。当然，最主要的还是枪法。

刘光明在尚老爷子的武馆练了一段刀，最基础的功夫就是蹲马步，蹲马步的时候，双手前伸，手腕上先是吊了沙袋，后来又变成了水桶，可以说，刘光明双手握枪时，从来都不会抖动。另外，这些日子，他学会了沉着冷静，在枣树上一卧就是半天，丝毫不觉得疲倦。至于枪法，他训练自卫队时，就曾经练过，和红爷并肩作战了多次，射击的技巧越来越熟练。

那天刘光明正从瞄准器里望着苏秋香，看到一个"农民"靠近了她，他下意识地将瞄准器对准了对方，看到那只探入怀中的手，慢慢抽出，手腕处居然握着一个刀柄。刘光明联想到了什么，一扣扳机，枪响了。刘光明没有去管那人的死活，赶紧离开了树林。

傍晚的时候，孙宪智来到了常家村，将一包子弹递给了刘光明，说："上次俺看过你的狙击步枪，是 7.62 口径的子弹，和三八大盖通用。"刘光明问："干什么？"孙宪智一笑，"俺知道你的枪中没有几颗子弹，给，留着杀鬼子。"刘光明说："俺杀鬼子，习惯用刀。"

刘光明说的是实话，他和红爷出生入死的时候，虽然也用过枪，可还是觉得用大刀比较痛快。孙宪智笑笑："想知道今天那人的情况吗？没死，偏了几寸。"刘光明说："那人死不死和俺有啥关系。"孙宪智说："俺知道是你打的，你承认也罢，不承认也罢，俺只想告诉你，差之毫厘，谬之千里。"说完，孙宪智就走了。刘光明掂了掂那包子弹，拴在了裤腰带上。

这一夜，刘光明翻来转去地睡不着。通过这两次的事件，他隐隐觉得，小鬼子在开始打八路军首长的主意。荷花见他睁着眼睛，就问："咋了？"刘光明说："没什么，俺想当八路，行吗？"荷花说："俺希望你好好地活着。"

刘光明明白，荷花的意思是不希望他当兵打仗。他叹息一声，忍不住想起了苏秋香和红爷。这两个女人和荷花不同，她们都不怕死，一个是为了她的理想，一个是天生性格使然。当然，现在红爷是不是有了革命的思想，他不知道。

天亮后，黑妞打开门，拿起一把扫帚，开始打扫院子。正在打扫，一扭头，看到刘光明背了一把枪走了出来。

黑妞凝视着他手中的枪。"这枪好像和一般的枪不一样。"刘光明点点头，将瞄准镜取下来，朝黑妞一递，"您看看，这就是最主要的区别。"黑妞拿着瞄准镜，并不知道怎么看。刘光明一示范，她就懂了。将右眼放在镜子后，视线远远地扩散了出去。这一看，居然直接看到了村外去，甚至村口树上的钟，纹络都看得清清楚楚的。

刘光明走后，荷花也起来了，帮着黑妞做饭。黑妞说："荷花，光明一大早去哪里？"荷花摇摇头，因为刘光明没和她说。黑妞拉着荷花的手在院子里的枣树下坐下来。"俺听说红姑娘成了八路军的领导，你说，他会不会当八路了？"荷花想起刘光明问过自己的话，不由得一脸担心地望向门口。黑妞自然看出了荷花的心事，拍拍她的肩膀，"俺知道你担心他，可是，国难当头，也不能把男人拴在家里。"

这段时间，黑妞经常去给一些村里的妇女做思想工作。她毕竟是妇救会的副主任。她知道，这个副主任是一个担子，既然自己扛在了肩上，就要把它挑起来。荷花作为她的干女儿，她当然不希望她守寡，可是，她更希望荷花能够明白，如果不把小鬼子赶出中国去，老百姓是过不上好日子的。听了黑妞的话，荷花点了点头。

此时，刘光明已背着狙击枪朝八里庄村外走来。但这一次，他发现村外加了岗，一千米内很难潜伏。

刘光明只好回来了。来到常家村外，他想起了孙宪智说过的话，在常家村外的石墙上画了个西瓜大小的圆圈，然后退到三百米外，瞄准，开枪。直到七八枪后，刘光明才有了感觉，能够正确地调整瞄准器了。再打了几枪，终于打中了圆圈。刘光明突然冒出了一个念头，他要去干掉龟原，干掉段瘸子。

就在这天夜里，刘光明背着狙击枪潜入了县城。他选择了警察局外的一所戏楼，然后上了房顶。天亮之后，警察局内有人活动了，段瘸子出现在瞄准器内。

当刘光明要扣动扳机的一瞬，他突然想起一件事。他记得红爷曾经说过，她要亲手杀了段瘸子。想到这，刘光明收了枪，来到了龟原的司令部对面。他发现司令部对面的几个狙击位都有鬼子的岗哨，看来，龟原早就提防有人狙杀他了。

刘光明和龟原在司令部里朝过面，知道从哪里可以看到司令部内的情况，于是悄悄地朝左侧摸去，把两名岗哨的喉咙捏碎，然后又将他们贴靠在墙上，做出在执勤的样子。

刘光明趴在房顶上，将枪口探出，瞄向司令部内。通过窗户，隐隐可以看到一个鬼子军官坐在椅子后面。

刘光明等了半天，到晌午的时候，有人送饭进去，又过了一阵，鬼子军官居然动也不动。刘光明原本想等他出来，见他居然连门都不出，只好开了一枪。嘭地一声，子弹穿过窗户，打在人影之上。枪声一响，司令部的院子里就出现了许多鬼子，大门外的鬼子也行动了起来。

司令部内的窗户被鬼子兵推开了，几个鬼子端着枪守在窗口。通过敞开的窗户，刘光明突然发现，被自己打倒的"鬼子"居然是假的。而真正的龟原正躲在一群鬼子的身后。

刘光明想起来了，龟原的司令部还有个内室。龟原太狡猾了，他似乎料到有人会来狙击自己，所以一直藏在内室办公。龟原虽然躲过了一劫，吉野却没有那么侥幸。

刘光明见鬼子朝狙击位搜了过来，迅速撤离。他背上枪，穿房越户，来到了城门口。当时，城门已经关上了，吉野接到电话后，带着一群宪兵在街道上搜索。看到吉野，刘光明将一颗子弹毫不吝啬地送了出去。

这一枪，刘光明打在了吉野的脑门上。吉野刚好转过身来，看到了藏在屋顶上的刘光明，他大手还没挥起来，就倒在了地上。

城门口的鬼子乱成了一团，当官的死了，有人搜索，有人躲避，有人偷懒，日伪军顿时分成了三类人。刘光明上了城墙，呼呼几刀，将守墙的几个鬼子劈倒，溜到了城下。城门打开，几辆小鬼子的摩托车开了出来，后面还跟着段瘸子和他的兵。

刘光明下了小路，朝枣林里钻去。小鬼子都跳下摩托车，随后追来。一棵棵枣树，就像愤怒的汉子，在瞪视着小鬼子。带队的鬼子少尉小野有些心虚，命令段瘸子的人在前搜索。

刘光明藏身枣树后，一枪撂倒了冲在前面的警察，大叫："段瘸子，老子刚才本想打爆你的头，但想着你是个中国人，就留了你的狗命，不想死给老子退回去！"段瘸子听出了刘光明的声音，吓得脸都绿了。这家伙是个怕死鬼，也有些鬼心眼，突然哎呀了一声，坐在了地上。小野吆喝时，他就咧着嘴说，"俺的脚抽筋了。"

段瘸子不想死，他已经看出来了，刘光明手中有狙击步枪，说不定一枪真能打爆自己的头呢。段瘸子不动，他的手下也不傻，就散在两边，只往远处走，不向中间包围。

三个小鬼子搜到了前面。刘光明突然从树后闪了出来，刷刷刷，接连三刀，将他们劈倒在地，然后到了另一棵树后。子弹上了膛，刘光明松了口气，将狙击枪靠在树上。

一枪一个，接连五个鬼子倒了下去，连小野都吓得趴在了地上。

小鬼子总共出来四辆摩托车，一共十二个人，倒下了八个，还有四个。刘光明填充了子弹，狙击枪在手中越来越有感觉，就地一滚，抬枪射击，打在一个小鬼子的腿上，又补了一枪，将他送到阎王爷那里去了。

就在这时，小野开枪打死了段瘸子身边的警察，他已经看出段瘸子的兵消极起来了。刘光明见警察局的人开始缩小包围圈，居然不退反进，朝小鬼子少尉冲了过来。他知道，警察局出来了几十号人，如果逼上来，狙击枪肯定来不及。倒是小野那边，只剩下几个人。

小野做梦都想不到刘光明会杀回来。他挥舞着手枪，命令剩余的三个鬼子和段瘸子出击。

刘光明身法非常灵活，在枣树间左右穿梭，接连放倒了三个鬼子，一个箭步到了小野的面前，一刀劈了下去。刘光明将狙击步枪朝段瘸子一指，淡淡地说："老子今天不杀你，命令你的人撤回城内。"段瘸子跪在地上，不住地哀求："爷，使不得啊，俺的人要是退回去，龟原少佐不会饶了俺。"刘光明怒喝一声："听你这话，是要把老子抓回去了？"段瘸子吓出一身冷汗。刘光明朝被小野打死的警察说："有他在，你还怕不能交差吗？"

段瘸子明白了，命令他的手下撤了回来，并带上那具死尸，撤回了县城，将自己那位手下抬到了龟原的面前，就说狙击手一共两个，警察局负责追赶一个，最终把敌人打死了，小野负责追赶另一个，不但让敌人跑了，还落了个全军覆没的下场。段瘸子心想，反正死无对证，你龟原也不能指责保安团抓敌无力，吉野和小野更无能。

这次刺杀行动，刘光明虽然没有杀掉龟原，但是杀了吉野和小野，还杀掉了十几名小鬼子。不几天，他的事迹便被人神乎其神地传了出来。

在通往县城的崔家三岔口，有一个茶馆，这里向北八里就是常家村，向西十里就是乐陵县城，而往东二十几里，就是庆云县城。茶馆交通便利，历来便是客商往来暂歇的地方。茶馆外的一张桌子上，刘光明正头戴斗笠地坐着，他身边的桌子上坐着几个人，在议论着吉野和小野被杀的事。旁边几张桌子上的食客都听入了迷。

就在这时，刘光明看到远处有五个人走了过来，都穿着一身的八路军服装，左右两人是红爷和孙宪智，后面两人，一个是双喜，一个是双菱，中间一人，正是苏秋香。

苏秋香一来，刘光明就走了。刘光明不想和苏秋香照面。苏秋香来到他刚刚待过的桌前坐下。双喜一转头，望着刘光明的背影，忍不住说："俺怎么觉得他像光明哥？"她这话说完，苏秋香、红爷等人都朝刘光明的背影望来。刘光明却越走越快，已经去得远了。

苏秋香望了半晌，突然转头问孙宪智："老孙，你说，这个枪王会是谁？"孙宪智将目光从刘光明的背影上收回来，摇头说："这个俺可猜不到。"

这时候，那边桌上的人还在聊着枪王的英雄事迹。双喜突然说："俺觉得，这事就是哥干的。"红爷一瞪眼，"双喜，你眼里是不是就一个刘光明？"双喜固执地说："反正这是俺的直觉。"苏秋香看看双菱。双菱想了想说："俺觉得这个枪王，或许就是两次救过苏代表的人。"苏秋香点点头："这个倒有可能。"她又朝红爷望去。红爷说："反正不会是姓刘的，那家伙刀法是好，可枪法一般。"苏秋香想了想说："这个人神出鬼没，两次潜伏在咱们的身边，要是敌人的话，咱们就太危险了。"孙宪智忙说："苏代表多虑了，他杀了那么多鬼子，怎么会是敌人。"

"他杀鬼子也不能说就是咱们的人，很多土匪也杀鬼子……"苏秋香瞥一眼红爷，接着说："杀鬼子或许是因为他和鬼子有仇，但他为什么潜伏在咱们周围？"孙宪智说："可他救过你两次啊，如果是敌人，怎会救你？"苏秋香摇摇头："他救俺，是因为那两个要杀俺的人都是日本人。"苏秋香其实也想过那个人是刘光明，只是她觉得刘光明的枪法不会这么好。

第三十三章　冤枉

经过这段时间的折腾，刘光明知道小鬼子暂时不会有什么活动了。他见黑妞家的枣堆在了铺上，就叫上有德，装了一马车，朝县城而去。

这些年来，哑巴家的小枣大多销往县城。只是这几年，由于日军进入鲁西北，枣树的收成大减。马车在八里庄村口，被八路军的路卡拦住了。两名八路军战士端着枪上来，喝问车上装的是什么。刘光明让有德上前应付。有德说："都是小枣，要去县城卖。"一名战士说："必须检查，否则，不能通过。"

刘光明眉头一皱。不过，他知道这些人都是苏秋香的手下，所以按了按斗笠，没说话。有德却急了："喂，俺们可是正儿八经的老百姓，进城卖枣不犯法吧。"战士说："老乡，这是规矩，请理解，等俺们确定袋子里没有什么，会放行的。"有德看看刘光明，刘光明点点头。

其实刘光明不想让人检查，因为车厢下面绑着他那把狙击步枪。就在战士要检查的时候，孙宪智到了。孙宪智解了刘光明的围，目视着他远去后，这才回到司令部。当时，苏秋香正在和周贯五商量近期战略的方向问题。

前几次攻打县城，苏秋香是为了不断消耗小鬼子的实力，从而削弱小鬼子在天津大本营的驻军，现在，她觉得攻打县城的时机基本成熟了。

就在这时，苏秋香接到了上级的电报，要求冀鲁边抗日纵队再次组织人力，炸毁日军刚刚运到沧县的军火库。从电报中看，上级分析了全国乃至全世界反法西斯战争的局势，日军近期一定会将军火运往南方。最后，苏秋香决定，将任务交给孙宪智，由他制定代号为"神兵"的行动。

"神兵"行动还没有开始，黑妞就来了。苏秋香看到黑妞，就叫了声"娘"。黑妞拉着苏秋香的手说："秋香啊，林二妞死了。"

苏秋香听说林二妞死了，马上带着红爷等人，跟随黑妞去了林家。

林二妞是林家村人，父亲林老汉是林员外的长工。有一年，林老板在田里收庄稼，一回头，身后起了大火。林员外一怒之下，踹烂了林老汉家的门，抓住了林二妞的手腕，说："要么赔地，要么让你女儿跟俺走。"就在这时候，土匪眼镜蛇出现了，说："赔多少？""十个大洋。"林员外说。眼镜蛇掏出十块大洋，扔给了林员外，然后把林二妞带走了。

从此，林二妞就嫁给了眼镜蛇，成了他的压寨夫人。直到一年后，林二妞才从眼镜蛇醉醺醺的声音里听到，那天的大火就是土匪点的。不久，眼镜蛇带着土匪进村抢劫，被林员外买通了保安团，把眼镜蛇等人围歼了。林二妞刚跑回家，林员外就来了，然后又拿当年的地说事，抢了林二妞，关在儿子林傻子的屋子里，对外却说，林二妞是走投无路自己来的，愿意嫁给他儿子。

自此，林家村关于林二妞的风言风语就没断过。前不久，苏秋香还听到林老汉的控诉，她带人找过林员外，林员外说林二妞是自愿嫁给他儿子的，苏秋香想从林二妞的嘴里得到真相，只是林二妞一直摇头，什么都不肯说。直到后来，苏秋香才知道，林员外事先将一块玉佩放在了林二妞的炕头上，诈她偷盗了自己的传家宝，如果林二妞把真相说出去，他就状告林二妞。

林二妞是和林傻子一块死的。

眼镜蛇虽然是土匪，但毕竟是个正常的男人。跟了眼镜蛇，林二妞委屈，跟了林傻子，她更委屈。林傻子每天都傻兮兮地，把她身上掐得青一块紫一块，甚至用牙咬，用火烫。林二妞绝望了，她看着呼呼大睡的林傻子，拿起了炕头上的剪刀，一咬牙，捅进了林傻子的心口窝。林二妞杀了林傻子，然后就自杀了。

天一亮，林员外发现儿子死了，就去林老汉家大闹。林老汉让三女儿林三妞去通知林大妞。林大妞是林老汉的大女儿，三年前嫁到常家村的，男人是个游击队员，在和日军的作战中牺牲了。林大妞听说二妹死了，赶紧去找黑妞，将二妹寻常受的苦一一地说了。黑妞是妇救会的副主任，这事儿也算是她的权力范围。黑妞了解了事情的经过后，觉得有些复杂，这才来找苏秋香。

黑妞和苏秋香、红爷等人来到林家村，发现林二妞的尸体已经抬回了林老汉家。苏秋香检查了尸体，看到那浑身的伤疤后，眉头紧紧地皱了起来。红爷性子急，见好端端的一个女人，居然被林傻子作践成这样，从腰里拔出双枪，就去了林员外家。

黑妞和苏秋香担心红爷把事情闹大，随后也跟去了。红爷一进林员外家，就将手枪对准了林员外的额头，眼睛一瞪，"姓林的，你还恶人先告状，走，跟爷去看看林二妞身上的伤。"

林员外一看到红爷就吓坏了，他早就听说八路军的队伍中多了这么一号人物，不过，他很快就平静了下来，"开枪啊，只要你觉得林某该死，就开枪吧。"

红爷真的想扣动扳机，把林员外送到阎王爷那去，就在这时候，黑妞等人追来了。

"红姑娘，别冲动。"黑妞赶紧劝说。在没有弄明白真相前，她想尽量避免事情的复杂化。

双喜跑了进来，按下了她的手腕。双喜跟随红爷许久，自然了解她的性格，所以尾随着红爷就来了。苏秋香和跟来的双菱也劝说着，红爷这才把枪收了起来。

林员外把他们带到了儿子的停尸房，"林二妞死了，你们觉得可怜，俺儿子也死了，难道就不可怜？俺儿子或对或错，总是个傻子啊，再说，他已经死了，你们还想怎么样？"

林员外这席话虽然短，却让黑妞等人无言以对。而且，他一把鼻涕一把泪的，越说越悲伤，把大家的鼻子都哭酸了。

黑妞作为妇救会的副主任，原本想将婚姻自由等一些新思想灌输给林员外，又一想，人家儿子儿媳刚死，说这些太不合时宜了，就闭了口。

红爷却再次举起了枪，朝林员外说，"老狐狸，别以为你做的那些事爷不知道，爷早就听说过了，哪天要是让爷知道你在搞鬼，一枪打爆你的头。"

从八里庄到林家村有三四里路，一路上，黑妞将林二妞的事告诉了苏秋香等人，谁都可以想到，这里面一定有林员外的事，林二妞再怎么贪图荣华，也不可能嫁给一个傻子。

苏秋香等人回到了林老汉家，安慰了他和他的家人。

林老汉有三个女儿，林三妞今年才十九岁，还没有出嫁，她看到苏秋香，说了不少二姐的事。原来，林二妞期间忍受不住林傻子的折磨，曾经回家许多次，但随后都被林员外给拖了回去。林老汉也叹息着说："没办法，俺知道二妞受苦，也曾去求过林员外，让他写一纸休书，林员外不肯。"

苏秋香看看黑妞说："娘，看来，旧的婚姻思想不解放，广大妇女就得不到自由，得不到幸福啊。"苏秋香在常家村住着时，就一直叫黑妞娘。所以，她这声娘叫的很自然。黑妞点点头："是啊，俺的工作还有好多不到位的地方。"黑妞知道，她是妇救会的副主任，这些事，她是责无旁贷的。

众人离开林老汉家时，林大妞一直把他们送到村头，然后也和黑妞一起回了常家村。

林大妞这一走，就再也没能活着回来。几天后，常家村传来林大妞去世的消息，有人早上打水的时候发现她死在了井里。

林二妞刚死，林大妞就死了。接到消息后，黑妞和苏秋香、红爷等人都来了。黑妞望着躺在井边的尸体，倾听着目击者的描述。不一会儿，林老汉和林三妞都来了，他们哭得一把鼻涕一把泪。从目击者的口中，黑妞了解到，林大妞的男人死后，她一直寡居在家，那么，她是自杀呢，还是他杀？她看看苏秋香等人，望向了井沿。

顺着黑妞的目光，苏秋香发现，井沿上看到了一个名字：刘光明。红爷眼珠子瞪圆了，抬手朝刘光明的名字打了一枪，叫道："来人，去把姓刘的捆来！"

双菱带人进入常家村时，刘光明正准备和有德进城。这几天，他一直在县城里谈生意，因为有朱富贵在县城，合作还算顺利。在交往中，刘光明还认识了一位有些东北口音的商人，三十来岁的样子，白白净净的，虽然个头不高,人看上去也算精神。这个人自称姓左,在刘光明的马车前转了一圈,不问枣,却问起了枣苗的事。有德就说:"喂,你到底是想买枣啊,还是买枣苗?"左先生说:"当然都想,我是看了这么好的小枣,想起枣树的事,从枣树又想起培植的事,不知道你们这里的枣树怎样培植最好?"有德说:"那还不简单,大树下面有小树,枣苗都是从树根上生出来的,等到春暖花开,挖了树苗种上就行了。"说完,他又看看左先生:"听声音你是东北人吧?估计够呛,俺不是吹,乐陵小枣历史悠久,几千年了,别看在俺们这地里长出来,嘎嘣脆,倍儿甜,要是去了你们那里,八成养不好。"刘光明看出那人的用心不在小枣上,所以示意有德少说话。

那人问不出个一二三来,又去了其他的枣摊。刘光明万万想不到,这个人其实就是日本的武士佐藤。佐藤不但精通空手道的功夫,而且颇有经商的头脑,曾在关东军待过几年,学了一口东北话。佐藤是龟原向大本营请来的帮手,目的就是要调查出"枪王"是谁。佐藤怎能想到,他要调查的"枪王",就在眼前呢。

刘光明回去后,佐藤就找到和他交易的商家,问到了刘光明的名字。晌午过后,一身便装的佐藤来到了常家村。他听说,乐陵小枣集中在常家村,而刘光明,经常住在哑巴家。

佐藤围绕着常家村转了一圈,天黑的时候,他来到了村内。佐藤没有回城,他听说常家村曾是游击队出没的地方,于是留了下来,想调查一下"枪王"是不是游击队员。刚好,佐藤就敲开了林大妞家的门。

林大妞寡居在家,看他是个中年男子,就想关门。佐藤用一口不甚流利的东北话说:"放心,我从关外来,是安分的生意人,没想到中途被日本人抢了,要不是遇到游击队,怕是连这条命都保不住了。"林大妞一听他提起游击队员,就多了些亲近感,不但请他进屋,还给他盛了一碗地瓜粥。林大妞的善心并没有得到善良的回报,因为她面对的是阴险的佐藤。

佐藤从林大妞的口中,了解着游击队的情况,又问起了"枪王"的事,林大妞告诉他,游击队员中同时具备好武艺好枪法的人还真没有,不过,这让她想起了一件事,她说曾经看到刘光明练习枪法。她认为,这个人或许就是刘光明。

　　佐藤听说"刘光明"的名字后，就想起在县城遇到的那个人，于是让林大妞带着他连夜去找刘光明。走到村口的井边，林大妞不走了，刚刚哑巴从旁边经过，因为天黑，撞在佐藤身上。佐藤脱口骂了一声"八嘎"。林大妞马上意识到，这个"左先生"是日本人。

　　当她张嘴要喊时，佐藤已经掐住了她的脖子，然后将她投入井中。

　　佐藤料到八路军一定不会不顾林大妞的死活，林大妞的话只是一种猜测，也不能完全肯定刘光明就是"枪王"，但是，刘光明也是日本人的心腹大患。因此，佐藤来到常家村，敲响了哑巴家的门。刘光明闻声出来，佐藤却快步走开，将他引到了常家村的井沿边。

　　因为夜色漆黑，刘光明怎么也想不到林大妞在井下，他看看周围，已经不见了人影，又发现井边落了一块围巾，就捡了起来，百思不解地回了家。刘光明走后，佐藤就从暗处出来了，临走前，在井沿上写了"刘光明"两个字，又发现旁边失落了一只鞋，揣在了怀里。

　　林大妞的死，让红爷暴跳如雷。林二妞刚死，林老汉一家还没从悲痛中走出来，林大妞又死了，红爷怒气冲天，让双菱将刘光明绑了过来。

　　刘光明被双菱带来后，黑妞也把荷花叫来了。

　　荷花是从有德的口中听说刘光明出事的，她来到井沿边，看了看林大妞的尸体，又看看井沿的字，望向刘光明。刘光明移开目光，望向黑妞说："大娘，人不是俺杀的。"黑妞又望向红爷。红爷问："刘光明，你昨晚来过常家村没有？"刘光明说："来过，不过是有人把俺引来的。"红爷接着问："那你说，引你前来的人是不是林大妞？"刘光明已经看到了林大妞的尸体，他摇摇头："俺没看到人，昨晚俺追到这里，人就不见了。"

　　双菱递上一块围巾，说是从刘光明的家里发现的。林老板一见，就老泪纵横地说："这是俺家大妞的啊。"林三妞扑向刘光明，不住地厮打着。双喜把林三妞拉开，对苏秋香说："苏代表，哥不会随便杀人的，俺相信他。"

　　荷花也把刘光明护在身后，给苏秋香跪下了，央求道："秋香，不管怎么说，你们也是发小，你不能委屈了他啊。"

　　红爷却拔出一支枪，顶在刘光明的太阳穴上："说，为什么要杀林大妞？"苏秋香把荷花拉了起来，抬头望着刘光明。刘光明也望向苏秋香。

　　"你要不要解释一下？"苏秋香问。刘光明摇摇头："话已经说过了，如果你们硬是认为人是俺杀的，俺也没啥解释的。"林三妞突然抢过双菱手中的枪，朝刘光明打去。嘭地一声，子弹射入了刘光明的胸膛。刘光明闷哼一声，他捂着自己的胸口，怒视着林三妞。

　　枪声一响，周围的人都有些傻了。双菱抢回了枪，双喜和荷花扑在了刘光明的身上，黑妞抱住了刘光明的身子。苏秋香脸色大变。

　　红爷一脚把林三妞踹倒在地，手中的枪指在了她的头上："娘的，他是爷的男人，要杀也得爷来。"林三妞嘴唇都咬出了血，大笑一声，"大姐，三妞给你报了仇，你走好！"

第三十四章　林三妞

刘光明被抬进了军区医院，如果不是林三妞从没握过枪，或许这么近距离的一枪，就真的要了他的命。

子弹被取了出来，刘光明也从昏迷中醒来。这几天，不少人来看他，周贯五、孙宪智等。当然，苏秋香、双菱等人也常常来。双喜、荷花一直就守在刘光明的身边，寸步不离。红爷一开始也守在这里，但是她性子急，不时地在病房里走来逛去，嘴里骂来骂去的，也不知道在骂刘光明，还是林三妞，后来，双喜就把她推走了，担心她要上性子来，盒子枪走了火。

黑妞也常来，她这几天从头至尾没有说一句来，来后就站在床边，盯着刘光明的脸，然后默默地走开。

刘光明也是一句话不说。他是无话可说。病房外一直就有八路军战士执勤，说是保护也好，说是软禁也好。刘光明知道，林大妞的死已经和自己扯上了说不清的关系，要想洗刷自己，只有找到那个把自己引出来的人。那个人到底是谁？

刘光明慢慢地睁开眼睛，他发现荷花正望着自己，她一双原本清澈的眼睛里，此时布满了疑云。

"您以前接触过林大妞？"荷花问。刘光明摇摇头："没有，只是乡里乡亲的，面熟。"刘光明从荷花的眼里，看到了一种不信任。他知道，这件事不但对林家打击太大，对荷花同样也有打击，毕竟林大妞是个寡妇。

荷花走后，刘光明将双喜叫到身边，低声说："双喜，你相信哥吗？"双喜蹲在病床边，望着他使劲地点头。刘光明松了口气，让她去调查一下，那天晚上到底有什么人进出过常家村。

夜幕落了下来，月光悄悄地挤进了门缝。门外的看守在打着哈欠，黑妞提着饭盒进来了。刘光明刚想坐起来，黑妞嘘了一声。刘光明一愣，不知道黑妞要做什么。

黑妞低声说："俺听说了，军区已经做出决定，明天要对你进行公审，快离开这里。"刘光明摇摇头："不行，俺又没杀人，凭什么走。"黑妞苦笑着说："但是你能证明自己没杀人吗？"刘光明想了想说："秋香不可能连这点情面都不给吧。"黑妞一叹："八路军只讲政策，不讲情面的。"

刘光明原本不想逃走，但又一想，自己不能不明不白地死去。于是，刘光明连夜逃出了驻地医院。

黑妞目送着刘光明远去，这才松了口气，走了出去。司令部中，苏秋香正默默地坐在椅子上，她听到脚步声，问道："出去了？"黑妞点点头。苏秋香点点头，喝道："来人。"警卫员带着双菱过来了。苏秋香没看到红爷，就问："红营长呢？"双菱摇摇头："爷刚刚出去了，俺问她去哪里，她没说。"

红爷其实并没去远，而是在驻地医院东北角外的枣树上坐着，默默地望着空中的月亮。过了一阵儿，细微的脚步声传来，红爷的手握在枪上。

一条人影翻过院墙，刚到树下，红爷跳了下来。那人挥手就要出拳，看到红爷后，拳头收了回去。月光下，红爷看出了他的面目，正是刘光明。

红爷瞪了他半响，将枪一收："你走吧，不要让爷再看到你。"

刘光明有很多话想跟她说，却知道这里靠近八路军司令部，不便多言，只好飞快地穿入枣林中。

月落树梢的时候，刘光明回到了哑巴家。他是翻墙进来的，并没有惊动任何人。他在上房的窗外，默默地站了许久，又来到偏房外，默默地站着。依稀可以听到荷花翻身的声音。

突然间，荷花问了声"谁"，刘光明跳了下去。房门没有拴好。被风拉来拉去的咣咣直响。刘光明走了进去，一股浓烈的酒气扑面而来，依稀可见有德醉倒在炕上。刘光明给他盖了盖被子，从夹墙中掏出了狙击步枪和大刀，背在身上，然后关了门。

刘光明知道，黑妞虽然放走了他，但是林大妞的事一天不结束，他一天不能用正常面目示人。

刘光明来到了罗家寨。昔日匪气弥漫的罗家寨，此时成了一座空房子。就在这座房子里，刘光明想起了和红爷在一起的情景，又想起昨夜她放走自己的一幕。

天渐渐亮了，刘光明从罗家寨找出一件大氅，裹在身上，遮住了狙击步枪，头戴斗笠，离开了罗家寨。

刘光明来到了常家村外。他想调查一下林大妞的死，发现井沿和她的房子外有村民站着，只好离开了。随后，刘光明又朝林家村走来。天色渐亮。在林家村外的枣树间，刘光明看到林老汉和林三妞正在给林二妞上坟。

哭完了林二妞，林三妞又跪在一座老坟前，痛不欲生的样子。

刘光明躲在一棵高大的枣树上，望着下面的父女，从他们的表情看，显然非常悲切。看起来，林大妞的死与他们无关，那么，把自己引到常家村的人到底是谁？

林三妞一张清秀的脸，满是泪水，两只眼睛肿得像桃。从林三妞的哭声中，刘光明听出来了，老坟中埋着的是她的母亲。

就在刘光明沉思的时候，林员外出现了。林员外装出一副假仁假义的样子，掌心地托着几块大洋。林老汉伸手要去接，被林三妞按下了胳膊。林三妞瞪了林员外一眼，说了一句"猫哭耗子，没安好心"，就走开了。

林员外将银元放在林老汉的掌心，拍拍他的手："女儿大了，该找人家了。"

林老汉是个老实巴交的人，他攥着那几块大洋，有心还给林员外，却又舍不得。

林员外说："林某进城时遇到一位贵人，听说了林家的事，也听说你还有一位小女儿未嫁，有意和你结为亲戚，如果你愿意，将奉上订金一百大洋。"

听说有一百大洋，林老板两眼放光，忙问："贵人是哪个村子的？"

林员外接着说:"哪个村子不便透露,如果你愿意,咱们晌午枣城酒楼见,到时候,林某会给你们引荐的,记住,带上你的女儿。"

林老汉连连点头,揣起大洋走了。

刘光明看到了林员外眼里射出的狡诈目光,心头一动,来到了枣城酒楼,选择了一个角落坐了下来。果然,晌午时分,林老汉带着小女儿来了。林三妞一进门就说:"爹,没事你让俺进什么城,还到酒楼来,这哪是咱贫穷人家来的地方。"

掌柜的看到林老汉父女穿着朴素,上上下下地看着他们,"没走错地方吧。"林老汉掏出一个大洋,放在掌柜的手中。掌柜的马上换了脸色。林三妞看着那块大洋,忙问:"爹,你哪来的大洋?"林老汉说:"三妞,实话告诉你吧,有人给你找了个婆家,爹今天就是带你来相亲的。"林三妞叫道:"大姐二姐尸骨未寒,听说仇人又逃跑了,俺这时候没心情相亲!"

就在林三妞要转身离去的时候,外面进来两个人,一个是林员外,一个正是佐藤。

那天,佐藤等人的桌子就在刘光明的身后,所以,他们的谈话被刘光明听了个满耳。当时,刘光明也不知道佐藤是日本人,只认为他是个城府极深的关外商人。

刘光明听他们在谈论婚姻的事,起身就要走。当他走到门口的时,突然听到林三妞说:"好,俺答应你,只要你能杀了刘光明,俺就嫁给你。"

刘光明停了下来,他怎么也想不到,自己成了林三妞婚姻的筹码。

林三妞哪里知道她真正的仇人不是刘光明,正是眼前这位"左先生"。当林员外提及她和佐藤的婚事时,她起初是拒绝的。林三妞见对方比自己大了十几岁,而且来历不明,自然不同意。后来,佐藤突然说:"我从你的眸子中,看到你内心充满了仇恨,是不是想杀一个人?"林三妞说:"不错。""说吧,这个人是谁,我从商十来年,哪条道上都有朋友。"佐藤说完这些话后,林三妞马上把刘光明的名字说了出来,并提出了成亲的条件。事实上,这是佐藤一手操纵的,当然,主意是狡诈的龟原出的。龟原听说八路军将刘光明当成了杀害林大妞的凶手,让佐藤继续把水搅浑,他们想利用这件事,来激发中国人内部的矛盾。

佐藤是个空手道高手，也是位优秀的商人。他总会把事情的利益做到最大。

佐藤答应林三妞，找朋友杀了刘光明，并将她带到了县城的一处大宅院中，说是让她见见自己的朋友，好好地描述刘光明的长相。林员外原本是陪女儿去的，后来，他就被林员外拉走了。偌大的房间里只剩下佐藤和林三妞两个人。

林三妞突然有些紧张，她从佐藤的眼睛里看到一种邪光，忙问："你的朋友们呢？"佐藤一边笑着走向林三妞，一边说："说好了来这里，大概快到了吧。"林三妞倒退几步，叫道："你别过来。"佐藤解着衣服上的扣子："林小姐，别怕，你早晚都是我的人了。"

就在这时候，门口出现一个人。这个人一伸手就把林三妞拉到了身后，双手抱肩，淡淡地说："左先生，你的朋友来了。"

这个人正是跟踪而来的刘光明。刘光明不放心林三妞，跟在了他们身后，见佐藤要欺负林三妞，就从外面冲了进来，然后将斗笠朝后一摘。看到他的面目后，林三妞和佐藤都愣了。

林三妞扑了过来，狠狠地咬着刘光明的胳膊。佐藤得意地看着面前的一幕。刘光明眉头紧皱着，他低头看看林三妞，她似乎把浑身的气力都使了出来。刘光明不忍心摔倒她，对佐藤说："来吧，你不是要杀俺吗。"佐藤上上下下看看刘光明，突然看到他披风内的狙击枪，叫道："你果然是枪王？"

听到"枪王"两个字，林三妞抬起头来，她退后几步，大口大口地呼吸着。刘光明看看自己的手腕，好深的牙印。

就在这时，佐藤出手了。佐藤一出手，刘光明就有些怀疑。因为他的掌法看起来像日本的空手道术，踢、打、摔、拿、投、锁、绞，一出手全是贴身搏斗术。

两人交手十几招。一开始，刘光明对空手道的近身搏斗不太适应，胳膊上挨了一掌，几乎骨折，斗篷也被撕了一条缝隙。渐渐地，他摸清了空手道的路数，闪展腾挪，尽量保持距离，然后抽出大刀，一刀将佐藤砸倒在地。

佐藤毕竟是空手道高手，抗击打能力非同常人，居然又站了起来。刘光明心中疑问更大，看出他并不像商人。就在这时，院子里冲进七八个便衣。刘光明拉着林三妞的手，逃了出来。

起初，刘光明还担心林三妞不跟他走，当他发现林三妞拼命地往外跑后，松了口气。两个人趁乱出了城，回到了林家庄外。一路上，林三妞没说一句话，刘光明也没说。

林三妞之所以跟刘光明出来，是知道佐藤对自己不怀好意，但是她真正的目的还是想杀了刘光明。

两人从小路来到了李小庵村后，再往前，就是林家村了。刘光明站了下来，说："三妞，那个人一身诡异，你千万不要相信他，快回家吧。"

林三妞往村子的方向走了几步，突然转头说："今天你救了俺，过去的事就一笔勾销了。"刘光明当然高兴。虽然杀害林大妞的真正凶手还没找到，但不管怎样，林三妞不再恨自己也是好事。林三妞看看他说："你还是把俺送回家吧，俺害怕路上遇到那些人。"

刘光明应该想想，林三妞敢抢过双菱的枪，敢和他拼命，哪里是胆小的人。他见林三妞突然一副柔柔弱弱的样子，就陪着她到了家中。

进了屋子，林员外还没有回来。林三妞给刘光明倒了一碗水，又帮他卸掉斗篷和狙击枪。突然间，林三妞端起了枪，大声叫道："姓刘的，俺要杀了你。"

刘光明见她并没有拉枪栓，笑了，"三妞，枪不是这样玩的。"说着，他手腕一翻，将步枪从林三妞的手里夺了下来。刘光明背起枪朝外走去，就在这时候，双喜从外面跑了进来，一枪射向林三妞。嘭地一声，枪响了。刘光明回头一看，一把菜刀落在地上。原来，在他转身的时候，林三妞抓起了桌子上的菜刀。

刘光明和双喜离开了林家村。双喜告诉他，暂时还没有调查出什么线索，不过她在司令部遇到了黑妞。黑妞说，那晚哑巴曾去过小卖铺，她正要去常家村继续调查，刚刚看到他和林三妞回来，就跟了过来。

枪声一响，附近巡逻的八路军战士展开了搜索。双喜担心刘光明被抓，陪着他混过了几个岗哨，来到了罗家寨。双喜说："你刚从县城回来，就别回去了，常家村更加不能回，在罗家寨躲一阵吧。"

刘光明点点头。但他万万没想到，林三妞跟踪了他们。他和双喜一走进罗家寨，林三妞就进了县城，将刘光明的消息告诉了佐藤。经过和刘光明的一次较量，佐藤的狂妄之心收了起来，他已经肯定刘光明就是"枪王"了，因此，他马上带领黑衣队出发。这些黑衣人，是他从日本带来的忍者，一共十六名，都有一身的空手道功夫。

黑衣队冲进罗家寨，在大院中，把刘光明和双喜包围了起来。双喜拔出双枪，十六名忍者各自拔出长刀。佐藤抱着双肩，朝刘光明一指："刘光明，看来，今天真是个不错的日子。"刘光明看看林三妞。林三妞朝他狠狠地瞪了一眼。

刘光明扫一眼忍者手中的刀，对佐藤说："如果俺没猜错的话，你并非关外的商人，而是日本人。"佐藤哈哈大笑："不错，本人佐藤，日本空手道八段。"

林三妞听说"左先生"是日本人，当时就呆住了。

佐藤一声令下，忍者向刘光明展开了攻击。双喜只懂得皮毛功夫，她退开几步，向那些忍者开枪。但是，忍者擅长障眼法的功夫，飘忽不定，一阵烟雾就会失去踪影，她连开了几枪，居然一个忍者都没打死。

刘光明在忍者中穿梭着，寻找着出手的机会。突然间，他朝左侧里踏出一步，又朝右侧奔来，一刀劈出，一个忍者倒在地上。刘光明转眼间又劈倒三个。随后，他让双喜赶紧把林三妞带走。

双喜原本不想将刘光明一个人丢下，但是，刘光明的话中有一种不容违抗的力量。她只好咬咬牙，保护着林三妞出了罗家寨。

刘光明并没想和佐藤硬拼，他见对方人多，瞅准机会，一个翻身上了土墙，然后来到城楼上，架起了狙击枪。

纵然忍者有障眼法的本事，但是刘光明已经摸透了他们出没的规律，嘭嘭嘭，接连三枪，又撂倒了三个。佐藤做了个散开的手势，剩余的忍者从四面八方向土墙上攻击。佐藤的目标是刘光明，因此，对于双喜和林三妞的去留，他根本就没放在心上。

由于对方忽而失去影子，忽而在意想不到的位置出现，刘光明的子弹屡屡打空。猛地，一道亮光在眼前闪烁。刘光明下意识地一滚，不但胳膊上挨了一刀，人也摔下了土墙。

在身子落向地面的时候，刘光明朝上打了一枪，一个忍者被射中要害，飞落了下来，摔在刘光明的身边。

那一摔，刘光明也伤得不轻。等他逃出几里地外，这才扯下一块布条，将伤口包扎好。

刘光明是在天黑的时候回的常家村。他一进偏房，就把荷花吓坏了，看到他浑身血淋淋的。荷花赶紧重新为他包扎了伤口，发现他身上不但有三处刀伤，手腕上还多了一个细碎的牙齿印。荷花端详着他的手腕，问："是林大妞咬的吧。"刘光明眉头一皱："瞎说。"荷花醋溜溜地说："不是她还有谁？张寡妇，还是李寡妇？"荷花的话充满了讥讽的味道，就像一根根刺，扎得刘光明耳朵非常难受。"是林三妞。"他说了实话。荷花却不想相信，说："要是她，怎么没把你咬死。"刘光明说："荷花，你自己看看，咬得还不够狠吗？"荷花突然抓过他的胳膊，也狠狠地咬了一口。

刘光明望着荷花，荷花一边咬，也一边望着他。刘光明发现荷花的眼里突然涌出两汪泪水，心就软了。他原本已经生气，想震开荷花的嘴巴，看到这里，说："相信俺，没负你。"

荷花松开了他的胳膊，在炕边上坐着，半晌才说："你可以娶红爷，可以娶双喜，甚至可以娶秋香，但是，你怎么能去林大妞家？你知道吗，现在咱们两个都没落下好名声，俺今儿回了趟娘家，听到村子里的人说闲话，有人说你，也有人说俺。"刘光明问："那些人说你干什么？"荷花泪汪汪地说："你说呢？你家里头有俺这样的女人，还要去林大妞家，人家都说俺连个寡妇也不如呢。"刘光明叹了一口气，拉过荷花的手，郑重地说："荷花，你一定要相信俺。"荷花望着他的眼睛，默默地低下头，微微点点头。

刘光明看出她点头时毫无力度，知道她心里还是揣着疑问。荷花不是小气的女人，她生气的是刘光明登寡妇门。刘光明不想解释了，他希望双喜的调查能够尽快有结果。

双喜果然调查出结果来了。那天她把林三妞救了回来，并没送回家，而是送到了苏秋香的面前。苏秋香听说林三妞一直放不下家仇，就耐心地劝说，后来对她说："三妞，参加八路军吧，小鬼子还没赶出中国，咱们先把私仇放一放。"

在苏秋香的劝说下，林三妞留在了苏秋香身边，成了一名八路军女战士。

但是，苏秋香并不知道，林三妞参军，心里还是没有放下私仇。林三妞每天缠着孙宪智教她枪法，而且刻苦学习，枪法越来越准。后来的一天，孙宪智突然觉察出什么来了，他原本就是个聪明人，当他赞赏林三妞的枪法大有进步时，发现林三妞紧咬着嘴唇，双眼射出了仇恨的火花。

孙宪智托故不再教林三妞，他有一种不祥的直觉，林三妞要找刘光明报仇。

就在刘光明身上的伤痊愈的时候，林三妞来了。这些天，双喜已经来送过信了，说她将调查结果汇报了司令部，司令部暂时取消了对他的禁制。刘光明这才在常家村安稳地住了下来。

原来，双喜找到哑巴后，从他那里得知，林大妞死去的当晚，曾经和一个陌生人走在一起。他虽然又聋又哑，但是通过描述，苏秋香等人感觉那人绝不是刘光明。这样一来，案情就有了转机。苏秋香让孙宪智和双喜继续调查，找到那天和林大妞接触的人。苏秋香虽然一直反感刘光明的出身，但也不相信刘光明杀人。孙宪智拍了胸脯，说自己可以用人头来作保，林大妞决不是刘光明杀的。

但是那天晚上和林大妞走在一起的男人是谁？是不是他杀了林大妞？他又为什么杀掉林大妞？这一系列的疑团，困扰着所有的人。

林三妞找到了刘光明，她心中认定了大姐的死和刘光明有关，所以，谁的话都听不进去。这天，她来到了哑巴家，当刘光明开门出来时，她按了按腰带上佩带的手枪，还是忍住了，她知道刘光明即便赤手空拳，自己成功的几率也非常小。

刘光明看看穿着八路军服装的林三妞，问："有事吗？"刘光明以为，自己两次救了林三妞，而且双喜也发现了新的线索，林三妞又成了八路军，应该不会随便杀人了。林三妞说："双喜告诉俺，哑巴叔那晚见过一个人和俺姐走在一起，俺想带你去见见哑巴叔，如果他不指认你……"林三妞的话说得非常明白，刘光明也觉得这是个洗清自己的好办法，于是欣然前往。

　　当时，哑巴并不在家。两个人一前一后来找哑巴。林三妞带着刘光明来到姐姐家。

　　人不在了，院子里一片荒凉，屋子里也冷清清的。冲门的桌子上放着一个牌子，那上面写着"林大妞"的名字。林三妞走到牌位前，点了三炷香，跪了下来，喃喃地念叨着。刘光明静静地站在一边。过了一会儿，林三妞站了起来，说："你能给俺姐上炷香吗？"

　　刘光明想到林大妞的惨死，虽然和自己无关，却把自己扯了进去，于是点了三炷香，对着牌位说："大妞啊，俺是刘光明，知道你死的冤，如果你在天有灵，就保佑俺找到凶手，给你报仇。"

　　他刚说完，后心上就多了个硬邦邦的东西，只听林三妞冷冷地说："还是你自己去阴间向俺姐赔罪去吧。"说着，林三妞就扣动了扳机。

第三十五章　真相

那天，林三妞是真的想杀了刘光明。但是，枪没响。

刘光明回过身来，说："三妞，你想过没有，俺和你姐有仇吗？为什么要杀她？"林三妞倒退几步，大叫："因为你垂涎俺姐的姿色，起了歹心。"刘光明苦笑："荷花的姿色怎么说也不比你姐差吗，俺会垂涎你姐？"林三妞说："俺姐是寡妇，你就是想寻找刺激，俺知道你的心思，像你这种色鬼见得多了。"

就在这时候，外面进来两个人，正是孙宪智和双喜。双喜见林三妞拿枪对着刘光明，赶紧上前护在刘光明面前。孙宪智走了上来，将林三妞手中的枪下了，说："俺一早就见你不对，所以你找俺练枪时，俺暗中退了你的子弹，没想到你真的做出了这种亲者痛仇者快的事。"林三妞叫道："俺要给姐姐报仇。"双喜说："给姐姐报仇就要勾结日本人吗？"刘光明赶紧摆摆手："这件事不能怪三妞，她事先也不知道佐藤是日本人。"孙宪智说："她要是知道，今天就不会出现在这里了。"说着，孙宪智朝门外一招手，黑妞陪着哑巴进来了。

原来，孙宪智和双喜一路跟踪林三妞，对她的一切行踪掌控在手中，听她要带刘光明来找哑巴，就提前一步，找到了哑巴。

当着林三妞的面，黑妞问着哑巴，让他看看，那天晚上和林大妞走在一起的人是不是刘光明。哑巴毫不犹豫地摇摇头。刘光明松了一口气。林三姐指着刘光明大叫:"那人一定是他指使的。"孙宪智想了想说:"三姐同志,从哑巴叔的描述看,光明身边还真的没有这样的人,俺倒是有一种猜测,也许是日本人。"孙宪智的话一出口,大家你看看我,我看看你,都觉得这话难以让人理解,因为林大姐寡居在家,怎么会和日本人扯上关系。

林三姐眼圈都红了:"俺姐都死了,你还这么侮辱她……"说着,林三姐满脸泪水地扑在了林大姐的牌位前。

林三姐的心情值得理解,因为林大姐是个寡妇,她深更半夜和一个男人走在一起就有些不寻常了,如果是个日本人,问题就更严重了。

林三姐在姐姐的牌位前哇哇地大哭着。哭着哭着,她的声音渐渐小起来,突然转过身,朝刘光明跪倒,说道:"光明哥,俺误会你了,孙教导员说的对,那个人身材矮小,一定是日本人,还望大家别把这件事传嚷出去,毁了俺姐的名声。"

林三姐突然一副我见犹怜的样子,刘光明赶紧把她拉起来,表示自己不会往心里去的。事件似乎明朗了起来,虽然那晚出现的人是不是日本人,谁也不敢肯定,但是,孙宪智的话应该可以撇清刘光明。

刘光明松了一口气,他认为自己可以摘去头上的帽子了。这顶帽子沉沉的,不但压得他这些天喘不上气来,还在人前抬不起头。有时甚至觉得自己真的做错了什么,见人就有些脸上发热。

刘光明回到了常家村,他以为林三姐真的相信姐姐的死和自己无关了,所以整个人放松了不少,就像悬在头顶的一把剑突然拿开,再也不用那么紧张了。

第二天,林三姐又来找他了。这一次,她穿的是便装,让刘光明陪她进城。她告诉刘光明,父亲自从去了县城就一直没回来,她问过林员外了,林家的人说林员外也没回来。

刘光明不放心林三姐,就带上狙击步枪和她进了县城。

一路上,林三姐一直在和他闲聊,询问他是不是"枪王",刘光明点点头,告诉他那些杀吉野和保护苏秋香的事都是自己做的。两个人就像一对热恋的情侣,说说笑笑地进了城。

进城的时候,就在城门口,两个人遇到了盘查的段瘸子。段瘸子的警察局负责了城门的安全，当刘光明走到面前时，他拖着一条瘸腿过来了："站住，任何人都得接受检查，把斗篷解下来。"

刘光明的斗篷遮着狙击步枪，自然不能解下来。他慢慢地将斗笠掀高，段瘸子看到了他的脸，吓得面色发白，身子哆嗦成一团。刘光明说："段局长，怎么，俺的斗篷还用解吗？"段瘸子赶紧把道让开。这些天，他做梦都害怕遇到刘光明，没想到他还是出现了。

刘光明大摇大摆地进了城，和林三妞来到枣城酒楼，向掌柜的打听林员外和林老汉的下落，毫无线索。两人在城里的商铺，地摊边转悠着，一直找了一天，也没有收获。

天快黑了，刘光明想和林三妞出城。林三妞却不同意，她想明天一早继续寻找。两人只好找了个客店住了下来。

这一天来，林三妞丝毫没有透露杀机，似乎忘记了姐姐的死，又似乎认为刘光明是无辜的，所以，就像亲妹妹对待哥哥一样，吃饭的时候，不住地往刘光明的碗里夹菜。

饭后，刘光明回到了自己的房间，刚坐下，林三妞就提着一瓶酒进来了，说她睡不着，想和刘光明聊一会儿。

林三妞问的全是刘光明和尚老爷子学武的事，就像个崇拜大英雄的单纯少女，听到精彩处还会频频鼓掌，间或给刘光明倒一杯酒，自己也会偶尔喝上一杯。

三更天的时候，刘光明打了个哈欠，他已经有了八分醉，就对林三妞说："三妞，回去休息吧，明天一早还要找你爹。"林三妞点点头，一起身差一点栽在地上。刘光明下意识地抱住了她。林三妞趁机偎依在他的怀里，嘴里满是醉话。刘光明托起她，她却抱着刘光明倒在床上。

那一刻，刘光明的头也是晕晕的，但他还有理智在，以为林三妞喝多了，赶紧站了起来，却不料林三妞双臂缠了过来，嘴巴直往他的脸上贴。

刘光明的脑子里嗡嗡的，意识一段段地空白。刘光明知道自己必须清醒过来。于是，他来到脸盆前，将头扎了下去。

就在这时候，他发现自己的腰被林三妞揽住了。刘光明将一盆凉水泼在她的脸上。林三妞打了个冷战。她知道无法演下去了，匆匆地跑回自己房间去了。这一夜，刘光明幸亏保持了冷静，要不然，林三妞暗藏在背后的剪刀就会刺入他的胸膛。

第二天，刘光明和林三妞一见面，两人都装作对昨晚的事一概不知的样子。这一天，他们继续在街头寻找线索，却一整天也没聊一句话。到了天快黑的时候，两个人来到了宪兵司令部外，看到一辆马车从里面拉了出来，马车上似乎拉着两具尸体。

风一吹，尸体上的单子揭开了，死者的脸露了出来，正是林员外和林老汉。

林三妞拦住了马车，哇哇地哭着。林三妞哭了半晌，从背后掏出剪刀，朝宪兵司令部冲去。门岗正要射击，佐藤带着几个忍者冲了出来。如果不是佐藤要抓活的，刘光明就出不了城了。忍者将刘光明和林三妞包围了起来。林三妞愤恨地骂着："佐藤，为什么要杀了俺爹？"佐藤说："两个老不死的，已经失去了作用，留着干什么，不过你娇滴滴的样子，可以留下来。"

林三妞想扑向佐藤，却被刘光明抓住了胳膊。刘光明一手拉着林三妞，另一只手握着刀，劈着扑过来的忍者。就在刘光明陷入日军的包围圈时，孙宪智和双喜出现了。枪声大作，忍者向后退去，刘光明和林三妞趁机脱出包围圈。

双喜端着双枪，接连撂倒了三个冲上来的鬼子，孙宪智也撂倒了两个。四个人边打边退，来到回春堂药铺后面，从地道出了城。龟原的人追出城外，就停下了。为此，他和佐藤产生了分歧。

龟原认为城东十里外就是八路军的驻地，他目前兵力不足，只能守城。佐藤是武士出身，认为龟原贪生怕死，于是，他带着仅剩的四个忍者向刘光明等人追去。

刘光明见佐藤只带了四个人追出来，让孙宪智等人先走，自己藏身一棵老枣树上。

他从身后拿出狙击步枪，将布袋扯开，然后慢慢地端了起来。

嘭地一声，一个忍者倒了下去。佐藤躲在了一棵树后，朝剩下的三个忍者做个手势。那三个忍者忽而出现，忽而消失，朝刘光明这边奔来。刘光明望着瞄准器内，计算着忍者闪动的频率和路线，一扣扳机，一条人影落在地上不动了。

突然，两道亮光一左一右袭来。刘光明身子朝后一扬，一拳砸出，将一个忍者击落在地，一脚将另一个忍者踹了下去，然后补了一枪，那名忍者也倒地死了。

刘光明背起狙击步枪，跳了下去，对着前面的树后说："佐藤，出来吧。"佐藤慢慢地走了出来，摆出了出手的架势。

这是刘光明第二次和佐藤交手。他抽出了大刀。十几刀后，佐藤倒了下去。刘光明割了佐藤的首级，用他的衣服裹了，系在腰间。在解佐藤的衣服时，从里面落出一叠厚厚的野猪皮，原本刘光明不在意，但看上面密密麻麻地画着线路，像是一张地图，就折叠了起来，贴胸放好。

刘光明上了大道，来到了崔家路口的茶馆。就在暂歇的时候，刘光明听到有人说苏秋香被"枪王"包围在林家村外，心想：难道还有第二个"枪王"，还是小鬼子冒充的？想到这里，刘光明就飞快地朝林家村而来。刘光明钻入树林中，从谭家村外的枣林间穿梭而去。等他经过林三妞母亲的坟前时，听到一阵哭声。藏身树后，看到林三妞正跪在母亲的坟前，林老汉的尸体就在坟前，十几个乡亲正在掘着坟墓。旁边，苏秋香、红爷、孙宪智、双喜、双菱，以及十几个八路军战士正默默地看着。

刘光明朝苏秋香周围的树林中望着，并不见有人埋伏。就在他要离开时，突然，几个八路军战士出现在他的身后，将枪对准了他。

刘光明被推搡到坟墓前。林三妞站了起来，瞥他一眼，将手枪掏了出来，对苏秋香说："苏代表，俺说的没错吧，只要用这个法子，他一定会出现的。"

说着，林三妞一枪射向了刘光明。刘光明见她掏出手枪，就觉得不妙，赶紧一撤身，闪到坟墓后面。嘭地一枪，林三妞这一枪打在一名八路军战士的肩膀上。等她再想向刘光明开枪时，枪已经被孙宪智下掉了。孙宪智喝道："三妞同志，请冷静。"

苏秋香凝望着刘光明，她看不清斗笠后的那张脸。

刘光明将腰间的布袋扔在林三妞的脚下。十几个八路军卧倒在地。布袋松开了，里面露出的是佐藤的人头。双喜说："这个人是佐藤。"林三妞抓起佐藤的人头，放在父亲的尸体前，大叫了一声。

孙宪智告诉苏秋香，佐藤就是杀害林老汉和林员外的日本人。苏秋香对刘光明说："你真的就是'枪王'？"刘光明转头就要走，双喜却跑上前把他拉住了。孙宪智说："光明，你就别躲了。"

苏秋香听说这个人居然就是刘光明，脸色一变，她想起这段时间"枪王"的几次暗中相救，以及对他的误解，愣住了。刘光明将斗笠摘了下去，红爷一见，跳了过来，一拳砸在他的胸膛上，叫道："干什么装神弄鬼的。"

刘光明苦笑："俺能怎么办？背上了杀人凶手的骂名，不这样还能咋样？"红爷说："这么说，真不是你杀的林大妞？"刘光明摇摇头。

突然间，林三妞从怀里掏出那块围巾，叫道："姓刘的，俺爹娘在这里，大姐二姐都在这里，你还敢不承认？"刘光明苦笑一下："三妞，你要怎么做才能相信俺是无辜的？"林三妞将围巾一扔，手中多了一把手枪，叫道："除非你死了。"众人看到林三妞将枪对准了刘光明，都惊呆了。苏秋香叫道："三妞，别乱来！"林三妞凄然地大笑："苏代表，对不起，俺欺骗了你，俺当八路就是想拿到枪，好杀了这个恶徒。"刘光明闭上了眼睛，说："好吧，如果俺死了，你心里好受些，那就开枪吧。"

刘光明倒背着双手，静静地等着死亡的那一刻。林三妞手中的枪对着他的胸口，嘴唇在慢慢地咬着。就在这时，黑妞和哑巴跑了过来。黑妞看到飘在脚下的围巾，围巾上绣着一个"林"字，确切地说，那不是个字，而是用线绣出的两棵树，突然想到了什么，大叫："等等。"然而就在此时，林三妞的枪响了。刘光明应声倒在地上。

黑妞大叫一声："林三妞，你大姐会不会写字？"

这句话就像一个霹雳在每个人的头顶震响。林三妞的脸刷地一下白了，接着瘫倒在地。她望着倒在血泊中的刘光明，慢慢地摇着头。

林三妞突然将手枪对准了自己的太阳穴。就在枪响的一瞬，红爷托起了她的手臂。

那个年代的中国农民，大多不认识字。林大妞连"林"字也不会写。黑妞发现了围巾上的"字"后，马上联想到了井沿上的"刘光明"三字，那个名字一定不是林大妞写的。既然不是林大妞写的，那就是有人故意栽赃陷害！

这段时间以来，林三妞一直认为，是刘光明欺负了她的姐姐，姐姐才含冤跳井，临死前在井沿上留下了仇人的名字。她突然感觉到，自己彻底错了，刘光明一次次地救她，她却一次次挖空心思地报仇。杀害姐姐的人到底是谁？难道真是那个"日本人"？否认了刘光明后，林三妞突然想起那天去"相亲"时，看到佐藤的住处放着一只鞋，而那只鞋，正是姐姐落井后少的。

那天，林三妞看到姐姐的鞋时，其实是有过感觉的，不过当时她没有往姐姐的身上联想。现在想来，那只鞋显然就是姐姐的。林三妞明白了，杀害姐姐的凶手，其实就是佐藤，他杀了姐姐，进而要利用自己，得到杀害刘光明的目的。这时，哑巴低头看看佐藤的人头，连连点头，向黑妞比划着。黑妞指着人头说："哑巴的意思是，那天看到的人就是他！"

林三妞彻底呆住了，然后，她拼命地朝刘光明爬去，哭着喊着叫着，希望他能够睁开眼，让自己说一声对不起。

刘光明并没有死，幸好他的衣服内揣着从佐藤身上得到的野猪皮。叠成几折的野猪皮虽然不能抵挡子弹，却减缓了它的速度和力度，使得子弹并没有进入心房，而是镶嵌在胸肋上。

当医生要为刘光明注射麻药的时候，林三妞恰好跑了进来。或许，刘光明上辈子欠了林三妞的。战地医院的麻药已经不多了，而仅剩的一支还被林三妞无意间碰落在地上。

红爷一甩手给了林三妞一巴掌，盒子枪顶上她的太阳穴。黑妞伸手拉下红爷的胳膊，摇摇头。

手术的时候，刘光明拧着眉头望着林三妞。那一瞬，林三妞望着刘光明，满眼里都是愧疚的色彩。她就像个做错事的孩子。耳中不时地传来刘光明忍耐手术疼痛的哼声，那声音让林三妞的心都碎了。她知道自己欠了刘光明太多。黑妞坐在床沿上，用手揽着刘光明的头，轻声地说："孩子，坚强些。"刘光明咬着牙，点了点头。这一刻，他体会到了，从黑妞身上散发的那种母爱。这是一股力量，让人在任何困难面前，都能保持昂扬斗志的力量。此时此刻，刘光明这才明白了，为什么那么多战士愿意称呼黑妞"娘"！

手术结束了。双喜为刘光明擦拭脸上的汗水时，荷花来了。

荷花怀孕了，这几天在闹妊娠反应，黑妞原本不想让她来，可是听说刘光明中了弹，她不放心。

一路上，她已经听说了林大妞的事，知道她是死在小鬼子佐藤的手中，而林三妞，又误伤了替她报了大仇的刘光明。

荷花望着刘光明，她很想向刘光明道歉，因为这些天，她知道自己对刘光明产生了怀疑，心里有了怨意。但是她刚想张嘴，就被刘光明制止了。刘光明摸摸她的肚子，说："俺没事，有大娘和双喜照顾呢，你还跑来干什么。"

林三妞跪在荷花和黑妞的面前，接连打了自己几巴掌。黑妞把她拉了起来，说："三妞，起来吧，也不能全怪你，是小鬼子的手段。"接着，苏秋香、三娃子等人来了。刘光明没有看到孙宪智，就问："孙队长呢？"苏秋香说："神兵行动失败了，老孙的手下死了十几个人，行动小组的成员全部遇难。"

神兵行动的目的就是要炸毁日军在沧县的军火库，孙宪智接到这项任务后，在营里挑选了十几个人选，分为三个小组，由一名副连长任行动小组的指挥。但是，三个行动小组先后失利，不但连军火库的具体位置都没摸清，还搭上了宝贵的生命。

刘光明做手术的时候，孙宪智来过医院，他在门口站了一会儿就带着新的神兵行动小组出发了，他要亲自完成这项任务。刘光明突然想起自己胸口的那块野猪皮，他让双喜拿给苏秋香等人看。血迹斑斑的野猪皮上画满了一条条的线路。刘光明说："这东西是俺在佐藤的身上找到的，要不是它，俺今天就去阎王爷那里报到了。"听到他这句话，林三妞再次羞愧地低下头。

苏秋香接过野猪皮，直觉告诉她，这是一张地图。刘光明说："俺看过，这应该是沧县的地图。"苏秋香看着上面的一些标记，突然大喜，"难道这上面标着的是小鬼子的兵力布防？那么，咱们完全可以从布防情况推算出军火的位置。"

　　野猪皮给苏秋香提供了线索，她赶紧让红爷派人，将野猪皮给孙宪智送去。双菱接过野猪皮，仔细地揣好，带了两个警卫员追赶孙宪智去了。

　　黑妞临走的时候，问光明想吃什么。刘光明说了声"饺子"。其实，这段时间，为了不让刘家人担心，苏秋香封锁了消息，连苏汝贵和苏汝郝都不知道。黑妞回到家，真的包了饺子。煮熟后，原本黑妞是想让有德送来的，荷花却接了过去。

　　这一天，不但是荷花最后一次给刘光明送饺子，也是她人生的最后一天。

第三十六章　荷花之死

就在荷花和有德刚走出常家村时，一个黑衣人出现了。

这个人头戴着斗笠，双手拢在袖子里，腰间斜挎着一长一短两把刀。"你们谁认识刘光明？"那人问。有德说："你是谁？找俺光明哥干什么？"那人一听，猛地上前一步，喝道，"说，他在哪里？"荷花听出那人语气冰冷，就说："你找他干什么？他是俺男人。"那人慢慢地抬起头，露出一张阴冷的脸，五十来岁，嘴唇上留着小胡子。有德突然心中一惊，"快跑，好像是日本人。"荷花转身就要跑。但是已经晚了，那人手一挥，一道亮光追了过去，荷花倒在了血泊里。

荷花的死太突然了，她甚至没来得及留下一句话，就慢慢地倒了下去。她目光紧紧地望着掉落地上的水饺，一只手抚摸着自己的腹部。

这应该是她下意识的反应。在临死的那一瞬间，让她想到了两件事，一个是为刘光明传宗接代的事，一个是热腾腾的水饺。荷花很期待为刘光明生娃，这不但是黑妞的心愿，也是她的心愿。这两年来，她已经完全把自己当成了刘家人，尽管之前有红爷的干预，她还是默默地忍耐着，直到真正成为刘光明的男人，直到有了妊娠反应，她知道，自己肚子里的孩子是刘家的希望。

荷花虽然出身于郎中世家，却惧怕死亡。当红爷进入哑巴家后，她每天都在惴惴不安地活着，生怕哪一天会在不知不觉中被红爷的枪打爆了头。

这念头在怀孕后更加的强烈，她有几次从噩梦中醒来，梦见红爷提着枪站在自己的面前，大声说："他是爷的男人，谁也抢不走！"

荷花觉得自己唯一能够和红爷比的，并不是和刘光明的明媒正娶，而是肚子里的孩子，只有孩子才能证明，她是刘光明的媳妇。夜长梦多的时候，她曾经想象过自己的几种死法。她害怕痛苦地死去，而现实满足了她，让她甚至连痛苦的感觉都没有，便倒了下去。

那人看到荷花倒在血泊中，又看看手中的刀。刀刃上，一道血线正在缓缓地下移着。

荷花一死，有德挥舞着拳头扑了上去，那人身子一闪，一脚将有德踹倒在地上，刀架在他的脖子上："告诉刘光明，让他去城门楼决战，否则，我杀光了他的家人。"有德大声说："俺光明哥受伤了，他不会去的，要去俺去。"

那人声音冷的像冰，淡淡地说："那好，我就再让他多活五天，五天后，让他去城门楼，找一个叫中野的人。"说完，那人收了刀，回身便走。有德跳了起来，大叫着朝那人身后扑去。那人背后像长了眼睛，头也不回，突然右腿向后一踢，将有德踹倒在地。等有德抱着肚子爬起来，那人已经钻入了树林中。

荷花的死，让黑妞心目中美好的梦破碎了。荷花怀孕后，黑妞逢人便说："俺要有干外孙了！"早在前些天，黑妞就把婴儿需要的东西准备好了。

看到荷花的尸体后，黑妞几乎无法接受这样的现实，她整个人都昏厥了过去，后来，在众人的劝说下，才渐渐地冷静了下来。有德把荷花的尸体抱回村子后，就去找刘光明了。

有德是跌跌撞撞地跑到医院的，一路上，他哇哇地叫着，几乎变成了发疯的哑巴。一看到刘光明，他就跪了下去，不住地用手打着自己耳光。刘光明愣愣地问："有德，你咋了？"有德说："俺不是人，俺不是人啊，俺没看好俺干姐。"刘光明从有德的话中察觉了什么，忙问："荷花出事了？"有德低下头，似乎冷静了许多，然后慢慢地说："她被人杀了，是个日本人，叫中野。"

有德这句话，就像一颗地雷，轰地炸开，所有人都呆住了。认识刘光明的人，都知道荷花对他来说代表什么。

刘光明从病床上跳了下来，那一刻，他就像一只发怒的雄狮，要去找中野拼命。病房里的有德、双喜、林三妞都劝不了他。双喜紧紧地抱着他的后腰，被刘光明拖到了门口，她依然不肯松开双手。她知道，刘光明现在去，后果只有一个字：死。

门一开，苏秋香和红爷进来了。有德冲进来时，有不少战士看到了他异常的举动，有人报告了苏秋香。听到这个消息后，苏秋香第一个念头就是往医院里来，果然，刘光明挣脱了有德等人。

苏秋香说："光明，你冷静一下。"刘光明瞪着血红的眼睛，吼着："闪开！"

苏秋香没有闪开，相反，她两只手扶在门框上，一闭眼，轻轻地说，"如果你想现在就去报仇，就从俺的身上踏过去吧。"

刘光明猛地举起了拳头，但是，这一拳，他没落下，因为这时候，黑妞也来了。

黑妞眼睛还红红的，显然刚刚哭过。但是，她知道此时刘光明如果出去，意味着什么，赶紧说道："光明，别冲动，荷花死了，俺和你一样难过！"黑妞的话还是有分量的，刘光明慢慢地放下了拳头，回到病床上。苏秋香命令护士检查他的伤口，果然，因为激动，刘光明的伤口又崩开了。

三天后，刘光明回到了常家村，亲自为荷花扶棺，将她抬回了八里庄村，厚葬在刘家祖坟里。林三妞躲在人群中，她知道如果不是自己打伤了刘光明，荷花不可能被中野打死。她知道，荷花的死对刘光明来说是一场灾难。而这场灾难的制造者，不只是中野，还有她。

还不到二十岁的她，在短短的几十天内，已经经历了许多人一生未必能经历的灾难。母亲、二姐、大姐、父亲，相继去世，让她脆弱的内心划满了一道道的伤口。几次对刘光明的误伤，到荷花和胎儿的死亡，让她的良心又遭受了深深的谴责。她突然有了一个决定，去杀了中野，替荷花报仇。

荷花的葬礼后，林三妞就去了县城。她一个人悄然前来，打听着中野的下榻处。直到第二天，她终于打听到，中野住在宪兵队里。林三妞趴在宪兵司令部对面的房顶上，手枪对准着大门。就在第二天，她看到一个穿着和服的日本人走了出来，于是扣动了扳机。

枪响了，那人倒了下去。林三妞并没有离开县城，一方面，小鬼子守门的少尉接到命令，紧闭了城门，一方面，她要确认打死的人是不是中野。

林三妞打扮成一个村姑的样子，在县城里走动着，后来终于听说，死的人并非中野，而是一个前来寻找枣苗的日本商人。那个日本商人是和中野一起来到，也是佐藤的朋友。

就在中野和刘光明约定比武的那天凌晨，林三妞落入中野的手中。她知道限期将到，如果不能提前杀了中野，刘光明就会遭遇危险。那天凌晨，她又犯了冲动的毛病，翻墙进入了宪兵队。中野早就猜测有人要暗杀他了，所以在宪兵队中埋伏了人马，林三妞一出现，就被抓住了。

中野通过和她的对话，得知她正是为刘光明而来的，这让中野对刘光明产生了轻视之心："没想到枪王居然派一个女人来暗杀，可见他是怕了。"中野认为林三妞前来，是刘光明授意的。

天光渐亮，中野让人押上林三妞，来到了城门上。城门下，刘光明出现了。刘光明的左边站着有德，右边站着双喜。有德是黑妞让他来的。

黑妞一夜也没合眼。天还没亮，她就带着有德来到了荷花的坟前。黑妞坐了下来，喃喃地说："荷花，娘来看你了，你知道吗，今天是光明和仇人决斗的日子，你如果在地下有灵，就保佑他，一定要杀了中野那个恶贼！"半晌，有德说："娘，俺送你回去吧。"黑妞摇摇头："不用，娘再在这里坐一会儿，去找你光明哥吧。"

荷花去世了，黑妞担心刘光明会失去理智，所以让有德跟着，必要时要劝劝他。就这样，有德来了。

中野一挥手，带人出了城，和刘光明对面而立。城门楼上，龟原和段瘸子也出现了，小鬼子已经将枪对准了城下。中野看看刘光明，说："你就是传说中的枪王？"刘光明上上下下看看他，冷冷地说："你是中野？"中野傲慢地点点头，朝林三妞一指："你想刺杀我，却被我识破了。"

刘光明面无表情，淡淡地说："放了她。"

　　"只要你肯接受我的挑战，我可以满足你的任何要求。"中野朝身后的宪兵一摆手。宪兵果然放了林三妞。中野的目标是刘光明，他根本就没把林三妞放在眼里。

　　刘光明咬牙问："你为什么要杀俺的女人？"中野冷冷地道："因为你杀了我的徒弟，佐藤是我的爱徒，你必须有一个身边的人为他抵命。"

　　佐藤一死，龟原就给在天津大本营的中野去了信。佐藤是中野最钟爱的弟子，中野一直认为佐藤有机会发扬自己的门户，虽然反感他和一些商人走在一起，却因为爱才，将一身所学都传给了他。

　　中野的空手道达到了九段的境界，威力非常大，不但出手快，杀伤力也远不是佐藤可比的。刘光明一开始无法跟上他的节奏，十几刀都走空了，不但如此，身上还挨了几下。

　　又十几招后，刘光明才习惯了中野的出手，和中野越打越激烈。从功夫的精纯上看，中野略高一筹，但从刀法的实战上，刘光明又占了上风。

　　两个人各有长短，转眼间打了七八十招。渐渐地，中野脚步虚了下来，也有些上喘，毕竟年纪大了。又过十几招，突然，刘光明一刀劈向他的胸口。中野胳膊一挡，身子差点跌倒。刘光明一脚踢出，中野也一脚踢出。两条腿撞在一起，中野身子失去平衡，倒在了地上。

　　刘光明知道，中野输给他，输在了气力上。当然，如果刘光明没受伤，场面会更激烈。

　　中野喘息着站起来，又亮开了架势，但此时，他的脸上再也没有了傲气，双目中也露出了怯意。

　　三招过后，刘光明一刀劈向他的头顶。

　　这一刀，中野无论如何都避不开了，他已经到了心有余而力不足的地步，只好眼睛一闭，站立等死。刘光明的刀停在了他的头顶。他的面前浮现出荷花的影子，荷花仿佛正在默默地看着他，甚至他还看到了一个白嫩的婴儿模样。刘光明将刀朝上挥了挥，他要将全部的力量集中在手腕上。这一劈如果下去，刘光明知道，可以轻松斩掉中野的头颅。

　　但就在这时，城门上的龟原一摆手，枪声大作。一颗子弹穿入中野的后胸。中野倒下了。他没有死在刘光明的刀下，却死在了自己的同胞枪下。

刘光明和中野不同。中野并没想到龟原会不顾他的安危开枪，刘光明却早有警惕心。他就地一滚，退开十几步外。就在自己刚才站立的位置，多了十几个弹孔。刘光明朝中野的尸体看一眼，招呼双喜等人撤退。

城门内涌出了上百的日军。刘光明从双喜手中接过狙击步枪，让她带着林三妞朝八路军驻地的方向撤，自己和有德进了枣林。刘光明边打边撤，渐渐地甩脱了追兵。但是，没想到龟原早在枣林里埋伏了一个班的鬼子。

十几个鬼子从前面的树后冒了出来，枪声大作。刘光明将有德推开，自己的腿上却挨了一枪。他倒在地上，用枪狙击着鬼子，让有德赶紧撤。有德看看刘光明腿上的伤，又看看他顺着棉袄滴下来的血，知道他胸口的伤肯定崩开了。

有德怎能丢下刘光明不管？他背起刘光明，冒着枪林弹雨朝外冲着。他大吼着，两只眼瞪得像铜铃一样，一时间吓得十几个鬼子朝后倒退着。但是鬼子很快又包围了上来。

就在关键的时刻，红爷带着几十个战士从树林中冲了过来。原来，苏秋香不放心刘光明和中野的决战，所以，她让红爷埋伏在树林中，随时准备接应。有德不敢迟疑，一口气把刘光明背回了驻地医院。

刘光明的伤不重，腿也只是擦伤。他在医院躺了一天，就出来了。正巧看到红爷骑着快马要远行，一问之下，原来孙宪智在沧县被困了。

红爷带着十几个人出发后，刘光明来到了驻地司令部，见苏秋香正闭着眼倚靠在椅子上，双喜坐在她的旁边，也是一脸焦急的样子。

刘光明在门口迟疑了一下，转身要走。这时候，有德和林三妞跑了过来。有德原本在医院照顾刘光明，刘光明是趁着他熟睡的机会出来的。当时林三妞去打水了，回来不见了刘光明，才叫起有德，两人来了司令部。

两个人的脚步声惊动了闭目沉思的苏秋香。苏秋香慢慢地睁开眼，看到正要离开的刘光明，将他叫住了。

苏秋香的目光中充满了关切之情，她起身走到刘光明的面前，伸出白皙的手，轻轻地拉住他说，"你这样子乱跑，不是要让大家担心吗？"

一直以来，苏秋香就对刘光明有一种反感。这种反感并非刘光明做过什么对不起她的事，而是他的身份。

苏秋香出身于书香门第，最厌恶的就是那些旧式的婚姻。因此刘光明在她心目中就成了反感的人物。但是经过这些日子对刘光明的了解，苏秋香对他的看法渐渐地转变了。他从刘光明的身上，看到了一种英勇的精神，一种纯朴的气质，一种热血的情怀。

刘光明从苏秋香的目光中，看到了一种亲切。就像两个隔门而立的人，突然把门打开了。

刘光明挣脱了她的手，退后了几步："俺没事了，那地方躺不住，秋香，是不是有啥事？"苏秋香点点头。

原来，刘光明所提供的地图果然很重要，是佐藤在沧县时绘制的。佐藤本要去德州，将图亲自交给日军在华北的最高司令长官冈村宁次，因为要调查"枪王"，他才滞留了下来，孙宪智已经按图找到了军火库的具体位置，只是由于八路军在沧县联络站的暴露，殃及了他们，日军对军火库进行了重重封锁，并准备在明日凌晨将军火送往南方战场。

苏秋香告诉刘光明，她刚刚派出红爷，要去救出被困在沧县的孙宪智，至于上级下达的炸毁日军军火的命令，怕是无法完成了。刘光明点点头，什么也没说，就出去了。

刘光明决定替苏秋香完成炸毁军火专列的任务，来到司令部外，他便让有德去拿自己的狙击枪。他不敢回医院，担心被医生和护士留在那里。

很快，有德将枪交到了刘光明的手中，刘光明掂了掂子弹袋，系在腰带上。有德问他要去哪里，他把自己的想法说了出来，刚说完，发现林三妞站在墙角边，正在怯怯地望着他。刘光明问："你在这里干啥？"林三妞说："俺听到了你和苏代表的对话，带上俺吧，俺想跟你一起去，俺……俺可以替你死。"

林三妞这话透露了她的内心，她已经有了为刘光明去死的念头。刘光明看看她，知道她内心中有着深深的愧疚，恨不得马上就报答了刘光明。刘光明说："俺是要执行特殊的任务，九死一生，你一个女孩子不能跟着。"林三妞说："可俺欠你太多了，这辈子怕再没机会还了。"刘光明眉头一皱，"你是说俺不能活着回来了吧？放心吧，日本人还不如你。"

刘光明这话很明显，是说出几次林三妞试图伤害他的事来。当然，刘光明没有恶意，他只是想让林三妞知道，自己没把日本人放在眼里。林三妞低着头，似乎在想着如何打动刘光明，跟他行动的事。

刘光明对有德耳语了几句。有德点点头，把林三妞叫去了警卫班后的柴房，把林三妞捆起来，以免她走漏了风声。

当天夜里，刘光明和有德来到铁路边。刘光明让有德爬上铁路边的一棵大树，将准备好几捆手雷背在身上，然后，他跑到几百米前的另一棵大树上，藏了起来。

第三十七章　胜利

天快亮的时候，远处传来一阵马蹄声。随后，日军的军火专列开了过来，前面是几十匹快马开路，左右各有三辆卡车，卡车上站满了全副武装的日本兵。

刘光明大喝了一声："准备！"让刘光明没有想到的是，为专列开路的鬼子骑兵，对铁路边的树木进行了扫射。刘光明所在的树离轨道远，但是有德那棵树近在咫尺。枪声大作，有德从树上摔了下去。

当时，刘光明几乎绝望了，他看到有德一动不动地躺在地上，鬼子的铁骑奔了过去，车辆就要到来了。刘光明端起了狙击步枪，瞄准司机，仇恨的子弹射穿了司机的头颅。司机仰面倒下，专列还在朝前行驶。

铁骑已经来到了刘光明的近前，就在这时候，刘光明看到有德站了起来，大叫着"光明哥，开枪"，将集束手雷扔向专列。鬼子扫射的子弹打在有德的腿上，他当时伤得并不重，只是一时有些摔懵。刘光明举枪射击，手雷在车厢上炸开了。

如果单凭投掷手雷，很难掌握爆炸的时间，一旦手雷在车厢上没有爆炸，就会在惯性下溜到对面去，即便再爆炸，对车体的影响力也会减弱。

狙击枪射中了手雷，车体断开，两边的卡车也被巨大的震动波掀翻了。刘光明眼睛血红，他在瞄准器里寻找着有德，满眼里除了烟雾，就是一具具的尸体。一名日军少佐从翻倒的卡车里爬起来，挥舞军刀，在军火爆炸下残活下来的鬼子集结了起来，骑兵也折了回来。

短短的时间内，日军少佐就发现了远处的大树，一挥手，骑兵率先朝大树冲来。

刘光明一枪一个，几十个鬼子，前面的倒下，后面的冲了上来。刘光明从树下溜了下来，翻身上了一匹战马，但是，他并不肯逃走，而是在周围奔驰着。

日军少佐身边只活下来几十个鬼子，大半的鬼子死在了军火爆炸中。鬼子少佐军刀一挥，几十个鬼子连同从马上摔下来未死的骑兵，朝刘光明围来。就在这时候，远处枪声大作，只见红爷、孙宪智、双菱等人骑马奔来。红爷双枪连击，眨眼间就撂倒了几个鬼子。

后来，刘光明和红爷说起这件事来，将红爷当成了自己的救星。红爷拍着胸脯说："没有爷，就没有你。"

红爷的话，让他常常陷入一种沉思中，虽然后来年龄渐渐大了，想到战火纷飞的年代时，还是有些激动，尤其想到自己和红爷并肩作战的一幕幕场景，他的双眼会因为兴奋而放着光。

刘光明跳下马，从死人堆里将有德扒了出来，欣喜的是，有德还有气息。有德的身体和他的一样结实。刘光明撕下自己的衣服，勒住了有德的伤口，然后提着他上了马。

远处，又有一群日军包围了上来，那是小鬼子的援兵。

刘光明杀出了一条血路，来到了减河桥上，后面，鬼子追了上来，而前面的桥头上，也出现了一群鬼子。无奈之下，刘光明抱着有德跃入了河中。

当红爷带人杀到河边时，只看到桥上倒着一匹战马。孙宪智和红爷带人朝对岸杀去，就在僵持阶段，鬼子身后出现了一批八路军，为首的正是苏秋香。

原来，警卫员在柴房发现了林三妞后，将她带到了苏秋香那里。林三妞说出了刘光明的行动，苏秋香知道，日军一定派重兵保护专列，而且也会沿路派出援兵，因此，她不敢犹豫，亲自带人前来接应。

苏秋香、双喜、林三妞和红爷、孙宪智、双菱等人会合在一起。当苏秋香问起刘光明和有德时，红爷朝桥中间的马指指，又朝河里望去。

苏秋香突然心中一酸，眼泪就下来了。她朝前走了走，不想让大家看到自己的泪水。红爷带人沿河寻找刘光明和有德去了，苏秋香闷闷不乐地回到了驻地。

虽然完成了炸毁日军军火的重要任务，但是，苏秋香却高兴不起来。

一路上，刘光明的影子一直出现在她的眼前，这个曾经让她厌恶的男人，此时，却深深地牵动了她的心，甚至睁眼闭眼都是他的影子，直到要制订攻城计划时，苏秋香还是提不起精神来。从此，刘光明就永远进入了她的内心。

一晃十几天过去了，刘光明和有德还是没有消息。

他们炸毁小鬼军火专列的消息再一次传遍鲁西北大地，当人们说起刘光明时，无不是一脸的崇敬之色，随后又都是一阵黯然神伤，大家的心目中都想到了一个字，却谁也不想说出来。

那段日子，黑妞天天站在门口，眺望着远处的路口。尽管她知道，有德和刘光明活着的可能性很小，但是，她还是不愿磨灭心中那一丝丝的希望。苏秋香等人来劝过她多次，但是黑妞一直无法从悲伤的情绪中走出来。

这一天，苏秋香召集了孙宪智、红爷、双喜、双菱等人，宣布了要收复乐陵县城的命令。

攻城的计划其实苏秋香早就有了，只是一直在不断地围点打援，用以消耗沧县、天津的日军。她知道，这次能够顺利地炸毁日军的军火专列，与刘光明和有德有关，也与消耗策略不无关系。如果不是逐渐地消耗掉日军大本营的兵力，那么，鬼子投入到押送军火的兵力就会更多，也会给炸毁专列带来难度。

攻城之前，苏秋香先对乐陵境内的鬼子据点进行了消除，就像拔牙一样，一颗颗地拔了下来。

那一天，正是七月七日，苏秋香下达了对乐陵境内各个据点进攻的命令。选择这样的日子，也是为了向日军透露一个信号。1937年的七月七日，因为日军的挑衅，卢沟桥事变爆发。

战斗一直持续到九月初，县城周边的据点被八路军战士一个个摧毁。

乐陵当地的老百姓听说要摧毁鬼子的据点，表示了巨大的支持，纷纷提供据点鬼子和伪军的人数，装备，甚至饮食、换岗、出行等规律，形成了全民抗战的热潮，短短一个月的时间，星罗棋布的据点被彻底地拔掉，整座乐陵城顿时孤立在广大军民的刀枪面前。

为了确保攻城战役胜利，孙宪智带了一个排的战士乔装进入县城，预先埋伏了下来，然后和红爷等人里应外合，在凌晨四点，守军最为松懈的时候开始了总攻。

冲锋号一响，八路军铺天盖地，杀向了城门，孙宪智等人也在背后对日军守兵开枪射击。

就在总攻开始的时候，离城数百米的一棵高大的枣树上，坐着两个人。

他们就是大难不死的刘光明和有德。刘光明和有德跃入水中，很快就被迅猛的河水冲走了。后来，他们遇到一位在河边放羊的老农。在老农的帮助下，坐着马车去了盐山，买通了一名伪军，混入了日军的医院，有德才活了下来。

在盐山的这段时间里，刘光明常常想起自己的亲人。想黑妞，也想荷花。除了她们，红爷、苏秋香、孙宪智、双喜等人的影子也会不时地浮现。

另外，刘光明还会常常想起妹妹刘小英。刘小英是第一个让他对八路军有着深刻认识的人。有德腿上的枪伤已经好了，背上几块弹片也取了出来，没有大碍了。于是，两人就商量着连夜离开盐山。

人世间总是存在着一些变数，很多事并非想象的那么简单，也不会太顺利。当刘光明和有德想离开时，正巧看到十几个秘密训练的八路军。那十几个八路军当时正在盐山城北的民宅里，每天练习刺杀。那天有德正和刘光明一起练习刀法。说起来，两人也算是师兄弟，都在尚老爷子的武馆待过。

两人早就离开了医院，住在了一处因战乱荒弃的民宅里。突然传来的刺杀声，让两人感到振奋，于是从院墙上探出头，看到了训练的场面。那十个人都穿着八路军的衣服，眉目间有一种阴狠的杀气。

刘光明觉得他们并不像自己所了解的八路军，而且盐山也属于敌占区，他们居然敢在日本人的鼻子底下穿着军装，胆子也太大了。

事实上，这十个人并非真正的八路军战士，而是日军独立混成旅少将池上派出的"野狼小组",小组成员隶属特种部队,直接听命于池上,连沧县的联队长大佐谷川都对他们敬重三分。刘光明心头的疑虑刚起,有德已朝他们打上了招呼。对方发现了刘光明和有德,突然间滚向院子的四个角落,占据了战斗的有利位置。刘光明见对方不但身法迅疾,而且动作熟练,一看就是受过特殊训练的,更加对自己的猜疑认定了几分。

有德说:"大家别紧张,都是自己人。"听到"自己人"三个字,院子里各个角落的特种兵朝一个三十来岁的小胡子看看。小胡子左手朝下一放,所有的特种兵都放下了枪。小胡子朝两人招招手。有德一翻身过去了,刘光明只好跟了过去。

有德显然将对方当成了真正的八路,当介绍起自己时,他差点把两人的真实名字说出来。刘光明快了一步,抢在他的前面说:"俺叫大明,这是俺兄弟大德。"

有德不知道刘光明为什么要对这些"八路军"隐瞒身份,听到这憨憨地点点头。小胡子说:"我们是冀鲁边军区秘密行动小组的,我叫大纲。"有德忙问:"秘密行动小组,军区的人俺可认识不少,好像没见过你们。"小胡子上上下下看看有德,似乎从他的口中听到了什么信息,忙说:"原来两位也是军区过来的,太好了,我们正要寻找你们呢。"

有德再想多说,被刘光明拉开了。刘光明只是和对方闲聊了几句,就回来了。回到小屋,有德忍不住询问刘光明,为什么对人家"八路军"藏着掖着,刘光明把自己的怀疑说了出来。有德却觉得刘光明有些多疑了。

这天晚上,两人要离开盐山,刚到大路上,刘光明感觉身后有人跟踪,心中有了数,悄悄地将那十个可疑人跟来的消息告诉了有德。有德原本还不太相信他们是日本人,见他们鬼鬼祟祟,也有些信了。那条路,往南通乐陵,往北通沧县。刘光明想了想,和有德顺着大路去了沧县。

刘光明认为这些人都有一身的功夫,如果被他们摸到军区,说不定会对苏秋香等人造成严重的威胁,因此他想先引开敌人,然后寻机弄清楚他们的身份,如果确实是鬼子,就毫不犹豫地干掉他们。

刘光明两人刚往北走了二三里路,那十个人就追了出来。都将枪对准了他们。小胡子说:"你们到底是小鬼子,还是八路军?"

有德说："当然是八路军？"小胡子眼睛里闪烁着杀机："八嘎"一声，一摆手，众鬼子冲了上来。刘光明护在有德的身边，让他快走，自己挥舞大刀，劈倒两个。有德自然不肯丢下刘光明。两人见他们封住了去乐陵的路，只好边打边往沧县的方向退。

刘光明解开包裹，抽出狙击步枪，接连撂倒两个鬼子特种兵。小胡子这才想起他是谁来，叫道："他就是枪王，快，杀了他！"

鬼子特种兵虽然只剩下六人，却队形有序，前面两个，左右两个，后面两个，六个鬼子互相接应，步步紧逼。刘光明不敢恋战，因为枪声肯定吸引了周边的鬼子，他和有德钻进附近的村子，然后穿过村子，进了一片树林。盐山的鬼子来了一个中队，将树林包围了起来。

那天，如果不是一场暴雨，说不定刘光明和有德就回不了乐陵了。

雨非常大，像瓢泼一般，几米外看不清人影。刘光明和有德杀了两个小鬼子，换了他们的衣服，摸索着出了包围圈。说来也巧，就在村子里，他们看到小胡子等人正在喝酒。这几个剩下的特种兵，以为吃定了刘光明，只等雨停，就会缩小包围圈，来个瓮中捉鳖，却没想到让刘光明来了一个一锅烩。刘光明换上的服装，腰带上挂着手雷，摘下一颗，扔进屋子里，把小胡子等人送到阎王爷那里去了。当时，有两个没有炸死，连滚带爬地往外走，刘光明一枪一个，结束了他们的性命。

就这样，池上精心组织的"野狼小组"成员，都变成了孤魂野鬼。

消息通过盐山鬼子驻军的电报发到了池上的办公室，池上拔出军刀，把面前的桌子砍去了一角，然后命令忍者队出发。盐山已经封锁了所有通向乐陵的道路，谷川也带领沧县的鬼子出来了，要和盐山据点的鬼子前后夹击，消灭刘光明。

就在刘光明和有德从一个村头走出时，两个黑衣人蹿了出来。刘光明倒退几步，定睛看去，只见他们的面部、身子都裹在贴身的黑衣中，露在外面的一双眼睛闪烁着凶光，手持着明晃晃的柳叶刀。刘光明马上联想到了忍者。

"小鬼子，来吧。"刘光明跳到两个忍者中间，施展刀法，和他们打了起来。大刀虎虎生风，威力无比。忍者身轻如燕，闪躲灵敏，常常在你意想不到的地方出现，又突然从你的刀风下消失，那诡异的忍术让刘光明想起了佐藤的那些忍者。这两个忍者显然比佐藤的黑衣队成员要厉害得多。

两个忍者和刘光明周旋着，却也难以接近刘光明。不过，他们招式凌厉，身法诡异，刘光明的大刀也砍不中他们。过了一阵，两个忍者对视一眼，朝后跳出。刘光明纵身扑去。忍者突然一甩手，两道乌光朝刘光明飞来。刘光明纵身躲开。

刘光明缓缓站立，想着如何破解忍术之法。他看出来了。这两个忍者不但出手快，功夫精纯，而且配合默契，远非佐藤的那些手下可比。怎么才能破解忍术呢？刘光明虽然有和忍者交手的经验，但是那些忍者层次较低，很快就会被刘光明看出破绽，而这两个忍者的攻击线路不守章法，变化莫测。刘光明知道，要想打败他们，就要用一种柔劲，以快打快，以柔克柔。但他的大刀刚猛有余，柔劲不足。

站在一棵树下。刘光明想到了家乡，想起那一排排，一列列的枣树。一阵风呼啸而过，将眼前的树吹得身子一仰，但随后，树又恢复了原状。刘光明若有所思。树苍劲如斯，难道不就像自己的所练的刀法吗。尚老爷子曾说过八个字：刚猛易断，柔韧难折。刘光明悟到了这八个字的道理。无论人的性格还是武术，要刚中带柔才好，涵养也是一种功夫。

刘光明收回思绪，双脚缓缓地抬着，身子如风摆杨柳，在树周围走动着。不知不觉，他的脚下走出了一个太极八卦的图案。刘光明心中大喜，通过刚才的尝试，他觉得自己步法更为轻灵了。他大刀舞动，呼呼劈了出去，转眼间，将两个忍者砍翻在地。

刘光明和有德坐上一辆驴车，昏睡到凌晨三四点钟，到了乐陵城边。两人下了车，刚来到枣林间，发现一群八路军摸了过来，于是上了一棵大树，猜测到八路军要攻打乐陵县城了。

正是黎明时分。刘光明坐在树上，看着眼前八路军排山倒海的攻势，刘光明和有德都是热血沸腾。前面是一个个英勇的战士，身后是数不清的百姓。在人群中，他看到了黑妞那张熟悉的脸。黑妞在不停地穿梭着，指挥着一批自卫队和村民。他们推着车，扛着筐，端着水碗，拿着烤地瓜，捧着红枣，在等待着胜利的那一刻。也有锣鼓队和唢呐队，在为战士们加油。也有一些青壮年举着铁锨、铁叉，一些妇女在帮着医护人员照顾伤员。这场景，让刘光明心潮澎湃。

就在这时，他们发现八路军的攻势遇到了阻击，原来，城门上方的三架重机枪吐着火舌，八路军战士伤亡惨重。黑妞赶紧对身后说："担架队跟俺来！"说着，黑妞率先抓起一个担架朝前方奔去。她刚跑了几步，突然身后有人抓住了担架。黑妞一回头，愣住了："有德？儿子，你回来了？！"

有德已经失踪了多日，终于出现了，这让黑妞无比的兴奋。"娘，你下去吧，俺上，俺的事以后再告诉你。"有德忙说。黑妞摇摇头，"儿子，今天是解放乐陵城的日子，跟娘冲上去！"说着，黑妞继续往前冲。有德望着娘的背影，视线突然模糊了。他一擦眼泪，大步流星地追了上去。在他们母子身后，哑巴和朱竹，常老三和猴子，冬瓜和铁柱，一对又一对的村民抬着担架冲了上来。

此时，刘光明已将狙击步枪摘下来，瞄准城楼上的机枪手，嘭地一枪，打哑了一个，又一枪，又打哑了一个。剩下的一个机枪手把头缩了起来。敌我双方都觉察出附近有狙击手埋伏，而且，他们都想到了一个人，那就是"枪王"。

双菱双枪一举，叫道："'枪王'活着，大家冲啊。"保安队长胡三藏在城垛上，一枪打在双菱的肩上。红爷两眼血红，将双枪一举，把胡三击毙。所有人如狼似虎，奋勇冲杀，涌入了城门。不到两个小时，一场攻城战就结束了。

警察局长段瘸子化装逃走，但是他那个瘸腿就是个标记，哪里逃得出红爷的眼睛。红爷一枪打在他的后脑勺上，还了自己的愿。

龟原丢下一具具同胞的尸体，换上老百姓的服装，在几个亲信的保护下，混出了城门。

红爷等人没有找到龟原的尸体，追出城来。龟原的手下夺了几匹战马，保护主子朝远处跑去。刘光明跳了下来，也抢过一匹战马，随后追去。

嘭，一枪，一个鬼子士兵栽下马来。嘭，又一枪，又一个鬼子士兵栽下马来。接连六枪，只剩下了龟原一个人。刘光明一枪打在马屁股上。战马前蹄扬起，将龟原摔了下来。刘光明纵马而来，将狙击步枪背在身后，一探手，提起龟原，圈马奔了回来。

城门外，苏秋香等人正在伫立眺望，有德向大家诉说着这近两个月的经历。刘光明纵马回来，将龟原扔在马下，周围的战士和百姓们，纷纷振臂高呼，庆祝乐陵县城回到人民的手中。

刘光明纵身下马。苏秋香和红爷、双喜、双菱、孙宪智等人跑了上来。红爷刚想说话，看到苏秋香已走到刘光明的面前。她突然站下了。红爷似乎看出了什么，她退后几步，回头望着城门。

苏秋香站在刘光明的面前，她伸出手，情不自禁地摸着他的胳膊，轻轻地说："快让俺看看，你没受伤吧？"

刘光明挥了挥胳膊："没事。"

苏秋香似乎想到了什么，这才退后几步："没事就好，不然小英和长红会怪俺的。"刘光明顿时想起了自己的妹妹和那个有婚约的女孩子。

苏秋香看一眼有德，接着说："军区破获了鬼子的一封电报，说他们的野狼行动胎死腹中，是被你们摧毁的吧？"刘光明点点头。林三妞从人群中钻了进来，她看到了刘光明，也看到苏秋香握着刘光明的手，张了张嘴巴，又闭上了。

双喜跑了上去，抱住了刘光明，高兴地在原地不住地跳。突然，她想起了什么，转头看着红爷。原本冲动的红爷，此时正静静地望着刘光明，双喜看到她眼睛里满是泪水。

就在这时，黑妞、哑巴、朱竹、常老三、猴子、冬瓜、铁柱等人上来了。苏秋香、三娃子，一个又一个熟悉的面孔跑向黑妞，亲切地簇拥着她，一声又一声"娘"响彻鲁西北大地。

黑妞走向了刘光明，然后握住他的手，半晌，感慨地说，"孩子，好样的！"

曙光透过枣林，一颗颗玛瑙似的小枣掩映在绿叶之间，闪烁在一张张灿烂的脸上。